在波澜壮阔的抗美援朝战争中，英雄的中国人民志愿军始终发扬祖国和人民利益高于一切、为了祖国和民族的尊严而奋不顾身的爱国主义精神，英勇顽强、舍生忘死的革命英雄主义精神，不畏艰难困苦、始终保持高昂士气的革命乐观主义精神，为完成祖国和人民赋予的使命、慷慨奉献自己一切的革命忠诚精神，为了人类和平与正义事业而奋斗的国际主义精神，锻造了伟大抗美援朝精神。

　　——摘自习近平2020年10月23日在纪念中国人民志愿军抗美援朝出国作战70周年大会上的讲话

国家

在韩中国人民志愿军
烈士遗骸归国纪实

李舫 著

辽宁人民出版社

ⓒ 李舫　2023

图书在版编目（CIP）数据

回家：在韩中国人民志愿军烈士遗骸归国纪实 / 李舫著 . —沈阳：辽宁人民出版社，2023.12
　ISBN 978-7-205-11000-0

Ⅰ. ①回… Ⅱ. ①李… Ⅲ. ①纪实文学—中国—当代 Ⅳ. ①I25

中国国家版本馆CIP数据核字（2023）第232470号

出版发行：辽宁人民出版社
　　　　地　址：沈阳市和平区十一纬路25号　邮编：110003
　　　　电　话：024-23284321（邮　购）　024-23284324（发行部）
　　　　传　真：024-23284191（发行部）　024-23284304（办公室）
　　　　http://www.lnpph.com.cn

印　　刷：辽宁新华印务有限公司
幅面尺寸：160mm×230mm
印　　张：28
字　　数：350千字
出版时间：2023年12月第1版
印刷时间：2023年12月第1次印刷
责任编辑：刘铁丹　李翘楚
装帧设计：丁末末
责任校对：刘再升
书　　号：ISBN 978-7-205-11000-0
定　　价：78.00元

献给永远年轻的他们

序

这是一个关于在韩中国人民志愿军烈士"回家"的故事。

197653——

让我们记住这个数字。

73年前,中国人民志愿军雄赳赳、气昂昂,跨过鸭绿江,290余万将士先后开赴抗美援朝战场,他们辞别亲人:"待我回家",享受和平。然而,历时两年零九个月的战争中,他们中一些人的生命,永远定格在那一刻。在这场战争中,197653人失去生命。他们叮嘱战友:"代我回家",看看新中国的和平岁月、万里江山。

今天,战场的硝烟已然散去。那些在战火中消逝的身影,早已凝结为令人难忘的血色记忆,凝聚成中华民族的不朽传奇。

70多年过去了,战友没有忘记他们,人民没有忘记他们,祖国没有忘记他们。2014年至2022年,9年来,中国共迎回913位在韩中国人民志愿军烈士遗骸和9204件烈士遗物。

从"待我回家",到"代我回家",再到"带我回家",这是一条兑现诺言的崎岖之路,也是一条披荆斩棘的希望之路。

"待我回家",是他们出征时的殷殷期盼。

"代我回家",是他们牺牲时的无尽遗憾。

"带我回家",是祖国和人民的至高承诺。

让生者有那永恒的爱,让逝者有那不朽的名。

魂兮归来,斯惟永恒!

目 录

001　　　　序

001　　　　引　子

第一部分　待我回家

008　　第一章　无名

012　　第二章　无援

024　　第三章　出征

040　　第四章　北国

054　　第五章　家书

第二部分　代我回家

086　　第六章　无畏

096　　第七章　铁原

131	第八章	名	单
143	第九章	夙	愿
148	第十章	悲	歌
177	第十一章	停	战

第三部分 带我回家

186	第十二章	北	望
197	第十三章	启	航
211	第十四章	国	殇
232	第十五章	墓	园
252	第十六章	手	泽
265	第十七章	寻	亲
286	第十八章	解	密
306	第十九章	点	兵
324	第二十章	驰	骋
365	第二十一章	远	望
382	第二十二章	归	来

402	附录一	在韩中国人民志愿军烈士遗骸回国信息
404	附录二	在韩中国人民志愿军烈士遗骸安葬仪式祭文

417	**参考文献**
421	**后　记**
435	**又　记**

引　子

1950年6月25日，朝鲜内战爆发。

中共中央政治局在充分讨论、权衡利弊之后，做出抗美援朝的战略决策。1950年10月8日，毛泽东以中国人民革命军事委员会主席名义签署命令，将东北边防军改为中国人民志愿军。

10月19日，彭德怀司令员兼政治委员率领中国人民志愿军秘密跨过鸭绿江，进入朝鲜战场。1950年10月25日，中国人民志愿军在朝鲜打响第一仗，由此拉开了伟大的抗美援朝战争序幕。

在第一阶段战役中，中国人民志愿军采取以"运动战为主，与部分阵地战、游击战相结合的方针"，连续进行了5次战略性战役。其特点是战役规模的夜间作战和很少有战役间隙的连续作战，攻防转换频繁，战局变化急剧。

在第二阶段战役中，中国人民志愿军执行"持久作战、积极防御"的战略方针，以阵地战为主要作战形式，进行持久的积极防御作战。其特点是军事行动与停战谈判密切配合，边打边谈，以打促谈，斗争尖锐复杂。

从1950年10月25日到1951年6月10日，中国人民志愿军和朝鲜人民军连续发起5次大规模战役，从根本上改变了朝鲜战争的局势，把战线稳定在三八线附近，迫使"联合国军"转入战略防御状态。

从此之后，双方转入战略对峙。

1951年7月10日，朝鲜人民军、中国人民志愿军代表团与"联合国军"代表团在开城开始停战谈判。停战谈判谈谈打打，断断续续进行了两年之久。

1953年7月27日上午10时（朝鲜时间），在朝鲜板门店，朝中代表团首席代表南日与"联合国军"代表团首席代表哈利逊正式签署《关于朝鲜军事停战的协定》及其附件《中立国遣返委员会的职权范围》《关于停战协定的临时补充协议》。下午1时，马克·韦恩·克拉克于汶山在停战协定和临时补充协议上正式签字。晚10时，金日成于平壤在停战协定和临时补充协议上正式签字。28日上午9时30分，彭德怀于开城在停战协定和临时补充协议上正式签字。

7月27日22时起，朝鲜全线的一切战斗行动完全停止。中国人民志愿军取得了抗美援朝战争的最终胜利，这是新生的中国第一次与以美国为首的国际霸权主义集团进行的军事外交斗争。

7月27日21时45分，前沿阵地枪炮声不绝于耳，探照灯使黑夜亮如白昼，战争气氛依然浓烈。22时，枪炮声戛然而止，从这一刻开始停战协定正式生效。

从1950年6月25日到1953年7月27日，一千多个日日夜夜，朝鲜半岛枪炮声喧嚣的战场，一时间变得万籁俱寂。

《关于朝鲜军事停战的协定》共5条63款：

第一条确定了军事分界线与非军事区，双方各由军事分界线后撤两公里，以便建立非军事区，双方不得在非军事区内进行任何敌对行为。

第二条对停火与停战作了具体安排，包括成立军事停战委员会、中立国监察委员会等。

第三条是关于战俘的安排。

第四条是向双方有关政府提出的建议。

第五条附则，声明本停战协定的一切规定自1953年7月27日22时生效。

在停战协定上签字的有：中朝一方的朝鲜人民军最高司令官、朝鲜民主主义人民共和国元帅金日成和中国人民志愿军司令员兼政治委员彭德怀，"联合国军"一方的"联合国军"总司令、美国陆军上将马克·韦恩·克拉克。

毫无疑问，这场战争的胜利鼓舞了中国人民保卫祖国、抵抗侵略的决心和信心，鼓舞世界人民为争取本国独立、和平、民主、统一的斗争。对于维护中国国家利益、保障远东和平稳定，是一个重大的贡献。

1953年7月《纽约时报》评价这场战争："美国在朝鲜打了两场战争，赢了北朝鲜，却输给了红色中国。"战争结束40余年后，曾在20世纪70年代担任美国总统国家安全事务助理和国务卿的亨利·基辛格，在其1994年出版的《大外交》一书中感慨："毛泽东有理由认为，如果他不在朝鲜阻挡美国，他或许将会在中国领土上和美国交战；最起码，他没有得到理由去做出相反的结论。"

毛泽东评价抗美援朝战争，"打得一拳开，免得百拳来"。他宣告，抗美援朝战争无可争议地表明，"由外国帝国主义欺负中国人民的时代，已由新中国的成立而永远宣告结束了"。1953年9月12日，毛泽东出席在中南海怀仁堂举行的中央人民政府委员会第二十四次会议，会议听取彭德怀作《关于中国人民志愿军抗美援朝工作的报告》。谈到抗美援朝战争的胜利，毛泽东说："……但主要的是因为我们的战争是人民的战争，全国人民支援，中朝两国人民并肩战斗。""我们方面发生的问题，最初是能不能打，后来是能不能守，再后来是能不能保证给养，最后是能不能打破细菌战。这四个问题一个接着一个，都解决了。"

1958年10月26日，志愿军全部撤离朝鲜回国。

1954年，中国人民志愿军归国部队抵达安东（今辽宁丹东），受到少先队员的热烈欢迎。（新华社资料图片）

无名

援朝

出征

北国

家书

第一部分

待我回家

第一章

无 名

一

韩国，京畿道。

从首都首尔向北是京畿道，从首尔一路向北，40公里之外，便是坡州。

坡州市积城面沓谷里有一座"敌军墓地"。

1996年6月，韩国遵循《日内瓦公约》和人道主义精神，在京畿道坡州市修建了这座墓地，将发掘的360位中国军人和1063位朝鲜军人遗骸埋葬在这里。此后，随着遗骸发掘工作的持续进行，遗骸发掘区域由坡州扩大到京畿道的涟川、加平以及江原道的横城、铁原、洪川等地，埋葬的中国军人和朝鲜军人的数量也在不断增加。

天高云淡，荒草萋萋。阳光清澈温暖，静静洒在荒芜中，让四野显得益发辽阔。昨夜，这里刚刚下了一场雨，墓碑上还有着未干透的水迹，草叶经雨疯长，叶片上的雨珠随风滚落地面，瞬间便无踪迹。低矮的坟茔，简陋的墓碑，昭示着这里激烈的往昔。然而，现如今，只有满目静谧。

所有的墓碑上都刻着相同的三个字：

무명씨

翻译为中文就是：无名氏。

沿着荒草路径向前，有一处处修葺过的墓地，其中一座是合葬墓，墓石上面刻着：

중국군

翻译为中文是：中国军。

这里，沉睡着25位中国人民志愿军烈士的英魂。

这些"无名氏"，便是当年在战场勇敢拼搏的中国人民志愿军将士。因为无法确认身份，他们的墓碑上没有姓名，只有数字编码，这是遗骸被发现的顺序编号。

举目四望，天地苍茫，一座座黑色的墓石镶嵌在大地之上，仿佛连绵的石头阵。所有的墓石全部坐南朝北，面向中国，那是家的方向。

1950年10月19日，中国人民志愿军从辽宁安东等地跨过鸭绿江，赴朝鲜参战。两年零九个月的战争期间，中国人民解放军以轮战方式先后参加志愿军的将士290余万人。截至1958年，志愿军全部回国，据统计，共有197653名抗美援朝军民牺牲，这些烈士的遗骨，除了约3000位团以上干部和战斗英雄在战争结束后被运回祖国外，其他至今埋葬在朝鲜半岛，其中10余万人长眠在朝鲜的69处烈士陵园。

遗留在韩国的中国人民志愿军烈士遗骸，主要集中在靠近三八线的江原道横城、铁原、洪川以及京畿道坡州、涟川、加平等地，当年这些地方的战斗异常激烈，牺牲的志愿军官兵太多太多。

这些烈士，在回到中国以前，他们的名字只能称为：

무명씨。

翻译成中文就是——

无名氏。

二

人在天涯，乡关何处？

他们的故事，就从无名氏开始。

韩国坡州中国军人墓,所有的墓石都朝北,面向中国,那是家的方向。

第二章

援 朝

一

朝鲜半岛，从亚洲大陆东北伸向太平洋，像一个大大的"豕"字，横亘在黄海和日本海之间。

1945年8月15日，日本宣布无条件投降。在此之前，美国和苏联商定以北纬38度线为界分别进驻朝鲜半岛南、北方，接受入侵朝鲜半岛日军的投降。

从1945年8月下旬至9月上旬，苏、美两军先后进抵三八线以北、以南地区。

1943年12月1日，参加开罗会议的中美英三国发表《开罗宣言》，为建立战后国际秩序开启了新篇章。根据开罗宣言精神，1945年12月27日，苏联、美国、英国三国外长在莫斯科会议中达成协议，由驻朝鲜的苏军司令部和美军司令部组成联合委员会，协助南、北朝鲜迅速建立一个统一的临时政府，但是由于苏、美双方在一些重大问题上意见存在分歧而未能实现。1948年8月，李承晚在南方宣布成立大韩民国；同年9月，金日成在北方成立朝鲜民主主义人民共和国。

朝鲜半岛形成南北分裂局面，双方均宣布对整个半岛拥有主权。

1948年12月，苏联从朝鲜半岛撤军，1949年6月美国撤军。

此后，朝鲜半岛南北边境武装冲突日趋频繁。从1949年1月至1950年6月，朝鲜南北双方在三八线附近共发生2000多起纠纷。武装冲突不断升级，终于爆发了大规模的冲突。

二

朝鲜半岛战场形势的突变，也使中国的安全面临严重威胁。

彼时，新中国刚刚成立不到一年，中国人民革命取得伟大胜利。除台湾等少数沿海岛屿和西藏外，全国规模的战争已经结束。新中国所继承的是一个非常落后的千疮百孔的烂摊子，生产萎缩、交通梗阻，民生困苦、失业众多。中共中央和中央人民政府有没有能力制止恶性的通货膨胀和物价上涨，把经济形势稳定下来，把生产恢复起来，使自己在经济上从而在政治上站稳脚跟，这是一个非常严峻的考验。

1950年6月，在北京召开的中共七届三中全会分析了国际国内形势，毛泽东在会上作了《不要四面出击》的讲话。会前，毛泽东在给时任上海市委第一书记、市长、华东军区司令员陈毅关于税收和失业问题的一份电报中，提出了这样的策略："目前处在转变的紧张时期，力争使此种转变进行得好一些，不应当破坏的事物，力争不要破坏，或破坏得少一些，你们把握了这一点，就可以减少阻力，就有了主动权。"七届三中全会为人民解放军确定了4项具体任务：准备进军台湾、西藏，解放全部国土；消灭残余土匪，安定地方秩序；参加生产建设工作；加强教育工作，提高部队的文化水平。为保证国民经济恢复，中共中央确定将已达550万的中国人民解放军复员150万人，参加经济建设。中国人民正在中共中央和中央人民政府领导下，准备集中精力整治旧中国留下的千疮百孔的烂摊子，争取用3年左右时间恢复国民经济。

然而，三八线附近的武装冲突很快就将一场战争摆在了中国政府和中国人民面前。

朝鲜南北双方在如何实现统一和统一于谁的问题上的长期斗争，终于演变为一场大规模内战。1950年6月25日拂晓，朝鲜内战爆发。

6月27日，美国总统杜鲁门发表声明，在扩大朝鲜内战同时，毫无理由地单方面粗暴干涉中国内政，他声称，如果共产党部队占领台湾，将直接威胁太平洋地区的安全，及在该地区执行任务的美国部队。据此，他命令美国第七舰队阻止任何对台湾的行动。

中国政府迅速对此做出强烈反应。周恩来第二天便以外交部长的名义发表声明，表达严正抗议：杜鲁门的声明和美国第七舰队的行动，"是对于中国领土的武装侵略，对于联合国宪章的彻底破坏"，"不管美国帝国主义者采取任何阻挠行动，台湾属于中国的事实，永远不能改变"。同日，毛泽东讲话指出："中国人民早已声明，全世界各国的事务应由各国人民自己来管，亚洲的事务应由亚洲人民自己来管，而不应由美国来管。美国对亚洲的侵略，只能引起亚洲人民广泛的和坚决的反抗。"

美国不顾中国反对，继续扩大在朝鲜的军事行动。杜鲁门政府从其称霸全球和全球遏制共产主义战略需要出发，操纵联合国理事会，纠集起的所谓"联合国军"发动对朝鲜的全面战争。"联合国军"以美国军队为主，由英国、法国、加拿大、澳大利亚等16个国家军队组成，由美国任命其驻远东军总司令道格拉斯·麦克阿瑟为"联合国军"总司令。

"联合国军"越过三八线，直逼中朝边境的鸭绿江和图们江，出动飞机轰炸中国东北边境城市和乡村，把战火烧到了新生的中华人民共和国国土之上。朝鲜半岛的这场战争迅速由内战演变成为侵略与反侵略的国际性局部战争。在退役后，接替麦克阿瑟任"联合国军"总司令、驻日盟军最高司令和远东美军总司令的马修·邦克·李奇微对麦克阿瑟狂热的战争冲动进行了反思：

> 麦克阿瑟对台湾尤其热衷。他发誓，如果红色中国愚蠢地去进攻台湾，他就会火速赶赴前线，担负起指挥的责任，"让他们一败涂地，这将成为决定世界命运的决定性一战——对共产主义运动来说将是一场巨大的灾难，必将撼动其在亚洲的根基，可能还会将其击退"。至于红色中国有多大的可能性会干这样的蠢事，他也不能确定。但是他说，"我每晚都祈祷他们会这样做——我会跪下来祈祷"。当然，现在没有人能预言，他梦想成为扑灭共产主义邪恶势力的勇士，是否就是促使他后来不顾后果地向中国边境大举进攻的原因。但是我想，他确实觉得这么做会给他的胜利之梦添彩。

为应对时局，1950年7月，抽调原部署在中原地区作为国防机动部队的第十三兵团（辖第三十八军、第三十九军、第四十军）和已集体转业在齐齐哈尔地区从事农业生产的第四十二军及3个炮兵师等部队共25.5万余人组成东北边防军，集结在东北南部地区集中整训，以保卫东北边防和准备必要时支援朝鲜人民反抗侵略作战。8月中旬以后，朝鲜战争在洛东江一线形成僵局。8月下旬，中央军委决定解除华东第九兵团解放台湾的准备任务，指定该兵团和西北第十九兵团（各辖3个军）为东北边防军第二、三线部队，置于关内机动地区。

8月27日，美国空军9架飞机侵入中国边境辑安（今吉林集安）、临江、安东等地上空，扫射车站、机场等建筑物，炸死炸伤中国居民24人。政务院总理兼外交部部长周恩来以外交部部长名义就美国空军侵入中国东北边境致电美国政府提出严正抗议。同日，致电联合国提出控诉，并要求予以制裁。

然而，美国过分低估了站起来的中国人民的决心和力量，对中国政府的多次警告置之不理。

1950年9月15日，在麦克阿瑟指挥下，以美军为首的"联合国军"（美国、英国、法国、加拿大、澳大利亚、新西兰、荷兰、比利时、卢森堡、希腊、土耳其、哥伦比亚、泰国、菲律宾、南非、埃塞俄比亚）在朝鲜半岛中西部的仁川大举登陆，朝鲜人民军腹背受敌，损失严重，转入战略后退。

9月下旬，美国军队大举北犯，推进到三八线附近，美国飞机已在侵犯中国领空，9月20日，在辽东安东市区投掷十二枚重磅炸弹，中国东北的安全受到严重威胁。

战火烧到了中国东北边境地区，严重威胁到了我国国家安全，美国军队在中国东北和朝鲜半岛的肆意妄为，令中国忍无可忍。

9月30日，周恩来总理在出席政协全国委员会举行的国庆庆祝大会上郑重声明："中国人民热爱和平，但是为了保卫和平，从不也永不害怕反抗侵略战争。中国人民决不能容忍外国的侵略，也不能听任帝国主义者对自己的邻人肆行侵略而置之不理。"

尽管中国政府已经提出严正声明，但是美国并未将中国的警告当真。10月1日，南朝鲜军越过三八线。10月7日，以美军为首的"联合国军"不顾中国政府的多次警告，悍然越过三八线，企图迅速占领整个朝鲜半岛，并公然声称："在历史上，鸭绿江并不是中朝两国截然划分的、不可逾越的障碍。"局势愈加紧张。

同时，美国飞机多次侵入中国领空，轰炸安东地区，战火即将烧到鸭绿江边。

危急关头，朝鲜劳动党和政府一再请求中国出兵援助。

三

百废待兴的新中国，敢不敢、能不能迎战世界上最强大的帝国主义国家美国？

这是一个非同小可的问题。

当时中国的情况是：长期战争留下满目疮痍亟待整治，旧中国的创伤尚待养息，经济恢复刚刚开始，物资极度匮乏，财政状况还很困难，人民政权还没有完全巩固，中国共产党和中国人民都渴望能有一个和平的环境，全力以赴建设新中国。行将相遇的对手是美国这个世界上的头号强国，中国军队没有同美国交过手，我们的武器装备、后勤供应等与美国等先进国家相比还相差很远。出兵参战能不能打赢？会不会危及新中国的经济建设？局部战争会不会引发大规模的世界大战？

面对紧张局势，毛泽东多次主持召开中共中央书记处和中央政治局会议，全面深入地分析形势，充分研究出兵参战问题。毛泽东说："我们可以提出几十条、几百条，甚至几千条顾虑，这些顾虑都是揣测可能发生的。另外一条就是我们应该在朝鲜争取反美胜利，应该给美帝国主义这个世界各帝国主义侵略阵营的头子一个打击，把它的气焰压下去。"

中共中央政治局在充分讨论、权衡利弊之后，一致认为中国应当参战，必须参战。

毛泽东曾致电在苏联的周恩来："与高岗、彭德怀二同志及其他政治局同志商量结果，一致认为我军还是出动到朝鲜为有利。""我们采取上述积极政策，对中国，对朝鲜，对东方，对世界都极为有利；而我们不出兵让敌人压至鸭绿江边，国内国际反动气焰增高，则对各方都不利，首先是对东北更不利，整个东北边防军将被吸住，南满电力将被控制。""总之，我们认为应当参战，必须参战。参战利益极大，不参战损害极大。"

中国各民主党派随即发表联合宣言，支持这一正义的行动："世界上爱好和平的人民如果想要得到和平，就必须用积极行动来抵抗暴行，制止侵略。只有抵抗，才有可能使帝国主义者获得教训，才有可能按照人民的意志公正地解决朝鲜及其他地区的独立和解放的问题。"

一个历史性的战略决策诞生了——

抗美援朝，保家卫国！

四

1950年10月8日，毛泽东以中国人民革命军事委员会主席名义签署命令，将东北边防军改为中国人民志愿军。命令指出：

（一）为了援助朝鲜人民解放战争，反对美帝国主义及其走狗们的进攻，借以保卫朝鲜人民、中国人民及东方各国人民的利益，着将东北边防军改为中国人民志愿军，迅速向朝鲜境内出动，协同朝鲜同志向侵略者作战并争取光荣的胜利。

（二）中国人民志愿军辖十三兵团及所属之三十八军、三十九军、四十军、四十二军，及边防炮兵司令部与所属之炮兵一师、二师、八师。上述各部须立即准备完毕，待令出动。

（三）任命彭德怀同志为中国人民志愿军司令员兼政治委员。

……

10月15日，中国人民志愿军各部队全部移至安东、辑安一线，按划分的渡口对桥梁和道路等进行勘察，做好渡江的一切准备。

集结待命的中国人民志愿军，向祖国和人民庄严宣誓：

我们是中国人民志愿军。为了反对美帝国主义的残暴侵略，援助朝鲜兄弟民族的解放战争，保卫中国人民、朝鲜人民和全亚洲人民的利益，我们志愿开赴朝鲜战场，与朝鲜人民军并肩作战，为消灭共同的敌人，争取共同的胜利而奋斗。为了完成这一光荣、伟大的战斗任务，我们誓以英勇顽强的战斗意志，坚决服从命令，听从指挥，上级指到哪里打到哪里，决不畏惧，决不动摇，发扬刻苦耐劳的坚诚精神，克服一切艰苦困难，发扬革命的英雄主义，在战斗中创建奇功。我们要尊重朝鲜人民领袖金日成将军的领导，学习朝鲜人民军英勇善战的战斗作风，尊重朝鲜人民的风俗习惯，爱护朝鲜的一山一水，一草一木，和朝鲜人民、朝鲜军队团结一致，将美帝国主义的侵略军队，全部、干净、彻底消灭……

与此同时，与朝鲜一江之隔的东北，不仅成为中国人民志愿军出征地，东北的政治经济状况也决定了它必然要担负起抗美援朝战争总后方基地的重任。东北是全国最先解放的地区，由于率先完成了剿匪和土地改革，各级人民政权建立得也比较完善，经济恢复工作又在中央政府的大力支持下进展迅速，所以东北又是全国最先转入计划经济建设的地区，是当时中国的重工业基地，与全国其他地区比较，经济实力最为雄厚。周恩来曾派人前往东北实地调查了解志愿军出国后在后勤供应上存在的问题，并就所审改的解决方案，征求有关方面的意见。在给东北军区负责人的信中说：

解决方案"凡有不妥、不实或隔靴搔痒之处，请当面指出，以便改正"。"只要东北提出要求，我们愿全力以赴，帮助你们解决困难。"

一时间，东北成为在中国经济、政治、军事、社会格局中举足轻重的地方，也成为为新中国作出重要贡献和付出最大牺牲的地方。

10月19日，一个细雨中的黄昏，两辆军车悄然越过志愿军第四十军的行军队伍，趁着暮色驶过了鸭绿江大桥——由于战事紧急，志愿军司令员兼政治委员彭德怀，决定带领电台人员先行赴朝。

夜色低垂，浩浩荡荡的中国人民志愿军队伍，一眼望不到边。

这天黄昏，彭德怀率领中国人民志愿军先后跨过鸭绿江。第四十军（军长温玉成、政治委员袁升平）从安东过江，向球场、德川、宁远地区开进；第三十九军（军长吴信泉、政治委员徐斌洲）从安东、长甸河口过江，一部进至枕岘、南市洞设防，军主力向龟城、泰川地区开进；第四十二军（军长吴瑞林、政治委员周彪）从辑安过江，向社仓里、五老里地区开进；第三十八军（军长梁兴初、政治委员刘西元）尾随第四十二军过江，向江界地区开进。炮兵第八师和高射炮兵第一团也于当日渡江入朝。

同日，毛泽东致电中南军区并华东、西南、西北局负责人：

> 在目前几个月内，只做不说，不将此事在报纸上做任何公开宣传，仅使党内高级领导干部知道此事，以便在工作布置上有所准备，此点请各中央局加以注意。

他特别在"只做不说"四个字下面加了四个圈。次日，按照毛泽东命令，第十三兵团过江后，立即前往中国人民志愿军司令员彭德怀所在地，并改组为中国人民志愿军司令部。

1950年10月25日，中国人民志愿军在朝鲜打响了出国作战的第一次战役，揭开了抗美援朝战争的帷幕，首战告捷。这一天，后来被定为中国人民志愿军抗美援朝纪念日。

先后参战的有：步兵27个军又1个师，直接参加过第一线作战的为25个军又1个师；地面炮兵10个师又18个团；高射炮兵5个师又10余个团和60余个独立营；装甲兵坦克3个师；空军歼击机航空兵10个师又1个团；轰炸机航空兵3个大队；还有雷达探照灯部队为空军和高炮部队作战服务。另有铁道兵10个师和1个援朝铁路总队，工兵15个团担负铁路公路的抢修、新建和各种工程保障任务，有2个公安师担负后方警卫和公路线上的防空哨任务。在这场战争中先后参加志愿军经受锻炼的部队累计290余万人。

辽宁丹东,鸭绿江断桥。鸭绿江断桥横跨中朝边境界河鸭绿江,是中国人民志愿军赴朝参战的起点。(新华社资料图片)

第三章

出　征

一

好多好多年前,他们是有名字的。

我知道,这是一份长长的名单。

二

雄赳赳、气昂昂,跨过鸭绿江!

就是在这里,英勇的中国人民志愿军将士跨过鸭绿江,奔赴朝鲜战场。

1950年,由中华优秀儿女组成的志愿军,肩负着人民的重托、民族的期望,高举保卫和平、反抗侵略的正义旗帜,跨过了鸭绿江,由此便开始了许许多多可歌可泣的故事。

李相玉从这里离开的时候,只有18岁,是第一批跟随部队跨过鸭绿江的战士之一。

"联合国军"总司令李奇微在他退役的第二年出版的自传《马修·B.李奇微回忆录》（1967年翻译为中文时书名改为《李奇微回忆录——北纬三十八度线》）中这样描述朝鲜半岛的冷冽景象：

> 然而，在朝鲜半岛的最北部却是一片令人生畏的景象，尤其是冬季，从遥远的中国东北的不毛之地形成的暴风毫无征兆地呼啸而至，漫山遍野的积雪可达10英尺厚。由于山脉一直伸向鸭绿江，朝鲜在这里是真的被分隔开了，对于一支军队来说，要翻过人迹未至、无路可行的座座险峰来保持一条稳固的战线或者相互之间的联络，无异于痴人说梦。全国的道路都蜿蜒曲折，而且每条路之间都相距甚远。丘陵地带尽是羊肠小道，人员和马匹只能一个接一个地通过。这里的森林是敌人徒步行军极好的隐蔽，而高度机械化的军队不敢进入无路可行的山地，那里数不清的峡谷、令人苦不堪言的道路还有如刀削般陡峭的山岭会令他们寸步难行。中国军队习惯了各种极端恶劣的天气，也习惯于忍饥挨饿，纪律严明，训练有素。他们没有装甲部队，炮兵也很少，没有复杂的通讯手段，轻装只携带手持轻武器，因而在这里掌握了选择机动和隐蔽的主动权。

对于美军来说苦不堪言的环境和气候，成为志愿军的战斗优势，特别是在当地人民的帮助下，吃苦耐劳、熟悉地形成为作战的"秘密武器"，志愿军战士如虎添翼穿行在"那些靠轮子行进的车辆根本无法通行的小路"。1950年10月25日，18岁的志愿军第四十军战士李相玉与南朝鲜军先头部队在朝鲜的崇山峻岭中不期而遇。这一天，志愿军在西线两水洞、云山和东线黄草岭与南朝鲜军队展开激战，揭开了抗美援朝战争的序幕。

70年后，我奔赴辽宁铁岭，在李相玉简陋的家中见到了他。已是耄耋之年的志愿军战士，仍然保持着军人的威仪。他身材高大，身板挺直，虽腿脚有些不太利索，走路有些拖沓，但是只要站定不动，他就如同一棵云杉，笔直挺拔。

李相玉1932年出生于辽宁法库。1945年，李相玉刚满13岁，刚赶上步枪高的他当了兵。此后，李相玉加入了东北民主联军第三纵队（后改编为第四十军），曾任张闻天的通信员、韩先楚的警卫员，从四保临江、解放锦州，到辽西会战、包围北平……从东北打到河北，再一路南下经过河南、湖北、湖南、广东、广西，一直到解放海南岛。还沉浸在解放海南岛的喜悦中，第四十军就接到上级命令，改道返回安东。

"抗美援朝第一仗是由志愿军第四十军一一八师打的，在温井与两水洞之间的公路上，采取拦头、截尾、折腰的做法，只用一个小时就把南朝鲜一个营消灭了。"李相玉是抗美援朝第一次战役中第一次战斗的目击者，这场战斗由一一八师三五四团打头阵。10月25日，队伍埋伏在两水洞两侧的山上和路沟里，等敌人到预定地点后，志愿军战士们突然从两边冲出，一排排手榴弹在敌人的汽车上爆炸，敌人纷纷跳下车来抵抗，有的士兵都吓傻了，猫在石头后面躲避，不到一小时，敌人都被解决了。以此为开端，志愿军边开进边歼敌，13天内共消灭敌人15000余人，赢得了入朝作战的首场胜利，并将"联合国军"打回清川江以南地区。敌人的几十辆汽车都着了火，但是遗憾的是，志愿军战士不会驾驶汽车，没法把这些战利品留下来。李相玉至今仍为此深深地遗憾。

老旧的松木桌子上，堆满了李相玉整理的资料，有剪报，有笔记，有书籍。多年来，李相玉凭借记忆，将往事记录下来。多年征战，李相玉荣获了10多枚功勋章，这是他在枪林弹雨中的收获和慰藉。

后来我才知道，李相玉的故事，比他讲述的更传奇。

三

这是一份长长的名单。

何凌登，福建省福州市人，1915年生，1940年参加革命，第三十九军司令部参谋处处长。

王乾元，第三十八军司令部作教科科长。

苏冶，福建省永泰县人，志愿军司令部通信处器材科科长。

毛霭亭，江苏省萧县（今属安徽省）人，1921年生，1939年参加革命，第三十九军一一六师三四六团政治处主任。

于国良，山东省文登市（今威海市文登区）人，1910年生，第三十八军一一二师后勤处处长。

崔景崑，山西省洪洞县人，1922年生，1937年参加革命，第三十八军一一二师后勤处副处长。

袁敬文，河北省束鹿县人，1922年生，1938年参加革命，第三十八军一一二师政治部组织科科长。

李津涛，山西省汾阳县（今汾阳市）人，第三十八军一一二师后勤处卫生部医务部主任。

孟符臣，第三十八军一一二师后勤处军需科副科长。

刘德显，山东省成武县人，1925年生，1938年参加革命，第三十八军一一二师政治部青年科副科长。

孙成本，山东省荣成县（今荣成市）人，1923年生，1944年参加革命，第三十八军一一二师政治部秘书科副科长。

刘旭，江苏省人，1922年生，1941年参加革命，第三十八军一一二师后勤处财务科科长。

连秋云，第三十八军一一二师后勤处军械科科长。

郑爱民，第三十八军一一二师后勤处军械科副科长。

马德里，第三十八军政治部组织科科长。

孙斌武，河北省平山县人，1918年生，1938年参加革命，第六十六军一九六师司令部通信科科长。

王捷，第六十六军一九六师政治部敌工科科长。

赵兴玉，四川省达县人，1916年生，1933年参加革命，第六十六军一九六师五八八团团长。

马顺天，河北省滦县人，1921年生，1938年参加革命，第四十军一二〇师三五九团政治委员。

毛岸英，湖南省湘潭县（今湘潭市）人，1922年生，1936年赴苏联学习，1946年1月回国工作，志愿军司令部机要秘书。

赵鸿济，山东省掖县（今莱州市）人，1918年生，1938年参加革命，第二十军六十师一八〇团团长。

贾永恒，山东省蒙阴县人，1914年生，1934年参加革命，第二十六军七十八师后勤处军械科科长。

张端胜，山东省博山县（今淄博市博山区）人，1920年生，1939年参加革命，第二十六军七十七师二三〇团团长。

郑希和，山东省寿光县（今寿光市）人，1922年生，1938年参加革命，中国共产党党员，第四十二军一二六师三七八团团长。

胡乾秀，湖北省阳新县人，1916年生，1929年参加革命，第二十军五十八师参谋长。

郝亮，山东省莱阳县（今莱阳市）人，1918年生，1938年参加革命，第二十军五十八师一七四团政委。

王建鼎，四川省开江县人，第二十七军八十师二三九团参谋长。

孔伶，山东省荣成县（今荣成市）人，1913年生，1939年参加革命，第二十七军后勤部运输科科长。

孙德普，山东省博山县（今淄博市博山区）人，1917年生，1937年参加革命，第四十二军司令部侦察科科长。

胥秀甫，第六十六军一九八师五九三团副团长。

张明钦，湖北省随县人，1909年生，1938年参加革命，第六十六军一九六师五八六团参谋长。

石杰，河北省完县（今顺平县）人，1923年生，1937年参加革命，第六十六军政治部保卫科科长。

张铮，河北省深县（今深州市）人，1939年参加革命，第六十六军一九六师司令部通信科科长。

张茂生，山西省定襄县人，1920年生，1937年参加革命，第六十六军一九六师五八七团参谋长。

任怀勋，陕西省商县人，1915年生，1936年参加革命，第六十六军一九八师五九二团参谋长。

吴书，江苏省灌云县人，1916年生，1937年参加革命，第三十九军一一七师政治部主任。

冷利华，山东省临朐县人，1919年生，1939年参加革命，第四十军一一八师三五二团参谋长。

杜英哲，河北省博野县人，1920年生，1938年参加革命，第六十五军司令部通信科科长。

王德容，安徽省合肥市人，1910年生，炮兵第十一团团长。

张乐天，山东省蓬莱县（今烟台市蓬莱区）人，1916年生，1938年参加革命，第二十七军政治部宣传部部长。

刘瑶琥，山西省阳城县人，1921年生，1938年参加革命，第六十军一八〇师五四〇团副团长。

蔡启荣，河南省商城县人，1915年生，1932年参加革命，第十二军三十五师副师长。

李树人，1920年生，1938年参加革命，第二十军五十八师一七二团政治委员。

赵切源，四川省渠县人，1912年生，1933年参加革命，第十二军三十五师一〇五团副团长。

邓仕钧，四川省苍溪县人，1916年生，1933年参加革命，第六十三军一八七师五五九团团长。

臧克力，山东省诸城县（今诸城市）人，1918年生，1940年参加革命，第十二军三十四师一〇一团政治委员。

关熙，山西省运城县（今运城市）人，1922年生，1937年参加革命，第十二军三十四师一〇六团参谋长。

刘俭，山东省荣成县（今荣成市）人，1922年生，

1940年参加革命，第二十七军八十师二四〇团政治处主任。

柳德山，河北省高邑县人，1920年生，1938年参加革命，第十二军三十一师九十二团副政治委员。

郭文仲，河北省定县（今定州市）人，1914年生，1938年参加革命，第六十四军后勤部秘书科科长。

葛增瑞，河北省滦县（今滦州市）人，1921年生，1938年参加革命，第十二军三十一师后勤处直供科副科长，1951年5月31日牺牲。

吴彦生，第十二军三十五师一〇五团团长，1951年4月牺牲。

储绍孟，河北省博野县人，1915年生，1937年参加革命，第六十五军一九四师炮兵团团长。

喻求清，湖南省平江县人，1912年生，1936年参加革命，第二十军后勤部部长。

赵渭清，山东省文登县（今威海市文登区）人，1922年生，1940年参加革命，第二十七军政治部宣传部宣教科科长。

王希功，山东省平度县（今平度市）人，1940年参加革命，第二十七军司令部侦察科科长。

廖亨禄，1913年生，平原省军区干部管理部副部长，1951年5月牺牲。

刘玉珠，山东省莱芜县（今济南市莱芜区）人，中国共产党党员，第四十军一一八师三五四团参谋长。

李仁芝，山东省人，1917年生，1942年参加革命，第二十七军八十师后勤处军需科科长。

左耳明，山东省栖霞县（今栖霞市）人，1912年生，1938年参加革命，第四十二军一二五师政治部组织科科长。

孟文彬，河北省永年县（今邯郸市永年区）人，1925年生，1938年参加革命，炮兵第八师三十一团副团长。

邢桂经，山西省定襄县人，1922年生，1937年参加革命，铁道兵团第一师二十一线路团副政治委员。

杜永福，陕西省宁羌县（今宁强县）人，1920年生，1937年参加革命，第二十六军七十八师炮兵团参谋长。

石存仁，河北省宛平县（后撤县，原辖地区分别划入丰台区、海淀区等）人，1919年生，1939年参加革命，第六十七军后勤部军械科科长。

高连喜，河北省唐县人，第六十三军一八九师五六五团副团长。

赵大海，山东省人，1924年生，1948年参加革命，空军航空兵第四师十二团团长。

王珩，河北省任丘县（今任丘市）人，1912年生，1938年参加革命，炮兵第八师师长。

纪晨辉，河北省饶阳县人，1923年生，1938年参加革命，第六十八军二〇三师司令部通信科科长。

李雪瑞，湖南省茶陵县人，1914年生，1931年参加革命，第六十七军二〇〇师师长。

康育同，河北省满城县人（今保定市满城区），1923年生，1938年参加革命，第六十八军二〇三师六〇九团参谋长。

赵顺启，河北省人，1922年生，1939年参加革命，第三十九军后勤部副部长。

习仁忠，山东省海阳县人，1923年生，1942年参加革命，第二十七军八十师侦察科科长。

边登甲，河北省定县人，1914年生，1937年参加革命，后方勤务司令部第五分部二十大站办公室主任。

张振一，山西省汾西县人，1920年生，1937年参加革命，第四十军一一九师卫生部部长。

焦骥，山西省临晋县（今临猗县）人，1919年生，1939年参加革命，炮兵第六十四师六一一团副团长。

王体光，山西省屯留县人，1917年生，1937年参加革命，第六十军一八〇师五四〇团政治处主任。

隗永文，河北省房山县（今北京市房山区）人，1922年生，1939年参加革命，第六十五军一九三师五七八团团长。

王雪琴，河北省定兴县人，1919年生，1938年参加革命，第六十五军一九三师五七八团政治委员。

何志祥，河北省徐水县人（今保定市徐水区），1924年生，1944年参加革命，第六十五军一九三师五七八团副参谋长。

陈森标，浙江省仙居县人，第二十军政治部秘书处科长。

吴国璋，安徽省金寨县人，1918年生，1930年参加革命，第三十九军副军长。

李俊彦，河南省西华县人，1920年生，1938年参加革命，第十九师炮兵第十七团政治处主任。

张汉华，湖北省京山县人，湖北省恩施县大队长。

李生辉，山西省永济县（今永济市）人，1916年生，后方勤务部第四分部十九大站参谋长。

王瑞，河北省涞源县人，1913年生，1938年参加革命，第六十八军二〇二师六〇五团副团长。

张明，山西省介休县（今介休市）人，1923年生，1937年参加革命，第六十八军二〇二师六〇五团政治处主任。

郭华安，河南省滑县人，1922年生，1938年参加革命，后方勤务司令部第一分部第三大站副站长。

张志宏，河北省南皮县人，1925年生，1939年参加革命，空军航空兵第六师十六团副团长。

陈达，河北省平山县人，1920年生，1938年参加革命，第六十五军后勤部军械科科长。

田有信，河北省魏县人，1919年生，1939年参加革命，川西军区教导一团副团长。

丁庆枝，江苏省铜山县（今徐州市铜山区）人，1939年参加革命，第三十八军留守处保卫科副科长。

史怀珍，山西省长子县人，1916年生，1938年参加革命，第三十九军司令部管理科科长。

程道健，江苏省淮阴县（今淮安市淮阴区）人，1924年生，1940年参加革命，第三十九军司令部通信科科长。

李宝珍，山西省崞县（今原平县）人，1917年生，1937年参加革命，后方勤务部第四分部参谋处处长。

饶惠潭，湖北省大冶县（今大冶市）人，1915年生，1928年参加革命，第二十三军参谋长。

贾广和，江苏省沛县人，1924年生，1939年参加革命，空军航空兵第十五师四十三团团长。

吕景文，山西省稷山县人，1916年生，1939年参加革命，第二十三军政治部组织处处长。

陆骏，湖南省邵阳县人（今邵阳市），1923年生，1942年参加革命，第二十三军六十七师二〇〇团政治委员。

王国华，河北省定县人，1915年生，1939年参加革命，第六十四军司令部管理科科长。

李俊德，安徽省金寨县人，1916年生，1937年参加革命，工兵第十三团副团长。

陈亮，山东省历城县（今济南市历城区）人，1926年生，1943年参加革命，空军航空兵第四师十二团团长。

董凤梧，河北省霸县（今霸州市）人，1922年生，1938年参加革命，火箭炮兵第二十一师二〇二团政治处主任。

蔡正国，江西省永新县人，1909年生，1932年参加革命，第五十军副军长。

王长息，山东省文登县（今威海市文登区）人，1917年生，1940年参加革命，第五十军一四八师第四四二团参谋长。

刘润西，河北省深泽县人，1918年生，1940年参加革命，第五十军司令部管理科科长。

张平甫，河南省滑县人，1921年生，1938年参加革命，第十二军三十五师一〇四团政治委员。

蒋炳柱，安徽省人，1922年生，1940年参加革命，第二十三军六十七师政治部组织科科长。

钱新民，安徽省桐城县（今桐城市）人，1924年生，第二十四军七十四师二二二团政治处主任。

牛景瑞，河北省饶阳县人，1925年生，1938年参加革命，第四十六军一三三师司令部侦察科科长。

曹生，山西省广灵县人，1922年生，1937年参加革命，第六十七军二〇一师六〇三团副团长兼参谋长。

王宪堂，河北省魏县人，1919年生，1939年参加革命，炮兵第三十三师四〇七团团长。

樊玉祥，河北省灵寿县人，1923年生，1943年参加革命，空军航空兵第十五师四十五团团长。

康致中，陕西省西安市人，1919年生，1937年参加革命，第一军七师十九团团长。

孙泽东，河北省清苑县人，1921年生，1938年参加革命，第一军七师十九团政治委员。

王伯明，陕西省富平县人，1921年生，1938年参加革命，第一军七师十九团参谋长。

傅颖，河北省易县人，1920年生，1937年参加革命，第一军七师十九团副政治委员。

刘复汉，河北省蠡县人，第一军七师二十一团副参谋长。

杜耀亭，山西省原平县（今原平市）人，1918年生，1937年参加革命，第一军七师后勤处处长。

王启光，河北省蠡县人，1922年生，1938年参加革命，第一军七师后勤处政治委员。

李中林，山西省汾阳县（今汾阳市）人，1924年生，

1937年参加革命，第一军政治部组织科科长。

赵文全，山西省代县人，1926年生，1940年参加革命，空军航空兵第六师十六团团长。

张祥，贵州省毕节县（今毕节市）人，1918年生，1935年参加革命，第六十七军一九九师五九六团副团长。

王德永，中南军区赴朝实习团副团长。

李文范，中南军区赴朝实习团副政治委员。

黄志渠，江苏省启东县（今启东市）人，1927年生，1940年参加革命，第二十三军六十九师司令部工兵室主任。

张力，山西省崞县（今原平市）人，1926年生，1939年参加革命，第六十七军二〇一师政治部青年科科长。

张子丰，第六十八军二〇二师六〇六团代政治委员。

李锦堂，河北省井陉县人，1915年生，1937年10月参加革命，第六十八军二〇二师六〇六团副团长。

陈建国，河北省藁城县（今石家庄市藁城区）人，1945年参加革命，第六十七军二〇〇师后勤处政治委员。

袁自生，北京市密云县（今密云区）人，1920年生，1941年参加革命，第六十七军二〇一师政治部干部科科长。

杜世英，后方勤务司令部第四分部三十四医院政治委员。

赵同义，河北省博野县人，炮兵第二师二十九团参谋长。

刘毓满，山东省黄县（今龙口市）人，1922年生，

1937年参加革命，第十六军四十七师炮兵团团长。

郭介人，河南省孟县人，1916年生，1940年参加革命，志愿军政治部文工团副团长。

……

这是一份长长的名单，名单出自解放军出版社《中国人民志愿军烈士英名录》，每个名字的后面，是简单得不能再简单的简历，包括这个人物的出生时间、地点、所在部队、曾经担任的职务。所列这些，还仅仅是在抗美援朝战争中牺牲的志愿军团以上干部的一部分。

请原谅，我用这么长的篇幅来列举这些名字，以及这些名字背后那些看似繁琐的身份信息。那些半人高的《中国人民志愿军烈士英名录》摞在我面前，当我将这十二卷一一铺开，大海捞针一般搜索烈士的名字和身份信息时，他们不再是一个个简单的名字，而是一个个活生生的人。他们站在我的面前，年轻的脸庞写满青春的欢乐。我仿佛听到他们对我说："请你记住我的名字，请你把我从书页中带到未来吧！"

如果，有一天，你同我一样读到他们，请不要将目光匆匆挪开，更不要将书页匆匆翻过，请你——请你一定同我一道，大声地、用心地读出他们。九泉之下的他们会听得到你和我对他们的深情呼唤。

1950年，中国人民的优秀儿女组织起志愿军，跨过鸭绿江。
（新华社资料图片）

第四章

北　国

一

仲秋，九月。

露沾蔬草白，天气转青高。白露一过，鸿雁渐来，玄鸟思归。

天空晴朗得令人心醉。清凉的海，清凉的风。

风，驾驭着云海，在蔚蓝的高空里，一路向西、向南，向西，又向南。云朵翻滚起伏，恣意飘荡，时而交织、时而分离，时而喷涌、时而静止，变幻着形状和高度，东拉西扯，狼奔豕突，仿若一个巨大的梦境。

几天前，还是高阳暖照。仲秋的太阳炽烈火辣，阳光像瀑布一样重重地跌落下来。然而，不知从何时开始，天边飘来一朵朵乌云，遮住了太阳，一道闪电划过天空，一阵响雷呼啸而过——这是这个秋天的第一道闪电、第一声雷鸣。紧接着，淅淅沥沥的小雨飘然而至。又一道闪电，又一声惊雷，一场小雨演变为一场大雨，铺天盖地。雨伴随着风，风催促着雨，越来越猛，越来越急，房屋、树木似乎被轻烟笼罩着，一切变得朦朦胧胧，道路被水淹没，天地都成了水的世界。

飞机掠过云端，发出巨大的轰鸣。从高空俯视地面，朝鲜半岛、山东半岛、辽东半岛，像大陆探向海洋的巨大触手。曾几何时，巨大的触手筋骨相连，喜马拉雅造山运动让这里发生了翻天覆地的变化，下辽河、渤海地层断陷，陆地开始了壮烈的扭曲、断块、隆升、岩浆喷发，渤海海峡断裂陷落，辽东半岛与山东半岛遂分割成为两个半岛。

弹弓一样的渤海湾和黄海湾，如巨人般用两个巨大的手臂，坚定地挽起了朝鲜半岛、山东半岛、辽东半岛。碧蓝的海水在阳光下翻着晶莹而细碎的浪花，海潮如同听到了冲锋号角的队伍，掀起了一个又一个浪头，喧嚣着，鼓噪着，呐喊着，飞舞着，跌跌撞撞，层层叠叠，拼命地冲上海滩，扑向海岸，远远望去，像千万只展翅飞翔的白鹭，如千万匹脱缰狂奔的烈马，似无数条怒吼狂叫的巨龙，撞击在岩石上，绽开千万朵洁白晶莹的浪花。

辽阔的北方，肃穆的北国。

千百年、千万年甚至亿万年以来，古老的黑土地以母亲养育儿女的方式，以土地滋生万物的方式，以江河承载舟船的方式，以大海涵养生命的方式，孕育、收纳、包容、埋葬着无数生灵，见证着生命的兴衰生灭。

无穷无尽的雨水，用君临天下的气势俯视着人间。人间，则以最深刻的赞许、最决绝的奉献、最无边的喧嚣、最冷静的哲思，回馈这无边的诚意。云层之上，澄澈的暖阳，为万物镶了一道热气腾腾的金边，这是生灵和世界的对话，这是天空与大地的告白。

偌大的沈阳桃仙国际机场，一派寂静。

淅淅沥沥的雨声让这里越发空寂。

静谧的世界里，似乎听得到雨滴坠落到地面的声音。

整个沈阳、整个东北、整个中国，都沉浸在安静肃穆之中。

中国空军运输机从首尔起飞，飞过板门店，飞过平壤，飞过鸭绿江，飞过丹东……越飞越低。发动机轰鸣着，掠过山峦，掠过海洋，掠过陆地。

飞机越飞越低。从空中，可以清晰地看到绿意盎然的原野、纤毫毕见的河流，看到经纬交织的街道、飞驰而过的车流。

高耸入云的白皮松向天空张开臂膀，在黑土地上，举目皆是耐贫瘠、耐干旱、耐严寒的蒙古栎，它们是从远古走来的老者，隐忍从容，沉静淡定，将庄重与荣耀、思念与神圣深深埋藏在心底。细弱的柳枝像曼妙的仙子，和着清风翩翩起舞，她们，在一众刚烈生猛的蒙古栎和白皮松里高蹈轻扬、浅吟低唱，它们的舞姿让风都慢了下来、绿了起来。高高的槐树整整齐齐地排列，如同一队队即将出征的战士，枝叶茂密，绿荫如盖，斑驳的纵裂纹布满灰褐色的树皮，裂纹从树根蔓延到树梢，写满了时间的痕迹。油松，用笔直的抑或倾斜的臂膀托举着成千上万枚松针，团团锦簇的松针之间是穗状花柱，松树黄褐色的树干上密密麻麻都是灰褐色的裂缝与鳞块。

铺天盖地的麦仙翁、齿缘草、籽粒苋、紫云英是北方最常见的草种，它们是寒冷的北方最长情的恋人。冬天，它们蜷缩在冰雪之下，可是只要一有春的信息，它们便迫不及待地吐露芽苞，伸展手臂，葳蕤向上，春冰初泮的水边有它们的身影，春风荡漾的山谷有它们的欢笑，它们用最坚定的信仰活着，风霜雪雨，浑然不怕。

辽宁，中国人民志愿军的集结地，抗美援朝的出征地。

我对无名氏的寻找，就从这里开始。

二

一座四孔残桥矗立在夏日的鸭绿江中，残破不堪。

桥从西岸起势，匍匐而上，一路向东延伸，到了河中心戛然而止。桥身已被炸断，一半悬在河面上，另一半沉寂在河水里。断裂的残面像是巨人折断的手臂，无力地裸露着巨大的伤口。钢筋从水泥里挣扎出来，散向四周。

桥墩伫立着，钢梁上弹孔累累，诉说着峥嵘往事。

鸭绿江，古称浿水，汉朝称为马訾水，自长白山南麓蜿蜒向西南流去，此江缘何名为鸭绿江？自古以来众说纷纭。满族先民在其古老的语言中将这条江称为Yaluula，也就是"边界之江"。唐朝杜佑《通典》记载，这条长度近八百公里的鸭绿江江水终年碧绿，如鸭头之色，故而得名。又有人说，因上游地区有鸭江和绿江两条支流汇入，故合而为一，并称为"鸭绿江"。

鸭绿江，因其重要的地理位置而闻名。它是中国和朝鲜半岛之间的界河。鸭绿江岸西北方向，便是中国。溯江而上，木桥、石桥、铁桥、钢筋混凝土桥，浮桥、圬工桥、跨河桥……各式各样的桥却多如这般，在河流上留下半截残存的躯体。数不清被炸断的大桥横亘在江面，无言地诉说着数十年前的那场战争。

夏日炎热的太阳炙烤着大地，河水清澈见底，自东北向西南汩汩流淌。鸭绿江流域气候凉湿，江边分布着中国北方重要的生物物种——以红松、枫桦为主的针阔叶混交林，以及被誉为"森林之王"的栎林，据说这种树的年龄可以达到千年，早期希腊人认为它是最早出现在地球上的树种。

这里是丹东，曾经叫作安东。

丹东，与朝鲜的新义州隔江相望。中国与朝鲜有着1400多公里长的边境线，丹东是距离朝鲜最近的中国陆地。1950年10月19日，中国人民志愿军战士肩负着祖国和人民的重托，从这里出发，跨过鸭绿江。

志愿军将士过江的桥，已在多年前被炸弹损毁。今天的鸭绿江上，残桥是一道风景，这是抹不掉的历史伤疤，更是中国人民心底的创痛，召唤着我们今天的触摸与寻找。

壬寅年夏日里最热的一天，我来到这里。

这个夏日比以往更炎热，阳光照射在葱葱郁郁的红松、枫桦、栎树和雪松上，好像照射在多年前的往事上。光影在透明的空中蒸腾，这里的一切无言地印证着岁月。阳光，宛如一支穿心之箭，穿越云翳，穿越山梁和旷野，穿越楼宇和树梢，呼啸而来，穿透我的心，我的心事就这样潇潇洒洒地落满大地。

伫立在桥边，我遥想着当年的场景。年轻的志愿军战士，他们就是从我今天站立的这块土地出发，向着苍茫的夜色行进。前面，是无尽的黑暗，无尽的寂静，没有歌声，没有鲜花，一切都在暗夜中进行。他们不知道前面迎接他们的是什么——或许是生，或许是死，或许是威震疆场，或许是埋骨异邦。但是，志愿军将士勇往直前，毫不退缩，心中只有一个信念：保和平、卫祖国、保家乡！他们出发的时候，还是青年，大多是20岁左右的年纪，有的甚至只有十七八岁，他们在黑夜中无所畏惧地走着，稚嫩的脸庞是纯真未泯，更是坚忍与坚定。是什么让他们无惧黑暗、毫不退缩？是什么让他们心怀梦想、勇往直前？

站在残桥边，仿佛站在时间的门槛上，我只望见了两个字——

永逝。

晚霞，拖着万道金光，将眼前的一切收藏进她温暖的怀中。一场伟大的战役即将开始，一个伟大的故事也刚刚露出苗头。我准备着，拿起我的笔，写下那些让我有如万箭穿心的感受，那些被历史的尘埃重重覆盖的故事。

三

还记得老战士李相玉吗？

在辽宁铁岭的家里，90岁的李相玉含着泪对我说，1950年10月25日，那是他永生难忘的一天，18岁的志愿军战士与南朝鲜军先头部队在朝鲜的崇山峻岭中不期而遇。

11月1日，号称"开国元勋师"的美军骑兵第一师，在朝鲜北部重要的交通枢纽云山镇集结，准备由此向北继续进攻。傲慢的美军没有想到中国会出兵参战。志愿军三十九军在炮火掩护下，向云山发起进攻。志愿军战士攻入城内，发现对手竟是美军王牌师。官兵们血脉偾张，斗志更加昂扬："打的就是你这个王牌师！"

志愿军取得了同美军在朝鲜战场首次较量的胜利。美骑兵第一师遭受重创，第八团大部被歼。第一次战役，志愿军歼敌1.5万余人，将"联合国军"打退到清川江以南，用胜利初步稳定了朝鲜战局，站稳了脚跟。

然而，生死较量才刚刚开始。

11月21日，美军第七师推进到鸭绿江边的惠山镇。24日，"联合国军"总司令麦克阿瑟乘飞机到鸭绿江上空巡视一圈，向全世界宣布总攻势开始，并说："我希望我的话可以兑现，就是孩子们可以回家过圣诞节。"对于他的这种狂妄，李奇微都嗤之以鼻："麦克阿瑟的表现一如既往的乐观，在胜利还没有到手之前就认为已经大获全胜。"

就在麦克阿瑟口出狂言的第二天，志愿军全线发起战役反击。

四

广袤的辽沈大地，是中国人民志愿军的出征地，是志愿军烈士的安葬地。

在沈阳的每天清晨，我都会准时到达这座烈士陵园。

宽阔的青年大街从南向北一路贯通，这条起自沈阳桃仙国际机场、北至沈阳北站公铁桥的大街是沈阳这座国际化大都市的标志。谁能想象得到这里原来还是一片荒地，北部是沟堰胡同和平房，南部是臭水泡子。城市改造时，青年大街与北京街、浑河大街合并，北京街更名为青年北大街，浑河大街更名为青年南大街。我漫步在青年大街，想象着70多年前东北边防军在此集训的场景，心中感慨万端，如果从那条小土街算起，这条街道已经快100岁了，可它依然是沈阳的颜值担当。这条人们无比熟悉的街道，从一条小土道发展到现在的12164米长街，见证了城市的蜕变，成为今天沈阳的"门面"。青年大街作为沈阳地理、政治、经济、文化的中轴线，沿线都是鳞次栉比的建筑。

从我的住处到烈士陵园有点距离，但大多时候我会走过去，这座老城的魅力就在它日常的烟火气里。这里的清晨是忙碌的，我在忙碌的人流里穿梭。大街小巷那些急匆匆的身影，那些专注而坚定的脚步，那些匆忙而快乐的笑脸，让我恍若隔世。

蔚蓝的天空，白云飘荡。市民广场上，十来位老人正在习练太极拳，他们三三两两，穿着宽松舒适的练功服，每日准时来到这里。朝霞映射着他们飘逸的身形，柔软的练功服像是罩在他们身上的一朵朵白云。远处，一个清瘦的女孩背着书包快步走着，她的校服衣襟敞开，风从她的胸前吹到身后，依稀可见背部"东北育才"四个大字。她的双耳扣着一副大大的耳机，嘴里念念有词，可能在背诵课文，也可能在背诵英文单词。近处，一个个身形挺拔的青年站在一棵同样挺拔的国槐树下，正在打电话："你不是谈判专家吗？这些问题难不倒你，我相信你，你能谈得下来，我们的利益不能受损，这是我们的核心利益，不能放弃，更不能退步！这些你明白，我明白，你比我更明白！"他越说越着急，越说语速越快，他的左手握着手机，右手对着虚空比比划划。他的眼睛澄澈明亮，年轻的脸庞鼓荡着春风，他的所有故事都写在脸上。

看到他着急的样子，我不由得笑了。当年英勇的将士们冒死出征，他们究竟是为了什么？他们想看到的，不正是这平凡的幸福吗？这些日日享用而不觉的快乐，让人心生感动。

我摊开双手，右手中指指尖第一个关节内侧，有一个硬硬的茧子，这是常年握笔摩擦出来的。这些年，我采访、记录、整理的志愿军的口述和文献，也有几十万上百万字了吧？每一个字的背后，都是一段难以忘怀的往事。我摩挲着手掌，那粗粝的感觉让我无比踏实。

1950年6月25日，朝鲜内战爆发。美国第七舰队侵入中国台湾海峡，与此同时，位于鸭绿江畔的东北边境城市安东、辑安，不断遭遇美军轰炸。毛泽东签署命令，将东北边防军改为中国人民志愿军，赴朝作战。

今天位于辽宁丹东的长甸河口村，是部队过江的重要渡口。正是在这里，担任志愿军总部俄语翻译的毛岸英，辞别新婚的妻子，从河口鸭绿江桥踏上了战火纷飞的前线。也是在这里，毛岸英留下了他在祖国最后的身影。

作为抗美援朝出征地的辽宁，既是前线的大后方，又是后方的最前沿。大批志愿军部队从鸭绿江畔的安东集结过江，作战物资从这里运往对岸的朝鲜战场。

我想象着马市村口浮桥当年的场景。深秋的北方，已经寒风凛冽，寒凉刺骨。浩浩荡荡的队伍，一眼望不到边，他们怀着必胜的信心，横跨鸭绿江。

丹东正北70余公里，是辽宁凤城。如今，23位中国人民志愿军空军烈士，静静地长眠于他们当年起飞的地方。70年前的这里，是一座紧急修建而成的战时机场。

抗美援朝战争期间，辽宁修建了丹东浪头机场、青椅山机场、大孤山机场、大堡机场，沈阳于洪机场、北陵机场、东塔机场，辽阳机场，鞍山机场等10余座军用机场。

1951年1月21日，刚刚组建不久的志愿军空军第四师从浪头机场起飞，由此拉开了空战的序幕。一周后，首次取得击落、击伤美机各一架的战绩。

这些"空中拼刺刀"的勇士，是新中国空军的第一代飞行员，也曾是来自陆军部队的战斗英雄。

在中国人民志愿军炮兵第一师二十六团的战前动员会上，五连指导员麻扶摇用一首短诗，代表全连作了发言。这首凝聚着战士们决心与意志的出征诗，经过作曲家周巍峙的创作，成为《中国人民志愿军战歌》，传遍朝鲜战场，响彻中国的大江南北：

雄赳赳、气昂昂，跨过鸭绿江。

保和平，卫祖国，就是保家乡！

1953年4月9日，《纽约时报》刊发一则重磅新闻："双料王牌飞行员费席尔在朝鲜失踪。"

两天前的空战中，被击落跳伞后的费席尔，在大堡机场附近山坡上被俘。费席尔没有想到，击落自己的，竟然是年龄还不到20岁的志愿军飞行员韩德彩。

费席尔没有想到的，还有很多。新中国成立之初，全国钢铁产量不足美国的百分之一，可谓一穷二白。1951年6月1日，中国人民抗美援朝总会向全国人民发出了《关于推广爱国公约，捐献飞机大炮和优待烈士军属的号召》。动员全国各界爱国同胞，不分男女老少，都开展爱国的增加生产、增加收入的运动，新增加的收入用来购买飞机、大炮等武器，捐献给中国人民志愿军部队。短短一年时间，全国各界人民群众总共捐款55650.37亿元（旧币），当时这些钱款可购买3710架战斗机。

往事像一座大山，压得我几近窒息。曾几何时，积贫积弱的旧中国，一度被西方列强欺负得抬不起头来。

1917年，刚刚回到中国履新北京大学校长的蔡元培还不满50岁。作为北京大学的第十三任校长，等待他的是一个棘手的摊子：教员因循守旧，学生无心向学，校园毫无生气。立志改革的蔡元培冒着严寒发表就任演说，并试图用教育掀起一场意义更加深远的革命："吾人切实从教育入手，未尝不可使吾国转危为安。"

1919年，孙中山刚刚完成《建国方略》。在这个方略中，他写

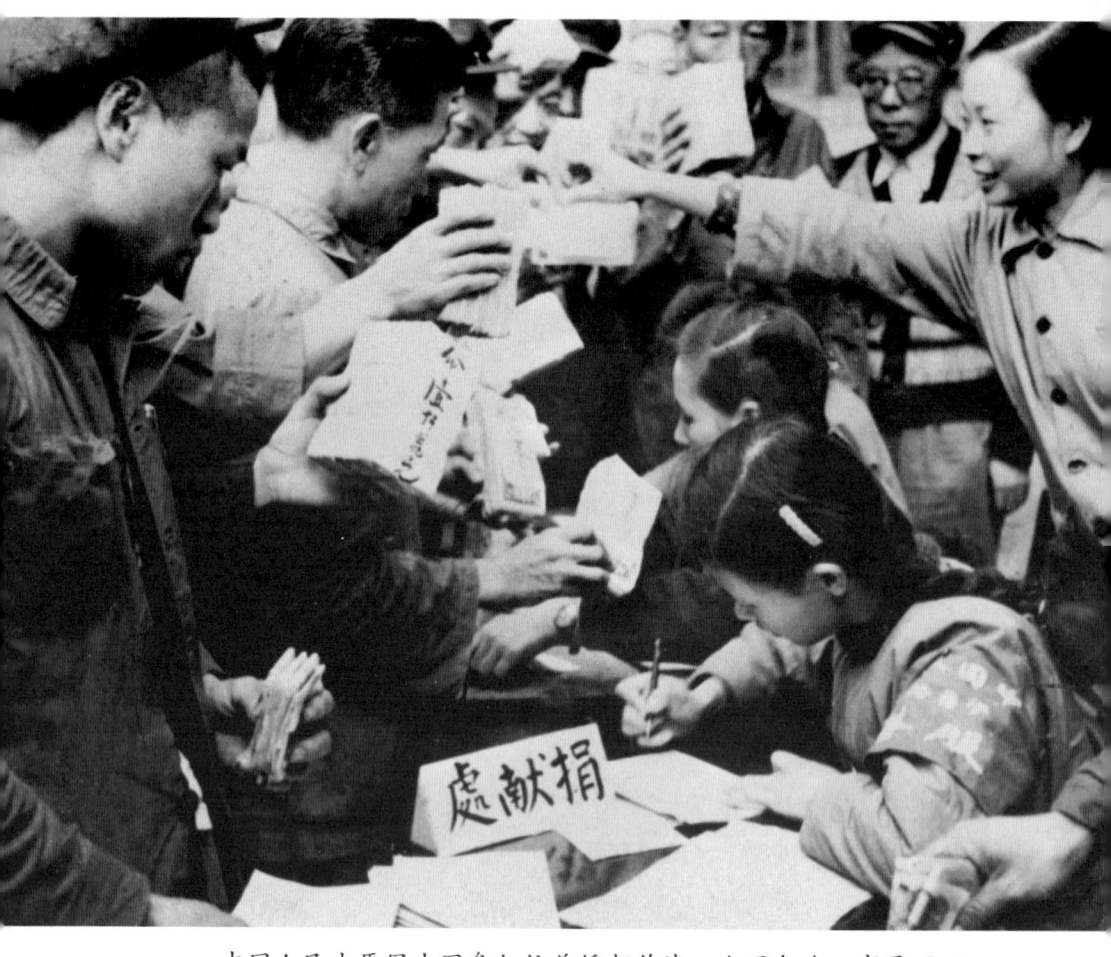

中国人民志愿军出国参加抗美援朝作战,全国各地工商界踊跃捐献款项,支援志愿军。这是重庆市工商业者捐献的情形。(新华社资料图片)

出了当时中国无法实现的梦想：修建16万公里铁路和160万公里的公路；分别建设华北、华东、华南三个世界级港口，覆盖环渤海、长三角和珠三角，并整修全国水道和运河；中国要采取"开放包容"的政策，大量引进外国雄厚资本和先进技术来发展国内实业；建立一个民主、博爱、天下为公的理想社会，希望未来的中国人怀抱"替众人来服务"的理念，具备强烈的责任感和无私无畏的精神。

1935年，方志敏在生命的最后日子里，写下了感人肺腑的《可爱的中国》，畅想他心中的中国未来："到那时，到处都是活跃跃的创造，到处都是日新月异的进步，欢歌将代替了悲叹，笑脸将代替了哭脸，富裕将代替了贫穷，康健将代替了疾苦，智慧将代替了愚昧，友爱将代替了仇杀，生之快乐将代替了死之悲哀，明媚的花园，将代替了凄凉的荒地！"

今天，方志敏畅想的"未来中国"正在和平崛起，充满了日新月异的进步。蔡元培所期待的"更加深远的革命"终于"使吾国转危为安"。孙中山的四个"无法实现的梦想"已成为现实——截至2021年年底，中国公路总里程已达528万公里；中国拥有占全球70%以上的5G基站，新能源汽车保有量约占世界一半，消费级无人机占据一半以上全球市场，人工智能专利申请量占全球总量70%以上；在全球港口货物吞吐量和集装箱吞吐量排名前十的港口中，中国港口分别占8席和7席……

中国人民受困于贫穷太久，所以对幸福的期冀才十分深沉；中华民族曾经历无数的曲折，所以对和平的梦想才格外执着；无数仁人志士为此理想抛头颅洒热血，不惜以生命为代价，所以他们的子孙后代对今天的收获才更加珍惜。

而今，历史的硝烟已然散去。然而，那些在战火中流下的热血，那些消逝的身影，以及那个难忘的时代、那些永远热烈的血色记忆，将永远深深镌刻在中华民族的心灵中，凝聚成中华民族不朽的丰碑与传奇。

五

绿草如茵，松柏簇拥。

天刚刚破晓，一轮弯弯的月亮还恋恋不舍地高挂在天上。一座又一座墓碑巍峨耸立，一条又一条墓道庄严肃穆。

这是抗美援朝烈士的墓园。

不知道有多少个肃穆的清晨，我的心从这里苏醒。

我们从他们的墓碑前走过，轻得像夏日的一阵清风吹拂，像夜晚的一轮朗月明照，就这样轻轻地从长眠在此的他们身边走过——不要惊动了他们的好梦，睡吧，睡吧。

当年，他们浴血疆场，奋战厮杀，今天，他们闭上眼睛，就让他们好好休息。

在抗美援朝战争中牺牲的中国人民志愿军将士，除少数团级以上干部和著名战斗英雄遗体安葬在沈阳、丹东等城市的烈士陵园外，大部分牺牲者仍安葬在朝鲜或散葬在韩国。

抗美援朝烈士陵园由原东北军区政治部修建于1951年初。同年8月，烈士陵园落成，同年12月，移交沈阳方面管理。

在这里，安葬着123位志愿军烈士。他们当中有用胸膛堵住敌人机枪口的特级战斗英雄黄继光，有抱着炸药包冲向敌群的特级战斗英雄杨根思，有烈火烧身也不暴露潜伏目标的一级战斗英雄邱少云等28位战斗英雄，还有志愿军高级指挥员五十军副军长蔡正国、三十九军副军长吴国璋、二十三军参谋长饶惠潭等95位团职以上干部。这些深深埋藏在中国人记忆深处的闪光名字，连同他们的爱国主义、国际主义、英雄主义精神一道，在我心中筑起了一座不朽的丰碑。

青山埋忠骨，他乡有忠魂。

月亮是一盏失眠的灯，陪伴着我们，凭吊着那些多年前的往事。

第五章

家　书

一

"为了祖国人民，需要站在光荣战斗最前面……"

"我们翻身了，有了说话的机会，我们应该放开喉咙，大胆地说……"

"我要努力学习积极工作，坚决杀美国鬼子，争取戴上光荣花，使得全家光荣。"

"为了让所有的受苦人都能过上好日子，我死又算啥子么……"

"你看如何，炮都常在叫啸……"

在整理志愿军烈士资料的过程中，最让我感动的是这些永远无法抵达的家书。70多年前，290余万中国人民志愿军将士离开祖国，奔赴战场。在遥远的异国他乡，他们思念亲人、怀想故土之时，他们奔赴战场、挥师杀敌之时，没有想到未来的某一天他们会沉睡在异国这冰冷的土地上。时空暌隔，他们所思所想都是"待我回家，共享和平"，而今，纸短情长，这些所思所想成为他们的生死誓言与滚烫诀别。

然而，他们中的很多人，家书还未寄出，甚至未待写完，已经血染沙场。这些情意浓浓、祝福满满的家书中，有他们的思念、他们的热恋、他们的忠诚，在这些家书中，我找到了他们的根脉、他们的故土、他们的家国。

这些家书，收藏在抗美援朝纪念馆、中国人民革命军事博物馆和中国人民大学家书博物馆等不同地方，书信里，字字句句都是他们对家人的无尽思念和对祖国的无限忠诚。

二

重读家书，重温历史，往昔像潮水一样扑面而来。

罗盛教，提起这个名字，很多人都会想起小学语文课本中，那个纵身跃入冰窟为救落水朝鲜少年崔莹而牺牲的年轻战士。

1951年4月，罗盛教随中国人民志愿军第四十七军赴朝参战。罗盛教在部队一共给父母写过4封信。在入朝前，他给父母写过3封信，他的第一封信写于1950年5月1日。在信中，他鼓励家人努力生产，解决困难。

父母亲：

我们穷人在国民党反动统治下，是抬不起头来的。今天我们解放了，得到了自由，我们应该爱护我们的祖国，向人民政府购买公债，以期建设我们的新国家。我们翻身了，有了说话的机会，我们应该放开喉咙，大胆地说，说出在国民党反动统治下所受的苦难……这些冤枉事实，应在诉苦会上大胆地说出来，以更深的（地）启发其他的穷人的觉悟，和彻底摧（推）翻他们的封建势力，免得他们再在乡间蔓生。

减租退押运动到底展开了没有？这事是关乎我们穷人的，是解决我们的困难的，我们应该团结其他受苦受难的人，向有钱的人做生死的斗争，不退就不行，不要以为他向我们流了泪就宽谅他，这是不对的，因为他们欺压我们穷人，已有几千年了，他们骑在我们头上剥削我们是不留情的，他们不管我们穷人有没有给他的，他一定要，就是逼死人也要。我们过去被人家赶牛、猪，强迫当卖，就是他们对我们的手段。

我们今天翻身了，要他们退我们的钱，还我们的债……

男在这里身体很好，请不要挂念，你老安心生产，多开荒。现在与以前不同了，以前是做出来的有一大半是别人的，现在做多少收多少、绝对没有人敢抢我们的。我们应该响应毛主席的号召，努力生产，解决困难，建设我们的新国家。余未多写了，专此谨禀并叩

福安！

男　盛教雨成禀

五·一

这些家书情感真挚、言语炽烈，让我对他有了更多的理解，也对志愿军将士有了更多的理解。罗盛教是一个思想境界和道德情操非常高尚的人，他的英雄壮举不是一时的情感冲动，而是一以贯之

的思想所系。

在朝鲜作战的日子里，罗盛教目睹敌机炸死朝鲜妇女和儿童，他在日记中愤怒地写道："当我被侵略者的子弹打中之后，希望你不要在我的尸体面前停留，应该继续勇敢前进，为千万朝鲜人民和牺牲的同志报仇。"战斗之余，罗盛教经常帮助房东大妈担水、劈柴，他和朝鲜老乡们结下了深厚的友谊。

牺牲的前一晚，罗盛教给父母写了一封信。这封信并不完整，是他偶发感想，但是从其中的只言片语，我仍然能读懂他的真情与感动："青春是美丽的，但一个人的青春可以平庸无奇，也可以放射出英雄的火光。我必须把我放在炉火里，看看我是不是块钢铁。"

1952年1月2日清晨，4名朝鲜少年在平安南道石田里村的河上滑冰，这是战争年代难得的祥和时刻。其中一个叫崔莹的少年，不慎压碎冰块掉入2米多深的冰窟，另外3名少年大声呼救。

正在冰河上练习投弹的罗盛教听到求救声，便向出事地点飞奔。他边跑边脱掉棉衣，冒着零下20摄氏度的严寒，纵身跳入冰窟，潜入水中找崔莹。

罗盛教两次把崔莹托出水面，都因冰窟周围冰层破裂，崔莹又跌入水中。几经周折，罗盛教被冻得全身发紫，浑身打战，难以支撑，但仍以惊人的毅力再次潜入水中，用尽最后的力气，把崔莹顶出水面。这时一名战士赶到，将崔莹抢救上岸。罗盛教却因力气耗尽，无力浮出水面，献出了宝贵的生命。

这一年，他只有21岁。

朝鲜人民怀着沉痛和崇敬的心情，安葬了罗盛教烈士，并且为他修建了一座纪念碑，上面刻着金日成的题词："罗盛教烈士的国际主义精神与朝鲜人民永远共存"。朝鲜民主主义人民共和国最高人民会议常任委员会追授他一级国旗勋章、一级战士荣誉勋章。中国人民志愿军领导机关为罗盛教追记特等功，授予他"一级爱民模范"荣誉称号。

1953年7月28日，《关于朝鲜军事停战的协定》签字后第二天，罗盛教的父亲罗迭开写下给朝鲜人民军的信：

> 盛教到了朝鲜后，曾几次写信告诉我说："不赶走美国侵略者，不使朝鲜获得自由和平，誓不回家！"现在朝鲜停战协定已经签字，盛教生前的愿望已经初步达到，这是可以告慰于他的。我的儿子盛教牺牲后，朝鲜人民把他当作亲生儿子一样安葬在你们英雄国家的土地里。我深深地感激你们，我和你们血肉相连的友谊是牢不可破的。

从这封情真意切的信中，可以看到英雄父亲的善良、忠义，正是这种品格，从小培养和造就了罗盛教，使他有了舍生忘死、舍己救人的思想基础。

1953年10月，罗迭开随中国人民第三届赴朝慰问团访问朝鲜，他第一次见到了儿子罗盛教在朝鲜的墓地，见到了少年崔莹。

崔莹飞奔上来，一把抱住罗迭开，亲热地叫他"爸爸"。罗迭开顿时老泪纵横。1954年3月14日，朝鲜第三届访华团抵达北京，崔莹幸运地成为访华团一员，时隔半年之后，崔罗两家人再次见面了。

此后数十年间，崔罗两家一直保持着密切的来往。

罗盛教牺牲了，他的精神永远活着。罗盛教牺牲的朝鲜村子已经改名罗盛教村，牺牲的那条河已改名罗盛教河，安葬他的佛体洞山已改名罗盛教山。罗盛教，他的名字与山河并存。

三

在志愿军烈士家书中，最令我印象深刻的是李征明的6封家书，可谓别具一格。

1950年，李征明应征入伍，1952年赴朝，在志愿军任文化教员，曾荣立二等功。

李征明有两个比他小十几岁的妹妹李曼、李晖。他担心年幼的妹妹识字不多，看不懂家书，在给家里的信中用绘画来替代词语。

"可爱的妹妹"几个字是李征明心目中李曼、李晖的形象，她们梳着齐耳的短发，年纪更小的李晖头上还扎着蝴蝶结。作为文化教员，李征明的文字书写很是漂亮。

他与妹妹们的交流，字里行间充满了生活的情趣。

今天，这些有趣的"表情包"超越了时间的阻隔，让人耳目一新，兄妹之间的熟稔和温暖隔着岁月流淌而来，格外感人。当年年幼的妹妹今天已经是年逾耄耋，她们至今记得，等哥哥来信、给哥哥回信，是她们那时最快乐的时光。

这是李征明给妹妹李晖的信，让我尝试"翻译"给你：

亲爱的晖妹：

你怎么不给我来信？我很希望你常常给我写信。报告你的学习情况，让我好高兴，你也可将你最喜欢的事情告诉我。关于家里一切情况也好告诉我。上次我寄30万块钱

亲爱的 🧒 你怎么不 ✉ 我很希望你常々给我 ✉。很希放的 👩 情况,让我好高兴,你也可以将你们最喜欢的事情告诉我,关于 🏠 一切情况,也好告诉我,上次我寄 💴 30万去大哥处要他给你买 🖊 和 📏 你高兴吧,还不知大哥是否能办得到得现在他还未给 ✉ 还不知收到没有,你也不要 ❤ 只要你好好学习,我会准备送你们 📚 👤 🖼 你愿意吧,你要和三姐团结好不要闹意见要帮助其他同志 📖 并要帮助妈妈做活不要麻人在学校里要听老师的话做一切

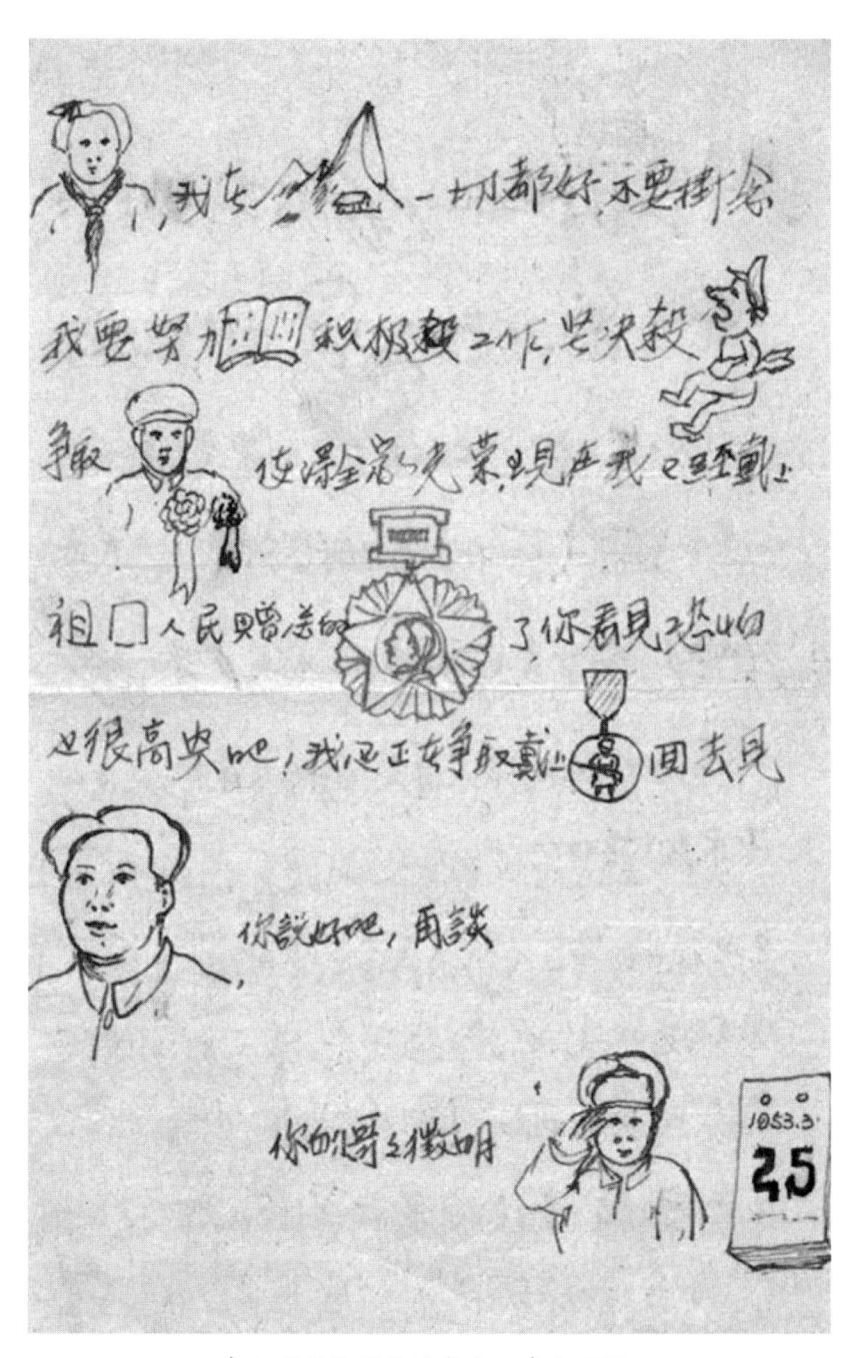

李征明写给晖妹的家书，感人至深。

（旧币）去大哥处要他给你买钢笔和口琴，你高兴吧，还不知道大哥是否能办，直到现在他还未给我来信。还不知收到没有。你也不要掛（挂）心。只要你好好学习，我今后准备送你们去上女子中学。你愿意吧！你要与三姐团结好，不要闹意见，还要帮助其他同学学习并要帮助妈妈做活，不要磨人。在学校里要听老师的话，做一个优秀的少先队员。

我在上甘岭一切都好，不要挂念。我要努力学习积极工作，坚决杀美国鬼子，争取戴上光荣花，使得全家光荣。现在我已经戴上祖国人民赠送的最可爱的人勋章了，你看见恐怕也很高兴吧！我还正在争取戴上军功章回去见毛主席！你说好吧，再谈。

你的哥哥征明敬礼

1953年3月25日

这是李征明给妹妹李曼的信：

曼妹：

你寄来的信我已收到了，甚慰。知你已经升到三年级为颂！希望你和八姐继续团结下去好好读书。你们来信都说不要口琴，这个问题我已经寄信给大哥了，还要他买新花木兰等书给你们读。不要急，买点东西也不要紧，家中生活困难我再想办法来解决，不要愁。只要你们能好好学习，我可以把我的每月津贴都寄回家去。下次再来信可将你们学校情况告诉我（地点、人数、学习情况）。并将我

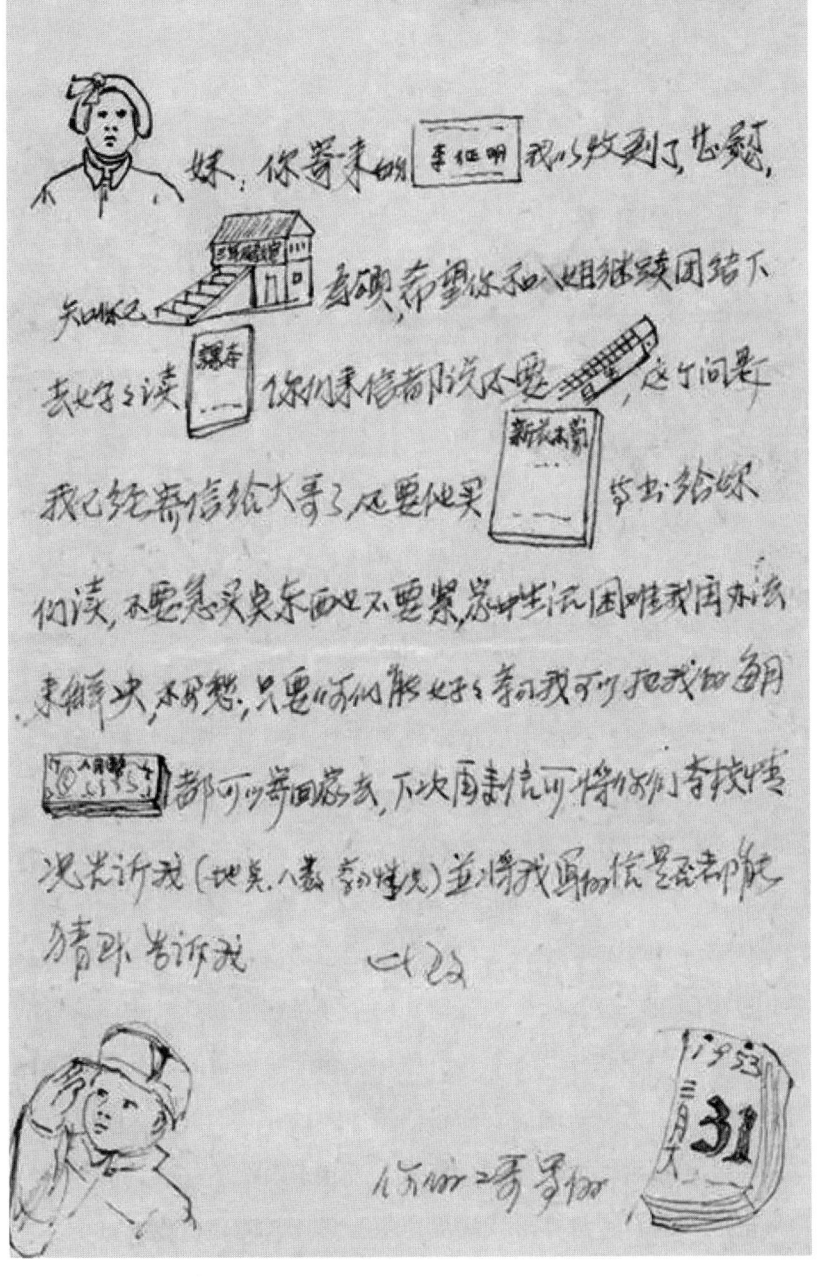

李征明写给曼妹的家书,别具一格。

写的信是否都能猜到告诉我。

　　　　　　　　　　　此致

敬礼

　　　　　　　　　　你的二哥写的

　　　　　　　　　　1953年3月31日

　　李征明在家书中发明的"表情包",可谓丰富多彩,有他自己的头像、两个妹妹的头像,也有日历、上甘岭、课本、信、学校等词语的简笔画。

　　李征明自幼聪明好学,会画画,拉胡琴,歌唱得也好。他用家书寄托对家人的思念,他给家里的信格外别致,与众不同。在写给父母的书信里,是他温暖的宽慰和坚定的表达。在写给妹妹的信里,鼓励妹妹们努力学习知识,做一名优秀的少先队员。他在朝鲜战场一共留下了6封家书,字里行间体现了他对祖国的热爱,对家人的眷念。

　　然而,他所有的信里,没有提一个苦字,他反复强调的只有一句话:"我在上甘岭一切都好,不要挂念。"

　　1953年6月23日晚,志愿军对五圣山前沿敌阵地发起了猛烈反击。这次消灭了敌人六个加强连和两个守备连。在战斗中,李征明英勇顽强,他在信中写道:"今天流血流汗是光荣的,是为了朝鲜人民的独立,为了祖国的安全建设,使人民和我们的家人过上好日子……"在硝烟弥漫、尘土飞扬的枪林弹雨中,他奋勇抢救伤员,把自己的生命置之度外。这次战斗中,李征明两次负伤,第一次他坚持战斗绝不撤退,第二次终因伤势过重,救治无效,壮烈牺牲。

　　半年后的1954年1月23日,家里收到李征明生前部队战友的来信，家人才知道他在朝鲜战场上残酷的战斗生活。战友还捎来了李征明牺牲前的最后一句话："同志们！好机会到了，我们来个杀敌比赛，看谁打得猛，杀的鬼子多，在这次战斗中立功当英雄！"

得知李征明牺牲，他的母亲一夜之间白了头发。李曼、李晖记得，母亲每天都拎着一个竹篮子，装着火纸，带着她俩去家附近的一个大路口，朝着她以为的朝鲜方向，给儿子烧纸。

更让李曼、李晖没想到的是，一个多月后，母亲竟然迈着小脚独自步行几十里路到县城乘车去南京，找到了省里的民政部门。她说她就想要一份儿子牺牲的证明，之后拿着这份证明到朝鲜去寻找儿子的尸骨。

1999年1月，李征明的母亲去世了。临终前，她一再交代兄妹几个，要永远把二哥李征明记在心里，惦记着他，要想办法找到他的遗骸，接他回家。

四

这是一封没有寄出的信，信的作者是志愿军飞行员牟敦康。

林兄：

在战斗的环境中见你来信，更给了我很大的鼓励。我决心作到你的希望，那也是党与人民对咱的要求，原来你是在开原，早因不知，未常去信联络。今见你来信，谈到情形尚好，更望工作学习中多加注意身体……

现在谈谈我的情形，身体精神都能以环境之需而适，现处在战斗的情况下，虽然经常的（地）出去（"出去"

指的是升空作战和野外巡逻），然并不能经常的（地）出出杀气，四号的一次，那还是头一次的与鬼子见面。我们以六对二十四冲入敌人的机群，直将敌人赶到海里。击落两架，击中一架。你老弟真死拉扒克（朝鲜语音译，即窝囊废之意）。因战术上犯了错误，只击中敌人一架，现在憋了一肚子气，准备下次见面再以有效的手段好好的（地）教训大老美的空中强盗。（我得空给你好好形容下，那些家伙，那个熊包劲，见了我们简直是绵羊见了老虎一样，跑都不很会跑了，对我们来说是名副其实的空中绵羊）。我们现在的生活当然是战斗生活，除了开会就是玩。每天绝大部分的时间生活在机场和机旁和（以及）座舱里，至于我们的"公馆"（"公馆"指的是位于丹东浪头机场附近的伪满洲国皇帝溥仪的行宫，抗美援朝战争期间，牟敦康所在的空三师指挥部曾设立于此）每天待不了几个小时，除了睡觉，当然不做别的。林兄，这就是我的个人大概。本想多多的（地）谈谈，没处好写。同时，头一仗也没有打出个样来，倒没脸向老友们谈。林兄，当您下次听到的就决（绝）不是这个了，就此住笔。

此致

敬礼并祝你健康

敦康 11.17于安东

1944年12月，不满16岁的牟敦康参加了八路军，到中国人民抗日军政大学第一分校学习。1946年，牟敦康来到被称为东北老航校的东北民主联军航空学校学习，成为人民军队的第一批飞行学员。牟敦康从东北老航校毕业后，成为空四旅飞行员，曾担任开国大典和上海空防警戒任务。

抗美援朝战争爆发后，牟敦康主动报名参加志愿军空军，在空三师七团三大队担任大队长。

1951年10月21日，牟敦康随空三师驾驶米格-15喷气式战斗机飞抵鸭绿江边的浪头机场，终于踏上了空军实战的战场。面对强悍的美国空军，他打出了志愿军空军的军威。他信中提到的"击落两架，击中一架"，是11月4日参加首次升空作战中，他率领的大队取得的战果。他还自责"因战术上犯了错误，只击中敌人一架，现在憋了一肚子气"。

从这封信中不难看出，飞行员牟敦康性格开朗，是个乐天派，人缘非常好，他给父亲、母亲、兄弟、战友以及女友所写的多封家书里，倾诉家事，谈论战斗、生活、理想，与战友用朝鲜话开玩笑，相互鼓励，字里行间，看不到他对个人牺牲的任何顾虑。他曾在日记中写道："战争是免不了要死人的，我要在不断的胜利中看到最后的胜利。"

可惜的是，他没有看到最后的胜利。

1951年11月30日下午3时许，志愿军欲向敌据守的大和岛发起攻击，牟敦康率队升空担负掩护我军轰炸机群的任务。他在追击一架掉队的美机时，飞机不幸坠入大海，壮烈牺牲。

牟敦康牺牲时，年仅23岁。

因为牟敦康卓越的功绩，他被追记一等功。

这位"林兄"，就是牟敦康的战友林军。这封写给"林兄"的信，是牟敦康于1951年11月17日在战斗闲暇之际给林军的回信。然而，这封信还没来得及寄出，牟敦康就牺牲了。牺牲后，战友们在他的遗物中发现了这封信。军情紧急，从17日写罢，到30日牺牲，牟敦康忙于战斗，这封信便一直在他的包裹里搁了小半个月，遂成了"一封没有寄出的信"。

牟敦康生前保留了一大批战友的来信。这些信件，绝大部分是集中在1951年下半年写的。年轻的飞行员们在这些信中交流见闻和体会，互相激励，回忆友情。每每捧读这些书信，在那些发黄且字迹模糊的信笺上，总能真切地感受到年轻的飞行员的心跳，那是按捺不住的求战之心。对于打仗，他们充满激情而且毫无畏惧，为使命而战，为荣誉而战，为胜利而战。

战场上的牟敦康，果敢敏锐；战场下的牟敦康，爽快热情。

这些品质，无疑与父母的教导息息相关。

1951年4月，牟敦康在沈阳训练时接到了父亲牟宜之的来信。父亲在信中鼓励他勇往直前，为国征战：

> 当祖国需要我们的时候，不必考虑任何问题。今天的抗美援朝就是你唯一无二的神圣工作，神圣任务。我鼓励你全力以赴，作为我的好儿子，作为人民的好儿子，你可努力为之！

1951年八九月间，牟敦康在紧张的训练之余，给父亲回信：

父亲：

这个时期因工作较忙，同时也没有什么变化，故未给您写信。最近将接受新任务，有可能较长期间不能通信。父亲可不要挂念。多少年来我很渴望着这种改变，决心在那新的环境中、战斗中作出好的成绩来,以回答党多年来的培养与自己的努力,我希望父亲听到我的好消息。尽管存在很多的困难,我将用自己所有的智慧与主观的努力去克服它,父亲当不用对我担心。

牟敦康在信中告诉父亲不要挂念自己,并且发誓要在战斗中做出好成绩,报答党多年来的培养,也不负自己多年来的努力。他信心满满地说:"我希望父亲听到我的好消息。"这必胜的信念一直鼓励着他不断前进,直到牺牲。

五

1952年7月8日,志愿军第六十七军代军长李湘在美军惨无人道的细菌战中因细菌感染而牺牲。李湘是抗美援朝战争中中国人民志愿军牺牲的最高级指挥员。

在朝鲜战场上,李湘指挥第六十七军创造了3天歼灭敌军1.7万余人的最高纪录。战役结束,李湘连夜写出了《目前防御作战中的几个战术问题》的经验总结,受到了志愿军总部的表扬,荣立一等功。

李湘出生于江西省永新县,早年丧父,母亲靠给地主做工、讨饭抚养他和姐姐。1930年,年仅16岁的李湘报名参加红军。李湘足智多谋,骁勇善战,在很多重大战役中建立了赫赫战功。李湘率部队驰骋于华北大地,为新中国的建立立下了汗马功劳。

李湘和安淑静在革命战争中相识相知,1947年2月7日结婚。婚后第二天,李湘带着妻子来到定县郊外的小树林,眼前是二十几座新坟。李湘告诉妻子，那一座座新坟，埋葬的就是第十一旅为解放定县而英勇牺牲的指战员。他拉着妻子的手，以烈士的坟茔为背景，让宣传干事为他们拍摄了婚后的第一张合影。

此身许国，再难许家，安淑静明白丈夫的意思，要做好他随时都有可能牺牲的思想准备。婚后第三天，夫妻俩就劳燕分飞，直到半年后这对新婚夫妻才得以相见。

1951年春节前夕，李湘参加第二十兵团在天津召开的军以上干部会议，接受了抗美援朝出国作战的任务。由于忙于各项准备及必须保密的需要，直至3月20日，出征前两小时，李湘才到妻子安淑静工作的医院把赴朝的消息告诉妻子。他抱着刚出生3天的女儿，嘱咐妻子一定要保重身体，带好孩子。他只在医院待了15分钟便匆匆离去。

在朝鲜战场一年多的时间里，每到紧张战斗的间隙，李湘就给妻子写信。他给妻子写了20多封家书。几乎在每一封信中都表达了对家人的思念。

1951年12月，李湘牺牲前的半年，从朝鲜前线给妻子寄来一封信。他在信中写道：

淑静同志：

知道你和小孩都很好，我接信很愉快。我自入朝后，除了走路就是打仗，我个人的身体实在不如从前，饭量比以前是大量地减少，表带和腰带比我来时都紧了三孔，只有咬紧牙关坚持下去。

我们在朝鲜虽然很苦，但是很愉快，因为这是为了祖国。你在国内要努力工作，努力学习，带好孩子。你一定不要和别人比享受，比安逸，要和别人比艰苦奋斗，比工作成绩，比奉献。千万别忘了，我们是革命夫妻……

此后，李湘不断来信嘱咐妻子要努力工作，教育好子女。在牺牲前两天，他在从朝鲜前线寄来的信里写道："不要和别人比享受，贪安逸，要教育孩子从小养成吃苦耐劳的好习惯……"

这些话，妻子永生难忘。丈夫的嘱托，也是她一直遵循的人生原则。

李湘为国捐躯时，安淑静刚刚25岁。此后，她独自一人含辛茹苦把子女带大，为婆婆养老送终。此外，她还收养了8名烈士遗孤，培养他们念书工作。她帮助家乡修路建桥，建立学校，替乡亲们分忧解难。

同丈夫一样，她奉献了一辈子。

2020年，李湘的女儿李广利给父亲写下回信：

亲爱的爸爸：

您离开我们已经整整68年了，女儿这辈子只在出生之后，被您匆匆抱了15分钟。这短短的15分钟，就是我们这68年唯一在一起的时光。

在您逝去的这24800多个日日夜夜里，女儿无时无刻不在想您、念您。68年来，不管搬了多少次家，在家里最显眼的位置，永远摆放着您的照片。每年清明，妈妈都会带着我去华北军区烈士陵园祭扫，但是她每次走到您的墓碑前，都是很快地鞠个躬就转身躲开了，甚至不敢在墓碑前跟您对视一眼，她怕想起和您在一起的一个个瞬间，她怕想起您当初离别时的那个身影。

后来，妈妈老了，每年我就去为您扫墓，站在您的墓碑前，我会想，爸爸，您知道我来了吗？

李湘的儿子李广建还记得父亲临别时说过的话："长大有了本事，一定要报答乡亲，也要对得起国家。"李广建以优异的成绩考入哈尔滨军事工程学院，毕业后在军队服役46年，曾多次获得军队科技进步奖和国家科技进步奖。2011年，他被海军司令部评为"10位为海司机关部队做出突出贡献的模范人物"。

李广建很想对父亲说："爸爸，我努力了，我做到了！"

六

"登高英雄"杨连第安葬在沈阳抗美援朝烈士陵园。

杨连第系中国人民志愿军铁道兵团一师一团一连副连长。他牺牲后，志愿军领导机关追记他特等功，并授予"一级英雄"称号。

因为家庭贫困，杨连第只读过一年私塾，9岁就辍学帮家里干活，累死累活却吃不饱穿不暖。他14岁时当鞋匠，以后又当过电工、架子工，练就了一身好技术和登高技能。1949年1月，天津解放，杨连第以技术工人身份加入东北野战军铁道纵队第一支队第一桥梁大队。

1949年8月，杨连第参加了陇海铁路8号桥抢修。这座桥是当时全国第一高桥，桥墩高达45米。在抗日战争和解放战争中，它几次被炸毁。为了保障解放军进军大西北，需要尽快修复此桥，首要任务是上到高耸的桥墩上，把上面铲平后重新架梁。由于缺乏施工机械，如何爬上桥墩成了难题。

杨连第冒着生命危险爬上相当于15层楼高的桥墩，以一块铁板做掩体，连续爆破200余次，将桥墩顶面铲平，使8号桥提前20天恢复通车。他也获得了"登高英雄"的光荣称号。

为铁路而生，沿山河而行，这是铁道部队与生俱来的使命。杨连第入伍铁道兵部队后，随部队转战河北滦县、河南洛阳、陕县等地抢修铁路，又来到河北石家庄，此时离家已近一年。战时抢修任务虽已基本结束，但新中国百废待兴，全国各地的铁路亟待修复。

从1949年1月成为铁道兵，到1952年5月15日牺牲，杨连第3年多时间里只给家里写过6封信。他的工作始终是忙忙碌碌的，不断地转场修铁路，使他无暇与家人联系。

这6封家书显现出他从军之后的征程轨迹，也流露出他对父母和家乡的深切眷恋。

1950年1月15日，杨连第随部队转战石家庄。2月9日，农历小年这一天，他在石家庄给父母写了一封信：

父母亲大人：

　　你们都很好吧，春节眼看快来到了，我也不能回去看望你们，希望二老和全家欢欢喜喜过年。儿现在正住石家庄，打算就在这里过年了。这里的首长照顾我们很好，望大人不必挂念。

　　春节过后望大人带领全家积极生产，响应政府号召，争取作个模范。年底儿在外边一定好好工作，努力学习，争取功上加功……

　　祝

二位大人身体健康

并问

全家好

儿连第

腊月廿三日于石家庄

在信件的结尾，杨连第特地写上一句话，叮嘱父母双亲：

上次来信无（未）收到，因为我们没有一定地方，望不要回信。

这是杨连第参军后第一次给父母写信，向父母报告了他近一年的行踪，还汇报了自己的思想，向父母表达自己的心志。在新中国的春风里，他这个过去的穷苦工人不但活得有尊严、有奔头，更有机会实现自身价值。

信中，他透露了忙于工作、居无定所的状况，这也正是他无法与家里联系的重要原因。在信的末尾，他特意强调"望不要回信"。这5个字多么沉重！这是铁道兵战士在那个年代战斗生活的真实写照，他们走到哪里，铁路就修到哪里。然而，他们漂泊在外，一封封家书总也追不上他们的脚步。

1950年11月，杨连第随部队开赴抗美援朝前线。在朝鲜战场上，他屡立新功，与战友们一起，用血肉之躯筑起了一条"炸不断、打不烂"的钢铁运输线。1951年8月，杨连第出席了志愿军铁道兵首届庆功大会；9月，当选为志愿军战斗英雄国庆观礼团代表归国观礼，并应邀为全国人民作报告。

1952年3月13日，杨连第在离京返朝前，又一次提笔给父母写信：

我们的工作已完成，明天就要离开北京回朝鲜前线了，因为时间仓促，路过天津也不能回家看望你们。我现在一切都很好，请大人放心。等我回到朝鲜工作岗位马上来信。别不再谈。望大人保重身体。

没有想到，这封信成为杨连第的绝笔。

1952年5月15日，杨连第带着战士们在清川江桥上巡查时，发现新修的第三孔钢梁移动了5厘米。正当他指挥部队起重钢梁时，一枚敌机投下的定时炸弹爆炸，弹片击中了他的头部，年仅33岁的杨连第倒在血泊里。

七

志愿军战士孙德财写给家人的信，是他留给家人的唯一一封家书。它不仅是孙德财留给全家的珍贵遗物，也是他留给全家的精神寄托。

写信时间是1949年5月8日。算起来，应该是孙德财随部队南下途中给家里写的。当时没有信纸，他便写在从账本上撕下来的纸上。

孙德财工工整整地写道：

父母亲二位老人膝下拜别，尊颜想念殊甚，恭祝福寿康泰……每日两餐，秫米饭豆腐菜均能吃饱……家乡人很多都在一起，也不觉得寂寞，一切唯有听天由命，请勿劳思念为祷。但不知别后家中状况如何，祈大人前勿以为念。特此禀告，敬请福安。男德财禀。

孙德财只有小学文化，后人猜测这封信或许是部队战友代笔。然而，其中的温暖与深情历历在目。

1948年，孙德财一家住在营口市牛家屯。1948年11月2日，营口解放了，他们家院子里住进了解放军。一位姓姜的班长跟孙德财的母亲说："大娘啊，让德财跟我当兵去吧。"

1948年年底，17岁的孙德财当了兵。母亲嘱咐儿子的最后一句话是："儿子，记得常往家写信。"孙德财始终记着母亲的这句话。

1949年5月，家里终于收到了孙德财的信，全家人捧着信，请人读了又读。

此后，家里再没有收到过孙德财的信，更别说他的消息。家里人都有种不祥的预感，可是谁都不敢说破。

直到近20年后的1968年，孙德财的弟弟找到了哥哥的战友，才得知孙德财早已牺牲。孙德财是第五十军一五〇师四四八团三营的卫生员，在临津江战役一次战斗中，为抢救伤员，遇上敌机扫射，没等到防空洞口就牺牲了。

母亲将孙德财的这封信仔细地珍藏起来。遇到贵客，就将信件取出来，逐字逐句地"念"给客人听。信只有薄薄的两页，翻得多了，越来越薄，出现破损，她就用线把折叠处缝上。

这已经泛黄的笔迹，缝了又缝的针线，永远不会断裂的纸页……是她对儿子无尽的牵挂和思念。

2003年，96岁的母亲离世。

算起来，这封信陪伴了她整整54年。

八

这是一封战场上的未亡人的遗书，格外与众不同。

书信的作者是译电员伍逢亨，信是写给他的战友们的。他在遗书中这样写道：

亲爱的同志们：

现在我已经与大家永别了，我已经为人类的解放事业而奉献出了我的鲜血和生命，作为一名志愿军的我，这是应尽的一点责任，可惜我再不能为革命继续工作了，望同志们沿着我的血迹更奋勇前进吧，我深信全面的胜利会马上到来。

同志们，当我在牺牲之片刻前，我有一个幸福的愿望，向党的组织有一个恳切的要求，请转告我们的首长，请转告我们伟大的领袖毛主席，因为我现在不仅是一个青年团员，还有加入党的组织之决心，今当我离世永别的时候，再向党伸出我的热情的手，如果可以的话，就追认我作为共产党内的一名战士吧，这就是我的崇高愿望，就是我一向所追求的最大幸福。

伍逢亨1932年出生于湖南，1951年3月考取了当时的湖南人民革命大学，1951年7月加入中国人民解放军炮兵司令部机要训练队任副班长，学习翻译电报。1952年2月，他被分配到志愿军高射炮兵六十二师六〇五团团部任译电员，入朝参战。

虽然不在第一线战斗，但敌机每天都在头上，伍逢亨同其他战友一样，做好了随时牺牲的准备。

1953年3月20日，在反敌登陆作战准备，伍逢亨蹲在坑道里，就着昏暗的蜡烛光，听着外面的炮声，感受着即将逼近的决战，在一张纸片上写下了遗书。

幸运的是，伍逢亨并没有在那场战斗中牺牲，而是迎来了抗美援朝的胜利时刻。更幸运的是，伍逢亨还最先译出"停战协定"电文。1953年7月27日，他在当天的日记里写道：

> 我高兴得几乎跳了起来，内心的激动是难以用笔墨来形容的！

那天傍晚，伍逢亨像每天一样坚守在译电岗位上。这时，一封电文发来，让他立刻翻译。随着一个个字码变成汉字，伍逢亨的心几乎要跳出来了。原来，这是彭德怀司令员发布的停火命令！电报中写道：

> 自一九五三年七月二十七日二十二时起，即停战协定签字后的十二小时起，全线完全停火；……

伍逢亨译完电报，比过节还兴奋，他同两位战友将珍藏着一直舍不得吃的3包水果糖全都吃光了。

从抗美援朝战场归来，伍逢亨一直在部队工作，曾任沈阳军区司令部机要局副科长。

1953年7月4日，伍逢亨正式加入中国共产党。

2019年，87岁的伍逢亨撒手西去。离世前，他留下了另一封遗书和一本存折。这封遗书是留给党组织的，他在遗书中写道：

> 存折里的钱，是作为我身后继续向党按每月退休金比例交党费到2053年7月4日之用，因为这是我入党百年纪念日，象征着我为党奋斗了整整100年。
>
> 此年此日我身虽已去，但心还活着。
>
> 我高呼：共产主义万岁！

这是伍逢亨的第二封遗书。

九

读罢家书，泪湿衣衫。

中国人民志愿军，是一支铁一样的队伍。然而，他们也有铁血柔情，也有千回百转。

他们，是战士，炮火连天的岁月中，挺立在保家卫国的最前线。

他们，是父亲、丈夫、儿子，在战争间隙，在一封封家书中倾诉着对祖国、对亲人、对故乡的深深眷恋。

这些无声的家书中，写满了他们浓浓的思念、热恋、忠诚。这些早已泛黄的信纸，跃动着滚烫的家国情怀。

读罢家书，我们才知道他们的根脉在哪里，故土在哪里，懂得他们何以舍生忘死、舍家报国。

纸短情长，家书中是志愿军将士对家人至深的眷恋与挚爱。康致中是中国人民志愿军第一军七师十九团团长，他离开家时，儿子康明还不到2岁。如今康明已年逾古稀。1953年6月26日，康致中牺牲在朝鲜战场。虽然父亲很早就离开了家，可是康明知道，父亲心里一直记挂着他，记挂着家。

在寄给妻子高亚梅的家信中，康致中总牵挂着儿子的近况。"小明近日好吧？请告诉我。""你最近好吧！小孩亦好吧！请收到信后来回信。今年再给小孩种一次痘沙眼，还要经常点药。"寥寥数语，柔情似水。

在黄继光的遗物中，有一封写给母亲的信，满怀着一位男儿报国的壮志：

男现在为了祖国人民，需要站在光荣战斗最前面……男有决心在战斗中坚持为人民服务，不立功不下战场。请家中母亲及哥嫂弟弟不必挂念……

在信中，黄继光表示，将以实际行动来回报祖国人民的关怀和亲人的期望。

在信寄出的5个多月后，黄继光在上甘岭战役中，用身体堵住敌人的机枪口，用生命为战友开辟了前进的道路。

1953年2月，黄继光的遗体被运送到沈阳，安葬在沈阳抗美援朝烈士陵园。

这些已经泛黄的家书，字字血泪、句句深情，充满着无尽的家国慷慨。1953年1月20日，中国人民志愿军第二十三军参谋长饶惠潭从抗美援朝前线寄回一封家书，这也是他写给亲人的最后一封信。信中，他描述了前线的状况，字字句句流露着志愿军战士敢打必胜的血性铁骨：

> 现时敌我相持于固定的战线，日有小接触，我们不断杀伤和小股歼灭着美寇强盗。敌人于（如）果敢于发动大的攻击作战，则我必定获得大的胜利。现在我们志愿军全体同志都在为打更大的胜仗，消灭更多的敌人而努力着。我们在前线上努力杀敌保卫祖国，保卫世界和平。母亲和兄嫂等是光荣的家属，应当努力生产，为建设新中国和支援前线而努力才好，这是一个希望。

1953年3月，饶惠潭壮烈牺牲，时年38岁。

空四师的陈亮，是空三师牟敦康的战友。空四师，是抗美援朝战争中志愿军投入的第一支空军部队。正如陈亮在信中所写，他在蓝天上用生命和鲜血书写了凌云壮志。

战斗之余，年轻的飞行员们也会和战友书信往来，交流见闻和体会，互相激励。在那些发黄且字迹模糊的信笺上，总能真切地感受到年轻飞行员的心跳，那是按捺不住的求战之心，对于打仗，他们充满激情而且毫无畏惧。

1951年9月29日，陈亮给同学牟敦康和孙景华写了一封回信。

康、华：

收到来信，我高兴了好久。知己人的话真好听，上次给你寄到长春的一篇长信你可能没收到，（给）吴光裕的信上我简单说了一点，你可能知道了。……最近来说大家都看到了，敌人有的打上了，邹炎有成绩，王保君（应为"王宝君"）机子小伤，仍勇敢战斗。康呀！真是热闹极了，这样的生活我感到有趣的。每天黎明即起，马上出发，到点灯后才归来，虽然疲劳，但是很精神愉快把它战胜了。我们都盼你们来。每一次战斗，双方不下200架，有意思。每天两三次，油箱最多的，五天内丢过五副了（指扔副油箱），你看如何，炮都常在叫啸。不再说了，你又快火了！又要打自己的头了！不要急，日子远着呢！有你的，把力量准备好，主要垂直动作大V（代表速度）。我最近病了两天，很快又能出任务，望保重。把信给亲爱的孙景华看看，我不另写给他了。亲爱的景华不要怪我，时间太少，今天下雨才有点时间。

敬礼！代问团、师首长好！

陈亮

9.29

字字滚烫，句句感人。

渴望战斗、渴望胜利——陈亮作为新中国飞行员的自豪洋溢在字里行间。

陈亮与牟敦康是东北老航校一期乙班的同学。写这封信时，牟敦康和孙景华所在的空三师还在沈阳没有参战，而空四师已两次赴安东作战。陈亮写信的日子，正处在空四师二下安东和三下安东之间，在辽阳休整的时刻。牟敦康是空三师七团三大队大队长，他于1951年10月20日第一次赴朝作战，不幸在11月30日的一次空战中牺牲。

陈亮在信中提到的"扔副油箱"，意味着接敌空战，五天五副，足见当时战斗之频繁和激烈。

1953年3月15日，空四师五下安东，陈亮任十二团团长。这次参战与停战谈判息息相关，我军要夺回空中优势，增加谈判的砝码，从始至终打的都是恶仗、大仗。

1953年5月26日，陈亮率12架飞机在敌机封锁机场的情况下，强行起飞，冲进敌混合大机群中，与掩护轰炸的32架F-86飞机展开恶斗。陈亮在击落一架敌机后，自己的飞机也中弹失控，陈亮被迫跳伞。

当降落伞张开缓缓降落时，4架敌机又围了过来，向陈亮射击。罪恶的子弹不幸击中了陈亮的头部，他在空中流尽了最后一滴血，壮烈牺牲。

英雄情长，家书泣血。目前沈阳抗美援朝烈士陵园内纪念馆馆藏家书近70封，其中50余封是烈士家书。再次捧读这些沾满硝烟与热血的战地家书，志愿军将士的往昔岁月如在眼前。

家书的家，是家庭的家，更是国家的家。而今，战火已熄，硝烟远去，怡然享受和平安宁生活的我们，又该如何体味烈士遗留的家书？能否从中得到一些新的感悟？

无畏 —— 铁原 —— 名单 —— 夙愿 —— 悲歌 —— 停战

第二部分

代我回家

第六章

无　畏

一

曾经，他们的名字是这份长长名单中的一个。

留在异国他乡的无名氏，都有一个共同的名字——"中国军人"，那是他们相同的身份，共同的荣耀。

二

很长一段时间，他们的名字都叫作中国军人。

2010年，也就是朝鲜内战爆发60周年之际，韩国最大的日报社之一《中央日报》开始连载一名韩国上将白善烨撰写的战争回忆录《最寒冷的冬天》（韩文版书名《我与祖国共存亡》）。

白善烨，韩国历史上第一位陆军上将。他全程参与了朝鲜战争及韩国的战后重建，并在朝鲜战争时期担任韩国国军师长、军长等要职。

白善烨在书中回忆了1950年10月第一次遭遇中国人民志愿军的场景：

形势突然变得严峻起来。

后来跟上的第11团（团长金东斌上校）在受到攻击后，迅速与第15团、第12团以云山为中心组成环形防御态势。这不禁让人想起美国西部片中当马车队受到印第安人袭击时，用马车组成圆形防御阵形的场面。原来，我们中了隐蔽在山中的中国志愿军的埋伏。他们早就埋伏在那里，等着我们进入云山的山谷。

这是我们同中国志愿军的第一次交手，令我刻骨铭心的"云山战役"就此拉开序幕。

当时，"联合国军"总司令麦克阿瑟骄狂地认为中国军队根本不会入朝，也不敢入朝。正如白善烨所说："当时麦克阿瑟和他身边的人已经被胜利冲昏了头脑，他们对战局的发展保持着极其乐观的态度。"然而，正是这个时任南朝鲜第一师师长的白善烨，由中国军队的蛛丝马迹判断出中国军人正在朝鲜战场作战：

现在，我们的对手变成了中国志愿军。他们由几十个师编成的大军埋伏在山中，引诱我们进入包围圈后，再切断退路进行围歼。

从现在开始，我们要面对一场全新的战争！

可是，骄狂自大的"联合国军"根本没有将中国军队放在眼里。白善烨提醒美军骑兵第一师第八骑兵团团长帕尔默说："上校，还是小心点，云山周围一定布满了中国军队，就等着我们呢，他们的战斗力很强！"帕尔默却发出一阵狂笑："中国人？那些黄种人也会打仗？"

事实上，美军骑兵第一师一名叫作赫伯特·米勒的中士在巡逻时就曾经遭遇一名朝鲜农民，这个农民告诉他，在这一带有成千上万的中国军人，其中不少还是骑兵。农民言之凿凿，米勒深信不疑。于是他把这个农民逮到了营部，可是营部里没有一个人相信他的话。中国军人？成千上万的中国军人？哪里有中国人的影子？哪里有中国骑兵的影子？真是荒谬至极。最后，此事不了了之。米勒暗想："他们可都是情报专家啊，如果真的有中国军队出现，他们一定会心中有数的。"

不久前，麦克阿瑟还在对第二十四师师长约翰·丘奇少将说："我已经向第二十四师的小伙子们的妻子和母亲打了保票说，小伙子们将在圣诞节回国。可别让我说瞎话。赶到鸭绿江，我就放你们走。"他没有想到，正是这些被美国军队看作"不会打仗"的中国军人，让他们"圣诞节回家吃火鸡"的美梦变成了噩梦。

很多年后，大卫·哈伯斯塔姆——这位因报道越南战争而获得当年普利策奖、被美国总统林登·约翰逊称为"国家的叛徒"的美国记者——在《最寒冷的冬天——美国人眼中的朝鲜战争》中恨恨地写道："正是美军远东司令官道格拉斯·麦克阿瑟对警兆的麻痹大意，一场小规模战役才会最终演变为一场大规模战争。"对麦克阿瑟嗤之以鼻的不只大卫·哈伯斯塔姆，还有美国时任国务卿艾奇逊，他在回忆录中写道："当麦克阿瑟展开这场梦魇的时候，我们就像吓瘫了的兔子，坐在那里袖手旁观。"

对于美国和南朝鲜来说，他们的敌人不再仅仅是朝鲜的军队，还有令人闻风丧胆的中国人民志愿军。"特别是在夜里，当中国志愿军用'人海战术'展开进攻时，铺天盖地杂乱的军号声和锣鼓声，给士兵们造成巨大的恐惧感。""战争初期，临津江战役中朝鲜军队的坦克轰鸣声曾让我的士兵们一度患上'坦克恐惧症'。而在这场战斗中，中国人的军号声和锣鼓声再次让他们陷入惶恐。军号声、震耳欲聋的锣鼓声以及他们进攻时的吼叫声，就像是从夜空中传来的魔鬼嚎叫一般。"

在哈伯斯塔姆的书中，这样的描述比比皆是："中国志愿军的骑兵虽然只有轻武器，但100多匹蒙古马却在夜间奇袭中将装备有坦克大炮的美军一个团打得七零八落。"

让白善烨几十年后仍然闻之胆寒的，正是中国军人。

南朝鲜军和美军在第一次与中国志愿军接触时所遭遇的惨败，至今还在被众多军事爱好者深入研究。很多年后，白善烨冷静地分析了其中的原因："第一，我军对中国志愿军的奇袭事先没有作好充分准备。"其次，也是更重要的原因则是：

> 我们对中国志愿军了解太少。《孙子兵法》云："知己知彼（注：知彼知己），百战不殆。"但当时联合国军太低估中国了。中国志愿军经过抗日战争和内战的历练，积累了相当丰富的作战经验和技巧。相反，中国志愿军对我们的情况掌握得却非常清楚。

其实，这场云山战役不仅仅让南朝鲜军队闻风丧胆，同样也让美国军队心生胆怯。1950年10月25日中国人民志愿军发起进攻以来，美军在各个战场都受到了打击，特别是美军骑兵第一师在云山的遭遇牵动了万里之外的华盛顿。

美军骑兵第一师是美国陆军历史最为悠久的部队，相传源自"美国国父"华盛顿开国时组建的民兵部队。美国内战爆发后，更名为第五骑兵团，作为北方联邦军的主力，参加了与南方军的作战。第五骑兵团在布尔伦战役、安蒂特姆战役、阿波马托克斯战役等著名战役中表现出色，功勋卓著，为维护美国的统一做出了突出贡献。1921年9月13日，美国陆军部以骑兵第五团、第七团、第八团为基础，另外加入第八十二野战炮营、第十三通信连、第二十七军械连和师辎重队等部队，正式在得克萨斯州的布得斯堡成立骑兵第一师，首任师长是罗伯特·豪兹少将。第二次世界大战爆发，美军骑兵第一师跳下马背上了坦克装甲车，转型成机械化部队。但为了遵循传统和荣誉，他们依然保留了骑兵师的番号和臂章。可以说，骑兵第一师在其160年历史上从无败绩，是美军公认的"王牌部队"。

朝鲜内战爆发以后，美军骑兵第一师编制在美军第八集团军第一军序列中参加了朝鲜战争。然而，他们没有想到，在朝鲜半岛，他们遭遇了中国军人——中国人民志愿军第三十九军一一六师。这个师的前身是东北民主联军第二纵队第五师，被四野总部评价为"东北部队中最有朝气的一个师，为东北部队中之头等主力师"。

云山战役，第三十九军入朝第一战，美军骑兵第一师也是第三十九军入朝遇到的第一个对手。世界第一的军事强国的陆军王牌师与一个刚刚经历了血与火的磨炼的军队的主力师迎头撞上；一个带领着武装到牙齿装备最优良军队的沙场宿将与一个带领装备简陋到只有轻武器的青年英豪狭路相逢：两个在战场上摸爬滚打多年的老将巅峰对决,将会爆发出怎样惊天动地的巨响。

几十年后,一一六师师长汪洋将军回忆了这次战斗的经过:"云山是朝鲜的一个小城镇,处于小盆地内,四面环山,丛林茂密,河流纵横,公路四通八达,是美军和韩军到'鸭绿江过感恩节'的重要交通枢纽,由南朝鲜军第一师固守。1950年10月29日,我们三十九军将云山地区李承晚的主力部队南朝鲜军第一师从三面包围起来,准备待机攻歼,但没想到打南朝鲜军却打出美军。"

一场"王牌"战杀得天昏地暗。

朝鲜战场上梦着感恩节大餐的美军不知道,他们已经陷入志愿军的重重包围,最终成为志愿军第三十九军一一六师将士们辉煌胜利的注脚。

战斗结束后,志愿军副司令员邓华检视了胜利后的云山战场,发现到处都是佩戴"马头"臂章的美军尸体和坦克、大炮、汽车、给养。汪洋师长高兴地算了一笔账:"云山战斗中美军运尸体的8辆道奇大卡车被我们截住,车上每层10具尸体,头脚颠倒放置,一共装了5层,共计50具,8车共400具,每具都穿一套全新的白线衣裤。以此来推算,美军在我师正面上伤亡即在1200至1600人,而这个数字是只按其收容的数字计算的。实际情况还有许多死伤者被遗弃在战场上。因此,实际伤亡人数将大大超过1400人。因美军伤亡主要是被我轻武器所致,故伤的比例较大。云山美军死伤比例约为1∶3。"

据志愿军战史中记载,志愿军三十九军在云山战斗中首次以劣势装备歼灭了具有现代化装备的美军骑兵第一师第八团大部、第五团一部及南朝鲜军第一师第十一、十二团一部和十五团大部,共计毙、伤、俘敌2000余名,其中歼灭美军1800余名;缴获4架飞机,击落3架飞机，击毁和缴获28辆坦克、170余辆汽车、119门火炮。

云山战斗之后，美军骑兵第一师师长霍巴特·盖伊被撤销了师长职务。

中国人民志愿军副司令员邓华在第一次战役总结会上也对云山战斗大加赞赏：

> 这次战役打得最出色的是三十九军，原估计云山是南朝鲜的部队，结果他们打的是美国兵。三十九军歼灭了美军骑兵第一师八团大部，还歼灭了来增援的骑兵第一师五团大部。骑兵第一师是麦克阿瑟的宝贝蛋，最近，美国几家报纸都在头版介绍这支部队的功绩，说他们创造了美军战史的四个第一：二次大战中第一个进占马尼拉；二次大战结束后，第一个进占武士道大本营东京；朝鲜内战爆发，仁川登陆第一个进占汉城；北上三八线，又是他们第一个进占平壤。可是，就是这个四个第一的部队，就是这个麦克阿瑟的王牌，却成了我们三十九军的手下败将。

云山战斗后，白善烨的部下将在战场上拾到的一本小册子交给他。白善烨看后如获至宝。这本小册子，就是志愿军副司令员邓华写的《云山战斗基本经验总结》。在这本小册子里，邓华对美军和南朝鲜军的战斗特点进行了详尽的分析，并将云山战役的胜利总结为五个重要方面：战前准备、团队合作、灵活应变、后勤保障、信息收集。白善烨看后大吃一惊，中国将军对于他们南朝鲜的军队，甚至比自己这个南朝鲜军将领还清楚，这令他不寒而栗，由此他学会了中国兵法中的重要一则："知彼知己，百战不殆。""联合国军"

总司令李奇微在回忆录中写道："中国人对云山西面第八骑兵团第三营的进攻，也许达到了最令人震惊的突然性。"

值得一提的是，云山战斗之后，一一六师在汪洋师长带领下继续谱写胜利的篇章：

——在1950年11月初的上草洞战斗中，一一六师迫使美军一个黑人连集体投降，受到志愿军司令部的表扬。这件事也震惊了美军统帅部，导致美军取消黑人、白人在部队中分编的传统，开始实行了混编制度。

——1950年12月6日，汪洋率一一六师首先攻入平壤，收复了被美军占领了快两个月的朝鲜首都。

——1951年1月2日开始的釜谷里之战，一一六师三四七团歼灭英军皇家来复枪团大部，缴获该团绣有绿色老虎图案的团旗。这面老虎旗仍然在中国人民革命军事博物馆里展陈（来复枪团残敌逃至高阳附近，与英军二十九旅皇家重型坦克营合为一股向汉城继续逃窜。1月3日，被志愿军五十军一四九师在高阳以南地区截获，经过两个多小时的激战，全歼了皇家坦克营和来复枪团残敌）。

——1月4日，汪洋率领一一六师配合朝鲜人民军第一军团和志愿军第五十军向汉城进攻，守城敌人弃城逃跑。汪洋挥师率先进占汉城，而后一一六师三四八团驻扎在南朝鲜的总统府。

——1月7日21时，三四八团进占三七线附近的水原，一一六师向"联合国军"纵深推进100多公里，成为志愿军最先突破三八线和作战纵深最远的一个师。

——横城阻击战首创一个师歼敌3300余人的最高纪录，其中俘敌2500余人，包括美军800余人，创志愿军师级单位一次战斗俘敌之最。

在整个抗美援朝战争期间，汪洋率领一一六师作战285次，毙、伤、俘敌1万余人，其中美军5500余人。抗美援朝战争后期，汪洋升任中国人民志愿军第三十九军参谋长。

三

很长一段时间，他们都是"中国军人"。

从他们雄赳赳气昂昂跨过鸭绿江，到狡猾的白善烨发现他们的蛛丝马迹；从他们对故乡的深深思念、对亲人的殷殷嘱托，到他们在战场上的舍生忘死、浴血奋战；从他们出神入化让敌人一次次陷入惶恐，到他们用血肉之躯筑起了一条"炸不断、打不烂"的钢铁长城；从他们怀着大无畏的信念迎接胜利，到他们沉睡在朝鲜半岛冰冷黑暗的地下墓穴。

这就是"中国军人"。

晴

三月五日，晨七时半起，八时早饭。八点三刻到车站，九点半开车。下午五点五十七分到丹东，和冠华谭震林宋同住高干招待所。七时开饭，八时余警报，九时半解除，睡。

晴

十六日，七点三刻起，八点一刻早饭。九时和若宋到山下逛了一趟，回来在书案前从窗内望见鸭绿江和对岸的新义州。真是"朝鲜在望"。十二点前到竞选招待所，冠付等陪长在那里等我们，吃过中饭後商定下午雨之过江。江桥是邓毅後们精

巴金《赴朝日记》手稿。（中国现代文学馆供图）

第七章

铁 原

一

说说铁原吧！

说到将一腔热血抛洒在南朝鲜的2.4万名志愿军烈士，怎么能绕得过铁原？

第五次战役中最惨烈的战斗，就发生在铁原、涟川一线。第五次战役中最壮烈的牺牲，也发生在这里。

二

1951年，初夏。

抗美援朝战争第五次战役，志愿军攻势如潮，出其不意地渡过临津江和北汉江，直逼南朝鲜首都汉城（今韩国首尔）。然而随着战役的深入，志愿军后勤补给不足的劣势越发明显。就在志愿军粮草弹药几乎耗尽的时候，1951年5月21日，彭德怀果断命令投入五次战役的志愿军各部全线转移休整。

志愿军和人民军主力北移休整的部署调整尚未开始时,"联合国军"总司令李奇微则指挥他的部队全线展开大规模的猛力反扑。李奇微的目的只有一个,就是要将志愿军主力全歼在三八线以南。

震耳欲聋的枪炮声中,彭德怀盯着地图,眉头紧锁陷入深思。战场的那一边,李奇微也在盯着地图。

两个人的目光,不约而同地停留在了同一个地方——

铁原。

三

1951年,时间仿佛一下子按下了快进键。

1月1日,志愿军第四十二军一二四师在道城岘至济宁里地区,对南朝鲜军第二、第五师各一部发起进攻战斗,共歼其2700余人,缴获各种炮92门,各种枪1600余支(挺)。

1月3日,志愿军第五十军一四九师在碧蹄里、高阳、仙游里、佛弥地地区,对英军第二十九旅、美军第二十五师各一部发起追击战,毙伤美、英军500余人,缴获和击毁坦克31辆。

"联合国军"和南朝鲜军在中朝军队的猛烈进攻下,向南溃退,这天,李奇微下令部队于下午3时自汉城撤退。

1月4日中午,志愿军第三十九军一一六师和人民军第一军团占领汉城。

彭德怀站在巨大的作战地图前,用铅笔在作战地图上画了又画。终于,他停下笔,告诉报务员,致电各军并中央军委、东北军区司令部:

汉城于今日为我三十九军一部占领，守敌向汉江南岸撤逃。估计敌下一步企图可能是维持汉江南岸，收拾残部，拖延时间，准备再战。如让敌仍踞守汉江南岸，控制金浦机场和利用仁川港维持运输，则汉城虽入我手，仍在敌机与炮火轰击之下，对我春季攻势非常不利。如我乘胜再鼓一把力气，逼退汉江南岸之敌，则不仅巩固汉城，且可取得金浦机场，控制仁川港，对我准备春季攻势，更为有利。

为实现这些目的，彭德怀谨慎作出了部署：

人民军一军团留一个师接替守卫汉城任务，主力渡过汉江相机占领金浦机场和仁川港。

右纵队仍归韩先楚统一指挥。

第五十军继续前至弘济、内里、馆洞、九龙洞及西北地区，速以有力一部控制汉江桥梁，积极准备渡江，攻击南岸之敌，配合主力作战。

第三十八、第三十九、第四十军即于现地略作调整，休息3天，准备由清平川上下游渡北汉江，首先歼灭杨平之敌，而后由东南向西北攻击利川、广州、水原、永登浦地区之敌。

吴瑞林、周彪仍统一指挥第四十二、第六十六军，方虎山军团长仍统一指挥人民军第二、第五军团，按原部署全力歼灭洪川、横城地区之敌后待命。

也是在这一天，中央军委致电全国各大军区及志愿军司令部、第九兵团，发出了征兵令，要求在全国范围内征调老兵（除新疆及入藏军）。征兵令强调，这"不但对志愿军的补充有极大意义，对整个人民解放军亦有极大意义，因为这样就使整个人民解放军的各部分均有志愿人员参加了抗美援朝战争"。

这一天，新华社向全世界发出电稿：

1950年12月份内，美国飞机169架以上侵入中国东北领空达62次。自1950年8月27日至12月31日，据不完全统计，美国飞机共侵入中国东北领空328次以上，侵入飞机总数1406架以上。4个月的扫射、轰炸使百余人伤亡。

1月6日，美国总统杜鲁门签署增拨国防费用的法案，使该年度军事预算增加了80%。两天后，杜鲁门向美国国会发表国情咨文，要求国会将现役兵力增至350万人，每年生产5万架军用飞机和3500辆坦克，并提出延长并修正征兵法、加重税收等10项关于战争动员的立法提案。主张坚持朝鲜战争，积极扩军备战。

此时，志愿军第五十军和第三十八军一一二师及人民军第一军团两个师位于汉江以南，负责警戒海防和控制汉江南岸桥头阵地；第四十二军一二五师位于南汉江以东，警戒当面之敌；志愿军主力和人民军第一军团一部则分别集结于汉城、高阳、东豆川、磨石隅里、加平及金化地区休整；人民军第二、第五军团除以一部兵力警戒当面之敌外，主力集结于洪川、横城以东地区休整。

1月5日至8日，中朝军队相继攻占金浦、横城、原州、骊州、水原、利川和西海岸的仁川港，一直将"联合国军"和南朝鲜军驱赶至三七线附近。

1月7日夜，志愿军总部命令左、右纵队各军自8日起停止追击，占领有利地形，严阵以待，防敌反扑。第三次战役至此结束。此役歼敌1.9万余人，把"联合国军"打退到三七线附近的平泽、安城、堤川、三陟一线。战役中，志愿军伤亡5800人。

1月9日，美国参谋长联席会议给麦克阿瑟发出训令。训令中说道：麦克阿瑟主张封锁中国海岸，这涉及英国的利益，英国不会同意。以海军和空军进攻中国军事目标，只有当中国军队在朝鲜以外进攻美国军队时才可以考虑实施，否则，将会引起第三次世界大战。利用蒋介石的军队增援朝鲜，也不可能对朝鲜的结果起决定性的作用。他要求麦克阿瑟坚持逐步坚守阵地，尽可能给中国和北朝鲜以重大打击的方针，首先考虑部队的安全问题和保卫日本的基本使命。如果不得不撤退，可以将部队撤到日本去。

战斗进行得相当激烈，也相当胶着，各方伤亡很大。1月10日，彭德怀向毛泽东发出电报："由于部队伤亡很大，现兵员不足，供应极差，体力削弱，难以继续作战，必需休整补充。"毛泽东次日急电彭德怀："人民军一、二、三、五军团均可置于汉江以南之第一线。中国人民志愿军撤至仁川及汉江以北休整两三个月。仁川及汉城之守备由志愿军担任。人民军应将现在东北训练的新兵加以补充。如朝方认为不必补充休整就可前进，则亦可同意人民军前进击敌，并可由朝鲜政府自己直接指挥。志愿军则担任仁川、汉城及三八线以北之守备。"

1月14日，周恩来起草中国政府致朝鲜政府备忘录。备忘录称：

目前美国由于在朝鲜的失败，急想求一出路，最好是

"光荣停战"，否则，就是"有限制的战争"。"前者是我们所不允许的"，而后者又为英国、法国、印度等国所畏惧。故联合国三人委员会直至一月十一日才提出"先停战后谈判"的议案。……如果这一议案获得通过，我应坚决拒绝。备忘录提出了和平解决朝鲜问题的四项主张，其中有"提议在同意从朝鲜撤退一切外国军队及朝鲜内政由朝鲜人民自己解决的基础上，举行有关各国的谈判，以结束战争"。

毛泽东将周恩来起草的备忘录转给了金日成，建议其近日不要来京。与此同时，他在给彭德怀的电报中，对春季攻势的准备问题、对战争形势做了充分的估计：

（一）在中朝两大军队压迫下，略作抵抗，即退出南朝鲜。如果是这样，那就是我们的充分准备工作的结果，因为敌人知道我们做了充分的准备工作，我们的军事力量更加强大了，敌人才知难而退。

（二）敌人在大邱、釜山地区作顽强抵抗，要待我们打得他们无法再打下去了，方才退出南朝鲜。如果是这样，我们必须做充分准备才能再战……有一种可能，即客观形势迫使我们在二月间就要打一仗，打了再休整，再去完成最后一战的准备工作……

1月16日，志愿军空军司令部召开战斗训练会议，确定抓住参战必要的重点课目进行突击训练，在两个半月内达到参战水平。特规定了歼击机部队、轰炸机部队和强击机部队的重点训练课目。各部队经过两个半月紧张、刻苦的突击训练，基本上完成了预定的训练任务。

1月17日，周恩来就联合国大会第一委员会（即政治委员会）1月13日通过有关朝鲜及远东诸问题的原则意见，复电联合国大会第一委员会主席阿彼拉兹。他提出：中国政府不同意该委员会1月13日通过的"先停战后谈判"的原则。中国政府提议，在同意从朝鲜撤退一切外国军队及朝鲜内政由朝鲜人民自己解决的基础上，召开中、苏、英、美、法和印（度）、埃（及）七国会议，就迅速结束朝鲜战争问题进行谈判。

周恩来认为，此次大会通过的有关朝鲜及远东诸问题的各项原则，其基本点仍然是在朝鲜停战，然后才举行有关各国的谈判。"先停战后谈判"的原则，只便利于美国维持侵略和扩张侵略，绝不能导致真正的和平。对于这些原则，中国政府不能予以同意。

他代表中国政府提出建议：

甲：在同意从朝鲜撤退一切外国军队及朝鲜内政由朝鲜人民自己解决的基础上举行有关各国的谈判，以迅速结束朝鲜战争；

乙：谈判内容，必须包括美国武装力量从台湾及台湾海峡撤退和远东有关问题；

丙：举行谈判的国家，应包括中华人民共和国、苏联、英国、美国、法国、印度和埃及七国。中华人民共和国在联合国的合法地位即从举行七国会议起予以确定；

丁：七国会议的地点，应选在中国。

1月18日，美国海军陆战队第七团中尉佛兰克·E.考尔德等美、英30名俘虏，联合签名发表声明，感谢中国人民志愿军的优待战俘政策。声明中说：

> 对朝鲜人民军中的中国人民志愿部队表示感谢。因为他们人道地、有礼貌地，并且仁慈地待遇（对待）我们。我们受到亲切的照护，居住在温暖的房子中而且吃得很好。

1月19日，彭德怀电令第五十军三个师、第三十八军一一二师、第四十二军一二五师："你们此次位于汉江南岸，保持桥头阵地，保证和掩护志愿军主力进行休整补充。你们这一任务是艰苦的，但又是光荣的，相信你们一定能有信心的完成。"

中国人民志愿军第一副司令员兼第一副政治委员邓华致电彭德怀提出：

> 朝鲜地形狭窄，战场逐步缩小，敌兵力不断集中，如仍像过去一样，打几天停下休息以后再打，无法消灭敌人，战争要拖。因此，下一战役应集中一切可以集中的力量，分三路，每路两个梯队部署，分部分批轮番攻击，不给敌人以喘息。

彭德怀同意了他的建议。

1月21日，美空军20架F-84型战斗轰炸机对平壤至新义州沿线铁路进行狂轰滥炸，企图阻滞中国人民志愿军的后方补给。志愿军空军第四师十团二十八大队大队长李汉率飞行员宋亚民、李宪则、张洪清、赵明、赵志财等驾驶米格-15型战斗机起飞迎战。战斗中击伤美空军F-84型战斗轰炸机1架。

这是志愿军空军在朝鲜战场上和美国空军进行的第一次空战。

1月22日，印度驻华大使潘尼迦关于周恩来复联合国大会第一委员会主席电提出询问。中国外交部就此作出三点明确答复。

一、只要一切外国军队从朝鲜撤退的原则被接受后，并付诸实施，中华人民共和国中央政府将负责劝说中国人民志愿部队回到本国。

二、我们认为关于停止朝鲜战争，与和平调处朝鲜问题，可分两个步骤进行。

第一个步骤，可在七国会议第一次会议中商定有限期的停火，并付诸实施，以便继续进行谈判；

第二个步骤，为欲达到完全结束朝鲜战争并保证东亚和平，停战全部条件必须与政治问题联系讨论，商定：从朝鲜撤退一切外国军队的步骤和办法；向朝鲜人民建议如何实施朝鲜内政由朝鲜人民自己解决的步骤和办法；依据开罗宣言及波茨坦公告，美国武装力量自台湾及台湾海峡撤退；以及远东有关诸问题。

三、中华人民共和国在联合国的合法地位的确定必须得到保证。

彭德怀向中央军委报告了前线特别是汉江南岸部署的意见。他认为，下一战役主要目标是沿堤川、丹阳、洛东江以东，首先夺取大邱、庆州，截断洛东江以西美军主力退路。如敌军夺取我桥头阵地时，我采取固定持久防御，将消耗大量的人力和物资，是不合算的。不如采取移动防御，相机保持汉江南岸桥头阵地。现以4个师主力控制京安里、军浦线，构筑纵深工事，以一部分散于水原、金良场、利川线以南活动，吸引敌主力于当前，有利于我下一战役的进行，似较主动。中央军委同意了他的意见。

1月25日，中国人民志愿军与朝鲜人民军在朝鲜成川郡的君子里联合召开高级干部会议。出席会议人员122人（其中正式代表60人，列席者62人）。大会通过了斯大林和毛泽东为大会主席团名誉主席，并通过了由9位同志组成的大会主席团成员名单。

彭德怀作了《三个战役的总结和今后任务》的报告。朴宪永报告了人民军的政治工作；邓华报告了对美军和南朝鲜军作战的初步经验；杜平报告了三个战役政治工作的简要总结与今后工作意见；解方报告了练兵计划及司令部工作；金雄报告了人民军作战经验；韩先楚报告了战术问题；洪学智报告了后勤工作；高岗报告了国内外形势；宋时轮报告了第九兵团作战经验。

1月25日，志愿军和人民军发起第四次战役，志愿军采取坚守防御、战役反击和运动防御等作战形式，在三八线南北地区反击"联合国军"和南朝鲜军的全线进攻。

——志愿军第五十军四四七团，在水原以北白云山地区展开机动防御战斗，战至2月5日，四四七团伤亡344人，共歼灭美军第二十五师1200余人。

——志愿军第五十军在汉江以南、水原以北地区，对美第三、第二十五师，英军第二十九旅，土耳其及南朝鲜军第一师展开防御战斗。战至3月15日，共歼美、英、土、南朝鲜军1.1万余人，有力地配合了志愿军在横城方向的反击作战。

——志愿军第三十八军、炮兵第二十七团一部，在汉江以南、利川以北地区，对美军第二十四师、骑兵第一师、英军第二十七旅、南朝鲜军第六师展开防御战斗，战至3月15日，共歼敌1万余人。

1月28日，毛泽东复电彭德怀，指出："我军必须立即准备发起第四次战役，以歼灭两万至三万美李军占领大田、安东（作者注——这里的安东，位于朝鲜半岛南部。）之线以北区域为目标。""在战役准备期间，必须保持仁川及汉城南岸桥头堡垒，确保汉城，并吸引敌人主力于水原、利川地区。战役发起时，中朝两军主力应取突破原州直向荣州、安东发展的计划。""第四次战役后，敌人可能和我们进行解决朝鲜问题的和平谈判，那时谈判将于中朝两国有利。""在占领大田、安东之线以北区域以后，再进行两个月至三个月的准备工作，然后进行带最后性质的第五个战役，从各方面来说，都比较有利。"

1月29日，志愿军空军第四师十团二十八大队大队长李汉，率2个中队米格-15型歼击机，在定州、安州上空击落、击伤美空军F-84型战斗机1架。这是志愿军空军首次击落美国空军飞机。

2月3日，根据中央军委决定，志愿军炮兵指挥所（主任匡裕民）入朝参战。在整个战争期间，地面炮兵10个师、高射炮兵5个师先后入朝参战。

志愿军第三十八军三三八团及三三九团一部，在汉江南岸洗月里、山中里地区，对美第二十四师十九团发起反击作战。至2月4日，歼敌486人，粉碎了"联合国军"迂回志愿军汉江南阵地、割裂志愿军汉江南北联系的企图。

2月7日，志愿军第六十六军一九八师、炮兵第二十九团一个营，在洪川、横城公路间之五音山，对南朝鲜军第八师、第三师一部及美军第二师一部展开阻击战斗。战至11日，志愿军完成了坚守阵地，迟滞南朝鲜军第八师于横城地区，掩护志愿军向横城之"联合国军"及南朝鲜军反击的任务。

2月11日，志愿军第三十九、第四十、第四十二、第六十六军，炮兵第一师及人民军第二、第三、第五军团，在第四次战役东线战场对美第二师一部，南朝鲜军第三、第五、第八师，发起了横城反击战役。

2月12日，志愿军第四十二军一一七师及第四十军一一八师在下加云北山、鹤谷里地区，将南朝鲜军第八师大部包围；第四十军一二〇师及第四十二军一二四师，在广田地区包围南朝鲜军一部。经激战，志愿军将南朝鲜军第八师3个团全部歼灭。

志愿军第六十六军在横城反击战中重创美军及南朝鲜军。其第一九八师一部，攻占南朝鲜军第八师一部防守的茶峰里；第一九七师一部在攻占黑石洞及420高地后，又攻占了南朝鲜军第八师一部防守的394.9高地；第一九六师一部在曲桥里公路两侧与美军第二师及南朝鲜军第八师各一部展开激战。此战共毙俘美军、南朝鲜军800余人。

志愿军第三十八军一一四师三四二团一营营长曹玉海在坚守京安里以北350.3高地主峰的战斗中，机智果敢地靠前指挥部队，抗击飞机、坦克、火炮掩护下的美军的进攻。中弹牺牲后，志愿军领导机关为他追记特等功，授予一级战斗英雄称号。

2月13日，志愿军第三十九军2个团、第四十军3个团、第四十二军2个团，在砥平里对美第二师二十三团及法国营发起进攻。战至15日，"联合国军"援兵到达，攻击未果。中国人民志愿军及朝鲜人民军在横城地区的反击战役结束，共歼灭"联合国军"和南朝鲜军1.2万余人。

2月19日，志愿军第四十二军、炮兵第四十四团及第二十五团第一营，在广滩里、鹰峰至中元山、阳德院里地区，对美骑兵第一师、美第二十四师一个团、英第二十七旅、澳大利亚营及南朝鲜军第六师，发起了机动防御战斗。至3月14日结束，歼敌近9000人，迟滞了敌人的进攻。

此时，尽管对战争艰苦性有了足够的认识，但是对战争长期性的认识并不一致。彭德怀在第四次战役间隙，决定利用志愿军和人民军全线转入运动防御的时机返回北京，向中共中央和毛泽东当面汇报朝鲜战场的情况。2月20日，彭德怀离开朝鲜，21日抵达北京，随即直接前往毛泽东住所，向毛泽东汇报朝鲜战场情况。随后几天，彭德怀与周恩来、聂荣臻、杨立三等共同研究了特种兵部队的参战计划和加强志愿军后勤保障的措施。2月25日，周恩来主持召开中央军委扩大会议，就抗美援朝等问题作出了一系列重要决定。

关于战争方针问题，毛泽东明确指出，"战争准备长期，尽量争取短期"，要准备以几年时间，消耗美军几十万人，使其知难而退，至少我们应做两年的准备。1951年全国军队准备补充60万人。志愿军实行轮番作战，要改善志愿军武器装备，改善供应运输，加强后勤机构，努力准备空军、装甲兵参战。多年以后，彭德怀评价："这次主席给了抗美援朝战争一个明确的指示，即'能速胜则速胜，不能速胜则缓胜'。这就有了一个机动而又明确的方针。"

3月1日，彭德怀离开北京，3月9日返回志愿军总部。

在"联合国军"向三八线及其以北地区推进时，随着志愿军第二番作战部队开始向朝鲜战场开进，志愿军即开始考虑组织战役反击，扭转战场形势的问题。

3月11日，志愿军高射炮兵第六十三师入朝参战。随后，高射炮兵第六十二师、第六十一师也分别于17日和22日入朝参战。

3月16日，志愿军第二十六军在议政府、清平川、涟川、铁原地区，对美第三师、第二十五师、第二十四师2个团、空降兵第一八七团，土耳其旅、英第二十七旅2个营及菲律宾营，发动机动防御战斗。战至4月21日结束，共歼敌1.5万余人，迟滞了敌人的进攻。

3月28日，志愿军第二十六军七十八师在七峰山、海龙山、旺方山防御阵地上，与美军100余辆坦克及大量炮兵、飞机支援下的第三师及空降兵第一八七团展开激战，顽强地坚守阵地，毙伤敌1000余人。第七十八师二三四团三营九连四班班长雷宝森带领全班，巧妙地利用地形进行伏击，用火箭筒和反坦克手雷击毁美军坦克11辆、吉普车1辆。

4月2日，周恩来在中共第一次全国组织工作会议上作《关于目前时局和我们任务》的报告，明确指出：

> 抗美援朝仍应成为一九五一年各项工作中的首要任务，也是与各方面有密切关联的任务，是有决定意义的任务，在动员人力、财力、物力上，在工作布置上，抗美援朝是放在第一位的。

周恩来曾提出在朝鲜开展敌后游击战争的建议。他建议，在目前朝鲜战争情况下，可考虑派一两个中朝军队联合支队，深入南朝鲜分散进行游击战。依靠人民坚持敌后游击战争，牵制大股敌人，使其不能北进。如此就有希望，就会胜利。

四

1951年3月下旬，战事变得微妙起来。

"联合国军"将战线推进到三八线附近地区。这时，美国、英国、法国等国家在是否再次越过三八线以及用何种方式结束朝鲜战争的问题上，发生了争论。美国政府在与英国、法国磋商后，从其全球战略出发，决定在不扩大战争范围的前提下，继续稳步北进，待军事上占据有利地位后，以实力政策为基础，或与中朝方面进行谈判或继续其军事行动。

按照这样的计划，"联合国军"4月初再次越过三八线，并计划从中朝人民军队侧后登陆，配合正面进攻，将战线推进到平壤、元山一线。

1951年4月6日，中国人民志愿军在朝鲜金化郡上甘岭召开第五次党委扩大会议，着重研究和决定举行第五次战役问题。会上，彭德怀传达了中共中央、毛泽东关于"战争准备长期，尽量争取短期"的指导方针，总结了前四次战役的经验，提出了实施第五次战役的方针和部署。

与会者一致认为，战争仍处于艰苦紧张的阶段。

4月10日，彭德怀在关于第五次战役的作战方针与部署问题给毛泽东的请示电中提出：

我作战企图。拟从金化至加平线利用山区劈开一个缺口,将敌东西割裂,然后用九兵团、十九兵团对西线敌人进行战役迂回,三兵团正面攻击,各个歼灭敌人,力求在三八线北歼灭敌人几个师,尔后再向纵深发展。

同时报告了具体部署和攻击时间:

攻击时间为如敌进展快,拟于4月20日左右开始。如敌进展不快,待5月上旬出击,准备即较充分些,我空军和坦克亦有可能参战,战果可能大些。我军困难,主要是运输困难,车辆损失颇大,影响物资及时输送。但不论怎样困难,必须力争此役胜利。

三天后,彭德怀接到毛泽东的复电:

(一)完全同意你的预定部署,望依情况坚决执行之。
(二)为防敌从元山登陆,似须以四十二军主力位于元山城内及其附近,确保元山,请酌定。

4月11日,美国总统杜鲁门任命马修·邦克·李奇微为美国远东军总司令兼"联合国军"总司令,撤销了麦克阿瑟的这一职务,并任命詹姆斯·范佛里特接替李奇微为美第八集团军司令职务。

如果说前四次战役,志愿军迂回穿插的运动战和夜战、肉搏战等独特战法打得"联合国军"丢盔弃甲,那么美军极善作战的名将李奇微和第八集团军司令范佛里特的到任，标志着志愿军遇到了前所未有的强劲对手。

同天，中国人民志愿军司令部下达《战役指导方针与战术思想指示》。强调指出：

> 只要我们能紧紧掌握"集中优势兵力，各个消灭敌人"的原则。在战役上以足够兵力把进之敌割裂为几大块。同时在战术上，再把几大块分割为几小块，集中绝对优势的兵力火力，迅速分别歼灭，我们就一定取胜。

这一天，志愿军第四十七军在军长曹里怀、政治委员李人林率领下，由安东渡过鸭绿江入朝参战。志愿军炮兵第三十一师4个团，从锦西（今葫芦岛）和锦州出发，分别经长甸河口、安东、九连城入朝参战。

也是在这一天，《人民日报》刊载志愿军第三十八军随军战地采访的著名作家魏巍撰写的《谁是最可爱的人》一文。这篇激动人心的通讯，迅速地传遍了全国各地和许多国家。"最可爱的人"从此成为对中国人民志愿军的亲切称呼。

4月中旬，李奇微发现志愿军后续兵团集结，判断中朝军队可能于4月下旬或5月初发动攻势，遂决定以一部兵力继续在铁原、金化、金城地区保持进攻，其他方向暂时转入防御。此时，"联合国军"的地面作战部队为6个军（军团）共17个师又3个旅、1个团，计34万余人。第一线兵力为12个师另2个旅，第二线和后方兵力为5个师又1个旅及1个团。其部署：美军第一军位于临津江两岸及涟川以西地区，第九军位于涟川以东至华川地区，第十军和南朝

谁是最可爱的人

在朝鲜的每一天我都被一幕幕英雄事迹激动着我的思想感情的潮水在放纵奔流着；它使我想把一切东西都告诉给我祖国的朋友们。但我最急于告诉你们的是我思想感情的一段重要的经历，就是：我越来越深刻地感觉到谁是我们最可爱的人，

谁是我们最可爱的人呢，我们的战士我感到他们是最可爱的人

魏巍写给抗美援朝纪念馆的手书。（魏巍家属供图）

鲜军第三、第一军团分别位于杨口、元通里、杆城地区。美军骑兵第一师（机械化师）、空降第一八七团及南朝鲜军第二师为预备队，分别配置于春川、水原、原州地区。南朝鲜军第二军团第八师位于大田。

4月14日，彭德怀就关于海岸部署意见给中央军委并转毛泽东的电报中表示，估计敌大举登陆与正面进攻是结合的，只有让敌登陆，离开其海军炮火的有效掩护，再行围歼之。以小部队担任沿海警戒。布置水雷、地雷，予登陆的敌人若干阻难，争取调动部队、部署战斗的时间。第三十八军、第四十二军原地加速整补，令其在元山、高原线离海岸30里准备战场，做必要工事。须加速修筑公路，但球场至德川铁路相距90公里难以克服，龟城至球场亦无法接轨，请中央和东北局派铁路技术力量迅速前来解决。三天后，毛泽东复电彭德怀。他赞成彭德怀对于第三十八军、第四十二军的部署及开辟中间运输道路的计划。同时提醒彭德怀注意，即敌人若从中间各地降落伞兵，到处乱窜，扰我后方。此种可能性很大，请其速筹对策。

4月19日，中国人民志愿军政治部下达《第五次战役政治工作指示》，明确指出：

> 第五次战役即将开始，战役任务为大量地歼灭敌人几个整师，具体要求每个军歼敌一至两个团，战役的目的是取得主动权，争取缩短战争的时间。

同日，彭德怀、邓华、朴一禹等联合签发第五次战役政治动员令。动员令提出：

这次战役的意义十分重大，因为它是我军取得主动权与否的关键，是朝鲜战争的时间缩短或延长的关键。

号召所有参战人员，积极动员起来，发扬艰苦奋斗的精神，充分发挥主观努力，想尽一切办法，克服重重困难，成建制地消灭敌人，争取每战必胜。

4月21日，志愿军和人民军胜利结束第四次战役。此役，历时87天，共歼灭"联合国军"和南朝鲜军7.8万余人。将"联合国军"阻止在三八线附近地区，赢得了掩护志愿军战略预备役集结的时间，为举行第五次战役创造了有利条件。

中国人民志愿军和朝鲜人民军在第四次战役中，赢得了时间，掩护了志愿军第十九、第三、第九兵团集结，从而使志愿军第一线作战部队增至3个兵团共11个军33个师另4个炮兵师，加上人民军3个军团，此时志愿军总兵力60万余人，尤其是地面兵力优势。然而，第四次战役志愿军战斗减员53000多人，这也对我们的兵力造成极大损伤。

第四次战役结束后，为了粉碎"联合国军"意欲从中国人民志愿军腹部两侧实施登陆作战，切断我前后方联系的企图，达到毛泽东指示的"让敌人知难而退"的战略目的，志愿军决定发动第五次战役。

1951年4月22日黄昏，中国人民志愿军在朝鲜战场上打响了第五次战役。

第五次战役，志愿军的战略意图并不在一城一池的得失，而是旨在通过主动进攻，大量消灭"联合国军"有生力量，重挫敌人意志，夺取战场主动权，歼灭敌人有生力量，使其没有信心再打下去，迫使"联合国军"坐下来谈判。

志愿军第四十军在加平地区对美军第二十四师一部、南朝鲜军第六师发起进攻战斗。至23日，第四十军突入敌纵深30余公里，打开了战役缺口，在第三十九军协同下，完成了战役割裂任务，歼灭美军第二十四师及南朝鲜军第六师各一部。

4月24日，志愿军第六十三军五六〇团在雪马里地区，对英军第二十九旅皇家格特斯特郡团第一营及炮兵、坦克各一部发起进攻战斗。至25日结束，全歼英第二十九旅皇家格特斯特郡团第一营、炮兵第四十五团第七十队、哈萨斯第八骑兵坦克团一个连。

4月26日，彭德怀向中央军委和毛泽东报告了战役进展情况和下一步作战计划："为了推迟敌之登陆，避免即时两面作战，因此提前于四月廿二日开始，故我准备均不充分，特别是粮弹准备不足，运输条件没有改善。""朝鲜地势狭窄，海岸线长，港口多，且敌有强大海、空军，这些是其登陆便利条件。""如敌登陆很快，我军虽有准备，但实际力量尚难应付两面作战，……如能将敌登陆推迟一个月至一个半月（即五月底或六月上旬），我即能同时应付两面作战。""根据以上所述，此次我军拟在打破敌之抵抗后，继续相机追至卅七度线为止。知敌扼守汉江及汉城桥头阵地，我以小部队监视、袭击之。我主力置于三八线及其以北机动地区，准备歼灭敌登陆部队，或各个打击正面反攻之敌。"

中央军委和毛泽东同意了彭德怀提出的作战方针和兵力部署。

这一日，志愿军炮兵第七师，由长甸河口入朝参战。

这支参加过陇海路破击战、济南战役、淮海战役、舟山群岛战役的炮兵部队，在改编为辽沈部队炮兵师不久，便加入了中国人民志愿军的行列。

紧锣密鼓的4月快要过去了。这个月月底的一天，洪学智就志愿军前线后勤供应中存在的问题向周恩来做了汇报，周恩来听后说："美国会不会登陆中国？现在还不能肯定。但是前线我方胜利越大，登陆的可能性就越小，所以，前线一定要打好。中央军委考虑，要尽快出动飞机。"他嘱咐洪学智，志愿军要研究对付敌机轰炸的办法。他说："抗美援朝战争，对我军后方供应提出了许多新的问题。你们好好研究一下现代战争后勤工作的特点。"他还特别说到，中央军委考虑要给志愿军后勤增派防空部队、通信部队，以加强志愿军后勤工作。

第五次战役的第一阶段，到4月29日就结束了。

五

1951年5月16日，抗美援朝第五次战役第二阶段打响了。

5月底，第五次战役转移阶段激战正酣。

一处废弃矿洞搭成的临时指挥所，昏暗的灯光映照着一个健硕的身影。不远处矿洞的洞口，就是临时指挥所的大门。望着南边染红了半个天空的炮火，望着炮火中那些看不见的厮杀，望着那或许被鲜血染红了的土地，中国人民志愿军司令员兼政治委员彭德怀已经在那站了好几个小时。

从1950年10月开始计算，7个多月了。在朝鲜这片土地上，彭德怀已经指挥了四次大规模的战役。四次战役，太多悲壮的牺牲、太多舍生取义的故事了！还能有什么战事惨烈到让彭德怀泪湿双眼？如果有，恐怕只有一个地方，那个他一直眺望的地方——

铁原。

第五次战役双方交手，出乎彭德怀意料的是，"联合国军"仿佛兔子一般，在象征性地交火后便迅速向南撤离。原来这一切都是李奇微故意为之。

早在李奇微担任美第八集团军司令时，就发现了志愿军后勤补给弱的致命问题，每次进攻最多维持五六天时间，这一特点也被称为"礼拜攻势"。他发现，每次志愿军发动攻击时最远不超过20公里，这基本上是志愿军发动攻势的极限。

李奇微下令，将部队后撤20至25公里处休整，并依托强大的空中力量和火炮优势对志愿军部队发起不间断的反攻，不给志愿军补充给养的时间，最大限度地消耗志愿军部队，待志愿军消耗殆尽时，再挥师反扑。李奇微将这种战术命名为"磁性战术"。通过这种战术，"联合国军"的部队保存了实力，并伺机寻找反扑的机会。

根据中国人民志愿军司令部的部署，第六十三军、第六十四军和人民军一军团分左中右三路向滑川里、涟川以北地区转移；第六十五军执行阻击任务。"志司"特别强调要他们在议政府、清平川地区阻击敌人15至20天，确保涟川、铁原一线的安全和兄弟部队的行动。

涟川、铁原一线是朝鲜西部地区的重要交通线，既有公路又有铁路，而铁京义是志愿军囤积物资的主要供应站。一旦被敌人占领，就会割断志愿军东西线的联系，直接影响整个部队的转移。

除了要将志愿军部队逼至三八线附近外，李奇微还有一个更大的战略目标，就是攻占铁原—金化—平康所围成的"铁三角"地区，切断志愿军从东北延伸过来的铁路补给线，全歼志愿军主力部队。

实际上铁原对志愿军的作用不仅仅是一条补给线这么简单。

"铁三角"地区山峰耸立、山岭连绵，是志愿军囤积物资、转运伤员的重要战略枢纽，也是攻击敌人、遏制对手的战略要地。

铁原以北是一片平原，无险可守，非常适合"联合国军"机械化部队长驱直入，那里还驻扎着志愿军司令部这一指挥中枢。

向铁原全速突进的是美第八集团军。第八集团军司令范佛里特在向李奇微的报告中这样写道："敌人已经不再有进攻的势头了，第八集团军将第一步到达'托皮卡线'，随后将攻击铁原、金化、平康的中心地区。"

此时，铁原前线距离彭德怀的指挥所不过数十公里，其实战斗还没开始的时候，彭德怀就预料到敌人的炮火如何像大雨一样倾泻在志愿军阵地上。他知道，坚守在那里的战士，有可能再也回不到他们的家乡。

第六十五军的阻击战是异常艰苦的，左右友邻部队已后撤60至100公里，没有火力支援；后勤供应跟进困难，部队缺少粮食和弹药；有的师、团几次被敌包围。"但是他们打得十分顽强。"几十年后，杨得志回忆这段战斗，仍然十分震撼。

第六十五军阻敌4次之后突然向兵团报告：由于敌集中几倍于我们的兵力，另配以空军、坦克、炮兵连续不断地突击，部队伤亡大，有的阵地已经丢失，有的单位被迫后撤20至30公里逐步转移到地形有利的汉滩川以北地区。

杨得志命令第六十五军克服一切困难，严格按志愿军司令部要求继续打好阻击，同时立即调第十九兵团第六十三军火速赶去支援。

中国人民志愿军战线中部形势危急。志愿军能否彻底阻止"联合国军"的进攻，第六十三军的阻击作战至为重要。彭德怀密切关注铁原，密切关注第六十三军。这天，彭德怀给第六十三军下达了一个死命令，要他们在铁原阻击美军的进攻10到20天，这几乎是一项不可能完成的任务。在下达这项阻击任务时，彭德怀在给第十九兵团司令员杨得志的电话里说，要不惜一切代价，死死地守住铁原！

第六十三军是西线最先发起攻击的部队，最远打至汉城以东议政府，部队伤亡较大。此时的第六十三军经过连番激战，也是第一个撤下来准备休整的部队。全军兵力已从入朝时的3.6万人降至2.4万人左右。然而，由于美军全线发起反击，各个兵团还未及时撤到铁原附近，美第八集团军就利用其机械化优势，迅速向铁原方向突进，兵锋直指铁原腹地。志愿军存亡危在旦夕，此时能用的也只有第六十三军。

军长傅崇碧手里握着志愿军司令部的电报，心中波涛翻滚，千头万绪。电报中写着："敌人追击性进攻很快，你们在文岩里、朔宁、铁原地区，应取坚守积极防御朔宁—高公山一线阵地，无'志司'兵团命令不得放弃。"电报中还有一句话："不惜一切代价坚守阵地，无上级命令不得撤退！"

面对"联合国军"的疯狂攻击，傅崇碧的内心清楚，以自己缺粮少弹的撤退之师，对阵锐气正劲的机械化部队，第六十三军几乎没有任何胜算。为了能将占尽优势的敌人顶住，他所能做的就是不惜一切代价将对方打疼。

5月与6月是一道分界线。进入6月，"联合国军"的进攻更加密集。美第八集团军集中美第一军、第九军主力开始向志愿军第六十三军阵地展开进攻，并把主攻方向指向涟川，在不足3公里的进攻正面上，集中2个师，在大量航空兵、炮兵的支持下，以整连、整营、整团的兵力，轮番猛攻志愿军第一八七师阵地，企图夺取涟川两侧有利地形，从中央突破，直插铁原。

彭德怀知道，志愿军面对的是大名鼎鼎的马修·邦克·李奇微，他被称为朝鲜战场上志愿军最为难缠的对手。这个人不可小觑，就在一个多月前，他接替了麦克阿瑟担任"联合国军"总司令，李奇微终于有了充分发挥自己战略设想的机会。当时经过几次大型战役的志愿军几乎是弹尽粮绝、筋疲力尽，就连军队的高级指挥员每天也只有一碗炒面充饥，在这种情况下，身经百战的彭德怀已经感到了危险。

他立即下令前线各部队马上开始后撤，转向三八线进行防御作战，几乎在同一时间，李奇微也下达了反攻的命令，敌我双方都开始迅速向北方移动。铁原往北的地区是一马平川，美军只要一越过铁原，其机械化部队将无人可挡，这种情况一旦发生，弹尽粮绝的志愿军将很难停下来抵抗。

对于李奇微来说，这是他扭转朝鲜战局的好机会，一旦拿下铁原，他就可以一路向北，甚至打到鸭绿江。彭德怀下定决心，一定要把敌人挡在铁原之外，因为这将是决定志愿军生死的一战。

如何把敌人挡在铁原之外，彭德怀心里已经有了打算，他知道有个人一定能够担此重任，这个人就是志愿军第六十三军一八九师师长蔡长元。

傅崇碧紧急调兵遣将，立即召集各级指挥员进行作战部署，让一八七师、一八九师在夹涟川至铁原公路前沿并肩展开，构筑防御阵地，坚决制止"联合国军"沿涟川、铁原公路两侧向纵深推进。一八八师在正面25公里、纵深20公里的防御地幅内紧急构筑野战工事，作为第二梯队。在涟铁公路的一侧，一八九师化整为零，建立200多个阵地，死死地扼守敌人的必经之路。

一八九师师长蔡长元是四川宣汉人，身材不高，外貌看起来文质彬彬，每天坚持写日记，并且研读兵法。可这位儒将打起仗来，战友们对他的评价却是两个字——"凶悍"，就连彭德怀对蔡长元暴躁的性子都有所耳闻，正是这位绰号"蔡石头"的中国将军在1951年的夏初，在铁原东南方的丘陵原野上一打就打了3天。

千万不要小看了这3天，这是决定铁原胜败的3天，因为此时的美军已经连续冲破志愿军几道防线，锐气正盛。李奇微更是压根儿没把他的对手蔡长元放在眼里，因为整个一八九师的战斗人员只有9400人，没有炮兵团，各式火炮仅有79门。

为了拿下铁原，李奇微投入的兵力有整整6个师加1个旅1个团，人数7万多人，火炮1300余门、坦克180余辆，再加上空中优势，在李奇微看来，在这种实力悬殊的情况下，自己的对手无论怎样英勇无畏、怎样排兵布阵都无济于事，自己的实力比他们强太多了。

"联合国军"进攻中还有一个特点，每到达一片区域，必会将附近的敌人清除干净才会继续推进，绝不会将侧后翼暴露给敌人，不给志愿军任何可乘之机。

"联合国军"的这种作战特点，恰恰让一八九师看到了机遇，这无疑是一个绝好的阻击机会。一八九师就利用一块连着一块的阵地，变成一个一个插在美军必经之路上的钉子，拖垮美军的进攻节奏。

接连几天的进攻不见效果，恼羞成怒的美军派出了更多的力量，运用航空兵和重炮兵在一八九师的阵地上发起轮番进攻。仅

1个小时，航空兵和重炮兵就向一八九师阻击阵地上倾泻了4500吨重的弹药。这种不计成本、火力制胜的疯狂打法甚至被称为"范佛里特弹药量"。

对于美军火力攻势的凶猛，蔡长元也早做好了最坏的打算，自打上了这个阵地开始，蔡长元和他的一八九师就已经做好了破釜沉舟的准备，在这3天中，一八九师所承受的阻击强度是难以想象的。

铁原阻击战结束后，一八九师减员缩编成一个团，当时很多部队一上去就被打光了，有的连队在阵地上整个连全部被美军的凝固汽油弹烧焦，阵地被炮火覆盖，整个铁原阻击战中，志愿军一八九师从连长到副团长级别的干部就牺牲了18位。

1951年6月10日，一八九师、一一八师并肩作战，完成了铁原阻击任务，在此期间志愿军已经做好了防御准备，但美军的进攻此时已经是筋疲力尽。铁原阻击战的胜利让全世界知道，即便是一切占尽上风，但与中国人民志愿军对战依然要付出最惨痛的代价。

六

此时，美军已经在一八九师的阵地前停滞了整整七天七夜。为尽快完成对志愿军主力部队的包抄，位于铁原东南方向的美军第一军机动部队已悄悄向铁原迂回，企图绕后穿插进志愿军主力部队集结地。此时志愿军二线部队的防线尚未完全形成，美军一旦完成穿插，志愿军就会陷入巨大被动。

千钧一发之际，志愿军第六十三军一八八师五六四团二营的70多名官兵奋不顾身地挡在了美军必经之路上，为了保住这最后的防线，担任要地阻击任务的第五连官兵炸开身后的水库，断绝了后路，在一座名叫内外加的孤山绝地上与敌人背水一战。

企图绕后穿插的美第一军机动部队被大水阻绝在了铁原东南的平原一带，近在咫尺的铁原成为美军无法触及的泡影。气急败坏的美第一军军长米尔本用2个炮兵群和8架飞机，持续不断地对内外加高地狂轰滥炸，再一次上演了"范佛里特弹药量"的疯狂举动。满山的石头被炸碎，树木被烧焦，到处硝烟弥漫，小小的山坡被凝固汽油弹点燃，熊熊大火仿佛人间炼狱。

轰炸结束后的敌人又一次向这个标高200多米的高地发起了近乎疯狂的冲锋。面对敌人的攻击，已经筋疲力尽的志愿军战士没有丝毫畏惧，他们凭借着智慧和勇敢，利用双手挖出的战壕和从敌人身上搜捡来的弹药继续进行着死命拼杀。志愿军战士利用血肉之躯弥补着与敌人技术、装备、后勤等诸多方面的巨大差距。

铁原阻击战打响后的第13天，准备孤注一掷的傅崇碧突然接到一个紧急的电话："铁原的物资和伤员基本运完，三兵团已经完成撤出，你军的任务已经完成，现由二梯队第四十军接替你军。"电话的另一头，正是志愿军总司令彭德怀。

彼时，第六十三军当面的北犯之敌共有美军4个师，拥有各种火炮1300余门。而第六十三军只有各种火炮约240门，而且弹药远不及美军充足。为此，军长傅崇碧、政委龙道权下到师、团指挥所靠前指挥，强调兵力纵深配置，少摆多屯，并以多个战斗小组去前沿与敌纠缠，使美军不能过早迫近志愿军主阵地。在火力组织上，强调发扬侧射火力的威力，并加强小部队夜间袭扰美军的频次。

中国人民志愿军第十九兵团司令员杨得志，想方设法从兵团直属队里抽调了约500名有战斗经验的老兵，加强给了第六十三军。傅崇碧立即将这一消息传达给第六十三军全体指战员，极大地鼓舞了士气。经过3天的反复拉锯，一八九师前沿阵地被强敌突破。该师伤亡颇大，有些营、连基本丧失了战斗力。在这种情况下，傅崇碧将一八九师撤至二线，让主力一八八师顶了上去。

一八八师在解放战争时期被敌人称为"野八旅"，是整个中国人民解放军中的头等主力部队。就连骄狂的傅作义第三十五军，都对"野八旅"高看一眼。这个师顶到一线后，在运动防御中与敌反复争夺，打出了不少可歌可泣的战例。

一八八师上去的第二天，五六三团一营一连二排阵地上，只剩下以副排长李秉群为首的8位指战员了。这个营在解放战争中荣获"钢铁营"称号，二排是兵团著名的"特功排"。当他们通过电话向营指挥所汇报，说敌军2个营兵力又向阵地发起新一轮进攻后，电话线就被美军炮火炸断了。

炮火织成了密集的火网，黑压压的炮弹乌云般压下来。听到二排阵地上枪声阵阵，爆炸声不断，一营长恐8位勇士寡不敌众，遂将预备队派往该排阵地增援。可是，因为下雨路滑以及美军炮火的严密封锁，增援部队几次都没能冲上去。李秉群等8位勇士只能趁敌人炮击的间隙，跳出战壕到敌军尸体上收集弹药，待进攻之敌接近到极近距离时，才突然投出手榴弹、扔出炸药包，用冲锋枪横扫，一次次将敌击退。

一夜之间敌人进攻次数已经无法计算。每次进攻之前，对方都会有20至30分钟的炮击，战士们头都抬不起来。午夜过后，8个人只有15发子弹了。敌人冲上来，他们靠着刺刀、枪托、木棒与敌人搏斗。后来，子弹没有了，只剩下几颗手榴弹，敌人的攻势却一点也没有减弱。再后来，阵地上弹药用尽。李秉群对大家说："情况大家都清楚。我们在敌人三面包围之中，我们8个人要突围出去是

第七章 铁原

没有可能的。要打，我们没子弹了。但我们是'钢铁营''特功排'的战士，不能给部队荣誉抹黑，更不能给伟大祖国丢脸。要让敌人知道中国人是硬骨头，志愿军战士是钢铁汉。所以我提议，拼到最后关头，不行了就跳崖，反正宁死也不能当俘虏！"其他7个人齐声表示同意。

黎明时分，当敌军再次发起进攻时，8位勇士用刺刀、枪托、铁锹、木棍、手榴弹等一切能找到的武器，与强敌肉搏。李秉群等5位勇士先后因力竭而选择纵身跳下高约15米的悬崖牺牲。剩下的1名副班长和2名战士浑身是伤，且战且退，正准备学着李秉群等战友的样，宁死也不当俘虏时，志愿军增援部队终于赶到，击退当面之敌，将他们3个人救了下来。

正是这3位幸存的勇士，将二排与上级失联近20个小时内发生的事，原原本本地做了汇报。杨得志闻讯，当即要求第六十三军政治部将8位勇士的名字报给他，并将他们的事迹整理出来。他说，感谢他们，军里、兵团都要好好地给他们记功。

40多年后的1992年，"八勇士"的姓名完整地出现在杨得志的回忆录里。他们是：李秉群、翟国灵、罗俊成、侯天佑、贺成玉、崔学才、张秋昌、孟庆修。

"八勇士"并非个例。杨得志在回忆录中写道：同样是第五六三团，该团三营八连仅剩半个连的实力，却在英雄连长郭恩志的率领下，充分利用地形，采用灵活的战术，以坚忍不拔的战斗精神坚守阵地4昼夜，最终以伤亡16人的代价，打退敌军15次大规模进攻，毙伤进攻之敌近800人，圆满完成了上级交予的任务。战后，该连荣获"特功八连"荣誉称号，连长郭恩志被评为"一级战斗英雄"和"特等功臣"。

杨得志回忆，战至6月10日，第六十三军以自己的血肉之躯，在铁原地区为全军重新调整部署争取了宝贵的13天时间，终于奉命后撤。第六十三军在涟川、铁原地区25公里的防御正面和20余公里的防御纵深地域，顽强抗击美军4个师的轮番进攻，共歼敌15000余人。因此第六十三军撤下阵地时，美军已无力追击，被迫就地转入防御，一度危急的战线又重新稳定下来。

然而，第六十三军元气大伤，但当面之敌也被该军打得损失惨重，锐气尽失。

当第六十三军撤到伊川地区休整时，彭德怀总司令特意赶过来，一定要亲眼看看这些刚从前线下来的战功卓绝的战士们。杨得志说："我们的战士当时真可以说衣不遮体了。"当彭德怀看到战士们虽然个个衣衫褴褛，胡子拉碴，头发蓬乱，但人人腰杆挺得笔直，眼神里透着坚毅和自信，嘴角上挂着微笑，立正敬礼还是那样干净利索时，他的眼睛湿润了。他高兴地拍拍这个战士的肩膀，摸摸那个战士的面庞，连声说："同志们，你们打得好，打得很好！你们吃了不少苦，我们牺牲了不少好同志。祖国和人民忘不了你们，祖国和人民感谢你们！你们是真正的铁军！"所有的战士一下子抱在了一起，他们高喊："祖国万岁！"

临走前，彭德怀问傅崇碧有什么要求。

傅崇碧说部队减员太严重了，急需补充兵员。彭德怀爽快地答应："没问题，一定给你补充能打仗的老兵，你还要什么？"傅崇碧回答："有兵就什么也不要了。"

彭德怀却不以为然地摇摇头："不，还要给你们发新衣服、新装备。祖国人民送来了大批慰问品。有酒、有烟、有各种罐头，很快就会给你们送来。这些东西一定要先发给战士们。当然了，你们这些首长也会有一份!"

不久,从西北地区调来的1.3万名老兵补给了第六十三军,从祖国来的慰问品也一车一车送到了部队士兵的手中。

七

这是一场血肉与钢铁的搏斗。

站在挂满当年军事地图的墙壁前,我仿佛回到当年的战场。

在整个铁原阻击战中,第六十三军击毙击伤和俘虏美军人数共21654人。

第五次战役,是抗美援朝战争期间规模最大的一次战役。志愿军和人民军共投入了11个军和4个军团的兵力,"联合国军"投入几乎所有地面部队并有大量航空部队的支援,交战双方投入此次战役的总兵力达100万人,展开了连续50天的激烈战斗。

志愿军和人民军以歼敌8.2万余人的战绩,最终取得了战役的胜利。

然而,志愿军和人民军在此次战役中,也遭受了极大的损失,战斗减员8.5万余人。仅仅铁原阻击战,第六十三军伤亡近万人,其中一八九师伤亡5000余人,其中牺牲2719人。那些牺牲在铁原的志愿军战士,将年轻的热血洒在了那片群山之间,他们没有留下名字,也没有墓碑。

随着第五次战役的结束,双方战线稳定在三八线南北地区,交战双方均转入了战略防御,朝鲜战场的大规模运动作战告一段落。

此后,随着朝鲜停战谈判的开始,抗美援朝战争进入了边打边谈的阶段。

八

我曾经驱车从韩国首尔开到铁原，又从铁原往北部行驶。其实从铁原郡到达铁原阻击战打响的位置，不足40公里的车程，仅需半个小时而已。可是多年前志愿军第六十三军的将士们硬是以血肉之躯，把以美军为首的"联合国军"死死阻挡了13天。

当"联合国军"分东西两路杀入铁原城后，才发现他们面前除了被炮火摧毁成废墟的城市外，还有一道志愿军修筑的稳固防线。这正是志愿军主力部队用铁原阻击战换来的宝贵时间建起的新防线。

直到这时美军终于意识到，志愿军利用铁原阻击战获得了休整，将很快有能力组织大规模的反击，到那时已经筋疲力尽的"联合国军"将岌岌可危。于是李奇微下令暂停超越铁原一线发动进攻，全线就地转入防御。

第五次战役挫败了"联合国军"企图在中朝军队侧翼登陆包抄的阴谋，迫使以美军为首的"联合国军"决定转入战略防御。李奇微在他的回忆录中有这样的描述："敌人再次以空间换取了时间，并且在其大批部队和补给完整无损的情况下得以安然逃脱。"

站在一望无际的铁原阻击战旧址，我似乎看到70多年前的那场战斗。

随着志愿军主力部队的转移完成，第六十三军接到撤回伊川进行休整的命令，铁原阻击战的帷幕已然落下，第五次战役也就此胜利结束。

铁原阻击战虽然已经结束，但是中国人民志愿军在这场战斗中的表现却被人们铭记。我用双手拂开脚下的细草，捧起草叶下的黑土。当年那场战斗的惨烈令人触目惊心，很多官兵被炸弹、炮弹炸得血肉横飞，最后只能找到一只带有标记的鞋作为尸骨掩埋。对于中国人民志愿军的实力不凡和不惧牺牲，曾经交战过的美国军人始终视之为一个谜，他们无法理解却无不佩服，他们把原因归结为志愿军身上那谜一般的"东方精神"。

这些参加过朝鲜战争的"联合国军"始终不明白，那些铁骨铮铮的志愿军将士在奋勇拼杀背后所背负的隐忍和伤痛。他们不了解这些人到底为了什么，在如此简单的装备和如此薄弱的给养的条件下，能伴着号角声漫山遍野地冲锋。他们更不理解，一个长期被压抑的民族，在追求民族独立解放的时候，内心中如火山爆发一般喷涌出来的炙热精神。装备落后的中国军队，对阵世界上最强大的军队并最终取得了胜利，与其说是一个谜，不如说是一个奇迹。

正是这份坚定的理想和信念造就了这支坚不可摧的人民军队，也正是这支人民军队用钢铁般的信仰创造了一次又一次胜利的奇迹。在抗美援朝之后，西方做出了一个著名的论断：在涉及国家安全的问题上，新中国永远不会退让。

第八章

名　单

一

还记得那份长长的名单吗？让我告诉你他们悲壮的牺牲。

何凌登，1950年10月21日牺牲。

王乾元，1950年10月25日牺牲。

苏冶，第一次战役牺牲。

毛霭亭，1950年11月1日牺牲。

于国良，1950年11月5日牺牲。

崔景崑，1950年11月5日牺牲。

袁敬文，1950年11月5日牺牲。

李津涛，1950年11月5日牺牲。

孟符臣，1950年11月5日牺牲。

刘德显，1950年11月5日牺牲。

孙成本，1950年11月5日牺牲。

刘旭，1950年11月5日牺牲。

连秋云，1950年11月5日牺牲。

郑爱民，1950年11月5日牺牲。

马德里，1950年11月7日牺牲。

孙斌武，第二次战役牺牲。

王捷，第二次战役牺牲。

赵兴玉，第二次战役牺牲。

马顺天，1950年11月14日牺牲。

毛岸英，1950年11月25日牺牲。

赵鸿济，1950年12月10日牺牲。

贾永恒，1950年12月24日牺牲。

张端胜，1950年12月29日牺牲。

郑希和，1950年12月牺牲。

胡乾秀，1950年12月牺牲。

郝亮，1950年12月牺牲。

王建鼎，1951年6月牺牲。

孔伶，1950年12月牺牲。

孙德普，1951年2月9日牺牲。

肾秀甫，1950年12月牺牲。

张明钦，1951年1月牺牲。

石杰，1951年1月牺牲。

张铮，1951年1月牺牲。

张茂生，1951年1月牺牲。

任怀勋，第三次战役牺牲。

吴书，1951年2月牺牲。

冷利华，1951年2月牺牲。

杜英哲，1951年2月牺牲。

王德容，1951年2月牺牲。

张乐天，1951年5月12日牺牲。

刘瑶琥，1951年5月16日牺牲。

蔡启荣，1951年5月17日牺牲。

李树人，1951年5月17日牺牲。

赵切源，1951年5月17日牺牲。

邓仕钧，1951年5月22日牺牲。

臧克力，1951年5月20日牺牲。

关熙，1951年5月20日牺牲。

刘俭，1951年5月25日牺牲。

柳德山，1951年4月27日牺牲。

郭文仲，1951年5月27日牺牲。

葛增瑞，1951年5月31日牺牲。

吴彦生，1951年4月牺牲。

储绍孟，1951年5月牺牲。

喻求清，1951年5月牺牲。

赵渭清，1951年5月牺牲。

王希功，1951年5月牺牲。

廖亨禄，1951年5月牺牲。

刘玉珠，第五次战役牺牲。

李仁芝，第四次战役牺牲。

左耳明，1951年2月牺牲。

孟文彬，1951年6月3日牺牲。

邢桂经，1951年6月6日牺牲。

杜永福，1951年6月28日牺牲。

石存仁，1951年6月24日牺牲。

高连喜，1951年4月牺牲。

赵大海，1951年7月9日牺牲。

王珩，1951年7月24日牺牲。

纪晨辉，1952年7月30日牺牲。

李雪瑞，1951年7月牺牲。

康育同，1951年7月牺牲。

赵顺启，1951年8月15日牺牲。

刁仁忠，1951年8月17日牺牲。

边登甲，1951年8月24日牺牲。

张振一，1951年8月牺牲。

焦骥，1951年8月牺牲。

王体光，1951年8月牺牲。

隗永文，1951年9月牺牲。

王雪琴，1951年9月牺牲。

何志祥，1951年9月牺牲。

陈森标，1951年9月牺牲。

吴国璋，1951年10月牺牲。

李俊彦，1951年10月牺牲。

张汉华，1951年11月15日牺牲。

李生辉，1951年11月18日牺牲。

王瑞，1951年11月22日牺牲。

张明，1951年11月23日牺牲。

郭华安，1951年11月牺牲。

张志宏，1952年10月10日牺牲。

陈达，1951年5月牺牲。

田有信，1952年赴朝参观见学时牺牲。

丁庆枝，1952年牺牲。

史怀珍，1953年1月牺牲。

程道健，1953年1月牺牲。

李宝珍，1953年2月14日牺牲。

饶惠潭，1953年3月牺牲。

贾广和，1953年2月牺牲。

吕景文，1953年3月7日牺牲。

陆骏，1953年3月13日牺牲。

王国华，1953年3月牺牲。

李俊德，1953年4月牺牲。

陈亮，1953年5月牺牲。

董凤梧，1953年3月牺牲。

蔡正国，1953年4月12日牺牲。

王长息，1953年4月12日牺牲。

刘润西，1953年4月12日牺牲。

张平甫，1953年5月15日牺牲。

蒋炳柱，1953年4月28日牺牲。

钱新民，1953年4月牺牲。

牛景瑞，1953年5月3日牺牲。

曹生，1953年7月17日牺牲。

王宪堂，1953年6月2日牺牲。

樊玉祥，1953年6月22日牺牲。

康致中，1953年6月26日牺牲。

孙泽东，1953年6月26日牺牲。

王伯明，1953年6月26日牺牲。

傅颖，1953年6月26日牺牲。

刘复汉，1953年6月16日牺牲。

杜耀亭，1953年6月26日牺牲。

王启光，1953年6月26日牺牲。

李中林，1953年6月26日牺牲。

赵文全，1953年6月牺牲。

张祥，1953年7月牺牲。

王德永，1953年6月牺牲。

李文范，1953年6月牺牲。

黄志渠，1953年7月14日牺牲。

张力，1953年7月20日牺牲。

张子丰，1953年7月牺牲。

李锦堂，1953年7月牺牲。

陈建国，1953年7月牺牲。

袁自生，1953年7月牺牲。

杜世英，1953年8月牺牲。

赵同义，1953年牺牲。

刘毓满，1954年10月在朝鲜病故。

郭介人，1955年牺牲。

……

出征少年身，归来英雄魂。他们为了保卫祖国的和平，不惜血洒异乡，生前的最后愿望就是——战友，请你代我回家，代我回家告诉父母，儿子没有给你们丢人，儿子为国尽忠了！

二

这份长长的名单背后，是志愿军将士短暂的一生。在出征的290万志愿军将士中，团以上干部牺牲244人，其中军职干部4人、师团职干部240人。安葬在沈阳抗美援朝烈士陵园的特级和一级战斗英雄以及团以上干部123人。此外绝大部分牺牲的志愿军战士都不得不就近掩埋。被运回国内以及一些负伤回国最终救治无效身亡的志愿军烈士大多被安葬在丹东抗美援朝烈士陵园以及赤壁市志愿军烈士墓群等陵园。

留在朝鲜半岛的烈士被埋葬在朝鲜和韩国。其中朝鲜桧仓中国人民解放军烈士陵园，是朝鲜几十个烈士陵园中规模最大的一个，位于平壤以东约100公里的山区，坐落于平安南道桧仓郡150米高的山腰上。在该烈士陵园第三层的墓地里，有134名烈士长眠，其中就包括了毛泽东之子毛岸英。

三

太多以身许国的忠诚，太多舍生忘死的牺牲了。

死鹰岭——

一个让美军胆寒的地方。1950年11月28日，在长津湖地区作战中，志愿军第二十军五十九师一七七团奉命攻击柳潭里以南9公里的死鹰岭，阻击美军陆战一师南逃。零下40摄氏度的极端严寒下，坚守死鹰岭高地，结果穿着单衣的125名官兵全部冻死在阵地上。

冰天雪地中，官兵们牺牲后仍然保持着战斗姿势，有的紧握手中钢枪，有的做着掏手榴弹的动作，有的持枪俯卧战壕，犹如一个个随时准备跃起的冰雕。

长津湖之战，成建制歼灭美军"北极熊团"，这是在朝鲜唯一一次消灭美军一个团。

喋血岭——

美军不由得喊出了"Bloody Ridge"（喋血岭）的地方。1951年8月18日至9月18日的夏季攻势中，为了确保休战后获得更为有利的阵地线，自8月18日起，美军和南朝鲜军队对喋血岭和昭阳江东岸地区同时开始了攻击，进攻比雅里西南方的983高地和773高地的南朝鲜军遇到了朝鲜人民军将领方虎山所带部队的坚决抵抗，双方展开了一场短兵相接的血战，几天下来，整个山顶都被鲜血染红了，这便是"喋血岭"的由来。

松骨峰——

志愿军让这里成为美军的梦魇。曾经在解放战争中荣获"战斗模范连""抢渡长江突击连"称号的第三十八军三三五团三连，像一枚钢钉死死地钉在松骨峰上。

战斗越来越白热化，200人左右的三连只剩下不到一半的人。弹药耗尽的三连官兵纷纷冲出弹坑，与蜂拥而至的美国兵拼起了刺刀。刺刀拼弯了，他们就用石块、拳头，甚至用牙齿肉搏。指导员杨少成刺刀捅断了，顺手捡起一把工兵锹与敌人厮打。拼搏中，这位优秀指导员被六七个美国兵包围。他拉响了最后一颗手榴弹，与敌同归于尽。他留在松骨峰上的最后一句话是:"同志们,一定要守住阵地!"

就这样,三连在满山烈焰、遍地炮火中顽强阻击8小时,歼敌300多名,拼得仅剩7个人也决不撤退。这种永不撤退的阵地意识,是志愿军开赴战场时就与枪支弹药一起武装上身的坚定信念。

上甘岭——

激战43个昼夜,美军动用近200辆坦克、3000余架次飞机和3个师6万余人的兵力,向这块不足4平方公里的高地发射炮弹190多万发、投掷炸弹5000余枚。在志愿军的顽强防御下,伤亡达到2.5万的敌军终于撑不住了。志愿军展开决定性反击,全部收复并稳固占领上甘岭阵地,彻底粉碎美军进攻。

战后的上甘岭,岭上泥土平均被炸翻出3米,山头被削低2米,翻起了1米多厚的碎石,每抓起一把砂土就有十几块弹片。参战部队军史中,留下了这样的记载:"危急时刻拉响手雷、手榴弹、爆破筒、炸药包与敌人同归于尽,舍身炸敌地堡、堵敌枪眼等,成为普遍现象。"志愿军创造了世界战争史上防御作战的奇迹。这片被志愿军官兵鲜血染红的高地,不仅战胜了对手,也震撼了世界。

年轻的志愿军空军搏击长空,以"空中拼刺刀"的勇气,给号称"王牌"的美国空军以沉重打击,击落敌机330架,击伤95架,创造了世界空战史上的奇迹。

志愿军将士在后期坚守阵地的战斗中,常常几天喝不上水,嘴唇干裂出血,还有人因在坑道时间太长而患上夜盲症,但大家始终保持革命乐观主义精神,在战斗间隙讲故事、演小戏,互相激励斗志。大家想方设法布置自己的"阵地之家",给自己的防炮洞起名叫"立功洞""英雄洞""抗美洞""胜利洞"。

就是这些年轻的志愿军战士，就是在这样的条件下艰苦奋战，把美军打到了谈判桌上。

他们为什么如此舍命向前？因为他们明白，他们的背后就是祖国。

惨烈的松骨峰战斗被魏巍写入《谁是最可爱的人》一文中。

志愿军的胜利是拼出来的！

魏巍悲恸地写道："烈士们的遗体，保留着各种各样的姿势，有抱住敌人腰的，有抱住敌人头的，有掐住敌人脖子把敌人摁倒在地上的，和敌人倒在一起，烧在一起。有一个战士，他手里还紧握着一个手榴弹，弹体上沾满脑浆，和他死在一起的美国鬼子，脑浆崩裂，涂了一地。另一个战士，嘴里还衔着敌人的半块耳朵。在掩埋烈士遗体的时候，由于他们两手扣着，把敌人抱得那样紧，分都分不开，以致把有些人的手指都折断了。""假若有一天，我们要为他们立纪念碑的话，让我把带火扑敌及用刺刀和敌人拼死在一起的烈士们的名字记下吧！"

长津湖——

一个令美军胆战心惊的地方。担负东线作战任务的志愿军第九兵团在这里与美军第十军展开激战。

大雪纷飞，寒风彻骨，气温骤降至零下三四十摄氏度。紧急入朝的第九兵团官兵衣着单薄，缺粮少弹。他们向装备着最现代化武器、战斗力强大的美军陆战第一师和步兵第七师发起猛攻。

"我们的胜利是拼出来的！"91岁的志愿军老兵常宗信，当年是第二十七军七十九师司令部参谋，不知多少次梦里回到70年前浴血拼杀的长津湖战场，"太冷了，实在是太冷了。被冻死的战友太多了，我的耳朵、鼻腔都被冻坏了，至今还有后遗症。"就是在

中国人民志愿军和朝鲜人民军一起欢庆战斗胜利。（新华社资料图片）

这次战役中，常宗信所在的第二十七军创造了令世人震惊的战果——全歼美军"北极熊团"。

96岁的老军医于芝林，也曾亲历长津湖地区作战。每次提到长津湖地区作战，于芝林便会哽咽："当时零下四十摄氏度，手捏着铁，皮肤就粘上去了，再拿下来，就要掉一块皮。我们把被单白色的一面，反过来披着，利于隐蔽，卧在雪山中，忍冻挨饿不能动。"当年24岁的于芝林作为师医院院长，和战友夜以继日救治伤员："战斗结束那天，医院一天就收到了2800个伤员，手指、脚趾被冻掉的，截肢的太多了。这些战士大都是20多岁，小的只有十六七岁。"

在志愿军的猛烈进攻下，美军遭遇了"陆军史上最大的败绩"，向三八线以南全线撤退。

1950年11月7日至12月24日展开的第二次战役，志愿军粉碎了"联合国军"占领全朝鲜的企图，彻底扭转了朝鲜战局。

1951年上半年，志愿军与"联合国军"在三八线南北地区连续进行3次战役，迫使美国当局调整朝鲜战争政策，谋求通过停战谈判结束战争。

残酷的战斗中，志愿军在每一块阵地上都与敌人展开反复争夺，大量杀伤敌军有生力量。天德山、马良山、金城川……志愿军攻下的每一块阵地都成为美军士兵的坟墓。

第九章

夙　愿

一

今天，请允许我花飨逝者。
今天，请允许我泪祭故人。

二

李相玉最宝贵的不是自己的功勋章，不是那一桌子资料、剪报、笔记、书籍，而是一枚战友的志愿军胸章。

这枚胸章长约两寸，宽约一寸，用红色粗线将两层白色帆布缝合而成，正面写有"中国人民志愿军"，背面是姓名、职务及部队番号。在那个年代，胸章相当于每名志愿军指战员的身份证。

这枚胸章的主人不是李相玉，而是周凤岐——李相玉的排长，也是李相玉的救命恩人。

周凤岐比李相玉年长6岁，1926年出生于湖南常德一个贫苦农民家庭，在三兄弟中排行老二，17岁时被国民政府征兵，因为读过几年私塾，成了国民革命军第七十四军五十七师的一名通信兵。参军不到一个月，周凤岐就上了抗日战场。焦土味、血腥味、尸体腐烂的气味混杂在一起，是周凤岐记忆中战场的味道。

新中国成立，周凤岐和李相玉都以为这回可以过上太平日子了。没想到，一纸命令，他们来到朝鲜战场。他们在部队中结识，约好从朝鲜战场凯旋，一定好好庆祝一番。

他们都没有想到，告别来得猝不及防。

"你知道什么是坑道吗？"李相玉问。

抗美援朝战场上，志愿军为了战胜敌人，保存自己，在大山中遍地挖坑道，作为战斗间隙藏身之处。美军飞机太多了，早上天一亮，4架飞机就接连飞过来，一顿狂轰滥炸。等另外4架来接班了，这4架才飞走，一天到晚，飞机不断，轰炸不断。李相玉自己数了数，在朝鲜战场的1000多天时间里，战士们住在坑道里有800多天。坑道，保证了他们在密集轰炸里的生命安全。

在坑道里不能叫住，得叫作蹲。战友们都很年轻，蹲坑道也不觉得寂寞。李相玉和战友在战斗的间隔里，就自己找乐子。坑道不是一个，而是很多个，又潮又湿，之间相隔有远有近，远的十几米，近的一两米。除了睡觉外，战士们就隔着这样的距离聊天、唱歌、讲故事、吹口琴，借此打发时间。没有战火的时候，战场上热热闹闹，煞是有趣。

坑道是李相玉在战场上最深刻的记忆，此外还有很多东西令他难忘。在物资匮乏的战争前线，一条军毯、一个茶缸都无比珍贵，让他感受到祖国的温暖，让他的保卫祖国的决心更加坚定。有一次伏击战，战士们一宿没睡，一举歼灭了30多个敌人。看着天色渐亮，战士们班师回营正好赶上发放慰问品，包括一条黄军毯、一包糖块、一个茶缸。茶缸正面写着七个大字"赠给最可爱的人"，下面是落款"中国人民赴朝慰问团赠"，茶缸上还绘有可爱的和平鸽，这可让战士们乐开了怀。

李相玉舍不得盖这条黄军毯，铺在地下怕沾上草末子，盖在身上怕坑道漏雨弄湿了，就把军毯叠得四四方方放在枕头边，越看越高兴，越看越温暖。也正是这条军毯救了李相玉的命。一次夜间行军时，敌机用照明弹向李相玉所在的部队袭击。一时间，四野通明，弹片乱飞。突然，李相玉觉得背后挨了一下重击，但没有感觉到疼。到了宿营地，他解下背包一看，吓了一跳，一块4厘米宽、12厘米长的弹片打在背包上，背包里面的被子已经被打了个大洞，如果没有毛毯挡着，那颗炮弹就会直接打进李相玉的后背，是毛毯救了他一命。

1952年，在坚守一个高地的战斗中，李相玉同周凤岐正在并肩射击。突然，从前方左侧蹿出三个敌人，周凤岐手疾眼快，射倒了敌人，却被正面射来的子弹打中了。李相玉匍匐着，爬到排长身边，周凤岐从昏迷中醒来，睁开眼睛大喊："打敌人，不用管我！"李相玉不忍放弃战友，周凤岐扯下自己的胸章，对李相玉说："胸章后面有我家地址。等停战后，一定给我家写封信，就说周凤岐尽忠了！"战场上不容多想。李相玉收好胸章，又投入战斗。

战斗结束了，李相玉四处寻找周凤岐，却再也没有了周凤岐的下落。

李相玉没有想到，同周凤岐的告别来得那么突然。"代我回家"，这是周凤岐与李相玉最后的告别，是他最后的嘱托。这枚胸章成了李相玉最珍贵的收藏。他用从被击落的美军飞机降落伞上扯下来的红绸布，把胸章左一层右一层包了五六层，在贴身军衣上缝了个兜，将胸章牢牢揣在里面。他希望有一天能替战友回家乡看望父母。

其实，在战场上，这样的"托付"每天都在发生。李相玉告诉我，他有五个妈妈。一位是亲生母亲，其余四位都是战友的母亲。这些战友在战场上战斗到生命的最后一刻，临终前将父母托付给李相玉，请他代他们回家为父母尽孝。

令李相玉惊喜不已的是，他从部队转业到铁岭，按照周凤岐给他的地址居然找到了周凤岐的下落。原来，周凤岐并没有牺牲，而是被抢救下来送到后方救治，他的伤治好了，却成了二等甲级伤残军人。周凤岐最后也转业到了铁岭，两位老战友又在铁岭相逢了。

周凤岐的故事，是从有名到无名，又从无名到有名的故事。

三

并不是所有人都像周凤岐这样幸运，更多的永别是连道别都来不及说。

1951年3月，来自四川遂宁农村的伍先华随着第十二军三十四师浩浩荡荡地跨过了鸭绿江，前往了朝鲜前线。伍先华是志愿军队伍里年纪稍大的战士，这一年，他24岁。

敌人不停地射出密集的子弹，死死封住志愿军突击队伍冲锋的道路。伍先华立即命令战友罗亚全："你去爆破地堡，我掩护。"罗亚全抱起炸药包，向敌军地堡的右侧爬去。敌军的两道火舌，立即对准了罗亚全。此时，伍先华猛烈地向敌军地堡开火，把两道火舌吸引过来。伏在地上的罗亚全借机爬到敌军地堡群前，随着两声巨响，地堡升起了浓烟烈火。

伴随着敌军地堡的爆破声，志愿军突击队伍发起冲锋，漫山遍野响起了喊杀声。此时，半截坑道敌军的重机枪又扫射过来，成了突击队伍前进路上的大障碍。伍先华抱起一个10公斤重的大炸药包，跃身冲进火网，向半截坑道口冲去。突然一串曳光弹扫来，伍先华负了重伤，但他毫不犹豫地拖着负伤的身子，忍着剧痛吃力地向前爬，在距半截坑道只有几米时，一跃而起，冒着敌人密集的火力，扛着炸药包，奋不顾身地冲进敌坑道，在敌军群里拉响了导火索。"轰隆——"一声，半截坑道最终化为了废墟，炸死敌军40多人。突击队伍乘机发起冲锋，攻占阵地，全歼守敌一个加强连。

那是1952年9月29日，25岁的伍先华却永远地合上了眼睛，他生前的最后一句话是"我掩护！"

第九章 夙愿

第十章

悲　歌

一

还有这样一些故事：

——李湘，中国人民志愿军第六十七军代军长。1914年出生，江西省永新县泮中乡泮中村（今龙源口镇）人。1930年8月入伍，1931年9月由共青团转入中国共产党。

1951年8月31日，第六十七军正式接防金城以南地区沿三八线27公里的正面防务。敌军的"夏季攻势"正处强弩之末，志愿军英勇抗击，致敌损失惨重。激战关头，北汉江桥被毁，前线粮食供应不上，李湘等军领导带头将吃粮标准降至每天4两，辅以野菜充饥，用实际行动鼓舞士气。9月21日，敌军向第六十七军阵地发起以步兵、飞机、大炮、坦克同时进攻的所谓"特种混合支队作战试验"的立体攻坚，李湘沉着应敌，指挥部下勇猛回击，歼敌1000余人。

10月13日，敌人用4个整师在飞机、大炮和坦克支援下向第六十七军防御正面发起猛烈"秋季攻势"。每次攻击，敌人都以强于志愿军3至10倍的兵力轮番上阵。李湘以丰富的作战经验和无限的英雄气概，指挥部队依托阵地顽强阻击，创造了3天歼敌1.7万余人的赫赫战果。

在金城南阻击战中，李湘夜以继日地坚持在作战室指挥，嗓子喊哑失音，体重锐减七八公斤。

1952年春，志愿军总部命令第六十七军在剑布里东线构筑新的防御工事，准备迎击美军和南朝鲜军发动的"春季攻势"。敌人这次攻势投入的兵力、武器装备远远超过1951年"秋季攻势"的规模，而且大规模使用了化学武器，7月1日，美军向第六十七军阵地投下大量细菌弹。李湘一面组织部队进行防疫，一面率机关人员深入前沿侦察地形，制订构筑工事的工程计划，日夜操劳，身心俱疲，最终因败血症并发脑膜炎逝世。

李湘病逝时，年仅38岁。

——吴国璋，中国人民志愿军第三十九军副军长。1918年出生，安徽省金寨县人。1930年11月入伍，1932年11月由共青团转入中国共产党。

1950年11月，吴国璋带病赴朝参战，参加了第三至第五次战役。12月，任第三十九军副军长。1951年10月6日，吴国璋去平壤志愿军总部开会，返回军部途中，车行驶到平壤东北的成川郡附近时，突然遭到美军机群的猛烈空袭。一颗炸弹落在他的吉普车旁，吴国璋左肋处中弹，正好击中心脏，不幸牺牲。

吴国璋牺牲后，在他的口袋里发现一份染着鲜血的账单，账单上清楚地记录着他从志愿军留守处借的100元钱的开支情况。红框竖格的便笺上，吴国璋用钢笔工整地写明：自己从朝鲜战场回国休息时，由留守处借了100万元人民币（旧币）。这100万元（旧币）

的开销用于买了一个皮包、看望老首长、修理收音机、警卫员和司机有病住院补助、在大连请回国休息的干部看电影，等等。逐笔支出，一清二楚。

吴国璋牺牲时，年仅33岁。

——蔡正国，第五十军副军长。1909年10月出生，江西省永新县车田村人。1932年4月入伍，1933年9月加入中国共产党。

1950年10月19日，蔡正国随志愿军第四十军奉命入朝参战。10月25日，第四十军一一八师一部在开进至温井西北两水洞、丰下洞地区时，与南朝鲜军第六师一部相遇，一一八师先敌开火，由此，揭开了抗美援朝战争的序幕。蔡正国凭着丰富的作战经验和高超的军事指挥才能，协助军长、政委指挥部队参加了第一至第三次战役，与志愿军其他部队一起，将不可一世的以美军为首的"联合国军"赶到三七线南北地区，粉碎了敌人妄想军事占领全朝鲜的企图。

1950年12月，蔡正国由第四十军副军长调任第五十军副军长。到任不久，军长曾泽生因伤回国休养，部队作战指挥由副军长蔡正国负责。当时，正值第四次战役关键阶段。第五十军奉命执行汉江两岸的机动防御作战任务，敌人依恃飞机、大炮、坦克等现代化装备，采取"磁性战""进攻战""消耗战"等手段，向第五十军防御阵地逐点进攻。蔡正国指挥部队以积极防御、顽强抗击打退敌人多次疯狂进攻。部队从1951年1月25日至3月15日，在汉江两岸坚守50个昼夜，与敌直接交战40多次，毙伤敌11000多人，沉重打击和消耗了敌人的有生力量，钳制了敌人主要进攻集团，为志愿军主力实施战役反击争取了时间，得到志愿军总部首长的肯定和表扬。

1951年4月，第五十军奉命回国休整。7月，蔡正国随第五十军再次入朝参战，带领部队奋战25天，抢修永柔、南阳里、顺安、顺川4个机场。1951年10月，第五十军奉命担任从鸭绿江口至青川江口100公里的朝鲜西海岸防御任务，蔡正国组织部队加紧构筑工事、挖掘坑道，还经常深入基层一线，检查指导施工作业。至1953年1月，第五十军在西海岸的抗登陆作战准备已完成四期筑城作业。

1953年4月12日，第五十军在司令部驻地青龙里召开团以上干部会议时，突遭敌机空袭，一枚炸弹落在会场东侧50米处，蔡正国头部及胸部多处被弹片击中，因失血过多，不幸牺牲。

第五十军军部被炸事件，在国内的彭德怀闻讯后，十分震惊。同一天中午，正在午休的毛泽东被秘书叶子龙叫醒。在看了志愿军总部发来的电报后，毛泽东失声说道："蔡正国，蔡正国，不幸殉国，又折我一员骁将！"

蔡正国牺牲时，年仅44岁。

——饶惠潭，第二十三军参谋长。1915年3月出生，湖北省大冶县下饶村人。1928年2月入伍，1933年5月由共青团转入中国共产党。

1950年6月25日，朝鲜内战爆发。时任华东军区公安第十六师师长的饶惠潭，听说要组建志愿军抗美援朝，主动请缨。

1952年6月，饶惠潭被任命为第二十三军参谋长，9月随部队赴朝参战。在战场上，作为参谋长的饶惠潭十分注意对战场环境、敌我态势的研究，经常带人深入前沿部队，观察敌情、勘察地形、了解部队情况，同时还注意学习借鉴友军的作战经验，从各方面做好战斗准备。当时，第二十三军与美第八集团军对阵，正面为美七师，东起将军洞，西至栗木洞，防御阵地29公里，纵深40公里，饶惠潭今天跑这个阵地，明天跑那个阵地，不到半个月的时间，前沿的主要阵地几乎都留下了他的足迹。

1953年3月21日，饶惠潭吃完早饭就到前沿视察阵地，与六十七师二〇一团的领导详细察看石岘洞北山敌情。回到军部，天已经黑了。饶惠潭草草吃了几口饭，就批阅起参谋送来的电报。入夜，美军一架夜航机呼啸而来，一串炸弹从天而降，饶惠潭住的半开掘式住地当即被炸毁，饶惠潭和警卫员壮烈牺牲。

饶惠潭牺牲时，年仅38岁。

——王珩，炮兵第八师师长。1912年3月出生，河北省任丘县（今任丘市）辛中驿村（今辛日驿镇）人。1938年3月入伍，同年12月加入中国共产党。

1950年2月3日，军委命令组建炮兵第八师，王珩任师长。1950年6月，正当炮兵第八师的庄稼已锄二遍、丰收在望的时候，朝鲜内战爆发。7月26日，王珩奉命率领部队到吉林通化地区集结，随即组织全师开展轰轰烈烈的战备大练兵活动。

10月19日夜，王珩率部队由吉林集安跨过鸭绿江进入朝鲜战场。第一次战役中，炮兵第八师配属第四十二军一二四师在黄草岭地区对进犯之敌进行阻击，经过6天激战，圆满完成任务。第二次战役中，炮兵第八师配合第四十军一一八师在新兴洞地域沿清川江向价川方向实施进攻，持续炮击两天，支援步兵突破敌人的防御。第三次战役中，炮兵第八师分别配属第四十二军、第三十八军、第三十九军，对敌人实施压制射击，在支援步兵突破敌阵地中发挥了重要作用。

1951年1月，炮兵第八师先期入朝的3个炮兵团奉命分别转隶属第三十八军、第三十九军和第四十军，参加第四次战役。王珩率师部回国，接受组建摩托化炮兵师的任务。3月27日，炮兵第八师接收已改装的炮兵第三十一团、第四十三团和第四十七团3个摩托化炮兵团，成为志愿军第一个摩托化炮兵师。

1951年4月，王珩奉命率炮兵第八师再次入朝参战。在第五次战役中，炮兵第八师分别配属第六十三军、第六十四军和第六十五军作战，有力地支援了步兵歼敌。6月中旬，炮兵第八师所属第三十一团、第四十三团分别配属第六十四军、第四十七军担负防御作战任务。7月10日，停战谈判开始后，朝鲜战场出现军事斗争和政治斗争交织进行的边打边谈局面。敌我双方经常以小部队接触，炮兵第八师多以一个炮兵连或一个战炮排支援步兵作战。

1951年7月间，王珩由于超负荷工作，患上了肠胃炎，并发伤寒。在病情日益严重的情况下，他仍然坚持在作战指挥第一线。20日，王珩突发高烧，经医治无效于24日病逝。

王珩病逝时，年仅39岁。

——李雪瑞，第六十七军二〇〇师师长。1914年5月20日出生，湖南省茶陵县李家村人。1931年1月入伍，1932年由共青团转入中国共产党。

1951年6月，时任第六十七军二〇〇师师长的李雪瑞奉命入朝参战。

部队到达集结地域后，李雪瑞及时组织参谋人员勘察地形，根据敌情和作战需要部署兵力，抓住集结间隙有针对性地组织战前训练，充分做好战斗准备。师部所在藏财洞太下里及附近车站是敌机空袭的重点，李雪瑞指挥师高炮营会同友军高炮分队重点加强了对空防御，同时要求部队加强隐蔽伪装，以有效的方式应对来犯之敌。1951年7月18日，二〇〇师在藏财洞附近山谷树林中召开党委

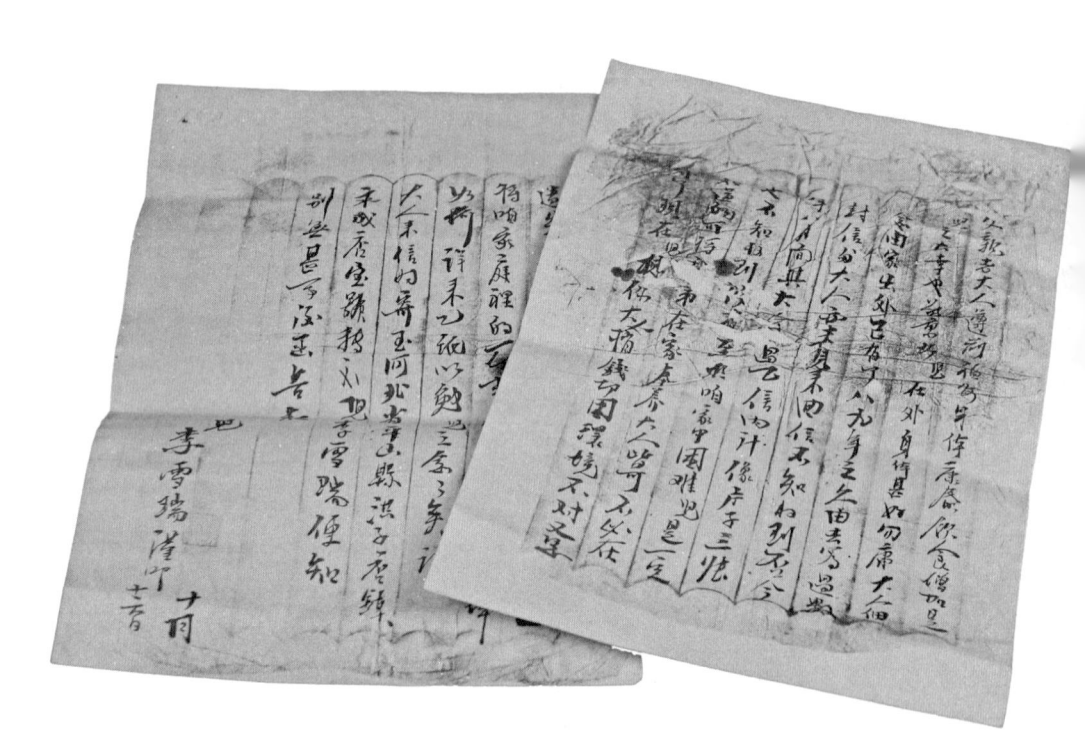

李雪瑞烈士家书。

会，敌机突然对藏财洞附近及车站进行轰炸扫射，会议立即停止。李雪瑞一边指挥会议人员迅速隐蔽，一边命令师高炮分队奋勇抗击。一架敌机被击伤，冒着浓烟从会场上空向六〇〇团驻地方向滑落。李雪瑞见此情景，随即告诉作战科科长魏小清："快通知六〇〇团捉住那个美国飞行员，一定要抓活的。"话音刚落，其他敌机投下的炸弹在李雪瑞身边爆炸，弹片击中他的头部，李雪瑞不幸牺牲。

李雪瑞牺牲时，年仅37岁。

——张庆和，空军航空兵第二师师长。1921年5月出生，河北省宁晋县四芝兰乡北辛庄村人。1938年5月入伍，1939年5月加入中国共产党。

1950年7月，张庆和奉命调入空军航校学习飞行。8个月后，调任空军航空兵第二师副师长，同年10月率部进驻安东大孤山机场，随时待命入朝作战。11月的一天，张庆和率领编队迎击北犯之敌，当机群将要飞抵平壤时，他突然发现有两个小黑点正快速向南移动，凭经验判断很可能是敌机，他立即下令："追上去，击落它！"两架敌机为了摆脱攻击，拼命做不规则动作。张庆和手疾眼快，迅速将一架敌机套进瞄准具光环，三炮齐发，敌机冒着黑烟翻着跟头栽了下去。另一架僚机看到同伴被打落，慌忙加速逃窜。张庆和紧追不放，在距敌300米时猛烈开火，敌机中弹起火，没飞多远，也掉了下去。

1951年11月29日，空军部队奉命于次日下午轰炸大和岛灯塔区，配合陆军部队解放大和岛。30日14时19分，张庆和带领16架拉-11飞机分为4个中队起飞，为9架图-2轰炸机进行护航。当轰炸编队快接近目标岛屿上空时，美军出动40架P-86战斗机空中拦截，一场激战瞬间爆发。凭借拉-11飞机灵巧的机动性能，张庆和首先捕捉到一架敌机，他迅速用瞄准环套住敌机，在380米距离上果断按下红色炮钮，一串炮弹冲膛而出，敌机冒着黑烟一头栽了下去。经过一番鏖战，敌机被打退，轰炸机编队顺利完成任务，协助登陆部队攻占了大和岛。

12月的一天上午，空军雷达发现8架敌机，从平壤以南向北进袭。9时20分，张庆和奉命率领4架米格-155战斗机前去迎敌。9时47分，发现目标是敌F-80战斗轰炸机，张庆和立即下令投入战斗，敌机发觉后逃脱，他们奉命返航。当返航至清川江口以北约15公里处时，发现一架单独活动的敌B-26轰炸机，机不可失，张庆和立即率队投入战斗。转瞬间，张庆和超越敌机冲到前上方，立即左转向下并改平，咬住敌机尾巴，三炮齐发打个正着，敌轰炸机立即起火，冒着浓烟烈火坠向地面。这次空战，首创空军击落敌B-26轰炸机的先例。

1952年6月，张庆和升任师长。11月，被任命为中朝空军司令部指挥助手。一天凌晨5时36分，远程警戒雷达的荧光屏上出现敌情：一架大型飞机向上海方向逼近。正在研究战情的张庆和闻令立即起身，对身边的一名飞行员说："马上跟我双机起飞。"顷刻间，两架飞机一前一后，像两支出弦的利箭直射天空。5时59分，张庆和向指挥所报告："发现目标，是一架B-29型战机，高度1500米，请求攻击。""看准目标，立即攻击！"指挥所命令。双机立即左转弯冲向目标。在距敌不到400米处，敌机先用机枪向他们开火。张庆和双机迅即转向敌机尾后投入攻击。僚机用瞄准环套住敌机，一次长点射，敌机尾部中弹。挨了这一串炮弹之后，敌机慌忙下降高度，并增速右转企图向东逃窜。这时，张庆和从敌机右后上方第二次进入，靠近敌机瞄准锁定后，三条愤怒的火龙一齐打进敌机身中部，立刻引发了一串爆炸，敌机上14名美空军人员全部葬身海底。

1953年10月22日，张庆和在一次飞行训练中，因飞机失事不幸牺牲，年仅32岁。

……

太多壮烈的牺牲了！

罗春生，第四十军一一八师师长。1952年5月16日，在涟川新寺洞遭敌机空袭壮烈牺牲。

汤景仲，第四十军一一八师参谋长。1952年5月15日，遭敌机空袭壮烈牺牲。

薛剑强，第三十九军一一六师参谋长。1951年1月3日，在突破临津江战斗中壮烈牺牲。

于斌，第二十七军八十一师司令部侦察科副科长。1951年4月25日，在第五次战役观音山战斗中壮烈牺牲。

牛世德，第六十六军一九七师炮兵团政治处主任。1952年10月，在前线炮兵阵地遭敌炮袭光荣牺牲。

王建鼎，第二十七军八十师二三九团参谋长。1951年6月10日，在元山防御作战中壮烈牺牲。

车景友，空军航空兵第十七师领航主任。1952年6月26日，带领飞行训练时不幸牺牲。

史玉飞，第六十军一八一师五四二团副政委。1953年7月18日，在金城川以北防御作战中遭敌机轰炸光荣牺牲。

石国瑞，第十二军三十四师司令部工兵室主任。1952年7月16日，在排雷时英勇牺牲。

艾惠民，第六十四军一九二师司令部通信科科长。1952年春，在注乙洞穿越敌封锁线时英勇牺牲。

孟文彬，炮兵第八师三十一团副团长。1951年6月3日，在黄海道朔宁郡白石洞执行任务时遭敌机轰炸光荣牺牲。

……

由长征出版社2011年出版的《中国人民志愿军团以上干部烈士英名录》，对牺牲在抗美援朝战场上的干部烈士进行了系统的梳理和统计。

团以上干部是290余万中国人民志愿军将士的骨干力量，纵是这些战功显赫的干部烈士，他们的籍贯、任职经历、出生地点和时间、牺牲地点和时间仍不十分完整。

二

这是一个又一个长长的故事：

——杨根思，特级英雄。1922年11月出生于江苏省泰兴县（今泰兴市）五官乡杨货郎店村，1944年2月入伍。中国人民志愿军第二十军五十八师一七二团一营三连连长。

杨根思南征北战，屡立战功，为新中国的建立做出了突出贡献，1950年9月被评为全国战斗英雄，由上海到北京光荣出席全国战斗英雄和劳动模范代表大会，受到了毛泽东主席和朱德总司令接见，并于10月1日登上天安门观礼台，参加新中国成立一周年典礼。

1950年10月，杨根思参加中国人民志愿军赴朝作战。11月，在抗美援朝战争第二次战役分割围歼咸镜南道美军战斗中，杨根思奉命带一个排扼守下碣隅里东南1071.1高地，负责切断美军南逃退路。29日，号称"王牌军"的美军陆战第一师开始向小高岭进攻，猛烈的炮火将大部分工事摧毁。

杨根思率领全排接连击退美军8次进攻，当美军第八次进攻结束的时候全排只剩下杨根思和一位受伤的士兵，杨根思下达命令让那位受伤的士兵拿着机枪撤离。当时，杨根思独立小高岭之巅，他捡起可用的枪支和一包炸药放在身旁，隐蔽起来，两只眼睛紧盯着山下，监视敌人。

这时，美军又开始向小高岭倾泻炮弹，发起了第九次攻击。在敌军蜂拥而上，爬近山顶的危急关头，杨根思毅然抱起仅有的一包炸药，拉燃导火索，冲向密集的敌群。随着震天动地的巨响，他与40多个敌人同归于尽。杨根思用生命阻挡住了敌人又一次进攻，保住了阵地，完成了切断敌军退路的阻击任务。

——黄继光，特级英雄。1931年1月8日出生于四川省中江县。中国人民志愿军第十五军四十五师一三五团二营营部通信员。

黄继光1951年报名参军，前往朝鲜战场，此时的抗美援朝战争已经进入了边打边谈的阶段，随着志愿军装备、战法的不断更新，"联合国军"在正面战场难以招架、节节败退。为了扭转战争局势，鼓舞部队士气，同时对志愿军的战术反击进行报复，"联合国军"开始了自己的行动。就在10月8日，美方代表单方面中断谈判的同一天，克拉克批准了范佛里特的"摊牌"计划，范佛里特"摊牌"计划的进攻目标，正是上甘岭。

10月14日，上甘岭战役拉开了序幕，开战仅一天，"联合国军"

就向志愿军两个阵地和周围倾泻了30多万发炮弹和500多枚炸弹，创下了朝鲜战争中单位面积火力密度的最高纪录。

交战双方在上甘岭展开了残酷的拉锯，白天，"联合国军"攻占表面阵地，夜晚，志愿军从坑道出击，再度将阵地夺回。10月19日夜，第十五军四十五师组织3个连在103门火炮和火箭炮的支援下，对占领597.9高地的美军发起反击。

战斗中，反击部队被美军机火力点凶猛阻拦，艰难前进，志愿军多次组织爆破手爆破，均未成功。这时，离上级要求上高地的时间仅剩40分钟，如果不能按时完成任务，将延误整个战机。危急时刻，黄继光挺身而出，带领两名战友吴三羊、肖登良前去执行爆破任务。

当前进到距离火力点三四十米时，吴三羊已经牺牲，肖登良则身负重伤，只有黄继光还能行动，他的胸膛已经被敌人射穿，却坚持爬向了美军火力点。

美军照明弹将阵地照亮，几个火力点交叉扫射，封锁道路。黄继光毫不畏惧，趁手榴弹爆炸烟雾，拖着受伤的身体继续匍匐前行。接近美军中心火力点时，用力甩出最后一颗手雷。手雷在离美军不远的地方爆炸，美军火力点被炸掉半边，美军的机枪顿时停止了射击，黄继光也被这巨大的爆炸震昏了过去。但在部队发起冲锋时，美军火力点内残存的机枪又响起来，向志愿军冲锋部队疯狂扫射，部队攻击再次受阻。

枪声中黄继光醒过来，但他没有弹药，便忍着重伤剧痛，艰难地爬到地堡射孔，毅然跃身而起，张开双臂，向火力点直扑上去，用胸膛堵住美军正在扫射的枪口，以自己年轻的生命，为部队冲锋扫清了道路而壮烈牺牲。在黄继光英勇精神鼓舞下，部队迅速攻占了上甘岭高地，全歼守卫的美军2个营1200多人。战友们冲上0号阵地时发现，黄继光的身躯仍然压在敌人的射击孔上，他的手还牢牢地抓着周围的麻袋，宽阔的胸膛还紧紧地堵着敌人的枪口……

赴朝鲜参战的中国人民志愿军里，只有杨根思和黄继光两个人获得了特级英雄的光荣称号。

杨根思"不相信有完不成的任务，不相信有克服不了的困难，不相信有战胜不了的敌人"，正是这样的精神，造就了非凡的奇迹。

这样的英雄数不胜数。

——王学风，一级战斗英雄。1926年出生于江苏省砀山县王寨镇。1948年10月入伍。中国人民志愿军第四十军一二〇师三五八团一营三连副班长。

1951年3月，抗美援朝战争进入最艰苦、最困难、最疲惫、最严峻的阶段。12日，志愿军第四十军接替第四十二军的防务，在东起洪川北、西至座防山、南起洪川江北岸、北至金化以南的广大地区组织防御。此时，根据前三次战役的经验，"联合国军"采取了新任总司令李奇微的"火海战术"（敌人正面兵力密集，地空火力集中猛烈）向志愿军发动攻击。志愿军为避敌锋芒，采用了"兵力前轻后重，火力前重后轻"的防御原则。因战线宽，兵力少，第四十军党委号召部队实施独立作战，采取以少吃多、扼守要点、控制通道、以点制面、节节抗击、相互支援的打法，并要求部队构筑"四防二便"的防御工事（四防：防炮、防空、防火、防毒；二便：便于发挥火力、便于机动进退）。

位于三八线附近海拔1200米的华岳山，位置险要，居高临下，是敌我必争的要冲之地。驻守在此的第四十军一二〇师三五八团此时面临着严峻的考验：当时的朝鲜春天尚未到来，寒风料峭，冰天雪地，战士们入朝时只穿了一套棉服，连续作战150多个冬日也没有换过。有的战士的棉裤臀部已被磨破，只好用粗针大线缝上一块门帘式的遮羞布。很多人棉袄的袖口被磨飞，半截胳膊露在外面，冻得通红，双手也裂开一道道鲜红的口子。由于受条件限制，后勤供应严重跟不上战时需要，前线严重缺医少药。战士们只好忍着剧痛，自己用针线将大些的伤口勉强缝合来止血。食物供应也十分紧张，土豆被冻成了冰疙瘩，战士们就把冻土豆放在胳肢窝下，将其暖化了再吃。尽管条件如此艰苦，可战士们在修筑工事时依然一丝不苟，用镐锹在坚硬的山石上凿挖出散兵坑、交通壕、机枪阵地，同时还构筑了掘开式的隐蔽部，上面铺上三五层圆木，再培上一两米厚的山石土。有的班组还在交通壕的侧壁上掏出防炮的猫耳洞。为了防御美军的凝固汽油燃烧弹，各阵地都清除了四周的杂草，扫清射界，打出防火带。

1951年4月3日上午，"联合国军"对华岳山前沿阵地的进攻开始了，战斗持续了整整一天，敌人没能前进半步。到了4月4日，敌军重整旗鼓，再次攻了上来。

这一天，王学风带领一个组守备在华岳山3号山头上（按山头编号），他的手已经在前一天的战斗中负了轻伤，但这丝毫没有影响他的战斗决心。他带领全组连续打退了敌人的两次进攻。战斗中，王学风两个腮帮被子弹贯穿，牙碎舌烂，他强忍剧痛连续扔出几颗手榴弹，然后蹲下来掏出毛巾把伤口简单包扎起来，又带领全组继续作战。

连续两次被击溃的敌人恼羞成怒，开始了第三次疯狂进攻。他们用5挺重机枪作掩护，用大约一个连的兵力，黑压压地向阵地扑来。战斗中，王学风的冲锋枪打坏了，手榴弹打光了，但他依然沉着冷静地守卫着阵地。他向本组侧翼的战友董万玉要来了7枚手榴弹，拿起身边负伤撤离战友留下的自动步枪，不断向敌人扫射，敌人又一次被打了下去，而王学风头部却负了重伤，昏倒在工事里。

不一会儿，王学风被一阵密集的枪声惊醒，他知道敌人又在发起进攻了。他咬着牙，摇晃着站起来，命令战友董万玉赶快撤退。此时，敌人分多路像饿狼一样朝阵地包围上来。王学风不顾伤口的剧痛，拼尽全力把自动步枪摔断，然后爬出工事，向敌人扔出最后一颗手榴弹。突然，他的双腿又连中几弹，身体站立不住，滚下石崖，壮烈牺牲。

——伍先华，一级爆破英雄。1927年出生于四川省遂宁县（今安居区）。1949年入伍，1951年参加中国人民志愿军，任中国人民志愿军第十二军三十四师一〇〇团二连三班班长。

第五次战役第二阶段的战斗结束后，伍先华所在的二连又奉命担负坚守879.2高地的防御任务。二连分成4个战斗小组日夜抢筑防御工事，他奉命担任警戒。他忍受着严寒、饥饿，躲过敌人枪炮的射击，始终坚守在警戒岗位上，严密注视着敌人的动向。尽管敌人曾先后组织2个连和1个营的兵力疯狂地多次进行反扑，但都未能攻上这个只有20多名战士坚守的高地。在坚守战斗中，他不仅英勇地与敌人战斗，还冒着敌人的炮火和如飞蝗穿梭般的机枪扫射，拼死把重伤的战友从激烈战斗的火网中背回连指挥所。

1952年9月，一场新的战斗在金城郡官岱里打响。伍先华所在的班进行了一系列战前准备。团长来到前沿阵地，手指沙盘部署了作战方案，主攻部队要从前沿的坑道口冲出去，而720制高点南边那条半截坑道，是敌人的排指挥所，里面的火力很猛，阻挡我主攻部队和正面攻击部队的前进道路。不炸掉半截坑道，就别想攻上去。经过研究，决定把这个爆破任务交给伍先华所在的班。

9月29日下午5时，战斗打响，伍先华领着班里的党员在坑道里宣誓："在党需要的时候，愿献出自己的生命。"下午5时7分，志愿军炮火延伸，三班分成的两个爆破组向720制高点和半截坑道挺进，完成爆破半截坑道的任务。他刚冲到半山腰，看见720制高点上连闪两道火光，敌人的观察所被我军炸毁，接着又听到"轰"的一声巨响，半截坑道被我军炸开。过了一会儿，忽然半截坑道里枪声骤起，敌人的枪弹在向凹部、向74号高地山腰喷射。原来是我军实施爆破任务时，敌坑道未被全部摧毁，残存在半截坑道内的敌人还在负隅顽抗。此时，敌人正向720制高点发起反冲击，敌我两方展开浴血混战，不一会儿，敌人的反冲击被我军打下去。此时，三班只剩下伍先华、罗亚全和周绍丰3人。

一排长带着3个突击班也被敌人撒下的火力网压在山脚下，在孤立无援的情况下，他们连续实施了两次爆破，炸掉了敌人两个地堡。这时，志愿军另一个班已冲上74号阵地，炸毁了敌人的连指挥所——天井坑道。志愿军正面攻击部队已经发起冲锋，然而，却被半截坑道里的敌人重机枪压在凹部不能前进。在这紧要关头，伍先华抱起一个10公斤的炸药包，翻身冲向火网，冒着敌人的炮火，迅速在坑道里移动。突然，一串曳光弹射过来，他一头栽了下去。稍过片刻，只见他咬紧牙关慢慢地向前移动，他被敌人的两道火力夹在中间，始终没能爬过火网，在这紧要关头，为了革命的胜利，他毅然拉燃导火索，像猛虎一般扑向敌人。只听"轰"的一声巨响，他与坑道里的敌人同归于尽，为部队开辟了前进的道路。

——高成山，一级英雄。1922年出生于河北省易县，1940年6月入伍。1951年6月，随军赴朝作战，任志愿军第六十八军二〇四师六一二团一营一连连长。

1951年9月,为了向中朝施压,"联合国军"发动了秋季攻势,10月19日,高成山奉命率领全连防守朝鲜平安南道金化郡的938.2高地,敌军在40余架次飞机、数十门火炮的熊熊火力下,以两个团的兵力向高地发起了疯狂的轮番进攻,三面被围,敌众我寡。他指挥分队向高地两侧出击,争取了主动,先后组织了7次反击,使敌军始终无法接近阵地。全连浴血奋战,坚守阵地五天四夜,打退敌人百余次进攻,毙伤敌1800余人。在全连仅剩5人的情况下,他继续组织顽强坚守,最后举起手榴弹与敌人同归于尽。

——孔庆三,一级战斗英雄。1926年出生于山东省历城县。1950年抗美援朝战争爆发后,孔庆三随中国人民志愿军入朝作战,任志愿军第二十七军八十师炮兵团九二步炮连五班班长。

11月27日,在新兴里战斗中,因九二步兵炮的右驻锄悬空,不能射击,孔庆三毅然用肩膀顶住驻锄,厉声命令炮手开炮,摧毁了美军火力点,歼敌30余人,为步兵冲击打开了通路。他自己却因火炮后坐力的撞击,腹部又中一弹片,壮烈牺牲。

——刘维汉,一级战斗英雄。1925年出生于湖南省桃源县。1947年8月参加革命,任志愿军第四十军第一二〇师三五八团一营三连副班长。

1951年3月,第四次战役运动防御作战中,他所在连在鹰峰山阻击敌人。他带领一个小组守卫前沿的一个突出阵地,7小时内打退敌人6次冲击,毙敌100余人。战斗到只剩他一个人时仍孤胆杀敌,最后拉响手榴弹与敌同归于尽。

——邱少云,一级英雄。1926年7月出生于四川省铜梁县(今重庆市铜梁区),1949年入伍。中国人民志愿军第十五军二十九师八十七团九连三班战士。

1952年10月中旬，在抗美援朝一次战斗中，邱少云所在营奉命担负潜伏任务。潜伏前，邱少云向党支部递交了入党申请书，写道："宁愿自己牺牲，决不暴露目标，为了整体，为了胜利，为了中朝人民和全人类的解放事业，愿献出自己的一切。"

执行任务中，邱少云在距敌前沿阵地60多米的草丛中潜伏时，敌人突然向潜伏区逼近，为了掩护潜伏部队，指挥所命令炮兵对敌进行打击。敌人遭到打击后出动飞机侦察，并盲目发射侦察燃烧弹，一颗燃烧弹正好落在邱少云身边，飞溅的火星溅落在他的左腿上，烧着了他的棉衣、头发和皮肉。他身旁就是水沟，只要往水沟里一滚，就可以把火扑灭。但为了不暴露潜伏部队，他严守纪律，咬紧牙关，双手深深插进泥土中，以惊人的毅力忍受着剧痛，一声不吭、一动不动，直至壮烈牺牲，年仅26岁。

这样的故事实在太多太多，这样的英雄数不胜数。

孙占元，一级英雄。1925年3月3日出生于河南省林县（今林州市）。1952年10月14日，在上甘岭战役中壮烈牺牲。

许家朋，一级英雄。1931年出生于安徽省绩溪县。1953年7月6日，在夏季反击战役石岘洞北山战斗中壮烈牺牲。

吴志洲，一级战斗英雄。1925年出生于河南省舞阳县。1952年6月5日，在黄海道平山郡南川面梦芝洞渡河执行任务时不幸牺牲。

李家发，一级战斗英雄。1934年出生于安徽省南陵县。1953年7月13日，在金城战役轿岩山战斗中壮烈牺牲。

陈德忠，一级英雄。1922年出生于山东省临朐县。1951年6月12日，在第五次战役平、金、淮战斗中壮烈牺牲。

周厚刚，一级英雄。1924年出生于山东省荣成县（今荣成市）。

邱少云生前使用的枪，枪托部分被严重地烧焦了。

1951年6月26日，在华川郡广洞赤根山西北785高地布雷时不幸牺牲。

……

杨根思烈士影响和教育了整个志愿军，在后来临津江反击战的时候，就出现了38个杨根思式的英雄。到了上甘岭战役，杨根思式的英雄更多了，出现了有名有姓的包括黄继光在内的68个杨根思式的英雄。黄继光牺牲后，战友们从他的饭包里发现3本连环画，其中一本就是《杨根思》。

黄继光的战友们攻占了上甘岭高地，他们发现，黄继光的腿已被打断，身上有7处重伤，他的身后有一道长长的血印。牺牲后的黄继光全身伤口都没有流血，地堡前也没有血——血都在路上流光了。可以想见，在最后时刻，黄继光是以何等坚强的毅力，拖着重伤的身躯，爬到敌人的地堡前，又一跃而起的。他用胸膛堵住了疯狂扫射的机枪射孔，为后继爆破手炸毁敌人地堡赢得了时间，用年轻的生命为战友开辟了一条通往胜利的道路。

邱少云当年用过的钢枪如今收藏在中国人民革命军事博物馆，它的枪托已被烧成了炭黑色，但枪身却依然完整。枪托的下面，是一块巴掌大小的军衣残片，它们曾经紧贴过烈士最后的心跳。虽然烈火吞噬了一个年轻的生命，却在人民军队的历史上留下了一个伟大的名字：邱少云。

据第四十军军长温玉成回忆，他曾赴北京向毛泽东汇报工作。四十军是第一批进入朝鲜战场的部队，也是为数不多将抗美援朝战争从头打到尾的。兵力没得到补充，战士伤亡严重，毛泽东询问他们是怎么坚持下来的。

温玉成沉默良久，这位率领着第四十军在朝鲜战场中立下了赫赫战功的将军，描述起坚守的原因时用词艰难。他思量了一番，苦涩地说起了王学风在华岳山上最后的战斗："王学风在1953年4月的战斗中，三次迎击敌人。他手臂负伤不退，腮部被打烂也不退，最后头部中弹，双腿尽断，为了不当俘虏，最后摔断步枪，自己爬到山崖处滚了下去……"

毛泽东听入了神，手中的烟灰都忘了抖落，他沉痛地说道："都是将士们用血肉之躯坚守下来的战果啊！"

正是这样的牺牲，造就了我们坚强的队伍。

正是这样的英雄，造就了我们伟大的胜利。

三

从踏入朝鲜边境的那天，彭德怀就知道，他在这里度过的，将是披荆斩棘、呕心沥血的日子。

1950年12月31日下午5时，中国人民志愿军向以美国为首的"联合国军"发动了第三次战役。志愿军战士们蹚过了冰冷刺骨的临津江水，越过了南岸7米高的峭壁，冲过来不及扫雷的雷区，向对面的敌军猛打猛冲。由于对志愿军的袭击准备不足，"联合国军"被打得晕头转向，损失惨重。

他们不知道的是，战役打响之前，志愿军第三十九军一一六师全师7500人、70余门火炮、500匹骡马，在距离"联合国军"不足150米的临津江北岸，冒着零下25摄氏度的严寒，静默潜伏了整整18个小时。

第二天，1951年元旦，取得胜利的志愿军将士大踏步越过了三八线。

在这次战役中，志愿军展现出了极强的战斗力。这场战役志愿军共歼敌1.98万余人，将战线推过了三八线，粉碎了敌人就地据守、伺机再犯的图谋。

据《毛泽东年谱》记载：

1951年1月2日，周恩来致信毛泽东、江青，并送阅彭德怀1950年11月25日给中央军委的电报，告以毛泽东长子毛岸英因遭到美军空袭而牺牲一事。信中说："毛岸英同志的牺牲是光荣的。当时我因你们都在感冒中，未将此电送阅。"一个多月前的1950年11月25日，在志愿军司令部担任俄语翻译兼机要秘书的毛岸英在美军空袭中不幸牺牲。他牺牲的时候，刚满28岁。

周恩来还在信中写道："胜利之后，当在大榆洞及其他许多战场多立些纪念中国人民志愿军的烈士墓碑。"

战争中的壮烈牺牲举目皆是：

4月21日，志愿军第二十六军七十八师二三二团一连副排长秦建彬，在金鹤山高地反击美军进攻的战斗中，带领战友消灭敌营指挥所，毙伤其70余人。战后，被志愿军领导机关记特等功，授予一级战斗英雄称号。

4月21日，志愿军第二十六军二二七团五连担架员王德明在汉滩川南岸的152.2高地阻击敌人战斗中，往返18次蹚过冰冷的汉滩川运送弹药，抢运伤员。当连队干部相继负伤后，他主动带领连队打退敌人3次冲击守住了阵地。一人杀伤敌30余人。战后，志愿军领导机关为他记特等功，授予一级战斗英雄称号。

4月24日，志愿军第二十军六十师一八〇团八连排长魏玉德在攻占上海峰战斗中，带领全排连克5个山头，缴获重机枪3挺、六〇炮2门、无后坐力炮1门，歼敌近30人。战后，志愿军领导机关为魏玉德记一等功，授予一级战斗英雄称号。

4月24日，志愿军第二十军五十八师一七三团六连排长卜广德在攻占503高地战斗中，带领全排勇猛冲击，连续攻占5个山头，歼敌1个加强排。战后，被志愿军领导机关记特等功，授予一级战斗英雄称号。

中国人民志愿军在抗美援朝战争中牺牲的烈士有多少？在2000年之前，这一直是个未知数。

2000年3月，中国人民解放军总政治部启动编纂《中国人民志愿军烈士英名录》工作。编纂一部完整准确的志愿军烈士英名录，让他们的英名永远镌刻在共和国的史册上，永远镌刻在人类和平、发展、进步的史册上，是这项工作的初衷。

我找到曾参与过这本书编纂工作的叶青松。他曾经在福建基层部队工作12个年头，在原南京军区政治部编研部从事党史军史研究15个年头。彼时，叶青松作为南京军区政治部编研室干事，参与该书华东地区的编纂工作。在接手工作的时候，他发现，这样的名录，没有经验可循。上级下达任务时，要求一人一表，即每位志愿军烈士的基本信息，包括姓名、性别、籍贯、入伍时间、牺牲时间、牺牲地点、部职别以及主要事迹等，都填写在一张纸质表格上。

后来南京军区再次以电子文本形式上报。叶青松在日记中写道："这次修订南京军区志愿军烈士英名录共有17459名，约237.4万字。整个过程，共进行了5校，做到了真实统一，使每名志愿军烈士的信息准确详尽，特别是对烈士所在部职别、牺牲地点和时间，进行了查证，对明显不符的错误进行修订。对所有名录的内容，按上级要求进行了排序完善，特别是对部分数字、入党（团）

表述进行了规范统一,还查找了部分遗留烈士名单。本着对历史负责的态度,这次修订过程中,又发现了19名烈士,进行了增补。另外还从第二十九军的史料中发现一名烈士属于'华东军区西南服务团',进行了分类处理。"

同一时期,各军区也开始陆续上报。但由于一些部队几经整编,多次多地移防,上报烈士资料的规范、格式、顺序等与编纂规范不尽一致,上级单位要求返回名录再次进行整理。

因为原南京军区政治部编研室人员少、任务重,重返回来的名录整理工作由叶青松一个人承担。在接受这项工作的时候,叶青松没有想到,这一次的重新整理工作竟然花费了7年的时间。全部完成的时候,叶青松在日记中记录下具体的人数:"南京(华东)军区志愿军烈士共17995名。其分布情况是:第一集团军5689名,第十二集团军10321名,第三十一集团军429名。曾经在南京(华东)军区管辖、现已撤销或调出的军级单位,二十二军146名(炮兵六十四师10名),二十五军494名,二十九军125名,三十二军263名,三十三军62名,三十四军60名,三十五军63名,4个兵团(七、八、九、十兵团)部253名,炮兵第三师90名。"

叶青松至今都无法忘记怀抱着这些表格时的心情,无比沉重,无比悲痛。数字是冰冷的,数字背后的牺牲却是滚烫的。他知道,他所埋首的那些繁琐的资料,就是为了让烈士们的功绩彪炳千秋,让烈士们的英名万古流芳。

工作期间,有件事让叶青松印象深刻。编纂中的一天,叶青松看到了一名志愿军烈士的遗书。这封遗书,其实是一位志愿军战士牺牲前写给家人的一封信,信中有这么一句话:"我们不怕无名,不求有闻于世,也无悔于葬身异国的山野。然而,我们害怕冷寂苦久后的遗忘。"

他与同事在走访慰问的时候，见到了一位志愿军老战士张克俭。叶青松见到他时，他很自豪地用手机对在外地打工的儿子说："区里领导、乡里领导来看我了！"张克俭在战场身负重伤，他的大腿上一直留有因子弹穿透留下来的伤疤，疤痕深深凹陷，提醒他那就是真实的战争。张克俭淡然地拉起裤腿的瞬间，叶青松鼻子酸了：今天的美好生活，是一代代老兵为我们扛过来的，他们没有过多的期盼，只求一份被尊重的自豪感。

2020年，《中国人民志愿军烈士英名录》（1—12卷）由解放军出版社出版发行。这套书按照先整建制入朝作战的27个军、后其他抽调入朝参战部队的顺序，根据番号序号统一编排。同一部队烈士，以团为单位（烈士少的以师或军为单位）按先建制部队、后机关直属单位和烈士姓氏笔画排序，主要信息包括姓名、性别、出生时间、籍贯、入伍时间、入党团时间、部职别、立功受奖情况、牺牲时间及地点9个基本要素。

12卷名录中，第一卷为综合卷，以人物小传为体例，重点记述244位团以上干部烈士和136位特等功以上英模烈士的生平、战斗经历和英雄事迹。第二至九卷收录整建制入朝参战的27个军的烈士名录。第十卷收录志愿军总部、兵团、军兵种部队和其他抽调参战部队的烈士名录。第十一、十二卷收录所属单位不详的烈士名录。

然而，纵使进行了这样大量的采集工作，还有一些志愿军烈士只留下了姓名。他们被收录进《中国人民志愿军烈士英名录》的第十一、十二卷，有的仅有代号，有的仅有军职，有的是代号加上军职，还有一些仅仅是代号和部队番号，更多的，仅有牺牲时间和牺牲地点。

这就是中国人民志愿军！一支不计得失、只求胜利的队伍，一群不仅将生命，更连身份都牺牲了的战士。

虽然在名录中他们只有简单的名字，但他们永远活在我们心中。

在这里，历史用它的彪悍抹掉了生命的柔软。而今，让我们用心灵的柔润剥开历史的粗粝。

在抗美援朝战争中英勇牺牲的志愿军烈士，大部分埋骨于朝鲜半岛的青山绿水间。他们的革命忠魂和光辉业绩，历史不会忘记，中国人民不会忘记，朝鲜人民不会忘记，全世界爱好和平的人民不会忘记。

每思祖国金汤固，便忆英雄铁甲寒。

短短的几个字意味着，牺牲者的一切，已经无人知晓，且无从知晓了。

这些英雄，他们的生命甚至姓名都已湮没在历史的深处。第一九三师师长郑三生率领部队坚守在议政府东南佛岩山、水落山、国赐峰地区，其中第五七九团二营坚守佛岩山。二营上阵地时是299人，苦战3天到5月20日奉命撤出时，只剩下37人。第一九四师五八一团在土美山担负阻击任务，多次打退敌人的围攻，最后一次被敌人包围时，身负重伤的一排长赵百生为避免被俘，滚下悬崖壮烈牺牲。多处受伤的共产党员杜六，在滚向敌群的同时拉响了手榴弹，与敌同归于尽。当阵地上只剩下战士曹邦国时，他毫无惧色，采取跳跃式办法，机枪、手榴弹交替使用，硬是打退了敌人的围攻。

这是杨得志在回忆录中所写的内容。他记得，战斗结束后，兵团授予这个排"人人都是铁打的英雄汉"锦旗。

这就是英雄，这就是牺牲。

这就是我们英勇的中国人民志愿军！

在他们身上，我们看到了——天下兴亡、匹夫有责的家国情怀；众志成城、共御外侮的忧患意识；艰苦卓绝、气壮山河的英勇斗争；视死如归、威武不屈的英雄气概；光耀千秋、彪炳史册的民族气节。

他们的生，是那样的热烈、那样的奔放；他们的死，又是那样的悲壮、那样的决绝。这些志愿军将士长眠于战场时，大多只有十八九岁，正值人生最美好的年华。可是，他们毫不犹豫地将鲜血和生命抛洒在异国的土地上，他们义无反顾、壮烈献身的豪情，留下了万世骄傲。

根据2000年《解放军报》官方发布的数据显示，中国人民志愿军战斗损失共计36万余人（含阵亡、受伤、被俘、失踪），在朝鲜的抗美援朝战争馆里面可查询的抗美援朝烈士人数是183108人。此后随着追寻中国人民志愿军烈士身份信息工作的推进，这个数字增加到197653人。战争结束后，这些牺牲的烈士中只有团职以上和特等功及部分一级、二级英模烈士的尸骨回到中国，其他都掩埋在他们牺牲的地方。

就是这样一支部队，以钢铁般的意志和决心，同"联合国军"进行了长达两年零九个月艰苦卓绝的斗争，他们为民族而战，为祖国而战，为尊严而战。其间，中国人民志愿军共毙伤俘敌71万余人。"联合国军"总司令李奇微对此都颇感惊奇："我们要知道，中国军人都是强悍而凶猛的战士，经常是打起仗来不要命。……在某些方面他们是更加文明的敌人。很多时候，他们把自己仅有的一点食物分给俘虏，对待俘虏很和气。他们这么做很可能是觉得生活在共产主义制度下会更优越。"

两年零九个月的艰难岁月里,在生与死、血与火的磨砺中,"抗美援朝"一直是志愿军将士矢志不渝的呐喊,"保家卫国"始终是志愿军战斗的不懈追求。

中国人民志愿军的伟大,在于他们对于亚洲乃至世界和平所作出的历史性贡献,更在于他们在各种超乎想象的困难中,仍然不屈不挠、斗争到底。在生与死、血与火的磨砺中熔铸成的伟大精神,将永载中华民族史册,永载人类和平史册。

伟大的抗美援朝精神跨越时空,历久弥新,必须永续传承、世代发扬。

无论时代如何发展,我们都要砥砺不畏强暴、反抗强权的民族风骨;无论时代如何发展,我们都要汇聚万众一心、勠力同心的民族力量;无论时代如何发展,我们都要锻造舍生忘死、向死而生的民族血性;无论时代如何发展,我们都要激发守正创新、奋勇向前的民族智慧。

天地英雄气,千秋尚凛然。

第十一章

停 战

一

与战争的突如其来不同,硝烟的散去竟如抽丝剥茧。

震耳欲聋的枪炮声渐渐停息,还有几声零星的枪鸣,大抵是没有目标的空放,久违的寂静终于光临大地,可是,一切还都显得那么不踏实,朝鲜半岛上空,仍然笼罩着剑拔弩张的愁云惨雾,交战双方的军事对峙一直在紧张持续。

1950年10月19日,中国人民志愿军将士跨过鸭绿江中朝边境,拉开了抗美援朝的序幕。三载光阴,我们的志愿军将士用无数血肉与生命,换得了山河无恙,家国安宁。

1953年7月27日,《关于朝鲜军事停战的协定》在板门店签署,历时两年零九个月的抗美援朝战争宣告结束。然而,停战协定的签署,仅仅是书面的约定,并不意味着朝鲜半岛分歧真正得到了彻底解决。《关于朝鲜军事停战的协定》第四条第六十款"向双方有关政府的建议"中商定:"为保证朝鲜问题的和平解决,双方军事司令官向双方有关各政府建议在停战协定签字并生效后的三个月内，分派代表召开双方高一级的政治会议，协商从朝鲜撤退一切外国军队及和平解决朝鲜问题等问题。"可是，3个月过去了，会议未能如期召开。反之，交战双方先后发生的违反停战协定的事件却越来越多、越演越烈，甚至百余起之多。

1953年10月1日，美国与南朝鲜签订《美韩共同防御条约》，条约无限期有效。根据这一条约，美国继续在南朝鲜保留驻军，并大量建设军事基地。

1954年4月26日，苏、美、英、法、中五个国家参与的国联会议在日内瓦国联大厦举行，后称其为日内瓦会议。这个历时近三个月的会议有两项主要议题——和平解决朝鲜问题和恢复印度支那和平问题。

周恩来代表中国参加日内瓦会议。本着和平解决朝鲜问题的真诚愿望，周恩来向苏联外长莫洛托夫和朝鲜外相南日提出所有外国军队都撤出朝鲜，然后举行朝鲜国民议会的全朝鲜自由选举的合理主张。但是，会议进行得并不顺利，美国代表带头拒绝一切建议。由于美国缺乏诚意，会议未能就从朝鲜撤出一切外国军队及和平解决朝鲜问题达成协议。

朝鲜半岛停战后，各国为解决外国军队的撤军问题、朝鲜统一等问题而进行了种种努力，收效甚微。朝鲜战争的危机，仍在半岛上空飘荡。

中国政府试图表达对于推动解决朝鲜半岛问题的最大的诚意。1954年9月到1955年10月，中国人民志愿军在一年多时间里，先后分三批主动公开从朝鲜撤离，撤出6个军共19个师。这些主动撤军的举动，让世界看到了中国对于推动半岛问题和平解决的积极作为，对于进一步缓和远东紧张局势有着巨大的积极意义。此后，

"联合国军"中的部分国家也开始逐步撤军，美国渐渐陷入孤立境地。1956年11月，朝鲜政府向中国政府发出备忘录，提出志愿军撤军，由联合国出面协助解决朝鲜问题。

自1958年3月15日到10月26日，7个多月的时间，中国人民志愿军从朝鲜半岛全部撤回中国。

二

1958年秋，中南海怀仁堂中，毛泽东伫立在这里，等待凯旋的中国人民志愿军代表。他们回来了，带着胜利之师的骄傲，带着保家卫国的欢欣，更带着马革裹尸的萧肃与悲壮。

看着历尽沧桑而挺拔依旧的志愿军将士，毛泽东满怀关切地问道："都回来了吗？"

司令员杨勇抬手，敬了个郑重的军礼，语气果敢沉毅："报告！除了牺牲的烈士，人民志愿军全部回到祖国！"

一句话未竟，屋子里所有的人不由得红了眼眶。

牺牲的烈士，这是我们心底的牵挂和疼痛啊！

我们的志愿军将士战死疆场，怀着保家卫国的坚定决心，离开家乡、离开故土，将一腔热血抛洒在异邦，将自己的青春留在他乡。

他们何尝不想家，何尝不想回家！战友们何尝不想同他们一起回家！

三

《关于朝鲜军事停战的协定》规定，成立军事停战委员会，军事停战委员会的主要任务是监督停战协定的实施及协商处理任何违反本停战协定的事件。该委员会由10名高级军官组成，其中5名由朝鲜人民军最高司令官与中国人民志愿军司令员共同指派，5名由"联合国军"总司令指派，总部设在板门店。

《关于朝鲜军事停战的协定》对于双方在战争中死亡和失踪人员做出了明确规定："在埋葬地点见于记载并查明坟墓确实存在的情况下，准许对方的墓地注册人员在本停战协定生效后的一定期限内进入其军事控制下的朝鲜地区，以便前往此等坟墓的所在地，掘出并运走该方已死的军事人员，包括已死的战俘的尸体。进行上述工作的具体办法与期限由军事停战委员会决定之。敌对双方司令官应供给对方以有关对方已死军事人员的埋葬地点的一切可能获得的材料。"由此，战死者遗骸交接和失踪人员统计提上各方日程。

1953年9月，中国人民志愿军政治部和军事停战委员会向各部队下达了进入我方非军事区及敌方非军事区搬运烈士遗骸的指示。

1954年4月，军事停战委员会成立墓地注册委员会，专门负责接运与掩埋从敌占区归还的朝鲜人民军和中国人民志愿军阵亡人员遗骸。

1954年9月1日，交战双方阵亡人员遗体的首次交换在板门店附近的东场里非军事区进行。朝中方面送交了在朝鲜境内挖掘的"联合国军"军事人员遗体200具，其中美军遗骸193具，无法识别国籍的7具。每一名美方军事人员遗体均用防雨布特制的布袋封装。随同送交的有军号牌、军人证及其他尽可能搜集到的识别物，以及亡者的各项遗物。美方也于当日交来以纸袋封装的在韩国境内挖掘的朝中方面军事人员遗体600具，其中100具是中国人民志愿军烈士遗体。

《人民日报》1953年7月28日头版。

这些归还的三八线以南的志愿军遗骸，大概分为三类。第一类，1950年冬至1951年6月志愿军第三、第四、第五次战役期间，在"联合国军"占领区作战时牺牲的这部分烈士的遗体只剩得骨骸。第二类，1953年7月中下旬志愿军发起金城反击战后，一举突破敌25公里的坚固阵地，突入纵深最远达18公里。在志愿军完成战役任务撤退时，对牺牲的战友进行了就地掩埋。这部分人的遗体比较完整，但已充水肿胀。接收上述两部分遗骸时，大多没有辨别其身份的材料，在移交名单上仅仅登记为"无名"（原记录为UNKNOWN，即姓名不详）。第三类，志愿军战俘烈士。他们是在"联合国军"战俘营死亡的志愿军被俘人员。这些烈士大都是有名有姓的，而且还有敌方早先交来的被俘人员死亡名单可以印证。

这次大规模的双方军事人员遗体交接工作持续了近一个月。从9月初开始，到9月底方告一段落。"联合国军"方面送还的志愿军遗体共一万余具，当时都掩埋在了位于开城松岳山志愿军烈士陵园的巨大地下墓穴中。此后，陆续又发现少量志愿军烈士遗骸，通过军事停战委员会移交给朝中方面。

1954年，《关于调整军停会朝中代表团的关系及缩减志愿军代表团机构的方案》规定军事停战委员会的一切事务统由朝鲜人民军代表主持办理，归平壤直接领导，军停会志愿军代表团缩减机构，改为志愿军驻开城联络处，对外名称不变。

由于军事停战委员会肩负的重要使命，中国人民志愿军在1958年全部撤离后，军事停战委员会中的志愿军代表仍然在朝鲜。志愿军代表主要是由7人组成的工作小组，在板门店军事停战委员会负责善后，包括接收在南朝鲜境内发现、转交的志愿军遗骸。战后，军事停战委员会处理了大量战后违反停战协定的事件，为维护半岛和平作了大量贡献。

中国小组最后一次履行职能是在1989年11月。据新华社报道，在朝鲜江原道铁原郡检寺里的一个高坡上，朝鲜人民军的一支部队在非军事区的前沿进行修路施工时，意外发现一枚中国全国政协1951年颁发的中国人民志愿军抗美援朝纪念章。当他们继续下挖至离地面约1米深处时，一具零碎的烈士遗骨显露出来，遗骨附近还有另一枚抗美援朝纪念章、中国人民银行1949年发行的18万元纸币和一张有"中国人民志愿军391部"字样的空白临时介绍信。军停会中方人员和朝鲜军方前往现场检验后认定，这是一具中国人民志愿军指挥员的遗骨。这位无名烈士终于同他生前的14233名战友长眠在松岳山下的志愿军烈士陵园中。

1994年4月，朝鲜外交部发表声明，向美方提议谈判以协商建立新的和平保障机制，认为停战协定已经是一张白纸，无法保障朝鲜半岛的和平，并从板门店撤出了军事停战委员会朝方代表团。5月，朝鲜宣布成立人民军板门店代表部，负责同美方进行接触。之后，随着中立国监督委员会被撤销，停战协定体制下的协商机制发生了变化，变成朝方由人民军板门店代表部出面，而朝方也以美国拒绝举行建立朝鲜半岛新的和平保障机制的谈判为由，提出解散"联合国军"司令部，改由朝方直接同美方进行对话。

1994年12月15日，派驻朝鲜军事停战委员会的中国人民志愿军代表团从朝鲜平壤奉调回国，这标志着中国人民志愿军正式完成历史使命。

望航 — 北启 — 殇国 — 园墓 — 泽手 — 亲寻 — 密解 — 兵点 — 骋驰 — 望远 — 来归

第三部分

带我回家

第十二章

北　望

一

风云终会散去，往事不堪回首。

但是，纵是岁月如烟，我们又怎能忘记那些埋葬在异邦的"无名氏"？怎能忘记墓园里那些遥望西北的"中国军人"？

二

埋首故纸堆中，整理战争中牺牲者遗骸的资料，是一件令人非常悲伤甚至非常沮丧的事情。

很多很多次，我都在想，那些年轻的生命，他们的故事，难道真的就这样终结了？他们年轻的生命，以某一种姿势，在某一个时刻，在他们还没有意识到的时候，竟然就这样结束了？世界该是多么无情、残酷地在他们面前关上了大门，将他们封印在永远的黑暗中。

很多很多次，他们欢笑着，从我面前跑过，就像学生跑过操场，就像职员跑进工位，就像孩童跑向糖果，就像风筝跑过天空，就像星光跑向大地，他们的笑声是那么真切，那么清脆，像是一串串风铃，在我耳边摇动。

很多很多次，我都在说服自己，他们真的不在了，他们早已告别这个他们熟悉和热爱的世界。那么，是不是真的还有那样的一个平行世界，他们或许正在比我们更高维度的时空里，注视着四处寻找、四处奔波的我，看着我声嘶力竭地为他们的存在做着证明？

而我，却看不见他们。这，该是怎样的绝望。

几十年过去了，他们的身影依然那样清晰，他们的人生停留在他们生命中的最后一个场景里、一个动作中。有的人在奔跑，有的人匍匐着。有的人没有了双眼，可他分明在看，而且看得分明；有的人失去了双手，可他还在用没有双手的手臂拼搏；有的人已经不成人形，可是他身体的每个部分都暗示着他还在努力……这是怎么样的一群人啊！

春天的稻苗、仲秋的麦秆，埋藏着他们的身体；初夏的荷叶、晚冬的深雪，覆盖着他们的灵魂；冷热分明的四季，浩荡无垠的时间，凭吊着他们的远行。这是怎样的绝响，又是怎样的悲恸！他们在我的世界里沉睡，而我，在他们的日子里寻找。

很多很多次，我仿佛就是他们，他们仿佛就是我，我在证明着他们，而他们，用生命保卫的，不正是我今天努力寻找他们的自由？

时间是残酷的，它如刀锋般残忍地削平了一切，让真相透过温暖的血肉裸露出来，露出岁月白花花的牙齿、白花花的骨骸。时间又是多情的，它如晨雾般披挂一切、覆盖一切、拥抱一切、隐藏一切，磨平了往昔的棱角，抹去了历史的寒凉。

其实，每一次寻找之后，我都明白了一个事实：当年的战场情况远远比我今天想象的复杂得多。战争中，他们命悬一线，无暇他顾，加之作战地域不断改变，对于伤亡者的处理和安置便极其复杂。纵然签订停战协议，要把烈士遗骸送回国内安葬，也面临着非常大的困难。正是因为这些困难，烈士遗骸只能就地掩埋安葬在距一线阵地十几二十几公里的地方，且坟墓分布极其分散。

当时，为了进一步做好战时烈士安葬工作，中国人民志愿军政治部专门下发文件，明确了回祖国安葬的标准：团以上干部及特等功臣、一级英雄，安葬于沈阳抗美援朝烈士陵园；营级干部以及一等功臣、二级英雄，安葬于丹东、集安、长甸河口等地。

战争结束后，志愿军烈士遗骸没能回葬国内，首先是因为美国和"联合国军"仍掌握制空权，其次是因为大量烈士遗骸的跨国转移仍存在相当的难度。

为了使分散在朝鲜各地的志愿军烈士得到妥善安葬，从1953年9月开始，志愿军各部队陆续启动烈士的搬运与烈士陵园的修建工作。在查对烈士、制碑、制棺、选址修建和移葬等程序中，遵循"就地选择地址，适当集中修建"的原则，尽量改造原有陵园墓地，少建新陵园。根据志愿军政治部的要求，每一座陵园墓地均建立完整的墓地档案，印制"陵园墓地埋葬情况登记表"，并以师为单位绘制烈士陵园墓地位置分布图，标注墓地位置、编号，以及烈士和无名烈士数量。

1954年5月，志愿军总部召开了修建烈士陵园工作会议。军、师两级普遍成立烈士陵园修建委员会和办公室。中国政府拨出建设专款，并从国内选派优秀的工程技术人员、设计人员和雕塑专家到朝鲜直接参与陵园的建设。

经过几年的努力，中国在朝鲜境内修建8处中心烈士陵园。分别是：中国人民志愿军烈士陵园、云山志愿军烈士陵园、价川志愿军烈士陵园、长津湖烈士陵园、开城志愿军烈士陵园、上甘岭志愿军烈士陵园、金城志愿军烈士陵园、新安州志愿军烈士陵园。

位于平壤以东平安南道桧仓郡的中国人民志愿军烈士陵园，是朝鲜规模最大、保存最完整的志愿军烈士陵园。陵园始建于1954年，1955年秋初步建成。同年10月，即中国人民志愿军赴朝参战5周年纪念日，举行了陵园落成典礼。此后陵园又进行扩建，包括毛泽东长子毛岸英在内的134名志愿军烈士长眠于此。

但是，由于朝鲜地理条件特殊，志愿军作战地域狭长，最远时曾推进到汉城和三七线上的平泽地区，以上8处烈士陵园不可能将志愿军烈士全部安葬，仍有很多烈士分葬在朝鲜各地。

1958年10月，中国人民志愿军最后一批部队撤离朝鲜。志愿军在板门店的朝鲜军事停战委员会仍有一个代表团，除负责停战协议后的善后事务，还负责协调接收在南朝鲜境内发现、转交的疑似志愿军失踪人员遗骸，同时参与鉴定，并把志愿军的纪念章、尸骨、标志牌等遗物移送国内。

1970年，为纪念中国人民志愿军赴朝作战20周年，根据金日成的指示，并征得中国政府同意，朝鲜方面补助专款，在平壤兄弟山为志愿军修建了合葬墓。其后，朝鲜还修建了60多个烈士陵园、200多个志愿军烈士合葬墓，将分散在朝鲜各地的大部分志愿军烈士进行集中安葬。

只是，这些烈士的姓名还无从考证。他们的墓碑上写的是遗骸的编号，以及——"无名氏"。

三

1954年9月，朝鲜战争双方阵亡人员遗骸进行了交接。此后近30年，由于各种原因，此事进入停滞状态。

1981年，韩国境内首次发现志愿军遗骸。这具烈士的遗骸是美国方面在朝鲜军事分界线南侧的美军营地发现的。在这具遗骸附近，发掘者还发现了"解放华北""解放西北"两枚纪念章，两枚私人印章，印章上分别刻着"南生华"和"羡义"。同年7月25日，美国方面向中国和朝鲜交还烈士的纪念章和印章，8月7日交还烈士遗骸和其他遗物。当日，朝鲜军事停战委员会朝鲜人民军代表团和开城市行政委员会在开城志愿军烈士陵园举行此次发现烈士遗骸的隆重安葬仪式。

1986年6月，驻韩国"联合国军"方面在京畿道杨平发现一具志愿军烈士遗骸。同时发现的还有三枚图章。其中两枚骨质，均刻有楷书体"蒋立早"三个字；一枚水晶质，刻有篆书体"孙敬夏"三个字。在遗骸附近还发现两个哨子，一为电木质，标有"上海制造"字样，另一枚为铁质，有"GHYKYAN"字样。一条铁卷尺，有"中商出品"字样。一个药瓶，有"四野卫"字样，并有五星图案。另有武装带、铜纽扣、钥匙环等25件物品。"联合国军"方面将遗骨和遗物交给当时的中国人民志愿军驻开城联络处。随后，烈士的遗骨被安葬在朝鲜的开城烈士陵园的合葬墓中，遗物则由抗美援朝纪念馆收藏。

此外，在韩国乡间，志愿军遗骸也多有发现。

1989年5月12日，新华社播发电讯，在南朝鲜境内新近发现

19具中国人民志愿军烈士遗骸。这些遗骸是几位来自美国的历史学家在三八线以南64公里的砥平里乡间发现的，遗骸四周的冻土里还散埋着志愿军烈士用过的子弹、水壶、牙刷、胶鞋等上百件遗物。新华社在当时的电文中写道："这是自朝鲜停战以来，在南朝鲜境内发现志愿军烈士遗骨最多的一次。"此次发现的烈士遗骸，安葬在朝鲜军事分界线边境城市开城的中国人民志愿军烈士陵园。

20世纪90年代初，国际关系和朝鲜半岛局势发生了一系列变化。1994年，朝鲜政府召回朝鲜军事停战委员会朝方代表团。同年9月1日，考虑到军事停战委员会实际上已停止运转的现状，中国政府决定调回军事停战委员会中的中国人民志愿军代表团，寻找、挖掘和掩埋志愿军失踪人员遗骸的工作也随之结束。

2000年4月，韩国国防部开始在朝韩非军事区韩方一侧启动朝鲜战争阵亡韩军及死难者遗骸发掘工作。久而久之，在发掘过程中发现了不少朝鲜人民军和中国人民志愿军等各国军队士兵的遗骸。

据韩国媒体报道，2005年，在京畿道加平郡北面花岳山一带，共挖掘出朝鲜战争期间遗骸52具，其中22具属中国人民志愿军。2008年3月至6月，在庆尚南道咸安和京畿道加平等15个地区挖掘出了519具遗骸，其中69具属中国人民志愿军。截至2012年下半年，韩国共挖掘朝鲜战争战死者遗骸7009具，中国人民志愿军烈士遗骸有385具。

为了处理挖掘出的"敌军"遗骸，韩国政府根据《日内瓦公约》，在韩国京畿道坡州市积城面沓谷建成朝鲜中国军人墓地。起初墓地安葬的中朝两国军人的遗骸仅为100多具。现在墓地面积已发展到6000平方米。墓地分为一墓区和二墓区。第一墓区安葬着朝鲜人民军的遗骸，中国人民志愿军烈士的遗骸安葬在第二墓区，有

360具。

按照韩国的传统习俗，墓地一般向南安放。而在这里，志愿军烈士的墓地全部朝着西北方向，因为那里是中国的方向，他们可以遥望故乡。

四

或许，事情来得有些突然。

然而，伟大的事件大抵都有一种魔性。只不过是它们常常沉睡于时间的冰山之下。在未来的某一天，它们会被时间和世界从深沉的谷底唤醒。那时候，我们或许看得到它们迷人的光彩。

从长安街向西，再向北，北京城寸土寸金的海淀区西北角。

那是一个神奇和神圣的所在。在这个神奇和神圣的地方，我度过了难忘的青春时代，那时候我常常流连于这里的各个大学的图书馆，它们的藏书同再偏南些的中国国家图书馆是个有益的互补。不知不觉中，在时间的荒野里，在那个满街飘荡罗大佑歌声的年代中，那些历经岁月涤荡的往事，那些弥漫着悠长时光的夜晚，都淡淡消失了。这里，已经是一片创新的热土。

在北京，最美的季节是春天和秋天，可是，最难捕捉的也是春天和秋天。经历了一个漫长的寒冬，北京的每一个春天都脚步匆匆，来得峻切，西北风似乎昨夜还在呼号，春风今晨便披着霞光降临，迎春的花蕊刚刚泛黄，柳树的叶子刚刚吐绿。被冰雪碾轧了一个冬天的野草，刚刚迫不及待地从硬邦邦的土地上奋力探出头来，火热的夏天便一下子就来了，嫩绿变成了碧绿，又变成了墨绿。然后一阵秋风，落英满地，早秋刚露了个头，晚秋已经被皑皑白雪遮盖住了。

就这样，日复一日，年复一年。这个曾经被叫作"中关村电子一条街"的地方，迅速成长为集聚高科技人才的"中关村科技园"。

早些时候——至少在20世纪下半叶——这里还是一片漫无际涯的农田。偌大的清华园孤零零地伫立在一片农田里，校园没有车水马龙的喧嚣，只有阳光透过树叶斑斑点点洒在小路上的安静，到处飘荡着树木花草的迷人馨香，令人流连，让人神往。

不到20年时间，上风上水的所在，这里迅速成为京畿的繁华之地。只是，清华园依旧守着它傲世出尘、清冷孤高的气质，迎接日出日落。

建成于20世纪60年代的清华大学主楼，是个地地道道的苏式建筑。这座体态巍峨的建筑，楼体高大得令人感觉极不真实，整个楼的基调都是明亮、朴素、庄重的灰色，这明亮的不是颜色，而是情绪，抑或感觉。相当长一段时间以来，清华大学主楼都是北京中关村的一座地标建筑，数里甚至数十里以外都清晰可见。阳光映照在灰色的主楼上，熠熠生辉。从清华大学主校门走到主楼，整个世界便一下子安静下来。从主楼大门进入，要走很长很长的台阶，台阶上面，便是极长的长廊。没有人敢在这里大喊大叫，因为无论是谁，在这里都显得太渺小了，包括声音，在这里声音仿佛被神奇的四壁吸走了、消失了、弥散了。极长的长廊的终点，便是让人心生敬畏的报告厅。

五

时间来到2013年6月29日。

清华大学主楼报告厅，一个穿紫色西服、留着干练得体短发的神秘嘉宾来到这里。

她就是到中国访问的韩国时任总统朴槿惠。这一天，朴槿惠访问了清华大学，并发表中文主题演讲。

朴槿惠说，此次韩中首脑会晤使她与习近平主席建立了深厚信任，他们将以此为基础，开展更有前瞻性的对话与合作。过去的 20 年间韩中关系取得了成功，新的 20 年的信任之旅程已经开始。

6 月 29 日，朴槿惠访问中国的第三天，在紧锣密鼓的行程中，还有一个十分重要的议题，那就是在韩中国人民志愿军烈士遗骸归还问题。

从新华社此后正式发布的消息，我们不难看到中韩两国在此的努力："2013 年，中韩双方本着友好协商、务实合作的精神，达成了将在韩志愿军烈士遗骸归还中国的协议。2014 年 3 月 28 日，首批 437 位中国人民志愿军烈士遗骸从韩国仁川机场踏上回家之路。"

2014 年 3 月 23 日，国家主席习近平在荷兰参加海牙核安全峰会期间会见韩国总统朴槿惠。习近平表示，去年，我同朴槿惠总统多次会晤。我们达成的各项共识均在顺利落实，战略沟通顺畅，政治互信加强，在各个领域都已经成为很好的合作伙伴。再过几天，双方将举行在韩国的中国人民志愿军遗骸交接仪式，这是总统女士亲自推动的，我们对此表示感谢。

这是中国对于志愿军烈士的深情缅怀和急切寻找。一个有希望的民族不能没有英雄，一个有前途的国家不能没有先锋。中国政府长期以来高度重视国家功勋荣誉表彰工作，以崇高礼遇褒奖功勋人物，以实际行动关爱英雄模范，彰显了崇尚英雄气、弘扬正能量的坚定决心和价值引领。也正是这些，促使韩方积极达成归还遗骸的协议。

毫无疑问，这是一次史无前例的破冰之举。

第十二章 北望

关于第二次磋商交接在韩中国人民志愿军烈士遗骸的会谈纪要

中国迁葬在韩中国人民志愿军烈士遗骸工作组（下称"中方"）与韩国送还在韩中国军人遗骸工作组（下称"韩方"），于2014年1月22日在中国北京，就推进交接在韩中国人民志愿军烈士遗骸相关事宜，进行了友好协商，并达成如下共识：

一、中方于3月10日前向韩方提供装验遗骸所需要的棺椁。双方于3月17日实施装棺。

二、双方暂定于3月28日在韩国仁川机场举行交接仪式，韩方向中方移交中国人民志愿军烈士遗骸以及相关遗物。

在交接仪式前中方配合韩方完成遗骸遗物的装机、通关等工作。

交接仪式由韩方国防部和中方民政部的有关负责人共同主持。

交接程序主要包括现场签署交接书以及实施交接等环节。

有关交接仪式具体事项及准备工作由双方进一步协商确定。

三、韩方每年于清明节前通过协商与中方交接今后在韩国发掘出的中国人民志愿军烈士遗骸。

有关交接经费问题，韩方负责劳务费，所有保管费，中方负责棺椁、运回中国等费用。

四、本会谈纪要自签订交换后生效。

本会谈纪要于二〇一四年一月二十二日在北京签订，中文、韩文一式两份，具有同等效力。

中国迁葬在韩中国人民志愿军烈士遗骸工作组代表
邹铭

韩国送还在韩中国军人遗骸工作组代表
文尚均

2014年1月22日

2014年1月22日，邹铭、文尚均代表中韩双方签署《关于第二次磋商交接在韩中国人民志愿军烈士遗骸的会谈纪要》。

第十三章

启 航

一

清晨的北京，一如往常地忙碌。人流与车流，像一条又一条河流，时而清澈，时而浑浊，时而静水流深，时而波涛汹涌。

北京市东城区北河沿大街147号。

早高峰时刻，人潮如织，急匆匆赶路的人们无暇欣赏街边这个古色古香的院落。

大门的上方重檐歇山顶门楼与绿色琉璃瓦，让这里显得气宇轩昂；重檐的中央高高悬挂着中华人民共和国国徽，又让这里庄严神秘，与众不同。

这个院落，曾是明代皇帝崇祯外戚周奎的私宅。清朝入关后，这里成为礼亲王府。在偌大的北京城里，除了皇帝住的紫禁城就数王爷们的府邸最为气派了。北京城的王府有很多，最有气势、规制最高的当数享有世袭特权的八个"铁帽子王"的王府。而在这八个王府中，规模最大的当数礼亲王代善的礼亲王府，其豪华程度和气势在铁帽子王府中数一数二。

代善，是清太祖努尔哈赤次子，为努尔哈赤原配第一位大福晋佟佳氏所生。代善于清崇德元年（1636年）被封为和硕礼亲王，为清开国元勋，不仅跟随清太祖征战多有战功，还在支持其弟太宗皇太极、其侄世祖福临即位及安定政局等大事上发挥了重大的作用。曾因作战英勇赐号"古英巴图鲁"，天命元年（1616年）被封为和硕贝勒，参与国政，为四大贝勒之首，以序称大贝勒。

在清代所建的诸多王府中，礼亲王府是京城规模最大的王府，民间素有"礼王府的房，豫王府的墙"的说法，说的就是礼亲王府规模大、房子多。据史料记载，礼王府南起如今的大酱房胡同，北至颁赏胡同，占地约30公顷，院落深邃。据《乾隆京城全图》记载，礼亲王府共分为中、东、西三路，整个王府共有房屋、廊庑等480余间。

随着清朝统治的结束，礼亲王府也随之走向没落。抗日战争期间，礼亲王府一度是华北学院的师生宿舍。现如今，礼亲王府成为民政部办公场所。

民政部大院外墙上，悬挂着"北京市文物保护单位"牌子。1984年5月24日，礼亲王府被北京市人民政府确定为第三批市级文物保护单位。

不知多少次，沐浴着清晨和煦的暖阳，我随着人流走进这座大院，每一次都像第一次踏入这里一样，对周遭的一切感到惊奇。

这个院子——北河沿大街147号，是北京城的黄金宝地。从远处看，最高人民检察院办公地址位于大街西侧，坐西朝东，背靠紫禁城，面朝被东皇城根遗址公园遮蔽的御河，以及被拆除的皇城东墙。早在1903年，这里曾是京师大学堂译学馆的所在地，时任译学馆总办、后来担任北京大学第一任校长的严复先生，曾在这里慷慨激昂地讲授自己翻译的《天演论》。

1912年，京师大学堂更名为国立北京大学，年后，京师大学堂法律学门随之更名北京大学法科，搬入译学馆，并对原有建筑进行扩建，五四运动策源地的法科礼堂正是建于这一时期。

时任北京大学图书馆主任的李大钊，在这里讲授社会立法学，马寅初、王宠惠、康宝忠，以及稍晚些的陈瑾昆、王化成等一大批民国知名学者或实务界人士在这里或授课，或从事法学研究。

今天的我们也许无法想象，民国时期的国立北京大学，与今天大学给我们的印象大有不同，它没有统一的校园与围墙，校舍零散分布在御河以西、故宫和景山公园以东的狭长地带。文学院（一院）即现在五四大街上的红楼，这是当年北京大学标志性建筑；理学院（二院）位于沙滩后街，部分建筑保留在现在华育宾馆内；法科（三院）就是现在最高人民检察院所在地。

这些挂满了尘埃与风霜的老街古巷、略显破旧的四合院里，或许隐藏着不为人知的惊天秘密——民国时期哪些教授曾在这里短暂停留，写出其生命中的重要篇章，或许这里曾经是历史的转折点——

与最高人民检察院一墙之隔的箭杆胡同，当年陈独秀北上就任北京大学文科学长时曾寓居于此。陈独秀出任北大文科学长没多久，就开始进行大刀阔斧的改革，增设了德语、俄语、法语，并在哲学、英文、中文学科分别设立了研究所。在文科的课程设置上，陈独秀也不拘一格，他曾经力排众议而开设了"元曲"科目，将"鄙俗"之学搬入高雅之堂，这是我国大学讲坛第一次开设"元曲"

科目。除此之外，陈独秀还积极邀请各类人才到北大执教，如胡适、李大钊、刘半农等，一时间，提倡新文化运动的知名人士，大都聚集于北大文科……这一时期，虽然皇城城墙被拆除，可御河还在，刘半农初到北京，借住在三院教员休息室后面的一间屋子里。他赞美这条北河沿御河有着秀丽的风景："两岸的杨柳，别说是春天的青青的嫩芽，夏天的浓条密缕，便是秋天的枯枝，也总饱含着诗意……"

二

在门口，我等到了步履匆忙的李桂广，随着他三步并作两步，冲进民政部大院。

刘半农笔下春天嫩芽青青、夏天浓条密缕、秋天枯枝饱含诗意的御河杨柳，对于李桂广来说，是每天的日常，却有着别样的情意。

1995年，25岁的李桂广从中国人民大学中文系世界文学专业硕士毕业，通过公务员考试后到民政部优抚司二处（优抚处），负责烈士抚恤工作。此后，除了1997年到湖北仙桃市郑场镇挂职镇党委副书记，李桂广的事业一直与烈士工作息息相关。1998年机构改革，民政部成立优抚安置局。2010—2012年，任烈士褒扬和事业单位管理处处长。2012年，任优抚安置局副局长。回首往事，过去的日子像胶片一样在眼前闪过。在无数个繁忙的日子里，这御河两岸的杨柳便是他繁琐枯燥工作中的一丝点缀。

李桂广出生于鲁西南的梁山，《水浒传》中的水泊梁山正是此处，他自幼听着水浒一百单八将的故事长大。这里自古民风彪悍，武术学堂林立，自古多激扬赴义之士。范曾的《水泊梁山记》这样形容这里："商纣暴虐，国祚已尽，微子兴悲，良有以也。周室衰而群雄起，礼崩始于庙堂，乐坏被于江湖。孔子著《春秋》倡仁，孟子继起而倡义。所谓君子之怀，蹈仁义而宏大德者也。富贵不能淫，贫贱不能移，威武不能屈，遂为大丈夫懿范。"梁山以一隅之地而名彪青史，并不是偶然之事，忠义诚信、礼义仁爱、仗义疏财、乐善好施，这是李桂广自小耳濡目染的乡俗，这让他受益无穷。

志愿军烈士遗骸如何能够迁回国内，这着实是一件让李桂广和他的同事们费尽思量的难事。

抗美援朝战争结束后，中国人民志愿军的阵亡人数的精确数字一直没有统计出来，当时只有一个大概的数字——伤亡36万余人，而且不分伤者与阵亡者。2010年，解放军出版社出版的《解读抗美援朝战争》一书中提到有14万人长眠在异国他乡。

为何当年这些烈士骨骸没能被及时运回国内？什么时候他们能够回家，与亲人"相聚"？这是很多人关心，也是李桂广试图回答的问题。

抗美援朝战争的战场基本上都在三八线以北，所以这也导致很多牺牲了的志愿军将士，都安葬在朝鲜。当然，也有部分中国军队打到过朝鲜半岛"军分线"以南。战争结束后，按照《关于朝鲜军事停战的协定》，中朝与"联合国军"通过军事停战委员会交接阵殁人员遗体，交接回的志愿军烈士遗骸安葬于朝鲜，还有不少未交接的烈士遗骸留在韩国，由韩国方面挖掘、识别、保管。

在战争时期，进攻和撤退都是旦夕之间的事情，匆忙之中没有时间和精力将所有的牺牲者都带回国内。只有特级、一级的战斗英雄，还有团级以上烈士的遗体运回国内安葬，其他只能就地安葬。也就是说，还有无数的英魂飘荡在异国他乡，找不到回家的路。

韩国方面自2000年开始，由其陆军本部进行大面积遗骸挖掘工作。此后，韩国效仿美国国防部战俘（失踪者）办公室（DPPA），成立了"遗骨发掘鉴别团"，韩国连续三年的遗骨挖掘量都在1000具以上，但从历史、地理上也可以知道，这里并不是"联合国军"的主要战场，所以挖出的骨骼大部分是朝鲜人民军和中国人民志愿军的遗骸，而美军遗骸并不多。

朝韩双方当时成立了"军停会"，其工作内容包括家属探望、物资援助、遗骸归还等活动。所有韩方发现的遗骸，其中疑似中国人民志愿军烈士的遗骸由中国留下的工作小组进行鉴定，在相当长的一段时间内，这个小组找到了很多的志愿军烈士遗骸，都是就地安葬在开城中国人民志愿军墓地。

1991年3月，美国提出由韩国将军担任"军停会"的首席代表，遭到朝鲜方面强烈抗议，在商讨无果之后，朝鲜直接撤走了驻"军停会"代表团，"军停会"也因为朝鲜的退出停止了工作。

就这样，遗骸交换工作无法再进行下去，而志愿军烈士的遗骸也无法得到后期妥善的处置，只能由各方暂时保管。然而，尽管"军停会"名存实亡，所有遗骸都只能在韩国就地存放并且无法短时间内交还，但是韩国依然妥善先期安置了这些志愿军烈士遗骸。

三

在朝鲜的中国人民志愿军烈士纪念设施，是随着抗美援朝战争进程而逐步形成的。当初，战争时期特别是战争初期，大部分志愿军烈士就地安葬。

随着战事稳定，志愿军各军、师、团开始建立本单位的陵园和墓地。停战后，中国人民志愿军司令部、政治部下达指示，成立陵园修建机构，大规模修建、迁移、整理了烈士陵园和墓地，相对集中安葬烈士。志愿军部队回国后，从便于管理保护角度出发，朝鲜对陵园和墓地做了进一步的集中，并根据朝鲜本国实际情况予以保护管理。

中国一直高度重视在朝鲜半岛志愿军烈士遗骸的安葬工作，加强与朝方的协商合作，加快在朝志愿军烈士陵园修缮改造工程，推进陵园保护管理，切实发挥其褒扬先烈、宣传事迹、教育后人的作用，不断巩固和发展中朝两国友谊。一直以来，党和国家领导人以及相关部门赴朝公务，都会祭扫志愿军烈士纪念设施，悼念先烈。朝鲜方面高度重视在朝志愿军烈士纪念设施保护管理工作，多年来为此投入了大量人力、物力。

2012年，中国方面与朝鲜有关方面积极合作，共同实施了桧仓志愿军烈士陵园修缮工程。2013年后，又陆续对开城、安州、江东、顺安的志愿军烈士陵园进行了勘察设计，拟定了修缮方案。目前，已经完成了朝鲜桧仓、开城、安州、江东和顺安5处烈士陵园修缮项目，启动了朝鲜兄弟山等6处志愿军烈士陵园修缮工程。经过双方共同努力，在朝志愿军烈士纪念设施得到有效保护。

最让李桂广牵挂的，是那些一直留在韩国的志愿军烈士。可是，志愿军烈士遗骸回家的路何其漫长。

停战后，按照《关于朝鲜军事停战的协定》，中朝与"联合国军"通过军事停战委员会交接阵殁人员遗体。1991年，中国应朝方要求撤回驻"军停会"志愿军代表，遗骸交接由朝方负责；但到2005年，朝方拒收美方转交在韩发掘的志愿军烈士遗骸，并称此事应由美中直接处理，朝方不再介入。

此事，就此一度搁置。

2007年，韩国国防部成立遗骸发掘鉴识团，又陆续发掘出志愿军烈士遗骸。此次发掘的志愿军烈士遗骸集中葬于韩国政府按照《日内瓦公约》在京畿道坡州地区建造的墓地。

2013年6月，时任韩国总统朴槿惠访华期间，中韩两国就移交在韩志愿军烈士遗骸交换了意见，韩方表示愿意将临时安葬在韩国坡州的中国人民志愿军遗骸转交中方。民政部经商中央宣传部、外交部、原总政治部等单位并报中央批准，同韩国有关部门经两次正式磋商，就遗骸交接基本事宜达成共识，分别于2013年12月5日和2014年1月22日签署会谈纪要，决定从人道主义出发，中韩双方每年共同组织实施在韩中国人民志愿军烈士遗骸交接工作，并商定了遗骸装殓交接等相关工作细节。

这是中国首次就志愿军遗骸回国事宜最高层面的部署。

李桂广展开桌上的文件夹，在文件上签字。

2010年11月，中共中央、国务院、中央军委进一步规范境外烈士纪念设施保护管理工作，成立境外烈士纪念设施保护管理领导小组，由民政部牵头，外交部、财政部、总政治部等部门参加，日常事务由民政部负责，驻外使领馆协助处理有关具体工作，领导小组办公室设在民政部优抚安置局。领导小组主要负责拟定有关境外烈士纪念设施保护管理、散落境外的牺牲人员遗骸处理以及被俘军人在外死亡抚恤问题的具体政策，通过外交途径就有关问题同相关国家达成协议，对境外烈士纪念设施、牺牲人员遗骸进行核查并移交有关主管部门管理，拟定境外烈士纪念设施维修改造计划并组织实施，制定境外烈士纪念设施保护管理办法并予以实施，收集整理境外烈士事迹和史料并积极宣传境外烈士事迹，组织祭扫境外烈士纪念设施等项工作。

按照境外烈士纪念设施保护管理领导小组的部署，2014年3月28日，中韩双方在韩国仁川国际机场举行首批437位在韩中国人民志愿军烈士遗骸交接仪式，装殓烈士遗骸的棺椁覆盖国旗，由中方礼兵护送登上专机。运送烈士遗骸专机进入中国领空后，空军两架战斗机迎接护航。当天上午9时30分飞机抵达沈阳桃仙国际机场，离开祖国60多年的烈士英灵回到祖国的怀抱。

四

2014年10月21日，星期二。中南海西八所。

下午3点半的会议，李桂广还没到3点钟便早早地走进会议室。与会代表陆陆续续进来，大家不约而同地保持沉默，用颔首致意代替问候。

这是第一批在韩中国人民志愿军烈士遗骸安葬前的最后一次集体会商。2014年3月，志愿军遗骸回国，保存在沈阳抗美援朝烈士陵园临时存放所。这次会议主题是研究志愿军烈士遗骸安葬、抗美援朝烈士英名墙的相关问题，中共中央办公厅、中央宣传部、中央

关于交接在韩中国人民志愿军烈士遗骸的会谈纪要

中国迁葬在韩中国人民志愿军烈士遗骸工作组(下称"中方")与韩国送还在韩中国军人遗骸工作组(下称"韩方"),于2015年2月10日在韩国首尔,就2015年移交在韩中国人民志愿军烈士遗骸相关事宜,进行了友好协商,达成如下共识:

一、中方于3月11日以前向韩方提供装殓遗骸所需要的棺椁。双方于3月16日实施装棺。

二、双方暂定于3月20日举行交接仪式,韩方向中方移交中国人民志愿军烈士遗骸以及相关遗物。对于交接仪式地点,今后确定。

对于其他执行程序参照《关于交接在韩中国人民志愿军烈士遗骸的会议纪要('14.1.22)》办理。

三、本会谈纪要自签订交换后生效。

本会谈纪要于2015年2月10日在韩国首尔签订,中文、韩文一式两份,具有同等效力。

中国迁葬在韩中国人民志愿军烈士遗骸工作组代表	韩国送还在韩中国军人遗骸工作组 代表
李桂广	文尚均

2015年2月10日,李桂广、文尚均签订中韩《关于交接在韩中国人民志愿军烈士遗骸的会谈纪要》。

文献研究室、中央党史研究室、国务院办公厅、外交部、民政部、解放军总政治部办公厅等相关部委负责人悉数参加。

在此之前的2013年10月29日中央批准了在韩中国人民志愿军烈士遗骸回国相关请示报告。随后，民政部同外交部、财政部、解放军总政治部等部门组成工作组，对下一步的迁葬政策与韩国方面反复沟通磋商，终于就交接在韩志愿军烈士遗骸相关事宜达成了共识，并先后签署两份会议纪要，确定了建立协商联络的机制，明确了遗骸发掘整理装殓时双方的责任、交接时间、交接地点、交接程序，以及此后每年循例协商办理交接的事项和议程。

事情推动到这一步，李桂广深知其中的重要意义。此前，韩国方面投入人力1.4万余人次、车辆数百台次，这段时间完成了发掘、整理、装殓等工作，对中国方面提出的双边渠道实施交接、中国方面礼兵赴韩参加交接仪式等意见都予以采纳。此次双方合作完成的在韩志愿军烈士遗骸交接，中韩两国都给予了积极正面的评价，可以说，这是中韩两国关系史上一座重要的里程碑。双方建议以中韩两国文字记录迁葬过程，可以更好地展示两国面向未来友好发展关系。

几年来，民政部门一直在积极收集、整理、完善抗美援朝烈士信息资料。解放军总政治部组织部从2000年开始，在全军和全国范围内通过"拉网式"征集，整理、甄别、收录了184856名中国人民志愿军烈士名录。收集整理的每位烈士信息主要有姓名、性别、籍贯、出生时间、入伍时间、入党团时间、牺牲时的部职别、立功受奖情况、牺牲时间及战斗战役地点等九个要素。为确保收集的抗美援朝烈士名录更加准确完整，民政部和解放军总政治部将两组数据进行了汇总整合，合并了姓名与要素相同的，补充了缺失和遗漏。

经过多次专题研究和反复比对核实，确认抗美援朝烈士为197653名。

这个数字，包括1950年10月入朝作战至1953年7月签订停战协议期间阵亡、伤亡、病故、失踪的志愿军官兵、铁路工人、支前民兵民工、支前工作人员等，以及停战后至1958年志愿军回国期间帮助朝鲜生产建设而牺牲和在国内治疗未愈死亡的有关人员。

此前的会议已经做出决定，烈士遗骸回国后，基于叶落归根的传统观念和安葬在既有同类烈士陵园的有关规定，归国志愿军烈士遗骸安葬于沈阳抗美援朝烈士陵园。

安葬烈士遗骸的沈阳抗美援朝烈士陵园始建于1951年，1999年10月改建。陵园占地24万平方米，现由烈士纪念碑、烈士墓群、烈士纪念馆等组成。纪念碑高23米，呈四棱锥形，正面镌刻董必武题词"抗美援朝烈士英灵永垂不朽"。烈士墓群分为东、西、北三个墓区，安葬123位志愿军烈士，其中包括特级战斗英雄黄继光、杨根思和一级战斗英雄邱少云、孙占元、杨连第，以及部分团以上烈士。陵园于1986年被定为首批"全国重点烈士纪念建筑物保护单位"，是目前规模最大、级别最高的抗美援朝烈士陵园。2014年，为更好地安葬迎回的在韩志愿军烈士，经中央批准，沈阳抗美援朝烈士陵园进行了修缮扩建，新建了下沉式纪念广场、抗美援朝烈士英名墙和专门用于安放迎回在韩中国人民志愿军烈士遗骸棺椁的地宫。

各方在这次会议上，还进一步会商确定了抗美援朝烈士英名墙的名单、镌刻、铭刻记、铭牌、语种等一系列相关问题。同时，明确安葬仪式在沈阳抗美援朝烈士陵园下沉纪念广场举行，参加人员包括民政部、解放军总政治部等军地相关部门负责同志，辽宁省军地相关部门负责同志及志愿军烈士家属、老战士代表，部队官兵及学生和社会各界群众代表等。仪式包括奏唱国歌、敬致祭文、鞠躬致敬、鸣枪致祭、送葬环节。

此后至2019年每年清明节前，中韩双方循惯例开展在韩中国人民志愿军烈士遗骸交接工作，双方每年就遗骸交接事宜先行磋商沟通，中方相关部门组成代表团赴韩执行交接任务。2018年党和国家机构改革后，该项工作由退役军人事务部承担。2020年至2022年此项目工作均在烈士纪念日前进行。

这些年，随着党和国家对烈士褒扬工作日益重视和实践经验的积累，以最高礼仪迎回安葬在韩志愿军烈士工作机制日渐成熟，基本形成了由装殓、交接、迎回、安葬四个环节组成的志愿军归国安葬总体工作流程。

李桂广每年的工作也越来越有规律可循，清明节、烈士纪念日、国家公祭日，这都是他最忙碌的时候，二三月、八九月，他更是忙得像陀螺。在中韩两国领导人的关心重视和直接推动下，从2014年至2022年，已经迎回并安葬9批913位在韩中国人民志愿军烈士遗骸。

在双方各有关部门努力配合下，在韩中国人民志愿军烈士遗骸交接工作已成为中韩友好合作的生动范例，受到两国领导人和社会各界的高度关注和充分肯定，对于加深两国友谊、深化双方合作交流具有重要意义，是深得两国民众支持的民心工程、友谊工程，对于告慰逝者、抚慰遗属、巩固和发展中韩友好的民意基础具有重要意义。

未来，中韩双方如何进一步开展在韩中国人民志愿军烈士遗骸相关领域合作，加强志愿军烈士遗骸的搜寻发掘鉴定及交接迎回工作，让更多志愿军烈士回归祖国怀抱，这是李桂广一直在思考的问题。

2020年，第七批在韩中国人民志愿军烈士遗骸迎回仪式在沈阳桃仙国际机场举行。（陈松 摄）

第十四章

国　殇

一

还有一个星期就要立春了。

东北亚深冬的寒夜，滴水成冰，呵气成霜，入目一片萧索。凛冽的北风在空中打着转，再一头扎下来。残冬，固执地要将最后的寒凉进行到底。元稹曾咏道："积阴成大雪，看处乱霏霏。"然而，此时亦是阳气萌动的开始，万物蓄势，为春天的勃发积聚能量。春天的气息已经洋溢在人们的心底，带着怡然的暖意，即将拂临辽东半岛。

寒潮未竟，寒冰将泮；春在心头，春信将至。

闹钟还没响，我便醒了。昨晚忙活到半夜，似乎还没睡踏实，心底有个声音在敲打着我，催促我快快醒来。

窗帘的缝隙里透着沉稳的暗色，窗外是行进着的黑夜，月光和白雪覆盖着远处的楼宇和近处的树影，风呼啸着穿墙而过，让我不禁打了个寒战。挂钟的指针在滴答跳跃，我低头看了看时间——清晨5：00。

揉了揉眼睛，大脑的意识似乎还停留在多年前的那一天——

2013年6月，韩国总统朴槿惠访华时曾与中国国务院副总理刘延东举行简短会谈，表示愿意将中国军人遗骸移交于其家属。

2013年12月19日，韩国国防部表示，韩国和中国就归还安葬于韩国京畿道坡州市积城面墓地的中国人民志愿军烈士遗骸一事达成协议。这次遗骸移交协议是首次韩国和中国直接进行的协议。

2014年3月17日下午，中韩双方于韩国京畿道坡州市启动实施在韩中国人民志愿军烈士遗骸装殓工作。中国民政部代表和驻韩使馆人员向烈士敬献花圈并举行了悼念活动。

2014年3月27日上午，韩国方面把已经封棺入殓的437位中国人民志愿军烈士遗骸从临时安置所运出，韩方共派出22辆专车负责运送志愿军烈士遗骸，一位韩国军人负责一个棺木。

2014年3月28日上午，437位中国人民志愿军烈士遗骸即将抵达沈阳桃仙国际机场。

2014年3月28日——是的，就是那一天。

从床上跳起来，我飞快穿衣、洗漱。隔着三千多个日日夜夜，我仿佛看到，李桂广和他的同事们早已经开始工作。这些年，为了志愿军烈士遗骸回国，李桂广和他的同事们放弃了太多，放弃家庭、放弃休息，甚至放弃健康，他们不知道熬过了多少个不眠之夜。我注视着忙碌的他们，少许的白发已从李桂广的鬓角钻出。

小时候背诵的古诗涌上我的心头："操吴戈兮被犀甲，车错毂兮短兵接。旌蔽日兮敌若云，矢交坠兮士争先。凌余阵兮躐余行，左骖殪兮右刃伤。霾两轮兮絷四马，援玉枹兮击鸣鼓。天时怼兮威灵怒，严杀尽兮弃原野。出不入兮往不反，平原忽兮路超远。带长剑兮挟秦弓，首身离兮心不惩。诚既勇兮又以武，终刚强兮不可凌。身既死兮神以灵，子魂魄兮为鬼雄。"深切地感受着屈原，感受着屈原的沉郁和哀伤、坚执和顽强，仿佛我就是那怀抱石头，怀抱一腔悲愤、一腔感伤的诗人。

哀哉！诚既勇兮又以武，终刚强兮不可凌。

痛哉！身既死兮神以灵，子魂魄兮为鬼雄。

2500年前，屈原以"原盖深悲而极痛"作《九歌·国殇》，中华民族从此长歌以当泣，远望以当归。《九歌·国殇》取民间"九歌"中祭奠之意，哀悼死难的楚国爱国将士，追悼和礼赞为国捐躯的将士亡灵。

推开房门，冲入黑暗的寒凉里。一道寒冷的气浪冲进来，与房间里热烘烘的空气纠缠在一起。我将衣领往上拉了拉，寒风刺骨，扑面如刀。深深地吸了一口空气，一股凉气渗入心肺，呛得我咳嗽起来。

290余万中国军人满怀报国激情踏上抗美援朝战场，有些人从此魂断异国，埋骨他乡。在中韩两国政府携手努力推动下，而今，他们以一种特殊方式踏上回家的路。

这些年，为了完成英雄回家的夙愿，李桂广和同事们、伙伴们做了大量难以记述的工作。2013年6月起，中韩双方进行了坦诚会商。经过双方相关部门多次磋商，最终确定交接相关事宜。2013年年底，中韩双方就在韩中国人民志愿军烈士遗骸回国问题达成共识。在双方共同努力下，已完成起掘、干燥、鉴别、遗骸遗物分类整理记录及装殓等工作。

韩国国防部发言人金珉奭表示，这是中韩双边关系的新里程碑，为推动东北亚地区和平作出良好表率。韩国国防部表示，如果在发掘韩国阵亡将士时发现新的志愿军烈士遗骸，韩方将按照相同的程序定期向中方归还。

这天，就在这一天，英雄的遗骸，将在战友、亲人和故乡人民的迎接下，安葬在沈阳抗美援朝烈士陵园。

冬天的残冰还没有消融，街上还是一道一道的冰溜子。白天，太阳一出来，这些冰溜子就会融化为泥泞的雪水。入夜，它们再次还原为冰的形态，坚硬，冰冷，甚至还保留着白天融化后行人踩踏在上面的形状。这就是东北深冬的日常，人们急匆匆地在寒风中穿行，在大地上留下深深的辙痕。

二

2014年3月28日，首尔时间7：30。

韩国仁川国际机场。

中韩双方在此举行第一批在韩中国人民志愿军烈士遗骸交接仪式，首批437位中国人民志愿军烈士遗骸从仁川国际机场踏上回家之路。

中方与韩方现场签署了交接书，随后举行了简短祭奠仪式，中方礼兵护送烈士遗骸登上运送遗骸的专机。

运送烈士遗骸的专机进入中国领空后，中国空军派出两架战斗机迎接护航。

"我们是中国东方航空056航班，运送志愿军烈士遗骸前往沈阳。"

"欢迎志愿军烈士遗骸回国，我部飞机两架奉命为您全程护航。"

北京时间9：30。搭载437位中国人民志愿军烈士遗骸的专机降落在沈阳桃仙国际机场。离开祖国60多年的烈士英灵，终于回家了。

飞机场隔离大厅里，巨大的荧光屏正播报着当日的重要新闻：

中方交接在韩志愿军烈士遗骸代表团团长、民政部优抚安置局局长邹铭与韩方代表、韩国国防部军备控制次长文尚均准将现场签署了交接书，确认交接437具志愿军烈士遗骸以及相关遗物。随后，中方为烈士遗骸覆盖国旗，并举行了简短祭奠仪式，烈士遗骸由中方礼兵护送登上运送遗骸专机。专机将于3月28日上午飞抵沈阳，祖国和人民将以庄严的礼仪迎接烈士英灵回家。

我不禁驻足，遥望着三千多天前的岁月那一端，往事在脑海中闪过，一桩桩，一件件，呼啸而来。

三

飞机稳稳地降落在沈阳桃仙国际机场。

北京时间11：30，中国政府在沈阳桃仙国际机场举行隆重的迎接仪式。

多年来，中国人民始终没有忘记中国人民志愿军所建立的不朽功勋，始终没有忘记谱写了可歌可泣、气壮山河的英雄赞歌的中国人民志愿军将士，始终没有忘记在抗美援朝战争中牺牲的志愿军烈士们。

在韩中国人民志愿军烈士遗骸迁葬回国，这牵动着全国各族人民最深厚的情感。经过中韩双方共同努力，437位在韩志愿军烈士英灵回到了祖国。我们举行隆重的迎接仪式，就是要大力褒扬志愿军烈士，表达我们最深切的怀念和最崇高的敬意。

爱好和平是中华民族的优秀传统，维护和平是中国人民的坚定决心。60多年前，抗美援朝战争的伟大胜利，捍卫了新中国的安全和尊严，维护了亚洲以及世界的和平。缅怀志愿军烈士，就是要永远铭记他们为世界和平与人类进步事业做出的巨大贡献；就是要牢记战争给人类带来的深重灾难，倍加珍惜和维护来之不易的和平环境；就是要以发展的思维、长远的眼光来审视历史、观察现实、思考未来，更好地促进人类和平与发展的崇高事业。

北京时间12：00。礼兵护送437位志愿军烈士遗骸棺椁上灵车赴沈阳抗美援朝烈士陵园安葬。与此同时，从全国各地赶到沈阳的志愿军后代们手捧菊花，臂缠黑纱，手拿印有"迎接亲人回家"字样的白色条幅来到沈阳抗美援朝烈士陵园门前，人们在等待着这些在外漂泊了60余年的先烈英灵回归国土。40多辆装有志愿军遗骸的军车驶过志愿军家属们的眼前，"父亲！""爸爸，爸爸！"哭声响彻云霄。他们并不知道回来的有没有他们的父亲，但他们也要喊一喊，哪怕有一线的希望。

中国人民志愿军第一军第七师第十九团团长康致中烈士的儿子说："有我父亲也好，没有我父亲也好，我都在想，也许若干年以后，我父亲会以什么样的形式回来，没有想到，今天能在这里迎接烈士们。"

四

现已耄耋之年的志愿军老兵李维波已经记不清这些年他迎回了多少战友。

"只要听说兄弟们回来了，我都要去接他们。"李维波嗓音嘶哑，喃喃地说道，"虽然我不知道他们的名字，但我知道，他们都是我的战友、亲人，祖国和人民没有忘记他们，他们的血没有白流！"

李维波喜欢回忆战场上的峥嵘岁月。李维波的女儿说，父亲的记忆力在多年以前就开始减退了。近两年，他常常记不清昨天刚发生的事，但一旦有人问起那段烽火岁月，他总是刻骨铭心。

李维波始终挂念的，还有年轻一代。他说："我要替战友尽责，虽然他们长眠在异国他乡，但精神一定要代代传下去。"这使我想起另一位老英雄的肺腑之言："我最担心的是孩子们会把历史忘了。肉体牺牲不算死亡，遗忘才是。"

李维波总爱给晚辈讲自己参军打仗的故事。2022年的夏天，我来到沈阳，有幸见到了这位老英雄，他精神矍铄，说话风趣，说起抗美援朝的故事老人家很激动，仿佛又回到当年的青春岁月，回到不畏牺牲的战场。

新中国成立后，出于军队要继续发展壮大的需要，东北军政大学在地方学校招收学生入伍，为部队培养连排干部。李维波那时正在读初中二年级，他想，如果能试试，岂不更好？他当时已经奉父母之命结了婚，担心家里阻止，就没跟他们讲，干脆自己报了名。

东北军政大学在黑龙江齐齐哈尔。来到学校门口，看到站岗的士兵他就蒙了，这是大学吗？这不是兵营吗？但是既然来了，不如进去看看。他径直走了进去，从此就当了兵。

学习了一年，朝鲜内战爆发。抗美援朝前线需要组建高射炮部队，当时新中国空军刚刚组建，还不能升空作战。当时美国有很多飞机，有1000多架飞机巡逻。李维波绘声绘色地讲道："周恩来总理到苏联请求支援空军力量，当时苏联没有同意。据说当时苏联的领导人表示，可以卖给你们能组建20个高炮团的高射炮。这样，你们不就可以打飞机了吗？"

高射炮兵属于高技术兵种，没有文化不行，所以就把东北军政大学的1000多名学生全部分到高射炮部队，担任"计算机手"。那时候不叫"计算机手"，而是叫指挥射手，就是进行机械的计算机计算，10个人操作，需要8秒钟才能计算出来飞机在哪里，高射炮应该往哪里打。李维波和他的战友们的任务就是计算这个提前量。

那时候部队的士兵文化程度不高。要是有小学毕业学历就会被调到连部当文书，要是有初中学历就会被调到营部当文书，要是有高中学历那就会被调到团部当参谋、干事。要是大学生，那团以下级别部队留不住，都会去上级领导机关工作。于是李维波这批学生都被分到高射炮部队，他们有一定的军事基础，学习起来很快。

第一次上战场，李维波所在部队遭到敌人飞机轰炸，伤亡惨重。班长身受重伤，趴在地上坚持不下火线，继续指挥战斗，最后牺牲在指挥位置上。二炮手带着伤，本来他可以在营房中不出来，但是他担心新的二炮手不熟悉操作，便把新二炮手接下来，替新二炮手继续装弹，最后也牺牲在战位上。

当时团里有个要求，打起仗来以后，学生兵必须进坑道，不许站在外边。学生兵要是负伤了，连长要负责。所以连长派老兵看着李维波这些年轻的学生兵，一旦警报拉响了，就叫他们赶快去坑道。战役越打越激烈，伤亡情况越来越严重，李维波他们在坑道里待不住了，都跑了出来，有的补充战位，担任炮手，有的抢救伤员。李维波和3名同学，摘下来一扇门板，抬下一个重伤员，送回后方医治。

这次战斗给李维波留下了深刻的印象。战场上，那些优秀的共产党员就是活生生的英雄，他发誓也要像他们一样，做一名合格的志愿军战士。

这场战役以后，李维波被分配到高射炮兵第四团。他们在学校学的是苏式炮，但是这个高四团用的是日式炮。连长胡金生任命李维波担任八炮手，告诉他八炮手的操作任务和指令，就是九炮手把炮弹一放进去，八炮手一拉栓将炮弹放出去就可以了。然而，这个任务听着简单，操作起来却不简单。如果炮弹放早了，九炮手的双手还没拿出来，就会被炸伤；如果放晚了，飞机飞过去了没打着那就是放了个空弹。八炮手的操作必须在两秒钟内完成，不能早一秒也不能晚一秒，这考验的就是技术了。

后来苏式炮来了，学过苏式炮的李维波就负责教全班，担任教练员，除了完成自己的任务外，还得把全班教会。

李维波至今记得他的班长张柴。李维波是全班年纪最小的学生兵，只有18岁，而其他老兵都已二十五六岁。班长怕李维波晚上睡得沉，警报响了他爬不起来，就挨着他睡觉，冬天给他盖被子，夏天给他披蚊帐。高射炮手的战斗是紧张的，白天没有时间补觉，在闪电作战中更是没有时间睡觉，顶多在炮架子旁边挖一个坑，铺上木板，就睡在里面。战备值班的时候，每个人值班两个小时。无论冬夏，都要坐在炮上，夏天还好，冬天零下三四十摄氏度也必须一动不动。班长怕他冻坏，经常小声问他"冷不冷"，又从阵地外边捡来苞米皮子，搓成草绳给他盘了坐垫，让他坐在上面。班长的爱心，温暖了李维波的一生。

第二年，李维波当了排长。他就是不敢对班长张柴这个班大胆管理，因为他是在班长培养下成长起来的。班长急了，他找李维波谈话："我以共产党员的身份找你谈话，如果你这样做，你当不好排长，也使其他班也瞧不起我们这个班。你只有严格管理、大胆要求我们这个班，才能把全排管理好。"这些话，李维波至今一个字都没忘记。

抗美援朝战争两年零九个月的时间里，李维波所在的团打了大大小小70多场战斗，击落敌机15架，击伤敌机17架。他印象最深的一次战斗是1952年12月28日，那一天，他们团击落了一架美军飞机，飞机从高空掉落到中国境内，驾驶员被战士擒获。这个驾驶员的名字，李维波现在还记着，叫拉尔·卡麦隆，是美国的高级飞行员，参加过第二次世界大战。这次战斗之所以重要，因为美军被俘的飞行员亲口承认，自己是在辑安上空被击中，掉落在辽东（今吉林）通化境内的。抗美援朝期间，志愿军高射炮兵曾击落、击伤敌机上千架，但只有这架飞机坠落在中国领土上。这是美国企图以朝鲜为跳板进一步侵略中国的铁证。

战争胜利后，李维波多方打听，寻找当年的班长张柴，可是一直没有结果。他知道，班长估计是回不来了。

2014年3月28日，437位埋骨他乡的志愿军烈士终于魂归故里。面对长长的车队，李维波泪流满面，不能自已：战友啊！当年，你们为了祖国，为了人民，奋不顾身地走上战场，换来了山河无恙、家国平安。今天，祖国张开双臂，终于等到了你们的归来。让我再叫你一声战友吧！

五

2014年3月28日，第一批在韩中国人民志愿军烈士遗骸回国当天，在沈阳抗美援朝烈士陵园门口如山如海的祭奠人群里，有一位年过八旬的老兵，一个人默默地站立在路边，不，准确地说，是以标准的军姿挺立在路边。

3月的沈阳，春寒料峭，刺骨的寒风扑打着他的面颊，他一动不动。一分钟过去了，五分钟过去了，十分钟过去了，半小时过去了，一小时过去了，两小时过去了……

这位志愿军老兵从报纸上看到战友遗骸回家的新闻，背着家人，从20多公里以外的家里赶来，早上8点钟就赶到了烈士陵园门口。

运送第一批志愿军遗骸归来的车队缓缓驶过。老人用颤抖的手脱下帽子，又将颤抖的手高高举起，向车队敬了个标准的军礼。他的眼中满含热泪，满是岁月的沧桑、无尽的思念。泪水奔涌而出，顺着他满是风霜的脸扑簌簌流下来。阵阵寒风中的老人，就那样静静地站着，笔直得像一棵白杨。

60多年的生死相隔，家国离散，怎能忘记你啊，战友！老人的眼里是无尽的泪水，心里是无尽的往事。今天，你我终于相聚在这里，相聚在这深情的凝望里。这跨越了60多年的，岂止是等待和期盼，还有那些被时光留在过去的故事，被岁月锁住的战火记忆。

寒风中，老人静静地伫立着。此时，他已经在路边站了整整6个小时。

这位老人，叫曹秀湖。

曹秀湖出生在沈阳市东陵区高坎镇旧站村，4岁就没了母亲，父亲是个打铁匠。14岁那年，一支部队路过他的家乡，一句："走吧，跟我们干革命！"从此曹秀湖远离故乡，走上了革命的道路。

曹秀湖所在的第六十六军的前身是抗日战争时期的北岳军区第一纵队，可谓声名显赫。北岳军区第一纵队，是以少数红军为骨干，加上晋冀地区几十支抗日游击队发展而成的，首任纵队司令是后来的开国中将唐延杰。这第一纵队，打过的硬仗数不胜数，从绥东战役到察绥战役，再到平津战役，可以说是一支经过战火考验的军队。

他先是在侦察连队当通信员，后来被安排到卫生队当卫生员。大部队跨黄河、过长江，一直打到广西。曹秀湖所在的那个师留在了北京，保卫第一届全国政协会议的召开。

1950年的一个下午，一个紧急集合命令，改变了曹秀湖的一生。这天下午，曹秀湖所在部队紧急集合，每个士兵揣着3个馒头，然后坐火车到了安东，过了江。曹秀湖作为第一批中国人民志愿军奔赴朝鲜，在中国人民志愿军第六十六军一九七师任医务救护兵。

曹秀湖是个久经沙场的老兵，对于腥风血雨的战场有着足够的心理准备。可是，曹秀湖来到朝鲜看到的景象，却大大地出乎他的意料。

漫天的战火肆虐着大地，到处都是断壁残垣，当志愿军战士们经过一些村镇的时候，只有遍地的尸体，还有饿疯了的野狗在撕咬着一些死者的残骸……那些有人的村庄，也是人间炼狱般的景象，村里的青年都参加战争去了，只剩下儿童和老弱病残，但是他们根本没有养活自己的能力，很多人饿得不成样子了。

战争的残酷令曹秀湖难以忘记，漫天的飞机，漫天的炸弹，一抬头，只能看见火光。曹秀湖亲眼看到过，身边不远处的一个战士上一秒还在大喊着医护兵，下一秒就被一颗炸弹打中，身体像破损的玩具一样，四散而飞。很多战士被敌人的燃烧弹打中，怎么都扑不灭身上的火焰，最后眼睁睁被活活烧死。

每天奔波在战场上，曹秀湖从死神手里救下了一个又一个战友。尽管如此，却有更多战友来不及救治，就在他的身边闭上了眼睛，曹秀湖每天都要经历无数次这样的场景，他痛苦万分，却无能为力。

多次跟死神擦肩而过，数不清的战友倒在了曹秀湖的面前，战友们在战场上前仆后继、冲锋陷阵的情景，深深地刻印在他的脑海：

刘永新，昌图人，抗美援朝战争中，他驾驶飞机将敌机撞毁牺牲。

王福田、胡不烈，是咱沈阳祝家乡上高士村人，被敌人用手榴弹炸死。

张清，部队卫生员，在战场上抢救伤员时，被敌机轰炸牺牲。

……

一次，美军在两军兵线相距30米距离内，直接疯狂地使用凝固汽油弹进行攻击……第一轮接触，志愿军就损失了两个营左右兵力，一线部队几乎都陷入了火海，那景象惨烈异常。这是曹秀湖进入朝鲜战场第一次遇到惨重的伤亡，遍地的伤员让他的心里第一次对死亡有了畏惧的感觉，他慌了，不知道如何救治，不知道先救谁，也不知道有多少人能活得下来……当把最后一个战士的尸体搬走掩埋的时候，他瘫倒在地，眼里全是泪水。

曹秀湖从朝鲜返回中国，便到了家乡的卫生院工作，政府对他很照顾，曹秀湖也度过了一段幸福的时光。但是不久后，曹秀湖心里便愁了起来，虽然日子过得很好，国家也在不断发展，但是他总感觉少了点什么。

以前的日子，虽然艰苦，但是他十分想念，因为那段时间里，有太多太多值得他回忆的东西，尤其是在朝鲜战场的那段经历，他一直难以忘记。

在那个游走于生与死边缘的地方，他和他的战友们，留下的不只是他们的足迹，还有他们之间斩不断的革命感情。曹秀湖说，自己一直放不下他的战友们，离休后有了时间，他更加想念了。

曹秀湖思来想去，他又向上级申请了新的"任务"，到沈阳东陵一座烈士陵园（现为浑南区革命烈士陵园）义务守陵。

浑南区革命烈士陵园，位于沈阳市天柱山脚下，安葬着706名烈士，其中无名烈士320人，包括解放战争和抗美援朝战争中牺牲的革命先烈。

曹秀湖想，这里是离战友最近的地方，在这里为战友守陵，等于一直陪伴着战友。曹秀湖的申请，很快就得到了上级的批准。他和老伴商量，干脆搬进了陵园里，这样他就有更多的时间来照看陵园，也有更多的时间来陪伴战友了。

来东陵祭奠的人会发现，这里每天都会有一位老人在陵园中漫步，他就是曹秀湖。他每天都会绕着陵园走上好几圈，尤其经过那些战友的墓碑时，他都会小心翼翼地擦拭好几遍。

就这样，一晃11年过去了。

这其中，上级部门感念曹秀湖年纪渐长，想找个人代替他，可是曹秀湖坚决拒绝了，他怎么会离开他心爱的战友呢？他是真的舍不得他的战友啊！同战友们在一起，就像在战场上与他们并肩作战，在壕沟里对话未来，他感觉心里很踏实、满足。

曹秀湖为战友守陵，还有一个重要的原因——

等待志愿军烈士遗骸回家。

于是，2014年3月28日，在迎接在韩中国人民志愿军遗骸回国的队伍中，便多了一个挺拔矍铄的身影，那就是曹秀湖。

六

2014年3月，我国迎回第一批在韩中国人民志愿军烈士遗骸，由于经历严冬，当时沈阳抗美援朝烈士陵园的地宫无法完工，只得临时安置在烈士遗骸存放处，由武警官兵专门负责安全守卫。直到2014年10月，首批迎回的遗骸才进行安葬。

2014年10月29日，新华社发布消息《安息吧，英雄！——437位在韩志愿军烈士遗骸安葬仪式侧记》。

> 新华社沈阳10月29日电　10月29日，沈阳抗美援朝烈士陵园苍松肃立，翠柏静哀。437位在韩志愿军烈士遗骸安葬仪式在这里隆重举行。
>
> 民政部、外交部、总政治部、辽宁省委省政府、沈阳军区、沈阳市委市政府等及抗美援朝烈士家属、老战士和社会各界群众代表800余人，来到陵园隆重安葬今年3月28日以国礼迎回的在韩志愿军烈士忠骨。

仰望高高矗立的烈士纪念碑，"抗美援朝烈士英灵永垂不朽"题字在阳光下熠熠生辉。纪念碑一侧，持枪战士目光坚毅地凝视远方，纪念碑下方摆放着9个花篮。6名持枪礼兵守护着覆盖着国旗的烈士遗骸棺椁。

10时，辽宁省省长李希宣布安葬仪式开始。随着《义勇军进行曲》雄伟高亢旋律的响起，现场800余人齐声高唱国歌。国歌唱毕，全场肃立，向志愿军烈士默哀。

英烈功勋，日月同辉；英名不朽，万古颂扬。甲子岁月，祖国不忘；民族记忆，源远流长。英烈精神，血脉相传；英雄赞歌，代代传唱……现场人员向志愿军烈士三鞠躬。

"举枪，预备，放！"27名部队官兵随着口令声，整齐划一地连续鸣枪9响，向志愿军烈士致敬。

"起灵！"伴着《思念曲》，2名威武的持枪礼兵在前引导，18名礼兵护送9个花篮，18名礼兵护送棺椁礼步行进，参加仪式的方阵队伍分列两路缓缓跟随，恭送烈士棺椁进入安葬地宫。

婉转悠扬的小号声在陵园上空萦绕，追忆着志愿军烈士的忠魂和壮举。随后，参加仪式的人员在抗美援朝烈士陵园地宫纪念广场主题雕塑前，瞻仰烈士英名墙。

……

"魂归故里，入土为安，我们活着的人为他们感到欣慰。"参加仪式的抗美援朝老战士陆寿珣说，自己曾在战场亲手掩埋一位牺牲的战友。"我不知道他是不是就在这些无名英雄之中……"说话间，85岁的老人泪洒衣襟。

"我是烈士的后代,看到他们,就跟看到父亲一样。"志愿军50军副军长蔡正国烈士的儿子蔡小东说,"祖国和人民永远不会忘了他们,他们永远是最可爱的人。"

七

苍松肃立,翠柏静哀。

这场景多么熟悉啊!我仿佛同礼兵们一道,穿过一侧墙上有着巨大抗美援朝战争浮雕的长长甬道,走进抗美援朝烈士陵园,无数次走过这条无比熟悉的甬道,无数次在这里祈祷,这一天,就要在这里迎接烈士回家了。

时间如此匆匆,走在战争浮雕间的我有些恍惚,我又一次看见并不遥远的往昔里他们在战场上厮杀,并不遥远的未来里他们从战场上返回自己出发的地方。

2014年10月29日,第一批在韩中国人民志愿军烈士遗骸安葬仪式在这里举行,此次回国的437位志愿军英烈就在这里安息于中华大地。

天光渐渐大亮,抗美援朝烈士陵园渐渐有了人声。陵园入口处,已经有很多人走进来。这一天,民政部,外交部,解放军总政治部,辽宁省委、省政府,沈阳军区,沈阳市委、市政府等与抗美援朝烈士家属、老战士和社会各界群众代表,各方面、各地区800余人聚集在烈士陵园,等候着烈士回家的神圣时刻。

不知多少次,仰望高高矗立的烈士纪念碑,我又一次感慨不已。阳光如此璀璨,可是,终归有人看不到眼前这美丽的一切了,我的心中充满了深深的哀伤。高高的云杉和圆柏，巍峨地向高空耸立，清风拂过，松柏发出阵阵低鸣，这是对共和国英雄最深沉的致敬。阳光照射在高高的纪念碑上，"抗美援朝烈士英灵永垂不朽"12个大字在阳光下熠熠生辉。纪念碑前，9个由黄、白色菊花装饰而成的巨大花篮，整齐地摆放在纪念碑的下方，6名持枪礼兵庄严肃穆，目光坚毅地凝视远方，守护着覆盖着国旗的烈士遗骸棺椁。

起来！
不愿做奴隶的人们！
把我们的血肉，筑成我们新的长城！
中华民族到了最危险的时候，
每个人被迫着发出最后的吼声。
……

一片寂静之中，《义勇军进行曲》雄伟高亢的旋律响起，每一个人都加入了这旋律，这是万马奔腾的合唱，这是保家卫国的合唱，这是众志成城的合唱。

在"前进！前进！前进！进！"的怒吼中，全场肃穆敬礼，向英雄的中国人民志愿军烈士默哀。

北京时间10:00，安葬仪式开始。民政部领导缓步走到纪念碑下，向着志愿军烈士英灵深深鞠躬后，宣读祭文：

维公元二○一四年十月二十九日，年序甲午，月序甲戌，日序癸酉。民政部、外交部、总政治部、辽宁省委省政府、沈阳军区、沈阳市委市政府、驻沈解放军和武警部队、抗美援朝烈士家属、老战士及社会各界群众代表，怀赤诚之心，表敬仰之情，在沈阳抗美援朝烈士陵园，具鲜花雅乐，敬呈心香，安葬我在韩志愿军烈士忠骨。

追忆当年，强虏猖狂；虎贲将士，出征远方。抗美援朝，保家卫国；义无反顾，浴血沙场。枪林弹雨，难撼雄躯；烈焰严寒，意志如钢。克敌制胜，扬我国威；血凝友谊，书我华章。英烈功勋，日月同辉；英名不朽，万古颂扬。

甲子岁月，祖国不忘；民族记忆，源远流长。英烈精神，血脉相传；英雄赞歌，代代传唱。接续奋进，励精图治；改革开放，国运盛昌。忠魂回归，牵挂心肠；中韩共识，面向前方。国礼迎回，隆重安葬；魂归故里，举国敬仰。

归来的英灵，铮铮忠骨；安葬的先烈，赫赫英魂。让我们永远铭记烈士英名，秉承烈士遗志，弘扬烈士精神，脚踏实地、顽强拼搏、攻坚克难，为全面建成小康社会、实现中华民族伟大复兴的中国梦而努力奋斗，用祖国更加美好的明天告慰先烈。

中国人民志愿军烈士永垂不朽！

"英烈功勋，日月同辉；英名不朽，万古颂扬。甲子岁月，祖国不忘；民族记忆，源远流长。英烈精神，血脉相传；英雄赞歌，代代传唱……"隔着遥远的时空，隔着暌隔的往事，我在心里默诵着，"归来的英灵，铮铮忠骨；安葬的先烈，赫赫英魂。"我在心里加重了语气。这些年，为了让遥远的志愿军烈士英魂早归故里，李桂广和他的同事们可谓宵衣旰食，呕心沥血，而今，我们的烈士终于可以回到故乡，终于可以瞑目了。

英雄们啊，你们未竟的事业交给我们，你们心中的宏愿交给我们，放心安息吧！

陵园里的人们屏息肃立，向志愿军烈士灵柩三鞠躬。

"举枪，预备，放！"27名部队官兵随着口令声，整齐划一地连续鸣枪9响，向志愿军烈士致敬。

这是共和国的送行曲，送中华民族的英雄安眠。

"起灵！"伴着《思念曲》，两名威武的持枪礼兵在前引导，18名礼兵两两一组，抬起9个棺椁，护送棺椁缓缓礼步行进。后面的方阵队伍分列两路，缓缓跟随，恭送烈士棺椁进入地宫安葬。

婉转悠扬的小号声在陵园上空萦绕，追忆着志愿军烈士的忠魂和壮举。

在韩中国人民志愿军烈士遗骸遗物交接书

2015年3月20日，在韩国仁川，大韩民国"在韩中国军人遗骸送还代表团"将在朝鲜战争中牺牲的68位中国人民志愿军烈士遗骸及相关遗物交还中华人民共和国"交接在韩中国人民志愿军烈士遗骸代表团"，中华人民共和国"交接在韩中国人民志愿军烈士遗骸代表团"确认接收大韩民国"在韩中国军人遗骸送还代表团"交还的68位中国人民志愿军烈士遗骸及相关遗物。

中国交接在韩中国人民志　　　韩国在韩中国军人
愿军烈士遗骸代表团 代表　　　遗骸送还代表团 团长

包　丰　宇　　　　　　　文　尚　均

2015年3月20日，包丰宇、文尚均代表中韩双方签署《在韩中国人民志愿军烈士遗骸遗物交接书》。

第十五章

墓　园

一

睁开眼，窗外天色蒙蒙亮，沈阳抗美援朝烈士陵园隐映在远方的晨霭中，青山巍巍，墓林森森。我使劲揉了揉眼睛，看向对面墙上的挂钟，四点整。上一次醒来是两点四十，再上一次是十二点半。这次，我只是睡了一个多小时。但是，感觉睡了好长一觉。

那是一个长长的梦。

寒冬腊月，我穿着单薄的军装，冻得瑟瑟发抖。手指已经冻僵了，想呵口气暖一暖，将双手靠近嘴唇，却才发现呵出来的气也是冷的。一阵北风吹过，身边的战士发出了奇怪的声音，我也发出了同样奇怪的声音。我知道，那是牙齿碰牙齿的声音。实在是太冷了。可是，我和战友们谁都不敢动。我们埋伏在皑皑白雪中，人在雪里只能露出上半身。天真的是出奇的冷啊，据说有零下40多摄氏度。我的大半个身子隐藏在厚厚的雪中，双眼一动不动，努力望向前方。冰天雪地里，仿佛天地一色。

突然，前面出现一道蜿蜒的曲线，一个个小黑点排成队缓慢地向前。这是一支美军部队，他们在搜索前进。突然，指挥官大喊一声："Hold（停）！"随后，他取出望远镜，我从他的望远镜里望进去，看到了他睁得老大老大的眼睛，那湛蓝的眼珠写满了疑惑。

我注视着指挥官，轻蔑地扯了扯嘴角，在心里说："来吧，鬼子！"

几个胆大的美军悄悄地靠近，越来越近。我似乎能看得见他们爬过来，凝视着他们，准备射击。

可是，怎么回事？为什么扣不动扳机？

美军也发现有什么地方不对劲。他们对面那一排排志愿军战士举着枪，握着手榴弹，但他们居然没有开火。

他们谨慎地靠近，才发现整个阵地的中国官兵都被冻成了冰雕。他们一动不动，枪口坚定地冲着敌人来的方向，保持着战斗的姿势。美军想把我手里的枪拿走，却怎么也拿不下来，正准备掰断我的手指头……

一阵疼痛，我睁开眼睛。还是那个梦，每次都是在这里醒来。

这是一个好长的梦啊！

同样的梦，我不知道做过多少次。当然，有时也会有些不同。

我努力忍着痛，注视着美军继续往前走。不远处，他们遇到了志愿军的第二支埋伏在雪地里的部队。不幸的是，他们这次遇到的是会动的"冰人"。只听冲锋号一响，无数志愿军官兵从雪下面冒了出来，犹如神兵天降一般，冲杀声震天。

我端着冲锋枪，不顾汩汩冒血的手指，奋力往前冲。我的身边，很多战士同我一起往前冲锋，可是他们从雪地里冲出来时才发现，自己的双腿已冻得坏死了，但是，他们顾不了这么多，剩一条腿的就跳着往前冲，没腿的就往前爬。这突如其来的攻势，打得美军措手不及、狼狈逃窜。

看着敌人狼狈不堪的样子，我从梦里笑醒了。

我在梦里身临其中的是抗美援朝战争中的一个著名战役：长津湖地区作战。

长津湖地区作战是中美两军在朝鲜战场上改变战争格局的一次对决，它被称为"中美两国都不愿提及的血战"。战役发生在朝鲜北部最大的湖泊长津湖地区。由于战役过程的特殊性，多年以来，这场战役一直被视作军史上的谜团。

1950年11月下旬，朝鲜战场长津湖地区作战中，美军南逃沿途被这样的情景震惊：一排排志愿军战士俯卧在零下40多摄氏度的阵地上，手握钢枪、手榴弹，保持着整齐的战斗队形和战斗姿态，仿佛是跃然而起的"冰雕"群像。

第一次看到长津湖地区作战的故事，我不禁掩卷痛哭，泣不成声。

长津湖地区作战中，中国人民志愿军第九兵团3个军，在艰难困苦的条件下，与当时武器装备世界一流、战功显赫的美军第十军，于1950年11月27日至12月24日在朝鲜长津湖地区进行了直接较量，创造了抗美援朝战争中全歼美军一个整团的纪录，迫使美军王牌部队经历了有史以来"路程最长的退却"。正是缘于长津湖地区作战，志愿军收复了三八线以北的东部广大地区。志愿军在东、西两线同时大捷，一举扭转了战场态势，成为朝鲜战争的拐点，为最终到来的停战谈判奠定了胜利基础。

"冰雕连"是中国人民志愿军第二十军五十九师一七七团六连、第六十师一八〇团二连、第二十七军八十一师二四二团五连（除一名掉队战士和一名通信员），成建制被冻死的壮烈场面。

我将能够找到的关于长津湖地区作战的资料全部找来细读。很多很多次，我感觉自己已经完全陷入战争场景之中不能自拔，一次次想象自己就在那冰天雪地的场景中，面对拥有强大军事力量的美军，坦然应对。

我为我们的志愿军战士骄傲，也为自己自豪。

在许多个梦里，我同志愿军第九兵团的官兵在长津湖地区埋伏了整整六天六夜，穿着单薄的衣裳、啃着冻得像石头一样的土豆，趴在零下40多摄氏度的雪地里一动不动，一直不敢合眼，一直不敢睡着。因为我知道，一旦睡着了，第二天就再也醒不过来了。

在许多个梦里，我始终面对着敌人的方向，同战友并肩作战。129位战友冻死在阵地上，化为不朽的"冰雕"。他们个个手握钢枪，注视前方，仿佛随时准备跃起，冲向敌人。

在许多个梦里，我一个人走在岿然不动的战友当中，黯然神伤。我同战友一起打扫战场，看见自己在同他们说话，他们却听不到我的声音。

在许多个梦里，我看见自己站在阵地上，听见自己对着长空高喊：勇士和阵地同在，英雄和日月同辉。

那是一场持续了27天的殊死搏斗，惨烈程度堪比人类战争史上任何一场战役。多少次，夜半时分，我在梦中醒来，心神仍然留在战场。

战后，第九兵团司令员宋时轮向毛泽东报告战况，电报中写道："战斗打响后，该连无一人站起，到打扫战场时发现，全连干部、战士呈战斗队形全部冻死在阵地上，细查尸体无任何伤痕与血迹。"多年之后，亲历过那场战役的迟浩田将军对战争中的场景仍然难以忘怀："尽管长津湖地区作战已经过去60多年了，但至今都让我刻骨铭心。"

这一天是1950年11月24日，"联合国军"总司令麦克阿瑟发誓"圣诞节回家吃火鸡"的圣诞前夜——平安夜。

何其勇敢的战士！多么无畏的军人！面对这样大勇敢、大无畏的军队，美军指挥官也不得不心生敬意，他停下脚步，认认真真向"冰雕连"敬了个军礼！

何其勇敢的战士！多么无畏的军人！

无数次在梦中醒来，我告诉自己，你的使命就是倾尽心力，不惜任何代价，让牺牲在异乡、勇敢和无畏的战友们回家。

二

沈阳抗美援朝烈士陵园，松柏森森，涛声阵阵。

高高的烈士纪念碑巍峨耸立。

建于2014年的烈士纪念广场位于陵园北侧，广场呈不封闭的圆形，寓意回归、团圆，象征和平、胜利。纪念广场直径53米，寓意着1953年抗美援朝战争取得胜利的年份。广场主要由主题雕塑、烈士英名墙、烈士遗骸安葬地宫组成。广场中间的主题雕塑由花岗岩雕刻而成，山脉连绵的造型取自喜马拉雅山，寓意英雄如山。山体犹如一块块线条洗练、棱角分明的晶状体，象征着英雄们的纯洁品质和铮铮铁骨。而长眠于此的英雄更是中华民族的坚实靠山。在山体的背面，以独特的影雕工艺展示了烈士回归和战争纪念性场景，正是这些战争的硝烟淬炼出的一批批民族英雄，捍卫了共和国的安宁与和平。中间的主雕塑高5.3米，其顶端镶嵌着的浮雕和平鸽，主、副雕塑上共9只和平鸽，象征着和平，整个雕塑置身在黄锈石铺成的广场上，黄色代表着黄土地，是祖国的象征，广场上的水波纹图案象征着祖国的江河湖海。

下沉式纪念广场四周，有一面由138块黑色花岗岩组成的"烈士英名墙"，以纪念抗美援朝战场上牺牲的197653名烈士，烈士姓名按照姓氏笔画排列，镌刻在烈士英名墙上。这份烈士名单来自2014年民政部和军队整理核实的数据，重名者未重复刻录。目前，英名墙上镌刻着174407个烈士名字。

每年的清明节前夕，沈阳抗美援朝烈士陵园里，都有一个人在环形烈士英名墙下久久地徘徊，为烈士们摆满黄白相间的菊花，轻轻地拂去墙上的污渍，细细地擦拭烈士们的名字。

这个人，就是王春婕。

王春婕带着我，穿过一侧墙上有着巨大抗美援朝战争浮雕的长长甬道，走进抗美援朝烈士陵园烈士纪念馆一楼的办公室。

王春婕是沈阳抗美援朝烈士陵园讲解接待科科长，她长着一张圆圆的脸，一双圆圆的大眼睛，美丽的脸庞写满敬畏和虔诚，她那不打折扣的美丽让这个肃静之地变得灵动起来。王春婕用手势告诉我，跟上她，用她的方式快步走，将脚步放得轻些，再轻些，她轻轻摆动手臂，轻轻抬起腿，静静地踩下去，生怕惊动了什么。

王春婕走进烈士陵园的档案室，打开视频监控装置，认真地清洁双手，仔细擦干，再戴上薄薄的塑胶手套。这一套程序她实在是太熟悉了，操作得行云流水。

2014年，第一批在韩中国人民志愿军烈士遗骸落叶归根，长眠于陵园。从那时起，王春婕和这些"回家"的烈士便开始有了长达9年的隔空"对话"，她被大家称为"离烈士最近的人"。

第十五章 墓园

逝去的英魂荣归故土安息，并不是终点。长年累月被掩埋在异国尘土下的烈士遗物，数十年后被挖掘出来，还有着更长的故事，等待后人去发掘和抒写。它们从哪里来？曾在战场上与主人一起经历过什么？它们身上有着怎样不同于他人的故事？这些，都还有王春婕这样一群"守陵人"在追溯着。

对于王春婕和她的同事们来说，每一个细节都是线索，每一次分辨都是一场考验。这些碎片，都是还原历史的一块块拼图。

在整理韩方移交的志愿军烈士遗物中，陵园的工作人员发现几样物品占据了很大比重——胶鞋、纽扣、水壶。这些遗物，有些是与9年间回归的913位烈士一同回来的，有些至今没有主人。每一位烈士遗物几乎都包含鞋子，同一位烈士有时会有好几双胶鞋出土，尽管一些鞋子经过了数十年的掩埋，已变成锈迹斑斑的胶鞋底，甚至只剩下了扭曲的碎片。带着这样的疑问，王春婕和同事走访了多位志愿军老战士，才知道由于跋山涉水导致鞋子受潮磨损，不少战士有在背包中预备多双鞋的习惯。

为什么是鞋子最多？为什么胶鞋底都是扭曲的？志愿军战士是不是在泥泞的战场上拼命厮杀导致鞋底变形？水壶上也有弹痕，水壶也是瘪的，能不能是战士在战斗的最后一刻甚至在没有武器弹药的情况下，打光了身边所有的东西，甚至是石头，最后拼尽全力用水壶与敌人进行战斗？这些都是王春婕常常思考的问题，她想象着志愿军战士在生命的最后一刻同敌人殊死搏斗的场景，就像魏巍先生所写的那样，有的战士牺牲的时候，嘴里还叼着敌人的半个耳朵。

一块皮带碎片、一个带弹孔的水壶、半个鞋底、一枚纽扣……从韩国发掘归国的大量烈士遗物都是诸如此类的微小物件，从不同

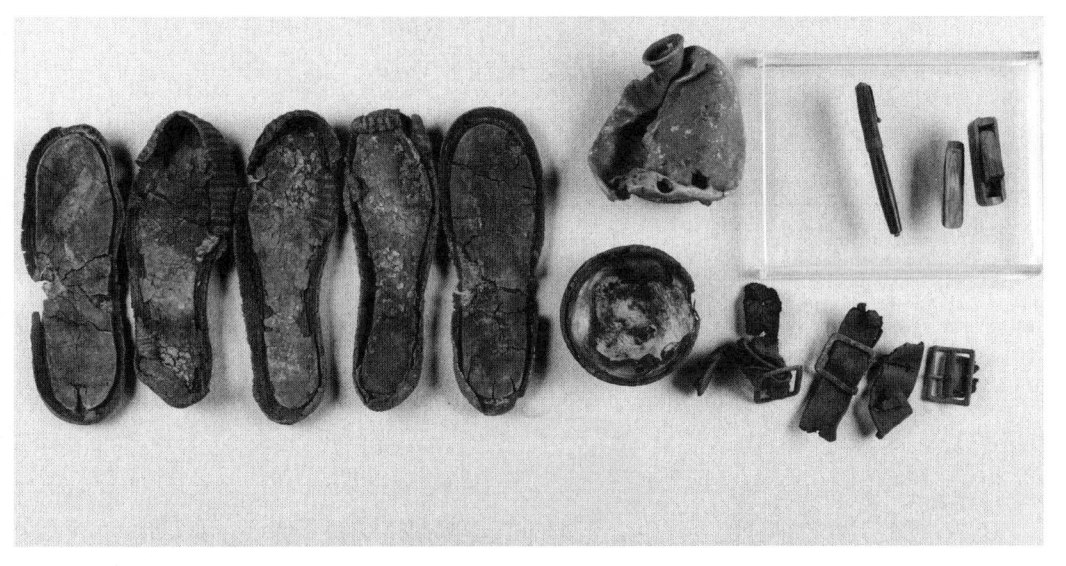

方洪有烈士遗物。

角度向世人展示着烈士生前的情景。

除此之外，陵园工作人员还派专人对每一件烈士生前的衣服量尺，判断衣服的质地，并通过烈士生前使用过的钢笔笔尖商标，来判断钢笔产地以及出产日期，以便追溯他们的生前轨迹。

偶尔，王春婕也会发现一些比较特别的遗物，像枪、子弹等。还有，就是志愿军烈士生前荣获的纪念章，有华北解放纪念章，有解放东北纪念章……这些都是战士们拼命换来的，他们将这些纪念章带在身边，他们在战场上冲锋、厮杀，这些纪念章就在他们军装的贴身口袋里，这就是他们视同眼珠一样的荣誉。

陈列馆里一共有几十枚纪念章。每一枚纪念章，王春婕都很熟悉，通过这些纪念章，她大体可以推断烈士的兵龄、资历，可以知道他们参加过哪些重大战役。

三

王春婕面前的桌子上，摆放着很多破破烂烂的东西——缺损的印章、变形的水壶、坑坑洼洼的军号、被子弹打穿的钢盔、残缺的腰带、生锈的子弹夹、一双双磨平的解放鞋底、斑驳的搪瓷饭碗……这里是沈阳抗美援朝烈士陵园的纪念馆，陈列在王春婕面前的是387件志愿军烈士遗物。

几十年前，志愿军战士就是带着这些物品，保家卫国，跨过了鸭绿江。

这些遗物，曾经跟着他们的主人，经历过什么？看见了什么？发现了什么？今天，它们又想到了什么？感受了什么？每一件遗物，都如同一个有着鲜活生命的战士，有着与众不同的鲜活故事，它们也曾冲锋陷阵、出生入死，它们也曾青春澎湃、激情满怀。可是，今天，它们老了，它们病了，它们或者有了残缺或者带着伤痛。它们的身上，散发着甜丝丝、咸腥腥的气息，那是混合着生命和死亡、眼泪和鲜血的泥土气息。

王春婕用柔软的白布捧着印章，送到我的面前。我仔细端详着眼前的遗物，似乎在端详稀世珍宝。我小心翼翼地捧起一件，又捧起一件，仿佛捧起一个个新生的麒麟儿。

这些印章——大大小小，长长短短，有的像浑厚的小矮胖子，有的像俏皮的瘦高个子，它们上面镌刻着一个个似曾相识的名字：郑东春、李云珊、曹文柱、王国靖……雕刻的刀锋不同，雕刻的技法不同，却神采各异——主人的姓名从印章上凸显出来，这是阳刻；主人的姓名从印章上凹陷下去，这是阴刻——他们都曾经是一个个活生生的生命，如同它们至今仍在这红色的印泥中绽放异彩。

这把小铜号——号音还在它的胸腔里回荡，它曾经拼过命吧？拼命呐喊，拼命助威，拼命奔跑，声嘶力竭。王春婕仿佛看到战士们当年随着冲锋号角，奋不顾身视死如归的身影。

这个水壶——它的身上还挂着一道又一道划痕，这是战士在冲锋陷阵时留下的，还是在抢挖壕沟时留下的？它曾经盛满了水，这是生命之水，在关键时刻救过多少战士的性命，它像甘霖一样滋润志愿军将士，从胜利走向胜利。

这个钢盔——它被子弹打穿，很有可能它的主人正是因此而牺牲。它这么重，这么刚强，它上面斑驳的伤痕都是一颗颗子弹留下的吧？它为它的主人抵御了一次又一次的枪林弹雨，可是这一次它没能为主人挡住子弹。它拼命了，牺牲了自己，留下了大大的弹洞。

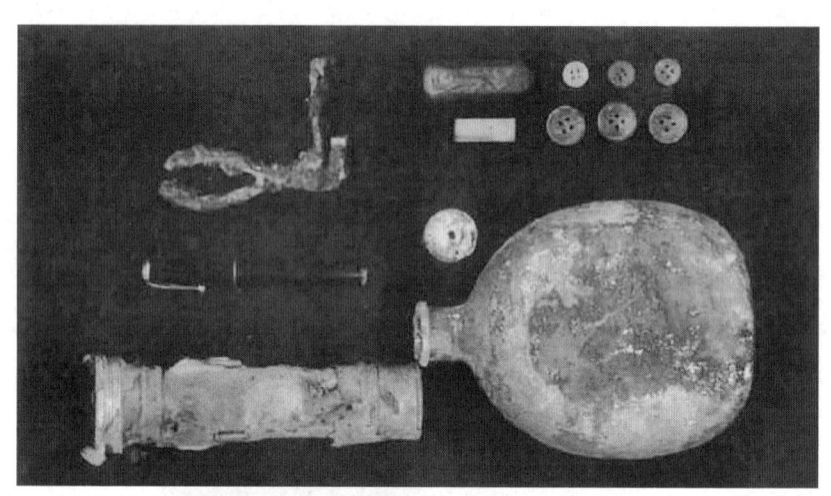

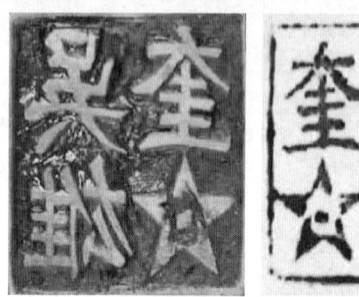

吴雄奎烈士遗物。

这条腰带——早已残缺不全。它是主人的朋友，也是主人的日常，它为主人整理好衣着，迈步走向一个个新的战场。它的主人曾经是个怎样的年轻人？他有没有初恋、女友或者妻子？它见证了他的成长，也见证了他人生的每一个重要时刻，直至他生命的最后。

这排子弹夹——它的肚子里曾经装满了子弹，每一颗子弹都是一颗仇恨的种子，从弹夹里发出，射向敌人。它的一生曾经装载过多少子弹，发射过多少仇恨？每一颗子弹都有着车载斗量的故事，每一个故事都值得静静诉说。

这双解放鞋底——它曾经跟着主人走南闯北，走过了很多地方吧？那是怎样的大江南北、万水千山？那是怎样的风尘仆仆、风餐露宿？它像它的主人一样行色匆匆，出发，出发，出发！而今，它走过了大江南北、万水千山，静静地躺在这里，只剩下没有鞋面的鞋底，被磨得已经看不清花纹的鞋底，像一位满面皱褶、饱经风霜的老人，它的存在就是一切。

在一位志愿军战士留下的遗物中，王春婕还曾经发现一张女孩的照片，她长着圆润润的脸庞、水灵灵的大眼睛，笑盈盈地注视着前方。这个女孩是谁？是恋人、是妻子，还是姐姐或者妹妹？2014年归国的遗物中，有3支钢笔，有粗有细，有长有短，看来这是一个有文化、喜欢读书、喜欢写字的战士，他叫杨双喜。3支钢笔中的1支被扭开了笔帽，它的主人正在书写或者将要书写，也许是写信，也许是写下当时的日记。当时，杨双喜在想什么？他又写下了什么？或许替思乡情切的战友们书写过家书，或许为上级书写过文件，或许曾写下自己的报国之志……这些，我们都不得而知。

量尺寸、写说明、拍照、录入……整理和登记的工作量很大，王春婕却怀着虔诚的心情投入工作。每当看到一枚枚红色印泥重新

这枚小圆镜是许玉忠烈士的遗物，镜子上镶嵌着一张年轻女性的照片。（杨青 摄）

覆盖印章上烈士的姓名，她便似乎感受得到他们脉搏的律动，英烈的生命仿佛又鲜活起来。

王春婕希望通过整理遗物，尽量还原遗物主人的经历和习惯。通过遗物中的一支钢笔，她推测他生前具有一定程度的文化水平；通过偶然发现的一张照片，她开心地得知他还有亲人或者朋友；通过对鞋底形状、磨损程度的分析，她借此推断战争的惨烈程度、战士英勇战斗的情况——这些，都为进一步判定烈士的身份提供了重要参考。

在对这些烈士遗物进行整理后，王春婕还会将她的发现和体会整理成材料发给有关部门，以刻有个人名字的印章为线索，通过查找档案、发动社会力量、进行DNA鉴定等方式，最终确定烈士的身份。

四

在展示柜里，有一面镜子，一面损毁到看不出形状的镜子。王春婕和同事们经过和相似遗物的反复比对才确认，这是一面镜子。

让王春婕难以忘怀的，还有一本笔记本，拂去了岁月的尘埃，王春婕辨认出日记上工工整整的字迹。她戴好手套，轻轻翻开，日记的扉页上写着：

> 为全人类解放、永久幸福生活，将我全部精力甚至性命贡献给全人类，以实现伟大的理想。

可是，笔记本的封皮被战火烧焦了，连同主人的名字，以及大半本笔记。留下的，只有不多的残页。

这样的镜子、这样的笔记本，还有很多。

我俯身在玻璃柜前，小心翼翼打开铜锁，轻轻捧起它们，就像捧起自己的心，脆弱而又坚强的心，瘦小而又强大的心。王春婕在旁边泪眼汪汪地望着我，我也泪眼汪汪地看着她，我们不约而同地望着玻璃柜里的一切，它们安静地陈列在那里，而我们，仿佛在等着它们开口说话，告诉我们它们埋藏了几十年的秘密。

每位在韩志愿军烈士棺椁与随身遗物，到达沈阳抗美援朝烈士陵园后，陵园工作人员都会给这些遗骸、遗物拍整体照，并挨个登记、量尺。如果随身遗物里有类似印章等特殊的珍贵物件，王春婕还会对印在纸上的图样进行拍照留存，她的所有工作，全过程通过视频记录，以便将遗骸附随的9000多件遗物同步形成电子档案。

其实最难的，还是那些无法确认主人身份信息的遗物。

在沈阳抗美援朝烈士陵园里，王春婕和陵园同事收到的大多是这种没有任何资料、没有任何凭据、没有任何信息含量的物品，她的工作就是大海捞针一般打捞这些遗物背后的信息，还原这些信息所携带的真实价值，寻找这些价值背后的牺牲者。

查找，比对；比对，查找；查找，比对，……

——找到了！

——错了。

——又找到了！

——咦？不，错了。

——哇，又找到了！

——唉，不对，还是错了。

——这次找到了！

——哦，很遗憾，还是错的。

——终于找到了！

——对了，这回终于对了！

这是王春婕和她的同事们的日常对话。

这些看似无聊而且重复的事情，就是王春婕每天重复的工作。有一阵我每天同王春婕一道工作，心情像过山车一样上上下下，最重要的一项工作就是查找资料、比对信息，最大程度地还原这些物品在六七十年前的真实主人和用途。

王春婕还要联系相关部门对每一件烈士生前的衣服量尺，判断衣服的质地，并通过烈士生前使用过的钢笔、腰带、鞋子等，来判断他们的身份——钢笔的笔尖、商标、产地、出产日期；腰带的款式、长度、质地、颜色；鞋子的样式、尺码、做工——这都是追溯烈士生前轨迹的最好线索。

可是，在战场上掩埋数十年，长年累月经受着雨水、泥土、微生物等环境因素的侵蚀，如此多的烈士遗物，时隔多年，如何分辨出究竟哪些遗物属于哪位烈士呢？他们生前肩并肩战斗，死后肩并肩睡去，他们的鲜血流在一起，他们的衣物粘连在一起，他们的遗物早已经分不清彼此了。

可是，面对他们，怎么能有一点点疏漏、一点点懈怠呢？不能啊，绝不能！王春婕时不时自问自答。对她来说，每一个细节都是线索，这些碎片都是还原历史、拼凑记忆的一块块拼图。

五

黄继光墓前，密密麻麻摆满了鲜花。

每天为他送上鲜花、离他最近的，是许许多多与他没有血缘关系的"亲人"。

比如，王春婕。比如，远道而来的我。

黄继光的故事，王春婕可以倒背如流——

1951年7月参加中国人民志愿军。1952年10月19日，他所在的一三五团二营奉命向上甘岭右翼597.9高地反击。在离天亮只有40多分钟时，黄继光用胸膛堵住疯狂扫射的敌机枪眼英勇牺牲。

抗美援朝烈士纪念碑左、右、后侧，松柏之下，同黄继光一同长眠在此的每位烈士的墓碑前，都有人们敬献的一束束鲜花。

风凄凄，雨绵绵，清明洒泪祭奠；

行缓缓，路漫漫，凝眸缭绕轻烟；

思深深，忆拳拳，难忘昔日容颜；

情切切，语千千，倾诉此生挂牵。

在陵园松柏下，还有许多空墓穴。尽管知道墓穴中还没有主人，王春婕却也每天将这里收拾得干干净净，在这里摆放一束束美丽的鲜花，用以纪念许许多多的无名烈士。

每天从早到晚，这里也会堆满一排又一排美丽的鲜花。

带一束鲜花上班，已经成了王春婕的日常习惯。

与其他人不同，王春婕带来的鲜花常常不是黄、白两色的菊花，而是五彩缤纷、形态各异的鲜花：萨满达红玫瑰、西伯利亚白百合、黄艳艳的桔梗、桃红色的风信子、绛紫色的紫罗兰……生活如此美妙，而你们的青春如此短暂，何不与我们一同来欣赏这美好人间？她相信，他们看得到、听得懂。

他们懂得她，就像她懂得他们。

听了太多志愿军的故事，王春婕时刻被感动着，找到烈士的亲属，同他们沟通时，她经常是还没跟对方开口，自己已经止不住眼泪。

而这些志愿军烈士的亲属，最后都会将王春婕当作自己的亲人，将陵园当作逝去亲人的精神家园。他们找不到远行的亲人，不知道要祭拜的人安葬在哪里，王春婕就陪着他们到烈士英名墙下，寻找亲人的名字、抚摸亲人的名字，就好像这名字就是他们，仿佛他们早已回来了。

"父亲，我又来看您了！"

"爷爷，您还好吗？"

"伯父，家里还有我呢！"

很多时候，这些志愿军烈士的亲属年事已高，他们由于各种原因无法前来，王春婕便把祭奠和问候的事都揽了过来。

"再过两天，您儿子就来看您啦！"

"你的家人生活得很好，放心吧！"

"孙子在国外读书，假期回不来，他可想您了，让我替他问候您！"

"您看啊，这是外孙女刚生的双胞胎，可像您呢！"

王春婕时常会跟烈士英名墙和烈士纪念馆的烈士们"聊家常"。

我问王春婕，你一个人在园子里，不害怕吗？

——怕，还是不怕？

王春婕想都没想，笑了起来。

——你和你的家人在一起的时候，害怕吗？他们就是你的家人，怕什么呢？

第十五章 墓园

整理资料的时候，王春婕也结识了许多烈士家属，共同寻找亲人的纽带把他们联系在一起，彼此成为没有血缘的亲人。

从2014年起，第一批至第九批在韩中国人民志愿军烈士遗骸陆续回国。每年每次，王春婕都会和同事提前做好准备。为确保密闭地宫内的安全，他们每天在棺椁的临时存放处消毒杀菌，并且将地宫内的温度维持在18—22摄氏度，相对湿度维持在40%—60%。

遵循"入土为安"的民间习俗，地宫没有特殊情况不会轻易打开。每一批回国的烈士遗骸，在地宫中都有一个自己的编号，编号以他们归来的时间为参照：

第一批是第1号到第437号；

第二批第438号到第505号；

第三批第506号到第541号；

第四批第542号到第569号；

第五批第570号到第589号；

第六批第590号到第599号；

第七批第600号到第716号；

第八批第717号到第825号；

第九批第826号到第913号。

王春婕走进地宫，走到这些烈士的英灵中间——

2020年9月第七批117位在韩中国人民志愿军烈士遗骸回国时，发现其中3位烈士姓名的印章——丁祖喜、林水实和马世贤。他们的名字被刻在烈士英名墙上，王春婕担心他们"认生"，总是会在墙上找到他们的名字，一遍一遍地擦拭。其中林水实烈士已经确认身份，找到了烈士亲人，其他两位还在艰难地寻找中。

这是2022年9月回家的88位烈士，他们的棺椁入地宫安葬后，她常常回来"看望"他们。他们是陵园的"新人",而陵园,对他们的故事,早已不再陌生。

按照要求,王春婕和同事会定期对地宫环境进行全面查验,对棺椁内部存放情况进行查验,对地宫进行清洁,对每一个棺椁存放区域进行擦拭。他们逐一清点,保证有序安葬,与其棺位对应。核查后关上地宫,确保安全。

从"回国"到"回家",这条路多么漫长。

她在心中祝愿——

期待这面英名墙上,有更多志愿军烈士回来。

第十六章

手　泽

一

古色古香的沈阳中街，是沈阳的另一副面孔。

可能没有一个沈阳人不曾听说过这个地方。走进沈阳中街，能让人瞬间从现代时空的沈阳穿越回盛京时期的沈阳。约400年前，清太祖努尔哈赤出于战略考虑，将都城从辽阳迁到沈阳中卫，将此城命名为盛京，也就是"大清兴起之地的都城"。沈阳由此迎来了历史性转折，从一个军事卫所，一跃成为皇城，有清一代的两京之一。

而在这几条老街中，最负盛名的就要数盛京老街了。盛京老街就藏在沈阳北中街的盛京龙城里，老街里的建筑具有典型的明清建筑风格，老街上的商铺也非常具有年代感。但是如果你认为这里就是古老的、守旧的，那你就错了，古风十足的老街搭配了大量的现代化元素。现代的立体天幕搭配古风街道，给人带来了耳目一新的感觉，构建出了多重梦幻般的场景。除此之外，丰富的多媒体手段，让人们看到了盛京皇城的沧桑巨变，历史尽在谈笑间。充满烟火气的街头市井，或许深藏着晚清的绝代芳华，活色生香的幻境之中，或许能看到民国的纸醉金迷。

王春婕似乎很少有时间走进盛京老街。在她忙碌的日子里，这对她来说，真的是太过于奢侈了。她站在盛京老街的街角，指着远处让我遥望，告诉我那就是沈阳被隐没的角落。远处，沈阳故宫金色的屋顶在远处闪烁着沉着的光芒。努尔哈赤当年还在城市的中心修建了议政之所——大政殿和十王亭，是为营建沈阳故宫之开端。1644年，清王朝迁都北京，这座昔日皇家宫殿即成为陪都宫殿。作为世界文化遗产的沈阳故宫，是我国仅存的两大皇家宫殿建筑群之一。那些她无比熟悉的金龙蟠柱的大政殿、崇政殿，还有那排如雁行的十王亭，以及那"宫高殿低"的建筑风格，都令我赞叹不已，这些是中国宫殿建筑史上绝无仅有的华彩片段。

对了，还有热闹非常的北市场。

北市场并非真正的市场，而是由皇家寺院实胜寺为中心辐射出去的特色街区，它的历史是辉煌的，也是沉重的。它曾是皇权的象征之地，更记录了外国侵略者的野蛮入侵。实胜寺见证了皇太极的征伐大业，目送年幼的顺治从盛京到北京的登基之路，又迎来了康熙归乡祭祖之行，还接待了乾隆4次东巡。进入20世纪，北市场是外国侵略时期的缩影，除了五行八作，这里出现了电影院，通了火车，它鱼龙混杂，拥有各种娱乐场所、饭店、当铺、烟馆等，也是抗日英雄隐藏在敌后作战的保护所。

1950年6月，朝鲜内战爆发，战火烧到鸭绿江边，东北地区从战略后方变成国防前哨。为保卫东北边防，必要时支援朝鲜人民军作战，毛泽东和中共中央做出重要的战略决策，调几个军到东北地区,加强东北边防,以作未雨绸缪之计。7月13日,中央军委作出《关于保卫东北边防的决定》。随后,作为战略机动兵团的第十三兵团及第四十二军等部队的25万大军迅速在东北南部集结待命。同时,抽调地面炮兵、高射炮兵等部队,集结东北地区,组成东北边防军,以保卫东北边防和必要时援助朝鲜人民的反侵略战争,这便是中国人民志愿军的前身。

热闹的沈阳,似乎还回荡着20世纪50年代东北边防军在此集训的呐喊声。这里,见证了一代军人的威武雄姿,承载了老沈阳人的情感寄托。

每每走进盛京老街,走进老北市场,我就如同一脚踏入了那些过往的悠悠岁月,扑面而来的怀旧气息令我感伤不已,而这缤纷热烈的烟火气更让我无比感动。每当来到这里,我想到最多的,是陵园里那些沉睡在地下的烈士——他们有无数的理由看见和享用这一切,这平凡的幸福、热烈的快乐,这些我们日常而不觉的一切。可是,他们选择了放弃,就在他们最璀璨的年纪。

他们放弃了快乐,放弃了幸福,放弃了亲人,放弃了未来,放弃了自己,放弃了一切。

很多很多时候,我都在想,假如这些烈士们今天还活着,他们还像当年那般青春澎湃,此时此刻,他们在做什么?会不会在这人潮涌动的假日里,走进沈阳中街,走进老北市庙会?他们会不会就是我们身边那张最开心的笑脸?想象着烈士们穿越而来的场景,我的心情无比激荡。从皇寺鸣钟的清晨,到华灯初上的黄昏,再到人潮涌动的夜晚,我想象着他们在老建筑里感受新时尚,也感受他们在历史与现实的碰撞中诧异不已的情景,心里是无尽的思念。

正因为有了他们的放弃,才有了我们今天的获得。正是因为他们毅然放弃自己、放弃一切，所以我们更不能放弃他们。

我在老街静静地走着，在往事中穿梭，从昨天走到今天，从今天走到明天，从明天走到昨天，再从昨天走到今天。

这是我一个人的求索，一个人的长征。

不，这是一群人的求索，一代人的长征。

二

年轻的英雄牺牲在异国他乡，没有给亲人留下一句话，留下的只有破旧的胶鞋底、锈迹斑斑的子弹、失去光泽的钢笔……70多年过去了，今天的人们无法知道他们生命最后一刻发生了什么。一件件无声的遗物，却能穿越时空，让人们感知英雄的力量。

从2014年至2022年，中国已连续9年迎回共913位在韩中国人民志愿军烈士遗骸，安葬在沈阳抗美援朝烈士陵园。

9年来，在对遗骸附随的9000多件遗物的登记和整理中，那些不断出现的"规律"，令王春婕伤感不已。

——出现最多的遗物：胶鞋底。9000多件遗物中，通过初步整理，出现最多的是胶鞋底。这些鞋底，大多已经磨得破旧不堪。那个年代，战士们用落后的步兵轻武器和装备，踩着胶鞋穿梭于炮火纷飞的战场，却打赢了美军的飞机大炮，可以想象这场战争多么艰难！

——最令人泪目的遗物：水壶、钢笔。很多烈士的遗物中都有水壶，但仔细看你会发现一些水壶上有大小不一的孔洞。王春婕常常会望着水壶上或大或小的孔洞发呆。这个洞可能就是子弹穿过的地方，那是让他们致命的子弹，那得多疼啊！一件遗物的背后是一缕忠魂，更是一份沉甸甸的思念。中国军人无惧生死，血战到底，因为他们身后，是自己深爱的祖国、家乡和亲人。

——最令人温暖的遗物：小圆镜。一枚名章、一粒纽扣、一面失去光泽的小圆镜，是2016年归国的在韩中国人民志愿军烈士许玉忠的全部遗物。其中，一面小小的圆镜上镶嵌着一张年轻女性的照片。不知这是烈士的爱人还是其他亲人，不知烈士是不是在思念时也曾反复拿出照片摩挲。

——最令人心疼的遗物：徽章。王春婕在整理遗物时，发现很多烈士都会把自己曾经获得荣誉的徽章带在身边。徽章代表他们身经百战的光荣经历，他们该有多么珍惜这些荣誉，所以才会一直带在身上。遗憾的是，他们倒在了异国他乡的战场上。

当然，还可以数出很多个"最"，每一个"最"字后面，都是令人唏嘘不已的故事。

在抗美援朝战场上壮烈牺牲的197653位志愿军英烈中，像用胸膛堵机枪的黄继光、引爆炸药与敌人同归于尽的杨根思、烈火焚身岿然不动的邱少云、被炸断双腿仍坚守阵地的孙占元……那样能够被人们记住名字、能够回家的烈士也毕竟是少数，更多的则是无数也许永远在寻找回家之路的无名英雄。

三

其实，还有一些更为特别的东西。

比如，这本没有写完的日记——

1953年6月11日，天气阴

一位叫任西和的烈士，在日记本最后一页写下了他生命中的最后一句话。我总是在想，写下这句话的时候，任西和在想些什么？他想记录一个平常的日子，还是记录一些不平常的心情？6月，是朝鲜半岛最好的时节，在这样一个美丽的夏日里，任西和同他的战友却只能急匆匆奔赴战场，他们无暇欣赏身边的景色，而是径直走向生命的尽头。

为了更好地还原烈士的生前状态，王春婕和同事的工作也延伸到了其他地方，任西和匆忙赶赴战场以至于没写完日记的故事，正是王春婕走访烈士家属时了解到这个情况的。

这是任西和留给战友和亲人的最后一点记忆。在这一页日记里，他最后真正想记录的内容，我们今天已经无法知晓。

任西和，1928年12月出生于河南偃师顾县镇顾县村。他的家庭是典型的中原半耕半读的中农家庭，他的父亲望重乡间，就教乡塾，他从小就受父亲的熏陶，爱读书，会劳动。

1944年，偃师沦陷，日本侵略者洗劫顾县村，少年时期的任西和经历了帝国主义烧杀抢掠的苦难，对侵略者产生了强烈的仇恨。中华人民共和国成立后，在中国共产党的领导下，任西和同全国人民一样，在政治上、经济上翻了身，过上了幸福生活。

1951年5月，任西和报名参加中国人民志愿军，被编入第六十七军二〇〇师六〇〇团三营机炮连。同年，随部队开赴朝鲜战场。

1953年6月11日，此时距抗美援朝胜利只有一个月。

这天夜里，重机枪手任西和同他的战友们一道，潜伏到敌人的眼皮子底下。据生还的他的战友回忆，他们当时潜入到距离敌人只剩50米的地方。这是个十分危险的距离，只要有一个人暴露，那么这场战役就完了。然而，没有一个人动一下，直到冲锋号响起。

次日早晨9时，志愿军对号称"京畿堡垒"的十字架山发起了猛攻，任西和同战友们的任务就是掩护九连的冲锋。

傍晚时分，一颗炮弹飞来，落在了任西和附近，枪身失去依托，剧烈摆动，影响射击的准确性，一时机枪哑了。敌人看到机会，加强了火力。战友的火力更猛，任西和同战友的机枪筒烧得红通通的。任西和想都没想，一下子半跪在机枪前，扛起90斤重的机关枪，不顾滚烫的机枪筒和崩飞的子弹壳，用身体代替了机枪架。

任西和肩头被滚烫的枪身烙出了血和油，脊梁上的坑越烧越深，瞬间烂成一片，不一会儿，大片大片的肉纷纷脱落。机枪连里，12名战士一挺机枪。其他战友试图将他的机枪夺走，他却又夺了回去。

这场战役打了一天一夜。任西和用肩膀扛着滚烫的枪管，整整坚持了一夜。太阳升起的时候，主峰终于打了下来，战斗胜利了！

天亮了，任西和却倒在地上再也站不起来了。他身上7处负伤，每一处都是致命伤——左胳膊被打断，腰部严重损伤，浑身成了血人，肩膀上的肉被高温烫掉，露出了里面白花花的骨头。听到胜利的欢呼声，他对身边的战友说："我回不去了，你要是能回去，记得给我家里捎个信儿。"

这是他留在世间的最后一句话。3天后，任西和因伤势过重，不幸牺牲，长眠在抗美援朝战场。

一本没有写完的日记，一张昂首挺立、手端钢枪的照片，一份毛泽东签发的革命军人烈士纪念证书，是任西和留给亲人的全部财产。

四

当然，也有这样的遗物——损毁到早已看不出形状的镜子。看它的正面，勉强把它称为镜子吧！它的背面，也已残缺不全，这里，也许曾经有过一家人的合照，或者一个美丽姑娘的倩影。可是，现在，它附着的东西都已经随着光阴逝去。剩下的，只有猜想。

在沈阳抗美援朝烈士陵园纪念馆中，有一些展品不是出土于朝鲜战场，而是从全国各地征集来的。

湖北省利川市柏杨坝镇，距离沈阳2300余公里。下了火车，换大巴，没了客车搭便车，下了便车走山路。就这样，在2019年，王春婕和同事用了一天半时间，来到了烈士冉绪碧在大山深处的家乡，见到了他的侄子冉方章。

王春婕清晰地记得，这天是10月24日——中国人民志愿军抗美援朝出国作战69周年纪念日前夕。当正在房前地里挖红薯的冉方章看到他们时，赶紧从地里跑着来迎接。冉方章专门换上最正式的衣服与王春婕他们合影，将手洗干净，小心翼翼地把三件遗物捧出来——一把木质算盘、一盏桐油灯和一个简易木质书箱。

"是书生，也是战士。"王春婕的脑子里勾勒出冉绪碧的模样。

最终，冉方章决定把遗物交给王春婕。他说，烈士陵园是"幺爸"安息的地方，这些物品应该放在离他最近的地方。

见见烈士的亲人，听听更多的故事，这是王春婕和她的同事们的又一个愿望。

2022年清明节，陵园再次邀请烈士亲属来祭拜。烈士家人都带了当地的特产来祭奠烈士，吴雄奎亲属带来家乡福建的青橄榄，展志忠亲属带来家乡河南的烧饼……

哀思绵绵，情意涓涓。在陵园工作了20个年头的王春婕，曾经见识过太多太多的"重逢"，这些"重逢"比那些她素常见到的"重逢"更让她刻骨铭心。她期待着在自己的岗位上见到更多的"重逢"。为了这些"重逢"，王春婕无数次翻阅史料，一次次学习，一次次讲解，一次次被震撼，一次次被感动。每当面对墓碑时，总能感受到一种力量推动着她要为烈士做些什么：让无名者有名，让英雄与亲人"重逢"，而且永远不再分开。

五

烈士遗物中，最特别的，是一枚枚小小的印章。

当年，不少志愿军官兵都有自己的印章。因为当时有的战士识字不多，在与家人通信时大多请人代笔，印章成为他们与家人之间的信物。在没有身份证的年代，这枚小小的印章，无疑就是一个人最重要的身份证明。

9年间，913位烈士遗物中收集到的所有印章，已经有37枚，另外还发现了一个确认名字的字条。

纵使有这样直接、明确的信息线索，目前已经公布的能够核清遗骸身份的，也仅仅有10个人——2019年，周少武、陈曾吉、方洪有、侯永信、冉绪碧、许玉忠6位烈士确认身份并找到亲属；2021年，林水实、吴雄奎、梁佰有、展志忠4位烈士确认身份并找到亲属。

这些印章，也是让王春婕和同事们最为之动情的。在整理遗物时，每次发现印章，王春婕都会非常兴奋，因为这标志着烈士的身份有了线索。因为年代久远，志愿军烈士都成了无名英雄，对他们的一切，我们都不得而知。但是，印章可以让王春婕急迫地看清楚他的身份，这个棺椁里的人，是不是我们所知道的烈士？是不是烈士家属苦苦找寻的亲人？每一个问号，后面也许就跟着一个答案。

印章的规格并不统一。王春婕认真地反复辨认，确认印章质地，测量尺寸，反复查验印章每一面的状况，正面的刻痕、笔触，生怕遗漏任何一个细节。最后，她将印章蘸着印台上的红油，端端正正地扣在资料纸上，上面的名字脱颖而出，像是冬日里的一封春信，长空中的一道炸雷。相隔70余年，这枚或许比王春婕的父辈还年长的印章，即将又一次发挥重要作用——

山冈间早已没了炮火的喧嚣，清风中满满的新生的欢愉。在战争年代，这枚印章是战士和家人书信往来的重要连接纽带；今天，它也是我们找寻和确认烈士身份的重要线索，是烈士回家的路。

王春婕走在陵园静静的夜里，在心中暗暗祈祷：亲人啊，70余载生死相隔、故国远离，祖国不会忘记，人民不会忘记，英雄，请再看看你们誓死保卫的家乡，请接受我们最崇高的敬意。

六

197653——

让我们再次记住这个数字。

197653位中华儿女牺牲在抗美援朝战场上。那些年轻的生命血洒沙场时，胸中有多少未烬的火焰，心中还有多少未了的牵挂……

人间四月，春雨霏霏。

这是一个真实的故事——

很多年前的那个出征日，天空也是这样飘着蒙蒙细雨，将士们单薄的军衣很快就被打湿了。鸭绿江对岸，枪炮声此起彼伏。鸭绿江大桥上，一支部队正在奉命火速通过大桥。

连队副指导员王哲厚一边走一边频频回头看，身旁的王凤和充满不解："你看什么呢？"

"中国刚刚解放，咱们国家的大好河山我还没看够哇！"

王凤和笑了："这有啥，等咱们打赢了，一起坐飞机看、坐火车看，把中国看个遍、看个够！"

后来的战斗，远比大家想象中惨烈。最终，王哲厚倒在了王凤和身边。在生命的最后一刻，他挣扎着说："我回不去了，你代我回家看看，看看我们誓死保卫的山河。"

这些年来，每每看着与战友的那张黑白合影，王凤和都会泪如雨下："哲厚，我多希望能等到你回来的消息啊！我想亲口告诉你，祖国的大好河山我已代你看了个遍……"

打完这场仗，咱就回家——曾几何时，这是志愿军将士朴素的心愿。然而，战争，比他们想象的更残酷。来到战场，他们发现，这是一条没有选择的道路，为了祖国的平安幸福，他们毅然抛头颅洒热血，埋骨异邦。曾经，对于他们来说，回家，是最大的奢望。而今，每一次志愿军烈士遗骸回家，都是一次烈士精神的回归。从某种意义上说，这些"归来"早已超越了血脉亲情层面的含义，有了更为永恒的精神价值。

诗人泰戈尔曾经深情吟唱：让生者有那永恒的爱，让逝者有那不朽的名。毫无疑问，精神的追寻甚至决定一个民族能够走多远。一个民族，如果任由英雄的墓冢掩盖在荒烟蔓草里，那么这个民族的情感底色是苍白的，精神家园也是荒芜的。

退役军人事务部已启动为在韩牺牲的志愿军烈士建立亲属DNA数据库。尽可能让更多的无名烈士"有名"。

凝望一次次归来，聆听一声声呼唤。在这个细雨纷飞的时节，让我们共同守望更多的"归来"。

七

还有，那些遥远的信物。

抑或，那些已经化为齑粉、化为尘烟的一切。

它们已经成为志愿军将士们生命中不可或缺的重要组成部分，它们以誓言、以热血、以命运，以各种方式深深地烙在我们灵魂的深处。

这是一个写着"最可爱的人"的搪瓷茶缸，志愿军老兵谢长平珍藏了70余年。

1950年10月，作为文艺兵，谢长平随部队在鸭绿江边乘趸船进入朝鲜，开启出国作战的征程。自朝鲜战场回国，谢长平没有回老家，而是留在了辽宁丹东。因为，"这儿，离那些牺牲的战友近一点儿"。

当年，他同战友们从这里走向战场，他要在这里陪伴那些故去的灵魂。

1979年，谢长平进入抗美援朝纪念馆工作，负责复原战场地图，搜集烈士遗物。抚摸着那些英雄的遗物，谢长平的心绪始终难以抚平。10余年时间里，谢长平完成了长达75页展陈大纲的编写。

"我活着回来了，我更是代那些牺牲的战友回来的，我的使命就是让后人了解他们的故事。"谢长平身上，始终背负着战友们"代我回家"的遗憾。

那些身影，定格在他漫长的人生回忆中，如电影般反复播放，帧帧留存。

第十七章

寻 亲

一

寻找，这是一场跨越时空的双向奔赴。

烈士的亲属在寻找多年前失联的亲人，祖国也在寻找曾经为保家卫国而埋骨异邦的忠诚卫士。

二

一封公函，从退役军人事务部褒扬纪念司寄往河南。公函上，盖着大红公章——退役军人事务部褒扬纪念司。

李桂广小心翼翼地展开信纸，望着信笺上的名字出神。

自2014年至2019年，中国迎回了6批599位在韩中国人民志愿军烈士遗骸，从这6批599位烈士的上千件遗物中，发现了24枚印章，上面刻有烈士姓名，文字清晰可辨。这些印章将遗骸身份锁定到最小范围，成为寻找烈士亲属的关键线索。

2019年4月，退役军人事务部同人民日报社、新华社、中央广播电视总台等各大媒体共同发起了"寻找英雄"行动，呼吁全社会协助寻找这24枚印章烈士的亲人信息。活动启动后引起强烈反响，人们纷纷打电话、微信留言。经过4个月的努力，寻找烈士遗骸的工作终于有了进展。每一个点滴成就，都意味着巨大的突破。此次向相关省、市致函，便是通过这些线索进一步确认烈士的真实身份。

这封发往河南寻找烈士周少武、王国清、杨双喜的公函，这样写道：

河南省退役军人事务厅：

  为进一步做好在韩志愿军烈士遗骸DNA鉴定比对和认亲工作，根据前期发现的在韩志愿军烈士印章和烈士亲属线索，现请你厅协助寻找烈士亲属、填写亲属信息相关统计表单（表单样式及注意事项见附件），并请协助组织烈士亲属DNA取样工作。有关要求（略）。

退役军人事务部褒扬纪念司

2019年8月15日

这封信的目的是寻找在抗美援朝战场英勇牺牲的烈士的亲属，以便进行DNA鉴定和认亲工作。信中提到了三位烈士，他们分别是周少武、王国清和杨双喜。

这一天，是2019年的8月15日。在李桂广的办公室，看着他埋首在一摞厚厚的文件中，无比敬畏地在公函结尾处填写时间、加盖公章，一首古诗突然从我的心里冒出来：

客路青山外，行舟绿水前。

潮平两岸阔，风正一帆悬。

海日生残夜，江春入旧年。

乡书何处达？归雁洛阳边。

1000多年前，诗人王湾往来吴楚之间，一日行至次北固山下，潮平岸阔，残夜归雁，触发情思，遂成诗句。

"乡书何处达？归雁洛阳边。"时序匆匆流逝，背井离乡的路越走越远，寄出去的家书不知何时能够抵达？希望大雁能将它捎去洛阳。我们的烈士，当年他们远离故土，出征在外，是不是也怀着同样的心绪？明明知道自己会将热血抛洒在异国他乡，却一往无前、义无反顾。

他们中的很多人，家书还未寄出，甚至还未写完，便已血染沙场。那么今天，就让我们来替他们写一封情思满满的家书吧！写上他们的思念、他们的热恋、他们的忠诚，找到他们的根脉，找到他们的故土，找到他们的家国。

李桂广将桌案上的公函——盖好公章，——封缄。

与这封发往河南的公函一同发出的，还有发往其他9个省、市的公函，分别是：

发往湖北和重庆，寻找烈士冉绪碧；

发往安徽，寻找烈士方洪有；

发往辽宁，寻找烈士侯永信；

发往吉林，寻找烈士陈曾吉、郑东春、金玉明；

发往河北，寻找烈士许玉忠、王国君、杨立荣、金柱；

发往江苏，寻找烈士鲁文柱；

发往广东，寻找烈士刘金；

发往山东，寻找烈士王振田、李云珊、齐秀亭。

每一封都饱含着同样的使命，寻找英雄的亲人。这是一项艰巨的任务。

三

半个月后，退役军人事务部接到了第一份回函，来自河南省。函中提到，在周少武、王国清、杨双喜3位烈士的信息中，他们成功找到了周少武烈士的亲属线索。这个消息让李桂广和他的同事们欣喜若狂，他们知道这是一个重要的收获。虽然，这仅仅是一个开始。

河南省的工作人员告诉他们，河南省退役军人事务厅接到这封公函后，按照退役军人事务部褒扬纪念司下发的寻找在韩中国人民志愿军烈士遗骸DNA鉴定比对和认亲工作要求，立刻展开行动。为了找到这三位烈士的亲属，他们需要进行详细的调查和统计工作。这是一项不小的任务，但对于那些为国家献身的英雄，一切都值得。

退役军人事务部提供了3位烈士的相关线索：

周少武，男，河南省济源县人，1932年出生，1951年6月牺牲，中国人民志愿军第二十七军七十九师二三五团二营四连战士。侄孙周波，电话：130×××××××××。

王国清，男，河南省平舆县人，1926年出生，1951年

4月牺牲（同名较多，该烈士可能性大）。

杨双喜，男，河南省邓县人，1910年生，1951年5月18日牺牲，中国人民志愿军第十五军四十五师一三三团三营营长。

退役军人事务部的要求很明确，希望河南省退役军人事务厅的工作人员能够尽可能多地寻找这些烈士的亲属，并填写相关的统计表。这些信息需要经过部门核实，所以工作要做得非常仔细。

烈士线索信息，如同一颗种子，被种在了中原大地，迅速长成了一棵枝繁叶茂的大树。河南省退役军人事务厅开始了寻找之旅。

任务发往河南省济源市，济源市退役军人事务局领导高度重视，立即安排优抚安置科有关工作人员对济源市在韩牺牲的周少武烈士亲属进行了排查。

据退役军人事务部发布，周少武烈士的遗物包括一枚长方形印章、一个水壶、一袋子弹、八粒纽扣、三块鞋底碎片以及一些皮带碎片，遗骸存放于270棺椁，且是2014年第一批迁回我国的在韩中国人民志愿军烈士遗骸。

这枚尺寸为3.5厘米×1.2厘米×1.2厘米的印章上刻着：周少武。正是这枚印章，锁定了烈士的可能性身份。

工作人员查阅《河南省革命烈士英名录》，英名录续编上有周少武烈士的基本信息：周绍武，男，1929年生，原籍济源县坡头乡店留村，1949年参加革命，1951年6月在朝鲜战场牺牲。

通过查询，周少武烈士牺牲时未婚，没有子女后代也无法找到比对。后经工作人员多方查证核实，周少武烈士还有一个堂兄弟也已去世，烈士亲属信息采集表中周少武烈士堂兄弟的儿子3人，周少武烈士堂兄弟孙子3人，共计6人。

工作人员通过电话问询、入户调查的方式对周少武烈士侄孙周波进行了详细调查。周波精心保存了一张63年前的"革命军人牺牲证明书"，获知周少武烈士遗骸已回国安葬后，他将这份证明书找了出来。由于年代久远，为确保准确无误，当地退役军人事务部门对这份证明书进行了认真的核实。

周波，河南省济源市坡头镇店留村第一小组村民。当他从电话中得到"周少武烈士的遗骸、遗物已经运回国"的消息，激动不已。放下电话，他赶紧将珍藏多年的一张"革命军人牺牲证明书"找了出来，送到济源市退役军人事务局。

记忆中，周波应该称呼周少武"大爷爷"。周波的爷爷周观富同周少武是亲兄弟。他们的父母走得早，两个人相依为命，感情很深。周少武17岁参军离开家乡时，周观富12岁。很多年过去，周观富才知道周少武已经牺牲。过去几十年，周观富从未放弃过寻找哥哥的遗骸，他一直惦记着把哥哥周少武接回家，但直到2014年他离世时，也未能如愿。

周波的爷爷一直精心保存着这份"革命军人牺牲证明书"，他将证明书收藏在家中箱子里，一晃就是63年了。十多年前，证明书因年代久远风化、破损。周波的爷爷还专门到镇上，请人做了一个玻璃镜框，将证书装裱起来作为保护。5年前，周波的爷爷因病去世，将这张证明书郑重地交到了周波手中。

"革命军人牺牲证明书"的字迹已经模糊，上面写着：

周少武同志于1949年12月参加革命工作，在二三五团二营四连任战士，不幸于1951年6月在第五次战役光荣牺牲。除由我军奠祭英灵外，特怀哀悼之情，敬报贵家属并望引荣节哀。持此证明书向济源县人民政府领取抚恤金及革命牺牲家属光荣纪念证，其家属得享受烈属优待为荷。

此致周狗毛先生。

中国人民志愿军司令部和政治部

一九五六年某月某日

（注：日期已模糊不清）

证明书上的"周狗毛"，是周波爷爷周观富的小名。时间久远，济源市坡头镇店留村村民对周少武烈士鲜有印象，但91岁的杨敬事老人还模糊地记得，似乎有一个叫周少武的战士，个子高高的，看起来很壮实。

村子的老辈人说，其实，周少武还有个大名叫周观义。十几年前，周波的爷爷还曾找过店留村村支书李兴玉，请他帮忙寻找周观义的记录，但是很遗憾当时没有查到任何有价值的信息。

经过核查，确定周波系周少武烈士亲属。这个消息让整个团队振奋不已，他们知道，这是迈向成功的一大步。

随着周波的协助，退役军人事务部开始了DNA鉴定工作。这项工作需要时间和精力，但他们充满信心，因为他们知道，只要找到一个亲属，就能迎来更多的希望。

四

一周后，第二份回函也送到了退役军人事务部。

这是河南省驻马店市退役军人事务局、驻马店市平舆县退役军人事务局两级退役军人事务局关于王国清烈士亲属寻找情况的反馈，虽然这位烈士同名较多，但他们找到了一位可能性最大的亲属。这个消息让他们的工作再次取得进展，也让他们相信，只要坚持，就能够找到每一位英雄的亲属。

驻马店市退役军人事务局得知王国清烈士信息：

王国清，平舆县人，1926年出生，1951年4月牺牲，生前部队不详。

短短一行字，驻马店市退役军人事务局工作人员高度重视，及时将相关信息转发到县区，并通过社会各界开展为烈士寻找亲人的工作。

根据网上发布的寻亲线索，驻马店市退役军人事务局党组多次研究，迅速安排工作人员核查比对相关烈士信息，并积极与相关单位做好对接协调。经市、县工作人员的共同努力，终于在河南省民政厅1981年2月编制的《河南省革命烈士英名录》第五卷查到了一条烈士信息，与网站公布的王国清烈士高度相近：

王国清，男，1927年2月出生，河南省平舆县郭楼公社岳庄大队王庄人，1949年2月参加革命，1951年4月在朝鲜战场牺牲，时任志愿军二三一团班长，1951年11月追认党员、二等功。

根据这个线索，市、县两级退役军人事务部门积极开展核对查找。平舆县退役军人事务局工作人员于3月29日下午来到郭楼镇岳庄村委寻找王国清亲人，找到王国清的叔伯兄弟王国威家中，向其了解情况。4月1日上午，平舆县退役军人事务局联合平舆县委宣传部、《大河报》等媒体到郭楼镇岳庄村委烈士亲人家及村邻进行了调查走访。4月2日、4日，驻马店市退役军人事务局相关工作人员两次分别会同河南电视台、河南都市频道、驻马店市《天中晚报》记者再次到平舆县进行走访调查。

走访得知，烈士王国清父亲早逝，母亲在"七五·八"洪水过后不久去世，亲妹妹王三妮时年87岁。王国威是王国清的叔伯兄弟，王国威4岁丧母、6岁丧父，由王国清母亲王杨氏抚养长大。据王国威说，听老母亲王杨氏（抚养其长大的伯母）讲，哥哥大概十六七岁出远门了，后来就去了朝鲜，还寄来过书信，后来县里来人通知，才得知哥哥王国清已经在朝鲜战场上牺牲了。由于发生"七五·八"洪水，书信、证件都已丢失。王国威说老母亲活着的时候领着一个月5元的烈士遗属补助，"七五·八"洪水过去不久母亲便去世了，是他亲手给老母亲下葬的。

工作人员通过查找大量资料和多次走访调查，核实了《河南省烈士英名录》记载的平舆县王国清烈士与国家公布的王国清烈士的6条信息中有姓名、性别、籍贯、牺牲时间和牺牲时期（抗美援朝）5条信息高度吻合，只有出生时间1927年2月与公布的出生时间1926年有所出入（经查1927年2月1日正是农历丙寅年腊月廿九日）。

平舆县退役军人事务局工作人员共找到档案材料有：《河南省平舆县革命烈士英名录》、革命牺牲军人家属光荣纪念证存根、李屯公社历史花名册登记表、1966年烈属荣复军人定补登记表。

在《河南省烈士英名录》中，工作人员查到这样的记载：

王国清，男，1927年2月出生，家住河南省平舆县郭楼岳庄大队王庄，1949年2月参加革命，1951年4月在朝鲜战场牺牲，时任志愿军二三一团班长，1951年11月追认党员、二等功。

革命牺牲军人家属光荣纪念证存根中记载：

烈士籍贯为河南省平舆县四区大王村，经查平舆县四区就是平舆县李屯镇（李屯镇1951年10月为平舆四区，1956年为平舆县李屯中心乡，1958年成立李屯人民公社，1984年改为李屯乡，2009年实现撤乡建镇。四区大王庄就是李屯公社大王庄，也就是现在的郭楼镇岳庄村委大王庄）。

另外，1966年烈属荣复军人定补登记表显示：
王杨氏的确领取过烈属抚恤补助，这也证实郭楼镇岳庄村民王中原等人说王杨氏生前领有烈属补助的情况属实。

经查阅相关资料和走访调查，市、县退役军人事务局初步认定《河南省烈士英名录》记载的平舆县烈士王国清，与退役军人事务部公布的烈士王国清为同一人。4月3日，平舆县退役军人事务局将相关情况报送退役军人事务部，具体认定结果由上级进一步核实。

8月20日，根据河南省退役军人事务厅通知要求，平舆县寻找了王三妮等6名王国清烈士的亲属拟作为DNA取样人选；29日，平舆县退役军人事务局工作人员与县中心医院工作人员前往烈士亲属家中，为符合鉴定条件的4名亲属进行了现场采血，并于当天下午将所采血样送出。9月1日上午，退役军人事务部收到血样。

最后确认结果，等待退役军人事务部核实。

五

寻找杨双喜烈士亲属的线索变得更加复杂。虽然他的名字、出生年月都有，但似乎没有亲属前来联系。这让大家都有些沮丧。

时间一天天过去，退役军人事务部依然在不懈地努力。他们联系了各种媒体，发布了更多的寻找通告，希望能够找到杨双喜烈士的亲属。

终于，近一个月，一位姓杨的老人打来了电话。他说，他是杨双喜烈士的孙子，名叫杨志刚。他在电话里对工作人员说，他曾听父母提起过他的祖父是一名志愿军烈士，但一直没有更多的信息。这次，当他听到有关寻找烈士亲属的消息时，决定赶来试试。

杨志刚提供了一些关于他祖父的基本信息，包括祖父的姓名、出生地、出生年月等。这些信息与杨双喜烈士的资料相符，让工作人员相信他们似乎找到了正确的线索。

六

这个故事的开始，是在河北省，一个充满着历史和记忆的地方。

在一个宁静的下午，河北省退役军人事务厅收到了一份特殊的通知，这份通知关系到几位已经英勇牺牲的志愿军烈士。通知来自退役军人事务部褒扬纪念司，要求协助寻找这些烈士的亲属，并协助组织烈士亲属的DNA采样工作。这项任务交给了河北省退役军人事务厅褒扬纪念处。

褒扬纪念处的工作人员第一时间了解烈士的情况。其中，第一个烈士是杨立荣。杨立荣于1923年出生，他曾是中国人民志愿军第六十五军一九三师五七七团的战士。然而，在1951年的朝鲜战场上，杨立荣为国捐躯，年仅28岁。杨立荣烈士留下了几件珍贵的遗物，包括1枚印章、2只鞋底、1个头盔、9颗子弹和1个圆镜。

面对这份特殊的任务，承德县退役军人事务局迅速行动起来。他们首先向县委、县政府汇报了情况，特地请来了县博物馆原馆长刘朴，一位为烈士寻亲的专家。刘朴通过仔细研究杨立荣烈士的遗物，得出一个关键的线索：杨立荣很可能来自承德县六沟镇小榆树沟村。

六沟镇政府迅速行动，派遣专人前去了解情况。通过多次的查证和走访，最终他们确认了这一信息的准确性。杨立荣烈士的父母、姐姐和弟弟都已经去世，他当年牺牲时还未结婚，有3个侄子，侄孙子2人，侄孙女1人。他的侄子、侄孙可以参与DNA鉴定，确定是否为烈士亲属。

为了进行烈士亲属的DNA采样工作，承德县退役军人事务局于2019年8月29日组织了这4位烈士亲属在承德县康源医院进行血样采集。在血样采集之前，烈士亲属详细了解了"样本采集知情同意书"并签字，并填写了"亲属样本采集信息登记表"。采集到的血液样本随后送往退役军人事务部，等待进一步的化验和认定。

在等待的过程中，他们心中始终有一个忧虑，那就是DNA比对是否能够成功匹配，能否找到杨立荣烈士的真正亲属，那真是让人充满期待又让人焦虑的一段日子。

不久，在退役军人事务部，杨立荣烈士亲属的DNA鉴定也终于有了结果，鉴定结果表明，采集血液样本与杨立荣的亲属关系不能确认。

这说明，DNA比对不成功，失败。

七

在燕赵大地，另一群人也在忙碌着。

河北省张家口市万全县郭磊庄镇阳门堡村的一个普通农村家庭里，隐藏着一个不为人知的故事。故事的主人公是王柱，他于1907年出生，年轻时参加革命，成为第六十八军二〇三师六〇八团三机连的副班长。1952年的一个夏日，王柱为国捐躯，牺牲时45岁。他的牺牲意味着他的家庭将永远失去他的支持，而这个家庭中的一切将永远凝固在那个时刻。此后多年，王柱的家人一直在思念和寻找中度过。

张家口市退役军人事务局通过查找《万全县革命烈士英名录》，对烈士信息进行了初步考证后，联系乡镇工作人员对烈士家乡进行走访，向老村民们打听有关王柱的信息，但多数人都对这个名字不甚了解。通过多方寻找，最终找到了王柱烈士的侄子王玉宝，又通过王玉宝找到烈士的侄女和外甥。

王玉宝一直保留着伯父的"烈士阵亡通知书"，工作人员认真核对，请专家考证，初步确定王玉宝与王柱烈士为亲属关系。万全区退役军人事务局组织王柱烈士的亲属，采集了血样并寄送到退役军人事务部做DNA鉴定。

八

与此同时，退役军人事务部褒扬纪念司也收到了关于另一位烈士许玉忠的寻亲报告。

2016年，第三批在韩中国人民志愿军烈士遗骸迁回中国安葬。在同时回来的遗物中，许玉忠的遗物包括一枚印章、一粒纽扣和一面圆镜。根据资料显示，许玉忠出生于河北省青县，1921年出生，1951年5月在战斗中英勇牺牲。他曾是中国人民志愿军第六十军一八一师五四三团的副班长，被安放在506号棺椁中。

为了寻找许玉忠烈士的亲属，河北省青县民政局展开了详细的调查工作。根据《青县革命烈士英名录》，许玉忠的信息被记录在"曹寺公社"目录下，籍贯是"青县赵官"。然而，这个信息却让调查工作变得更加复杂，因为曹寺公社并没有赵官村。为了寻找线索，工作人员不辞辛苦地走访了青县所有带有"赵官"或"召官"名称的村庄，同时也联系了其他许姓比较集中的村庄，但都没有找到有价值的线索。

2019年，青县退役军人事务局扩大了搜索范围。经过进一步的研究，他们发现，在1949年时，青县曾经进行了较大范围的行政区划调整，就是那个时候"青县曹寺镇赵官村"发生了变更，变成了"沧县大官厅乡赵官村"。

青县退役军人事务局随即与沧县退役军人事务局和大官厅乡取得联系，确认了这一信息的准确性。他们前往赵官村进行了走访调查。通过与村民交流，他们最终找到了一个线索。村民许同海告诉他们，他的三伯父名叫许玉（裕）忠，许玉忠共有兄弟姐妹7人，他排行老三，从未结婚，没有子女，父母和兄弟姐妹都已去世。许玉忠于1921年出生，1948年参军，1949年11月，家中收到了中国人民解放军第十八兵团第六十一军第一八一师的立功喜报。这份喜报至今仍保存在许同海家中，记载着许玉忠在秦岭战役中的英勇表现，获得了"英勇追敌不怕困难完成任务"三等功。赵官村每年都会举行烈士纪念会，而许玉忠则一直被列在烈士名录中，他的父母也一直享受着烈属待遇。

青县退役军人事务局了解到这一情况，立刻将这一信息通报给了沧县退役军人事务局，并将有关材料全部移交给了他们。3月31日，沧县退役军人事务局联合县委宣传部、大官厅乡党委和政府工作人员再次前往赵官村进行寻访确认。

2019年8月27日，沧县退役军人事务局组织许玉忠烈士的亲属采集了血样，并将其送往退役军人事务部进行DNA鉴定。

九

此时此刻，我坐在退役军人事务部褒扬纪念司浩瀚的档案资料中间，就像坐在岁月的时光机中。

数不清的报告高高堆起。每一份，都是一个曾经鲜活的生命，一个永远生动的故事。我随手抽出一份，这是关于李云珊、王振田、齐秀亭三名烈士疑似亲属查寻情况的报告。

她，叫李云珊，是山东省潍坊市安丘县的一名普通妇女，一个家庭主妇，但她心中的使命却不寻常。报告中的第一名烈士是李云珊，和她的名字几乎一模一样。她记得，第一次看到这份通知的时候，她的内心充满了疑惑和好奇。为什么会有一个和她同名的烈士？而且还是抗美援朝的英雄。李云珊烈士，山东潍坊安丘市人。

她开始调查，查阅家谱，询问村里的老人。渐渐地，她找到了一些线索，发现了李云珊和李云山之间的相似之处。或许，这就是她要找的人。

在安丘市兴安街道近家营村李氏家谱上查到了李云山是抗美援朝烈士的记载，进一步深入探查，查到了李云山的烈士证明书，李云山烈士与李云珊在牺牲时间、牺牲地点、牺牲时的职务等方面信息基本一致，由此推测李云珊可能是李云山。李云山本人未婚，有一个弟弟已去世，两个妹妹也已经去世。弟弟育有三子四女。李云山的两个妹妹，大妹未婚已去世，二妹、二妹夫已去世，二妹育有两个女儿。根据以上情况，安丘市统计了李云山3个侄子、4个侄女、2个外甥女等9人的基本信息，并对其中7名亲属采集了血样进行DNA比对。

报告中的第二名烈士是王振田，根据《抗美援朝牺牲烈士英名录》记载，王振田为安丘市凌河镇红河崖村（原慈山公社申明亭大队红河崖村）人，针对这一信息，工作人员查询了安丘市统战部档案，并入村实地寻访，找到了王振田烈士的相似信息。据统战部档案记载和凌河镇红河崖村村民反映，王振田可能是烈士王振财。王振财未婚，有哥哥一人（未婚无子女，已去世）。王振财母亲系讨饭讨到红河崖村，见该村条件较好，便嫁给了其父亲，因年代久远，加之无健在的直系亲属，无从查寻其娘家相关信息。王振财父亲兄弟3人。现能找到的最近的亲属有其二叔的儿子、女儿，三叔的女儿。堂兄育有两个儿子。堂妹育有一个女儿。王振财另有5个姑姑，均未留下后代。根据以上情况，退役军人事务局统计了王振财堂兄及其两个儿子，两个堂妹及外甥女等6位近亲属相关信息，根据实际情况，采集了堂兄及堂侄两位亲属的血样进行DNA比对。

齐秀亭烈士，山东省临沂沂水县人。在查询烈士遗属过程中，沂水县黄山铺镇南朱冬村村民齐树法认为该烈士可能是自己的四叔，其四叔当兵时大约十四五岁，小名叫实成，大名不详，和烈士年龄符合。其后，齐树法在南朱冬村党支部书记武玉祥陪同下来到沂水县黄山铺镇退役军人服务站递交了认领烈士申请书和部分证人材料。沂水县黄山铺镇退役军人服务站到南朱冬村进行了实地调查。经调查，烈士疑似亲属共有兄弟姐妹6人，其中烈士年龄最小，其大哥、二哥、三哥、大姐、二姐都已去世。现联系到烈士疑似二哥的孙子、三哥的儿子和孙子、大姐的女儿、二姐的两个儿子。

为确定烈士和他们的血缘关系，6人均同意进行DNA比对。

十

白山黑水间，一场紧锣密鼓的寻找也在进行。

2019年4月1日，吉林《延边晨报》一则寻找陈曾吉、郑东春烈士亲人的消息引起了图们市为烈士寻亲志愿者的关注。寻亲人员筛查了当地民政部门发放优抚金最后领取的时间，就此找到相关联的线索。最先被找到的是陈曾吉母亲的信息。烈士证登记表上的登记时间是1982年。根据登记表，陈曾吉烈士的母亲黄凤金时年74岁，按照已知的线索推断，如果陈曾吉的母亲黄凤金还健在，老人家大概有111岁了。尽管烈士母亲健在的可能性微乎其微，但令大家欣喜的是，这张登记表注明了持证人的变更住址：图们市月晴镇马牌村八组，寻亲的范围进一步缩小了。

很快，月晴镇政府和边境派出所几乎同时传来消息：烈士的亲属找到了！寻亲人员顺利地找到了陈曾吉烈士的二弟家。家中墙壁上的一张黑白老照片十分显眼：一位身着军装、手端冲锋枪的英俊青年。盘坐在火炕上的一位老阿迈（朝鲜族对老年妇女的尊称）告诉大家，照片上的这位英俊青年就是她的大伯哥——陈曾吉。这位老阿迈是陈曾吉二弟媳金春今。

1949年，陈曾吉的父亲因病去世。陈曾吉入朝作战后，母亲无时无刻不在牵挂着大儿子，天天期盼孩子能平安归来，可直到三年后签订停战协定，望眼欲穿的陈母也没有见到儿子还乡。后来，政府派人到村里给陈家发放革命烈士证书时，陈母方知大儿子在入朝后不久就牺牲了。接过革命烈士证的陈母悲痛欲绝，一下子就昏厥了过去。在金春今的记忆中，婆婆逢年过节就悄悄地到没人处偷偷地哭，呼唤着儿子的名字。婆婆还经常念叨，大儿子从小吃了很多苦，当娘的内心很愧疚。逢年过节，婆婆都要做些朝鲜族传统食品，买些糖果祭奠儿子。

按照金春今提供的线索，寻亲人员还找到了陈曾吉烈士的三弟陈虎山、四弟陈虎吉的相关信息。陈家四兄弟中有三位都参加了志愿军，走上了抗美援朝战场。

十一

2019年3月27日，朋友圈里一条信息引起了吉林省龙井市退役军人事务局的注意，里面提到了要为延边龙井籍志愿军烈士郑东春寻找亲人。了解此事后，退役军人事务局立即组织工作人员查找《龙井市志愿军烈士名录》，且顺利地找到了郑东春烈士的档案。档案显示，郑东春在龙井市白金公社立新大队入伍，母亲为金玉女，退役军人事务局就此联系了当地乡政府和派出所，希望能找到郑东春的户籍信息，进而找到他的家人。然而，得知意外情况，白金乡边境派出所曾在1996年发生过一起火灾，火灾导致派出所所有户籍资料都付之一炬，这唯一可查询的线索就这么中断了。

龙井市武装部会同龙井市退役军人事务局最终决定采取最传统的"摸排"战术。4月1日下午，两个部门组成的"寻亲团"，带着相关资料来到了白金乡。资料显示，烈士的母亲在1978年曾经领过一笔抚恤金，这就证明当时她还居住在白金乡。当时还有一名叫吴基洙的老人（曾任平顶村党支部书记）在证实材料上签过字。经过商讨，"寻亲团"决定先从郑东春烈士的出生地入手。随后他们在村妇女主任的带领下，找到了平顶村里土生土长的3位老人，可是几番询问下来，仍旧一无所获，他们根本没有听说过郑东春和金玉女这两个人。

就在几近绝望之时，有村民说，吴基洙都过世多少年了，如果你们非要打听，可以问问他的妹妹吴彩凤。对，去找吴彩凤！"寻亲团"豁然开朗，又马不停蹄地驱车下山，赶往居住在白金村的吴彩凤家中。"郑东春是我大伯哥！"原来，"寻亲团"要找的吴彩凤竟然是郑东春的弟妹。据吴彩凤介绍，郑东春是家中长子，1949年参军入伍，曾参加过海南岛战役，家中有母亲、一弟一妹，现均已过世。

吴彩凤告诉"寻亲团"，大伯哥参军时，她还没有嫁到郑家，后来也是听婆婆提起过自己的大儿子。大伯哥最后给家里的信说，部队可能要赴朝作战，不要找他。吴彩凤说，自打那以后郑东春再也没有联系过家人。家人们一直按参战失踪人员来苦盼着他的消息。直至1978年民政部门给送来"因战因公牺牲人员家属光荣纪念证",家人才知道郑东春已经在朝鲜战场上牺牲了。

工作人员安排吴彩凤的子女到县医院进行采血,并送往退役军人事务部DNA鉴定,等待着鉴定的结果。

十二

与此同时,在吉林省梅河口市,寻找烈士金玉明亲属的行动也在紧张进行。

工作人员通过社会各种信息比对,最后确定金玉明烈士的家乡为小杨乡。随即小杨乡政府和派出所工作人员按照市退役军人事务局提供的金玉明烈士档案标明的金玉明烈士为小杨乡大杨鲜村人、朝鲜族等信息,首先对小杨乡的两个朝鲜族村进行了核查。村党支部书记吴兴国、李光值对全村符合条件的金姓人家进行比对,查找出两户符合条件的金姓人家,但两户人家都已不在本村居住。经核查,两户人家参军人员名字都不是金玉明,线索到此中断。

小杨乡村党支部人员并未就此放弃,帮助金玉明烈士寻亲的工作仍在继续。工作人员决定扩大搜查范围,他们通过全乡微信工作群发布了协查通知,要求各村广泛宣传,仔细查找。4月1日晚,双龙村发来反馈,有村民反映金玉明烈士为小杨乡杨树河村三组村民,是她们父亲金玉生的同胞弟弟。小杨乡党委副书记武文龙了解情况后,第二天一大早立即带领工作组到双龙村开展调查。据村民回忆,金玉生、金玉明两个人都曾参军入伍,赴朝作战,只有金玉生一人生还。金玉生在世时,曾接到民政部门颁发的烈士证,上面有毛主席手书"永垂不朽"四个大字。杨树河村村民和双龙村村民证实在金家见过该证。金玉生过世后，该证遗失。

依据村民提供的亲属关系，小杨乡派出所调取了相关户籍信息。由于小杨乡派出所建所时间为1985年，1988年建立户籍档案，所内并无金玉明、金玉生（金玉明哥哥）、金保昌（金玉明父亲）三个人的户籍信息。

小杨乡派出所依据村民提供的"金玉明烈士证"线索和"金玉明烈士与其父亲金玉生同一生父金保昌"线索，乡派出所只能认定金氏三姐妹为"疑似亲属关系"。

金玉明烈士亲属认证出生地和民族信息调查结果与烈士档案记载一致，只有人证，没有相关的物证，只能通过DNA信息比对方式进行认定。

十三

最终，经过权威专业机构多轮次DNA鉴定，只有陈曾吉、周少武、方洪有、冉绪碧、侯永信、许玉忠6位烈士与亲属比对成功，其他均宣告比对未成功。

为烈士寻亲依旧行路漫漫，道阻且长。

第十八章

解　密

一

炎炎夏日，骄阳似火。

这是2022年夏季里最热的一天，窗外，烈日当空，烤炙万物，一切都变得透明，依稀的云朵飘浮着，似乎将要融化在蓝天之中。

国家烈士遗骸DNA鉴定实验室专家郑施（依照受访人请求，此处为化名）俯身在案台上，对着目镜。她的双手戴着白色医用外科手套，左手扶着镜筒，右手拇指和食指轻轻地扣在准焦螺旋上，聚精会神地观察着。

显微镜载玻片上，是很小的骨骸残片和牙齿碎片，它们以奇怪的形状匍匐着，在她的眼中仿佛有着不一般的生命力量。

室内的冷气开得很足，让人陡然生凉，喧嚣的心绪也随之清静下来。国家烈士遗骸DNA鉴定实验室专家郑施穿着白色无尘服，头发一丝不苟地掖进蓝色防尘帽里，口罩遮住她的口鼻，显得她原本深邃的目光更冷、更敏锐，镜片后面的眼神坚毅果决，如同一块在这实验室的冷气中永远不会融化的寒冰。

国家烈士遗骸DNA鉴定实验室成立于2022年，旨在破解志愿军烈士遗骸的身份之谜。作为国家生物芯片工程专家、DNA生物学专家，郑施将她的志趣爱好都投入志愿军烈士"回家"的事业中。

千千万万志愿军将士，为了守护家园、捍卫和平，远离故土亲人，跨过鸭绿江，奔赴战火弥天的前线，有的却一去不复返，牺牲在异国他乡。而今，我们要为他们找到回家的路。

二

常常有人询问郑施和她的实验室生物学家同事，究竟是如何找到志愿军烈士回家的"证明"的呢？那就是从烈士遗骸中提取信息并进行身份鉴别。

从学生时代开始，他们就熟知志愿军英烈的故事——杨根思、邱少云、黄继光……她常常跟学生们说，像我们这代人，过去的语文课本里都是这些烈士的故事。包括这些年轻人，他们看到这些烈士遗骸的时候，他们做这些工作的时候，也是带着深深的感情的。

2015年1月，中国政府启动"忠骨计划"。让无名烈士有名，彰显国家责任，抚慰英烈家属，这是这个计划的初衷。DNA鉴定团队接受了这项任务，着手建立在韩志愿军烈士遗骸DNA数据库，为烈士寻亲做准备。

DNA鉴定被认为是身份确认的"金标准"。在可用的所有样本中，骨骼样本DNA提取难度最大，战争环境下陈旧遗骸的DNA提取则是难上之难。在韩志愿军烈士遗骸，大多经历过长时间的土埋日晒和微生物侵袭，成功提取出有效DNA是遗骸鉴定工作的最大挑战之一。

　　按照郑施和实验室生物学家们的设想，整个工作流程大致可以分为六大步骤——采集、前处理、DNA提取、鉴定分析、数据入库、比对。其中，前处理是最消耗体力的，从原始状态到可以提取DNA的样本，需要不停地重复，细致操作。技术难度比较大的，是DNA提取和鉴定比对。

　　陈旧遗骸的DNA提取，在国际生物学业界一直被认为是比较有难度的问题。特别是战争条件下陈旧遗骸的DNA提取，首先遗骸的掩埋一般比较仓促，又经过长时间的水、土，甚至是微生物的侵蚀，生物降解程度也比较严重，生物信息含量比较少，这给DNA提取带来了极大的挑战。

　　归国的在韩中国人民志愿军烈士遗骸正是这样的情况。遗骸没有头发和指纹，DNA信息十分有限，提取难度可以说是难上加难。如何高效提取DNA，必须获取新办法实现技术攻关。

　　常规的提取技术耗时长、成本高且成功率很低，无法满足后续DNA分析和鉴定要求。郑施带领团队建立了一种快速高效的DNA提取新方法。应用该方法，大大提高了DNA检测成功率。团队里有多名"九〇后"博士生，他们崇敬英雄，"忠骨计划"是他们进入团队参与的第一个项目，也是他们引以为傲的工作。通过"忠骨计划"，他们短时间内吸收了前沿技术，也积累了不少的实践经验。

　　在郑施看来，印章只起到线索的作用，真正确定身份还是需要通过DNA比对。一开始，郑施和生物学家们把烈士遗骸的DNA数据录入数据库当中。然后，再将认亲的亲属录入亲属库当中。比如说，陈曾吉烈士，他的疑似亲属是陈虎山。因为他们属于同一父系，郑施和生物学家们就先采用Y-STR来进行比对。Y-STR的比对结果显示，他们是完全相同的。这就不排除他们两者来自同一父系。接下来，再采用常染色体 STR 和 SNP 来进行一个似然率的计算，计算结果也显示——支持他们两个有血缘关系。因此，就确定他们是具有亲缘关系的。这是一个科学严谨的过程，不容一点差错。"忠骨计划"面临的另一个难题是复杂亲缘关系的鉴定。大多数志愿军烈士牺牲的时候都比较年轻，没有子女，现在健在的父母和兄弟姐妹也很少，主要是依靠远亲 DNA 来进行比对。特别是远亲 DNA 基因比对，这是国际公认的难题。"忠骨计划"项目团队综合采用传统遗传标记检测和新一代测序技术，建立了多类型、多位点的遗传标记比对方法，为烈士身份鉴定奠定了充分的数据基础。

郑施带领 DNA 鉴定团队对前 6 批 599 位烈士遗骸进行了分型分析，依据 DNA 的比对技术，6 位烈士遗骸身份终于得到成功确认。

第一步的成功花费了郑施和她的生物学家伙伴们近一年的时间。在这 300 多天里，他们夜以继日，攻关克难，就一个心思，把这件事做成，做到最好。专家们说得最多的一句话是："没有高度的热情，没有高度的责任心，是做不好这件事的！我们这些付出，跟烈士的牺牲相比，根本就不值一提。"

一边是寻亲的英烈家属，一边是需要努力攻克的技术难题，DNA 鉴定团队马不停蹄。大家期盼的，同样都是让无名烈士早日踏上回家的路。6 本鉴定证书是"忠骨计划"第一阶段的重大突破，而厚积薄发的，会是更多无名英魂和名字的重逢。

三

实际上，韩国进行的阵亡军人遗骸寻找鉴别工作，还是受美国方面的启发。朝鲜战争以后，依然还有数千美军人员失踪，下落不明，实际上这些美军人员十有八九已经死亡。

为此，美国国防部成立了一个由登山队、语言学家、人类学家、法医、水下发掘组、排爆专家等各类专业人员组成的，专门进行遇难失踪军人寻找工作的部门。具体到在朝鲜战争中的失踪人员，美国方面通过历史档案、当地政府和归国官兵提供的信息，以及实地勘察等手段，来确定遗骨埋藏地点并开展挖掘作业。挖掘工作完成后，建立遗骸遗传信息等情况的档案，并与遗属DNA库进行对比，从而确定遗骸的身份。搜寻队通过这种方法进行了30多次美韩联合挖掘，在朝鲜半岛找到了200多具美军士兵遗骸。

看美国这样做很有效果，韩国方面就比照美军的做法，韩国陆军也于2007年成立了一个遗骨发掘鉴别团，每年发掘的军人遗骸高达上千具，这里面自然也有志愿军烈士的遗骸。挖出遗骸，就需要鉴别他们的身份，第一步当然是先确定国籍。当时参战的有中国、朝鲜、南朝鲜和以美国为首的"联合国军"，当然遗骸也是以这4个国家的士兵为主。

战争结束后，那些没有来得及被带走或者没有被找到的已方阵亡士兵遗体，就在战后被就地掩埋了。战斗是很激烈的，战场也是混乱的，要想在几十年的风风雨雨和环境变迁后，再精确地找到这些士兵的埋葬位置，是一件相当困难的事情。因为可供参考的信息太少了，大部分时候只能依靠当年参战老兵的回忆和附近居民提供的信息来确定大致方位。但不得不说，这些能够提供有价值信息的人，都已经是风烛残年的老人了，许多人的记忆已经十分模糊了。但对于搜寻部门来说，这些都是珍贵无比的第一手资料。

在确定战场范围以后，就是艰苦细致的挖掘工作，现在技术先进了，可以采用和挖掘文物类似的方式，尽可能地避免对遗骸造成二次损害，避免给身份鉴别增加难度。

在遗骸出土以后，就要进行信息甄别登记，然后把遗骸放入专门制作的梧桐木材质的棺椁中，并在现场设立的临时灵堂里举行简单的悼念仪式，该有的传统程序，一个都不会少。

在确定遗骸的人种国籍身份方面，主要依靠的就是挖掘出来的可以证明身份信息的随身遗物，比如军服、靴子、钢盔、枪支、弹药、挎包等军用品，也可能是眼镜、戒指、烟斗、信件甚至家人照片等私人物品。

对于那些实在没有办法确定身份的，必须通过提取遗骸DNA，与亲属的DNA进行对比。这是一项复杂而又长期的过程，非常枯燥，但又具备非常高的人道主义价值，是必须要完成的工作。

这方面，韩国配备了许多相当精密的仪器，比如3D扫描机、光谱仪、牙齿X光分析仪，等等，可以收集到每一个遗骸的确定信息，然后只需要和遗属的DNA对比即可。这里面，肯定还有一些无法对比确定的遗骸，只能单独放置在特制的保管盒内长期保存。这些遗骸由韩国挖掘甄别以后，确定为中国人民志愿军烈士的遗骸，就按照双方议定的程序移交给中国。

韩国方面挖掘朝鲜战争阵亡者遗骸的工作依然在继续，今后可能还会有志愿军烈士的遗骸被发现，中国和韩国在这方面的合作会进一步加强，那些埋骨异国他乡数十载的烈士，终会魂归故里。

安息吧，中国人民志愿军先烈们！

第十八章 解密

四

从2015年起，DNA鉴定团队分期分批对烈士遗骸DNA样品进行采集分析。这些样品由于在战场上掩埋仓促，加之长年累月雨水、微生物等环境因素侵蚀，DNA提取和分析鉴定极具挑战性，郑施和她的团队首先要做的，便是清理和还原。

十几名鉴定团队人员散坐在实验室的各处，各自忙碌着手里的工作。有的用手术刀认真地刮着器皿里的骨骸残片，有的用紫外线灯照射着刮削干净的骨骸残片。这些残片上的污渍必须清理得干干净净，否则会干扰样本，导致分析结果产生偏差。

郑施打开液氮研磨仪，将骨骸残片和牙齿碎片放进去，在低温下研磨，等待它们渐渐消化，慢慢变成骨粉和牙粉。她小心翼翼地将骨粉和牙粉放在电子秤上面的器皿中，称取适量部分，用磁珠将DNA提取出来，再将DNA洗下来，等待稍后进行浓缩。

骨骸残片和牙齿碎片的定量检测是为了对其所属遗骸进行基因分析。然而，最难的是，在韩志愿军烈士遗骸大部分都是不完整的，经过70多年风霜雪雨的侵蚀，遗骸上的基因信息已经不再完整。郑施和生物学家们知道，DNA检测对样本要求很高，必须达到1纳克或100个匹克含量，可是，志愿军烈士遗骸中常常是标本数量只有几十个匹克，有些只有10匹克左右。有的遗骸骨殖残片足够实验室取用，标本量不够可以复集，有的遗骸骨殖残片却早已高度降解，其携带的DNA信息完全无法达到实验室所需质量和分量。

郑施和她的很多同事、学生参加了志愿军烈士遗骸DNA分析项目，有些年轻人刚刚参与的时候将这项任务想得很简单，以为有了国外进口的先进设备和试剂，就会有好的结果。但是，实验常常以失败告终，原因就是样本无效，从死亡个体取样，已经很难，况且是70余年前的遗骸。

提取出来的DNA一丝一丝地缠绕着。郑施用搅拌棒挑起DNA，它们细密绵长，丝丝不绝。曾经有不少人好奇地问她DNA到底是什么样子，郑施犹豫很久无法回答，那是我们用现实事物无法比量的，如果说像，应该像纤维，像蚕丝，抑或更像我们对他们的思念，细密绵长，不绝如缕，像我们对他们身份的寻找，孜孜矻矻，呕心沥血。

这是他们留给我们的基因密码、识路地图，他们用这种方式让我们记住他们，想念他们，找到他们。

五

多年以前，第一次来到沈阳抗美援朝烈士陵园，烈士英名墙上繁星般的名字给DNA鉴定团队带来了巨大震撼。

纪念广场下是圆形的下沉式地宫，地宫内安葬着由韩国迎回的志愿军烈士遗骸。绕过烈士英名墙，就是地宫的入口。2014年至2022年，共和国共迎回913位志愿军烈士遗骸和9204件烈士遗物，这些遗骸都保存在这里。

2015年2月，DNA鉴定团队一行10余人赶赴沈阳抗美援朝烈士陵园。

平日里，地宫不对外开放，有专业人员管理温度、湿度，保证遗骸存放稳妥。为了确保烈士遗骸的有效保存，沈阳抗美援朝烈士陵园为烈士遗骸安葬地宫安装了专业的除湿设备，每季度对地宫内温度、湿度以及烈士棺椁外观状况进行定期检查。

地宫内部随下沉式广场建成，也是一个大大的圆形。棺椁存放5层，每个格子间存放5个棺椁，地宫整体可存放1万个棺椁。一个个绛红色的棺椁，整齐地排列在地宫的安放柜里。每一个棺椁上都覆盖着大红色的绒布。棺椁前侧的灵位栏里，整齐地打印着烈士的编号。在DNA鉴定团队为他们寻找到身份之前，他们的编号，就是他们的"名字"。

鉴定团队不知道来过沈阳多少次了，但是每一次都是下了高铁径直赶赴抗美援朝烈士陵园，陵园的每一个墓碑、地宫的每一个棺椁，他们都熟悉得不能再熟悉。蓝色防护服、蓝色防尘帽、乳白色医用外科乳胶手套……团队穿着整齐的"队服"，肃立在地宫中。

——鞠躬！

——默哀！

——敬礼！

地宫中一片静穆，天地无言。

随着口令声，众人俯身低首，向先烈默哀，又齐刷刷地举起右手行以军礼——

敬爱的先辈，无名的英雄，今天，让我们向你们致以最崇高的敬意！

英烈遗骸根据挖掘情况摆放整齐，装棺运送。棺椁中铺垫细支棉，遗骸用韩纸精心包裹后放入，每具遗骸旁都有工作人员认真摆放的鲜花。

鉴定团队的生物学家们小心翼翼地捧起一个棺椁，放在临时搭建的工作台上。棺椁沉甸甸的，像是有千钧重。打开棺椁，里面是按照遗骸种类分别摆放的包裹，头骨、四肢……韩纸包裹分别装殓，入殓的包裹大小不一，有的很大，有的很小，每一个包裹上都贴着标签。

生物学家们轻轻地捧起一个包裹，轻轻地打开，生怕惊动了里面的先灵。棺椁里是一块股骨、一块胫骨、一块不完整的髋骨、三块不完整的肋骨以及一些看不出是什么的残骨。

打开第二个包裹，是一个完整的头骨。郑施想起她给学生上课时所讲的解剖学基本知识：头骨由23块扁骨和不规则骨组成，除下颌骨和舌骨外，彼此接缝或软骨牢固连接。颅骨分为后上部的脑颅和前下部的面颅两部分。脑颅骨共8块，包括有成对的顶骨、颞骨和不对称额骨、筛骨、蝶骨、枕骨。它们共同围成颅腔，容纳和保护脑。面颅骨主要参与形成面部的骨性支架，参与围成眶、骨性鼻腔和骨性口腔，共15块，包括成对的鼻骨、泪骨、颧骨、上颌骨、下鼻甲和腭骨，不对称的犁骨、下颌骨和舌骨。

打开第三个包裹，里面的骨骼都已残破，应该是肋骨与上肢的肱骨、桡骨与尺骨。看来逝者生前遭遇了极其残酷的战斗。

打开第四个包裹。头骨，又是一个头骨。可是，这是一个不完整的头骨，眉弓和颧骨的位置有两个清晰的凹痕，这是一次致命的伤害，究竟是什么造成了这两处致命的伤痕？是子弹，还是炸弹碎片，抑或是更尖锐的物体？可是，相隔70余年的时间，这些已经不得而知。

很多次，专家们想象着眼前的"他"，想象着战争的场景——

天还没亮，攻击就已经开始了。成百上千颗子弹、炸弹、炮弹雨点般落下来，山头被削平了，大树被连根拔起，地面上炸出一个个大坑。"他"匍匐在雪地上，将半个身子埋在雪里，双眼圆睁，警惕地望着远方。一米多深的积雪，早已经看不出本身的颜色，满地都是红色和黑色的血水，血水被冻住，凝固成红黑色的冰溜。

射击，无休止地射击。

轰炸，无休止地轰炸。

刀光剑影、血雨腥风，这些都已经无法表达战争的残酷。黑红的雪地上，已经根本没有可以躲藏的地方。饥饿，饥饿，饥饿，"他"已经饿得也不知道什么叫饿了。冰天雪地，交通不畅，后方物资难以运送到，粮食极度短缺。"他"抓一把雪放在嘴里，权当是干粮。可是，雪入空肠，身上更冷了，也更饿了。前面的人一排又一排地倒下，身边的人一个又一个地倒下。然而，后面的人没有畏惧，空位被快速补上，后面的人变成了前面的人，再一个又一个、一排又一排地倒下。但是，自始至终都没有人害怕，也没有人放弃。"他"和他们都在想，只要还有一个人，还有一颗手榴弹，我们就要战斗到底，与敌人同归于尽！

一声号令，"他"端着冲锋枪，冲了出去。炸弹在"他"身边炸响，子弹射进"他"的头颅。"他"也倒下了，倒在这满地都是红色和黑色血水的雪地上。

之后，那个"他"就变成了眼前的这个头骨。

今天的人们，能想象这些场景吗？这些我们不敢想象的场景却真真实实地发生过。这些都是由参加过抗美援朝战争的老兵们描述的真实场景，是参战的中国人民志愿军真实经历过的场景。

六

郑施轻轻地将韩纸包扎的包裹打开，取出里面相对完整的骨头，在操作台上一个一个摆放好。每摆放一件，她就敬一个军礼。

鉴定团队的生物学家们跟在她的后面，逐一记录，逐一检查，逐一核对，认真，虔诚。

2015年国家层面启动的"忠骨计划"，为DNA鉴定团队完成烈士身份鉴定和亲属"认亲"这项任务提供了顶层设计和政策保障，为烈士身份鉴定和认亲对比提供了可靠的技术和数据支撑，首次建立了具有三种遗传标记类型的志愿军烈士遗骸和亲属DNA数据库。DNA鉴定团队承担"忠骨计划"任务后，她便成了这里的"常客"。

——老师，您第一次来这里，害怕吗？

这个问题，很多学生都问过她。

为保证遗骸的保存环境，地宫的温度调得很低，走进来的人都会很长一段时间不习惯这里入骨的寒凉，更不习惯棺椁相连的阴森感。而对于团队来说，这是他们的工作，这森森寒意也是他们工作的一部分。

——不害怕。怎么会害怕呢？他们是我们的英雄，我们的亲人啊！

在生物学家们心里，没有畏惧，只有敬意。

他们拿出特殊材质的手术锯，小心翼翼地在每一块骨头上切割出实验样本，同遗骸编号一道封存好，以备带回实验室用作DNA提取。之后，再将遗骸按原样包好，轻轻放回棺椁，再将一个个棺椁放回原处。

有的遗骨完好无损，有的却已经破碎变形。见惯了生生死死，生物学家们却心如刀割。战友啊，你们都是怎样牺牲的？炮弹在你们身边炸裂，子弹在你们眼前轰鸣，你们都经受了怎样的痛苦？在濒死的瞬间，你们又都想到了什么？

他们，究竟是谁，来自哪里？

——或许，他们是上甘岭的将士。

上甘岭战役是抗美援朝中最惨烈的战役，也是被中国人民时刻铭记的战役。

上甘岭，虽无比惨烈，志愿军将士却从来没有放弃过。1952年10月14日，25岁的牛保才左腿被击中，他拼尽最后一丝力气爬到断线地点，用嘴咬住一个线头，又剥开另一端电话线的胶皮，将铜丝绕了绕，紧紧缠在被弹片炸烂的右手指头上。他趴在地上移动身体的位置和方向，像调试天线一样移动着自己的身体，为部队通信联络争取了宝贵的3分钟时间，直至牺牲。

10月19日，龙世昌在夺取597.9高地珠峰的战斗中，连续爆破美军两个地堡，当部队遇到敌军火力封锁时，他不顾自身安危将爆破筒塞进敌军地堡中，还没等他离开，爆破筒就又被推了出来。龙世昌毫不犹豫抓起即将爆炸的爆破筒，重新塞进地堡中，为了阻止敌军继续将爆破筒推出来，他选择用自己的身体作为阻挡物，成功炸毁了敌堡，而他也因此牺牲，他的生命停留在24岁。

这样的英雄，太多，太多——

19岁的战斗英雄赖发均；

面对敌军包围而选择和敌人同归于尽的孙子明；

孤身一人坚守阵地20多个小时的高良伦。

甚至，更多更多我们连姓名都不知道的英雄，他们用自己的血肉之躯，铸就了我们和平安稳的美好生活。而今，他们就躺在我们前面的棺椁里，躺在朝鲜半岛异国他乡的土地上，等待着我们去为他们寻找身份。

不被风霜雪雨土暴沙尘污染的遗骸，是能够完整真实测量基因遗传序列的根本保证。可是，对于志愿军烈士来说，能找到完整的遗骸样本，难之又难。对于郑施和她的DNA鉴定团队来说，在有限条件下的寻找，更是难之又难。

这是一项特殊的任务。

任务的目标是对有印章姓名线索的烈士遗骸样本及其对应的疑似亲属样本进行DNA分析和亲缘关系比对，明确以下两个问题：

第一，印章姓名对应棺椁内志愿军烈士遗骸所属个体与对应疑似亲属是否具有生物学亲缘关系。

第二，印章姓名对应棺椁内志愿军烈士遗骸所属个体的身份。

也就是说，只有通过明确以上两个问题，才能最终确定印章对应棺椁内志愿军烈士遗骸身份及其对应亲属。

按照任务规定，DNA鉴定团队制定了具体的实验流程：

首先，是进行样本DNA提取：采用本单位自主研制的"骨骼或牙齿DNA磁珠提取试剂"提取遗骸样本DNA；采用全血DNA提取试剂盒，提取疑似亲属EDTA抗凝全血样本DNA。

其次，进行样本DNA分型分析，包括三个方面：Y染色体基因座毛细管电泳（CE）分型分析，线粒体DNA（Mitochondrial DNA, mtDNA）桑格（Sanger）测序分型分析，常染色体基因座新一代测序（Next Generation Sequencing, NGS）分型分析。然后，进行样本DNA比对，并分别录入DNA数据库。

最后，根据性染色体Y-STR和Y-InDel基因座分型结果进行同一父系亲缘关系比对和家系排查；根据mtDNA两个高变区分型结果进行同一母系亲缘关系比对和家系排查；通过aSTR和iiSNP计算似然比，判断遗传证据强度。

经过这三个步骤的实验流程，最后给出DNA认亲比对结果。让无名烈士有名，为他们找到亲人，这其中的过程极其繁琐复杂。经过70多年的风雨，如何为这些归国烈士找到亲人，这是一个世界性的难题。郑施和她的团队靠的是创新、突破，不断地创新和突破。谁牵住了科技创新这个"牛鼻子"，谁走好了科技创新这步"先手棋"，谁就能占领先机、赢得优势。这是郑施常常跟团队和学生说的话。

抗美援朝战争中，我们曾经用事实告诉全世界，我们从来不怕事。武器装备不好，那我们就用不屈的意志来作战。没有条件，我们创造条件也要冲上去保家卫国。今天，我们要再次用事实告诉全世界，我们一定要为我们的志愿军烈士找到他们的亲人。

七

打开铁皮柜，取出厚厚的卷宗，展开最上面的那份。

烈士姓名：陈曾吉

亲属姓名：陈虎山　陈美善

2014年3月，第一批在韩中国人民志愿军烈士遗骸回到祖国。

2015年1月，中国政府启动"忠骨计划"。

2019年3月25日，为24位英烈寻找亲人，退役军人事务部启动"传承·2019清明祭英烈"活动。4月3日，全国各大媒体同时发起"寻找英雄"行动，向全社会征集24位英烈的亲人信息，助力英雄回家。

2019年7月，DNA鉴定团队受退役军人事务部的委托，承担中国人民志愿军烈士遗骸DNA认亲比对工作。

7月29日，DNA鉴定团队在沈阳抗美援朝烈士陵园采集了第三至第六批95个棺椁的遗骸样本。

8月24日，退役军人事务部组织地方退役军人事务部门，委托当地医疗机构进行了烈士印章姓名对应的疑似亲属全血样本采集，历时7天，从9个省共采集了17位有印章线索烈士的72位疑似亲属样本。

这是中国首次规模化使用DNA检测技术对在韩志愿军烈士遗骸进行身份识别，是中国首次规模化使用DNA检测技术对海外军人烈士遗骸进行身份识别，是中国首次规模化开展烈士DNA数据库建设，意义非同寻常。

这份报告，正是DNA鉴定团队对棺椁中疑似陈曾吉的遗骸样本，与陈虎山、陈美善的DNA进行比对的报告。

报告写道：

1. 样本DNA提取

采用本单位自主研制的"骨骼或牙齿DNA磁珠提取试剂"提取棺椁内遗骸样本DNA；采用全血DNA提取试剂提取疑似亲属EDTA抗凝全血样本DNA。

2. Y染色体基因座毛细管电泳（CE）分型

遗骸样本：采用SureID®Y35扩增荧光检测试剂盒，PCR扩增35个Y染色体基因座，包括32个Y染色体短串联重复序列（Y-chromosomal Short Tandem Repeat，Y-STR）和3个Y染色体插入缺失（Y-chromosomal Insertion/Deletion，Y-InDel）基因座，ABI3500XL基因分析仪电泳分离

扩增产物，得到分型结果。

全血样本：采用 SureID®PathFinder Plus 扩增荧光检测试剂盒，PCR 扩增 Y 染色体基因座，ABI3500XL 基因分析仪电泳分离扩增产物，得到分型结果。根据 Y-STR 基因座分型结果进行同一父系亲缘比对和家系排查。

3. 线粒体 DNA（Mitochondrial DNA，mtDNA）桑格（Sanger）测序分型

PCR 扩增 mtDNA 高变区 I（16024-16365）和高变区 II（73-340），采用 Sanger 测序法对上述样本进行 mtDNA 测序。ABI3730XL 基因分析仪分析 DNA 片段序列，得到分型结果。根据 mtDNA 检验规范进行遗骸样本与疑似亲属样本的同一母系亲缘比对和家系排查。

4. 常染色体基因座新一代测序（Next Generation Sequencing，NGS）分型

采用 ForenSeq DNA Signature Prep Kit 试剂盒，PCR 扩增 59 个 STR，包括 27 个常染色体短串联重复序列（Autosomes Short Tandem Repeat，aSTR）、24 个 Y-STR、7 个 X 染色体短串联重复序列（X-chromosomal Short Tandem Repeat，X-STR）、性别基因座（Amelogenin），及 94 个个体识别单核苷酸多态性（Identity Informative Single Nucleotide Polymorphism，iiSNP）基因座。采用 MiSeqFGx 法医新一代测序仪进行测序分析，得到分型结果。通过 aSTR 和 iiSNP 计算似然率，进行亲缘关系判断。

DNA鉴定团队通过DNA分型与分析，终于得出一个重要结论：

Y染色体基因座结果分析证明：

DYS460、DYS458、DYS19等38个基因座均是人类Y染色体基因座，呈父系遗传，通常情况下，同一父系不同男性个体的Y染色体基因座分型结果相同。

（1）送检的陈虎山全血样本与送检遗骸样本，在检出的DYS460等33个Y染色体基因座中有23个基因座分型不相同，排除陈虎山与送检遗骸样本所属个体来源于同一父系。

（2）送检的陈虎山全血样本与送检遗骸样本，在检出的DYS460等31个Y染色体基因座中有24个基因座分型不相同，排除陈虎山与遗骸样本所属个体来源于同一父系。

……

mtDNA是人类遗传标记之一，具有母系遗传特征，可用来进行母系亲缘关系比对。

以上分析的送检遗骸样本与送检的陈虎山全血样本，mtDNA在高变区Ⅰ（16024-16365）和高变区Ⅱ（73-340）序列比对中，存在两个以上碱基差异（不包括长度异质性），根据mtDNA检验规范，可以排除送检遗骸样本所属个体与陈虎山来自同一母系。

也就是说，分析结果证明棺椁中的遗骸的DNA同陈虎山、陈美善血液DNA没有血缘关系。

后经反复核查鉴定，022号棺椁内遗骸样本的DNA同陈虎山、陈美善血液DNA具有血缘关系，最终为陈曾吉烈士找到了亲人。

就是这样一次次比对，也经历着一次次的比对失败，最终2019年8月，中国首次正式公布烈士遗骸身份鉴定工作结果：

基于志愿军烈士遗骸和亲属DNA数据首次成功确定了6位烈士的身份，他们分别是——陈曾吉、方洪有、侯永信、冉绪碧、许玉忠、周少武。

很多烈士尚不知安葬在何处，清明节，亲人只能在烈士的英名前献上一枝花，以表追念。

第十九章

点 兵

一

燃烧弹在他头顶上

过早地炸裂开了。

被它袭击的那名战士,

全身冒起了红色火光。

但烈火没有消去意志,

他手拿最后一弹冲向敌人,

扔向坦克的绿色外壳,

人的亮光熄灭了。

捧着维斯瓦娃·辛波斯卡的诗集,她的诗让我手不释卷。这位伟大的波兰作家,被公认为当代最迷人的诗人之一,甚至有人将她誉为"诗歌界的莫扎特"。辛波斯卡的诗歌锋利、阔大、悲悯、深邃,每一首都像是一座高大的雕像,巍峨地耸入云端,深深地打动着我。

这是描写斯大林格勒（今伏尔加格勒）保卫战的诗歌,在辛波斯卡的诗歌里,我仿佛看见了战场上纷飞的战火、弥漫的硝烟。在诗人的笔下,海军陆战队战士潘诺夫的形象渐渐在我的眼前清晰起来。

翻动着书页,寂静的时空中,我仿佛听见诗歌中厮杀的声音:

心脏只留下一息生命,
但还够说出这一句话。
如果不把这句话说完,
他就很难会入土为安:
——孩子们,我快不行了,
我不想用话来打扰你们,
我只想要你们接受我入党,
我想死的时候成为共产党员。

泪水在我的眼眶里打着转,我努力不让它流下来。机枪连连长扎伊切夫最后的告白,让我的心中充满了感动与感伤,我们的志愿军战士何尝不是如此啊!他们将全部生命献给了伟大的祖国,他们用一腔热血捍卫着他们无比爱恋的国土,他们的告别只是为了成为一名光荣的共产党员。更让人心痛的是,很多战士在生命的最后时刻,甚至都没有时间留下最后的告白。

风啊,你吹吧!雪啊,你下吧!经过炮火洗礼的我们,经过鲜血淬炼的我们,什么都不怕!

这是狙击手连队队长科莱加诺夫的临终遗言——

他再也听不见子弹的呼啸声，
他抓起了枪支的把手，
他看不见战斗的硝烟，
他处在黑暗和寂静中。
他对几个活着的人说：
近卫军士兵们，决不退缩！
我们会牺牲——人民会活着，
他们会看见和记住这一切。

多么意味深长的诗啊！这是给战士和诗人的：

诗人们，这是蹩脚的，
悲悼英雄之死的哀诗。
他需要的是这样的诗：
能让人惊美，能激人悲愤。
他不需要泪水横流的纪念。
姑娘们知道得最清楚，
昨天他还向她们抛出了
信任的玩笑：吻别。

诗句深深地打动了我，是啊，"我们会牺牲——人民会活着，他们会看见和记住这一切"。这是何等的壮烈！我们的战士何尝不是如此？他们牺牲自己，为的是让人民幸福、祖国安宁。他们中有的还不满20岁，正值青春好年华，人生那么广阔，他们甚至还没有开始他们的人生——恋爱、结婚、生子、老去——他们就这样匆匆地告别了这个他们无比眷恋的世界。"金属、陶器、鸟之羽,无声地庆祝自己战胜了时间",这是辛波斯卡的诗句,它同金属、陶器、鸟之羽一样,无声地战胜了时间,无声地庆祝自己战胜了时间。

今天,我们有责任记住这一切,将他们的故事讲述给我们的子子孙孙。我们更有责任,告诉世界,他们是谁。

二

煌煌烈士尽功臣,不灭光辉不朽身。

每一次来到烈士陵园,每一次走过烈士英名墙,每一次抚摸着烈士英名墙上一个又一个名字,我的心里都会有一种冲动。

70多年前,中国人民志愿军将士告别亲人,远赴抗美援朝战场,将青春刻进烽火,用赤子之心保和平卫祖国,19.7万烈骨忠魂从此长眠在了异国他乡。郭沫若60年前为沈阳抗美援朝烈士陵园所题诗句仍在纪念碑上闪烁:"煌煌烈士尽功臣,不灭光辉不朽身。"燕归花开,故人将至,今天的我们,只有在烈士留下的片段中感受他们的不灭光辉。

从韩国归来的志愿军烈士,绝大多数为无名英雄。如何让无名者"有名",让英雄与亲属"相认"?什么时候,我们能找到写在墙上名字的所有遗骸,让他们了无遗憾地回到故乡?这不仅是广大烈属和健在老兵们的迫切心愿,也是每一个中国人的心愿。

2019年9月29日,退役军人事务部在沈阳抗美援朝烈士陵园举行首次认亲仪式,6名志愿军烈士与亲人"团聚"——回到祖国怀抱的在韩中国人民志愿军遗骸首次与亲人相认。这是阔别半个多世纪的"团聚"啊!

这一天的烈士陵园,大地为之放歌,草木为之含悲。这一天,李桂广怎么会忘记这一天啊?烈士的亲人们紧紧抱着他们的棺椁,放声痛哭。李桂广一次次泪流满面。

周少武、陈曾吉、方洪有、侯永信、冉绪碧、许玉忠——这6位烈士,牺牲时最大的31岁,最小的不过19岁。斯人已逝,往事长存。他们匆匆而别,留给我们的是他们往日中的残片。这些碎片,是一句"来生再见"的遗言,是一盏照亮人生理想的桐油灯,是家人凝视了半个多世纪的黑白照,是一杆弟弟从牺牲兄长手中接过的钢枪……那是生命的吉光片羽,是逝者的青春回眸。

　　醉里挑灯看剑,梦回吹角连营。八百里分麾下炙,五十弦翻塞外声,沙场秋点兵。

辛弃疾的词句涌上我的心头,苦涩辛辣,五味杂陈。

今天——今天,我们多想再来一场沙场点兵的集合,多想在长空中高喊他们的名字,多想听一听他们雄壮的回答!

来吧,点兵,从你开始!

——周少武!

——到!

——陈曾吉!

——到!

——方洪有!

——到!

——侯永信!

——到！

——冉续碧！

——到！

——许玉忠！

——到！

一个都不能少，一个都没有少。

我们的队伍，雄赳赳、气昂昂，跨过鸭绿江！

三

2019年，中国首次宣布通过DNA技术手段确定无名志愿军烈士身份。从第一批到第六批599位中国人民志愿军烈士中，只有6位烈士身份得到确认。

隔着长长的时空，让我们同他们相认：

这是周少武烈士——

在2014年回国的志愿军烈士中，周少武是第一个找到"家"的。

周少武的弟弟周观富已于2014年去世，周观富的孙子周波说，从小他便经常听爷爷讲大爷爷的故事。爷爷告诉他，两兄弟从小相依为命，后来一起逃荒到陕西，在那里，年仅17岁的周少武参军入伍。自此，周观富就再也没有哥哥的消息。后来，他回到老家河南省济源县，一直四处打听，却始终杳无音信。直到他收到这张革命军人牺牲证明书，才知道哥哥已经牺牲在朝鲜战场。周观富一直把这张证明书视若珍宝，后来还专门到镇上请人做了一个玻璃相框把它装裱起来。

这是陈曾吉烈士——

陈曾吉烈士留给家人的遗物，是一张他的黑白照片。照片里的小战士身着军装，手握钢枪，英姿飒爽。

1930年5月，陈曾吉出生于吉林省延吉县（今延吉市）长安镇磨盘村，兄弟4人中，他排行老大。1947年，时年17岁的陈曾吉响应号召，主动报名参军。1950年，陈曾吉随部队入朝作战。那年7月，身为班长的陈曾吉在朝鲜江原道与敌作战中壮烈牺牲，年仅20岁。家人得知这一消息、收到陈曾吉的烈士证时，已是1955年。和烈士证一起送来的，还有一张陈曾吉穿着军装的照片，这也是他留下来的唯一影像。陈曾吉的母亲黄凤金在临终前把照片交给二儿子陈寿山保管。如今，在陈寿山家中，这张军装照依然摆在屋内。

陈曾吉的三个弟弟也相继报名参军。乡政府考虑到要给陈家留下一个劳动力，没有批准陈寿山入伍。陈虎山、陈虎吉两兄弟则如愿成为光荣的解放军战士。陈曾吉、陈寿山、陈虎山、陈虎吉，除了陈寿山留在村子里，其他都是志愿军战士。

在父辈们踊跃参军、保家卫国的感召下，陈家后代也不甘落后，陈寿山的两个儿子和陈虎山的两儿一女，也相继参军报国。

这是方洪有烈士——

方洪有，安徽省马鞍山市当涂县人，中国人民志愿军第十二军三十四师一〇一团警卫连战士，1951年牺牲，年仅29岁。

方洪有的哥哥方洪启已过世，他的儿子方直文也年过六旬。方直文说，他的记忆中有两个重要的"春天"，一个"春天"是1949年的春天，那时他还没出生，是父亲方洪启后来一遍遍地回忆讲述，将那个春天刻在他的脑海里。方洪启兄弟俩自幼父母双亡，相依为命，靠讨饭和卖苦力长大。1949年4月，当涂县解放，兄弟俩迎来了真正的"春天"。父亲告诉方直文,当时弟弟方洪有要去参军,他大力支持。

另一个"春天"是2019年春天。方直文的二女儿方娟在网上看到了"寻找英雄"活动中24位归国志愿军烈士的名单,留言"方洪有就是我的小爷爷"。经过确认,他们寻亲成功。回想起在沈阳抗美援朝烈士陵园英名墙上摸到叔叔"方洪有"的名字,方直文眼眶发红:"多少年了,父亲在清明时都不忘为叔叔烧一把纸。"

这是侯永信烈士——

侯永信,1920年出生在辽宁省辽阳县(今灯塔市)柳河子镇上柳河子村,参军后便和家人失去了联系。1952年,家人在他牺牲一年后,收到了他的阵亡通知书。此后,他的家人在村子的墓园里,为他垒起一处衣冠冢,立起一块无字墓碑。每年清明节,家人都会去祭扫。

2019年9月,侯永信的侄子侯甫元和侄女侯甫兰、侯甫坤作为受邀烈属代表,赶到沈阳抗美援朝烈士陵园参加烈士认亲仪式。他们仰望着陵园里的英名墙,看到了"侯永信"三个字,泪流满面。

2020年清明节前夕,"烈士侯永信之墓"7个大字,终于刻在那块无字墓碑上。从看到那张阵亡通知书,到把他的名字刻在墓碑上,侯永信的家人,等了整整68年。

这是冉续碧烈士——

家住湖北省利川市柏杨坝镇龙兴村的冉方章,是冉绪碧的侄子。"家里老人都说,如果叔叔活着,一定是家里最有文化的人。爷爷早就有交代,一定要保管好叔叔的这三件遗物。"冉方章说,听父辈讲,叔叔冉绪碧从小就展现出很高的天资和学习热情。为支持他读书,在那个节衣缩食的年代,爷爷冉启基只好让其他3个孩子辍学，全力供小儿子冉绪碧读到了五年级，并为他购置了学算术用的算盘。为了读书，冉绪碧早出晚归，每天都要跋涉四五里山路。为了让冉绪碧好好学习，冉启基还咬牙用12斤玉米换了一盏铜油灯，供冉绪碧晚上学习使用。

渐渐地，私塾教育已经满足不了冉绪碧对知识的渴望。冉启基又用60斤玉米当学费为冉绪碧请了一位教书先生。为了便于保存学习书籍和用品，冉启基特意请木匠师傅为小儿子手工制作了一个书箱。

三件学习用品，浓缩了父亲支持冉绪碧读书改变命运的希冀，也见证了这个乡村少年的思想启蒙。为了追寻革命理想，冉绪碧放下书箱，扛起钢枪，并奉献了自己的全部。1951年4月22日，中国人民志愿军第二十军六十师一八〇团战士冉绪碧，光荣牺牲。

这是许玉忠烈士——

2019年9月，许玉忠烈士的两个侄子许同海、许同桥从河北老家前往沈阳抗美援朝烈士陵园，参加烈士认亲仪式。临行前，村里的乡亲来送行，他们交代许同海带上家乡的小枣、花生和苹果，"让玉忠尝尝老家的东西"。1948年，许玉忠就是吃着老家的小枣、花生参了军。

许同海介绍，许玉忠兄弟姐妹7人，他排行老三，父母和兄弟姐妹都已去世。虽然没见过三伯，但许同海觉得他并不陌生，知道他参加过哪些战役，在战斗中如何英勇杀敌。

许同海的家中有一张留存了71年的立功喜报，虽然已有些残缺，但上面的字迹依然清晰：青沧县七区赵官村许玉忠同志在秦岭战役中建立了"英勇追敌不怕困难完成任务"三等功绩。20世纪50年代，政府部门告知许家人，许玉忠在抗美援朝战争中牺牲，后来将烈士证、烈属牌和抚恤金等送到家中。"之后有从抗美援朝前线回来的同乡告诉家里人，三伯牺牲在朝鲜，是他亲眼所见。"那位同乡回忆，当时部队组成了一支突击队，向敌人的一个高地发起攻击。战斗开始前，已是副班长的许玉忠向其他战友高喊了一声"来世再见吧"，就带领全班战士冲了上去。

1991年，许家重修家谱。虽然许玉忠没有子嗣，当时也不知长眠何处，许同海依旧将三伯的家谱续上。他坚信，有一天三伯会回到这片生他养他的土地。

四

2021年，退役军人事务部以印章为线索，第一时间采集了所有迎回烈士遗骸的DNA信息，并结合战史中资料分析锁定300余名志愿军烈士家属进行DNA采集和比对。最终，林水实、吴雄奎、梁佰有、展志忠4位烈士确认身份并找到亲属。

隔着长长的时空，让我们同他们相认：

这是梁佰有烈士——

朝鲜半岛的京畿道金坡里，梁佰有烈士遗骸被发现时，工作人员并不知道他的名字，他的身上没有任何身份信息。但是工作人员并没有因此而放弃，他们查阅了大量的史料记载和档案记录，再结合梁佰有烈士的牺牲地点，最终确认这位烈士牺牲的地方，确定他是中国人民志愿军第六十四军一九〇师五七〇团的战士，牺牲于1951年4月25日。

通过这些信息，工作人员迅速将线索锁定为梁佰有。甘肃省退役军人事务厅闻讯马上行动，大面积撒网积极追寻相关线索。

2021年，多方投发的信息终于有了反馈，烈士家属打来电话，告诉工作人员他有位爷爷参加抗美援朝，至今未归。

有了具体方向，但是仍旧困难重重。初步了解的信息透露，梁佰有没有直系后代，当年中的档案信息大部分已经过时。工作人员费尽周折，经过DNA鉴定，终于找到梁佰有的侄孙，认定烈士梁佰有的籍贯是甘肃省武威市凉州区金塔乡李家巷村。

梁佰有烈士的侄孙非常感恩国家将他的这位烈士爷爷接回祖国。当年父母健在时，一直在寻找爷爷，终于实现了，他们在天之灵一定感到欣慰。

这是展志忠烈士——

展志忠于1920年出生于河南省驻马店市新蔡县，在1953年7月牺牲于朝鲜半岛的江原道铁原郡。

当78岁的展超明和74岁的展超玉两位老人听到寻亲消息之后，不顾年过七旬、腿脚不便的自身条件，走了20多公里的路到镇政府采集DNA信息，为的是尽快寻找到牺牲了70多年的老父亲。

两位白发苍苍的老人回忆，父亲展志忠赴朝鲜参加抗美援朝时，他们年纪尚小，对父亲没有多少印象，他们的母亲把他们拉扯大，一直没有再婚，于2005年离世。能在有生之年能迎接自己的父亲从异国他乡回家，这让他们激动不已。

这是吴雄奎烈士——

2020年9月，在第七批在韩志愿军烈士回国的遗骸中，吴雄奎的棺椁编号是621。烈士遗物中就包括刻有"吴雄奎"三个字的印章。

吴雄奎，1931年出生于福建省福州市闽侯县，生前系中国人民志愿军第二十三军七十三师二一八团三营七连战士，1953年7月牺牲于江原道铁原郡。

吴雄奎有一位弟弟吴奎俤健在，现年81岁。70多年来，他从没有忘记过自己那位抗美援朝至今未归的哥哥，经常告诉家人，想要去朝鲜把哥哥的遗骸或骨灰带回家安葬。但是70多年已经过去，找到哥哥谈何容易？吴奎俤的儿子吴玉成时常劝慰父亲，找到伯父的希望非常渺茫。

但是令人欣慰的是，吴奎俤等来了好消息，他的哥哥吴雄奎即将回家！

这是林水实烈士——

林水实，出生于1928年10月，21岁参加革命。作为中国人民志愿军第二十三军七十三师二一八团二营六连战士，他参加过解放战争和抗美援朝战争，曾荣立四等功。1953年6月7日，林水实在朝鲜江原道铁原郡作战中牺牲。

林水实烈士在牺牲时年仅25岁，未曾结婚。按照当地的习俗，他的弟弟林水法的儿子林美金过继给林水实。此外，林水法还有三个儿子，分别是林艺煜、林艺辉、林树新。

林水实烈士找到亲人的过程堪称传奇。一位网友在网上留言，说他爷爷的亲弟弟参加抗美援朝牺牲，至今没有找到遗骸，在老家只有一块"光荣军烈属"的木匾。据网友介绍，他爷爷的亲弟弟把全身绑满手榴弹，跟美军的坦克同归于尽。这位网友透露的信息给了工作人员极大的启发，他们经过多方努力，终于找到了林水实的亲人。

五

从2014年开始，中国已经连续9年完成了在韩中国人民志愿军烈士遗骸迎回工作。截至2022年，这些回国烈士中已经有10位身份得到确认，并找到了他们的亲属。经过多年的工作经验积累，工作人员形成了一套有效的做法，尽快实现烈士从"无名"变"有名"。

对陈旧烈士遗骸开展身份鉴定比对工作，可以说是一个世界性的难题，时间久远、资料缺乏、亲缘关系较远等，都成为鉴定对比的障碍。

首先，寻找亲属是这些难题中最大的难题。史料资料记载的烈士名单因年代久远，很多烈士信息存在不准确和不全面的情况，有的档案也没有完整保留下来。特别是大部分烈士牺牲时没有后代，很难找到直系亲属。70多年来，了解烈士情况的亲友大多已去世，其他亲属有的已搬迁或不了解情况，有的户籍资料也很难查证，排查起来十分困难。

其次，亲缘关系鉴定困难。从几次摸排情况来看，退役军人事务系统细致摸排到的烈士亲属亲缘关系大多较远。已经比对成功的，除展志忠烈士有儿子且健在以外，其余的大部分烈士亲属都是侄孙辈，属于第三代亲缘关系，鉴定比对的难度很大。隔代非直系亲属的鉴定比对，不仅在中国是一个难题，也是一个世界性难题。

最后，烈士遗骸DNA提取困难。烈士遗骸受到战争创伤大（很多遗骨不全），当年在战场被匆匆掩埋，长年累月受雨水、微生物、地质灾害等环境因素破坏，DNA信息降解严重，提取工作十分困难。

郑施和她的DNA鉴定团队筛选了多个配方，精益求精，最终有95%以上的检材成功提取到DNA信息，这已经相当不易，达到国际领先水平。

经过多年攻关，鉴定团队突破多项核心技术瓶颈，最快可在6小时内完成遗骸DNA提取工作，提取成功率在95%以上。这项技术，居世界领先水平。未成功提取DNA信息的检材，专家团队还在进行攻关，力争穷尽一切手段取得最大成果。

2020年4月16日，退役军人事务部烈士纪念设施保护中心（烈士遗骸搜寻鉴定中心）正式成立。烈士遗骸搜寻鉴定、烈士事迹和遗物收集整理，成为中心的主要职责之一。

烈士遗骸搜寻鉴定中心成立以来，联合军地有关方面通过查找史料和档案记录，结合烈士牺牲时间、作战地点、遗骸发掘位置等要素，筛查出烈士名单。相关省份的退役军人事务部门共同协助摸排烈士亲属，组织烈士亲属参与DNA信息采集和鉴定比对，健全完善烈士DNA信息库和烈士亲属的DNA库，便于工作的基础性保障，便于迎回志愿军烈士的遗骸后，随时进行比对。

尽管烈士们长眠于战场时，大多只有十八九岁，但他们义无反顾、壮烈献身的豪情，却留下了万世骄傲。

2022年7月20日，退役军人事务部成立国家烈士遗骸搜寻队及国家烈士遗骸DNA鉴定实验室，标志着我国烈士遗骸搜寻鉴定工作体系建设取得了阶段性成效。

同月，国家烈士遗骸DNA鉴定实验室赴沈阳抗美援朝烈士陵园采集了第八批109个棺椁中的遗骸样本。

2023年5月，退役军人事务部宣布，已完成825位在韩中国人民志愿军烈士DNA数据库建设工作。

六

这是一份厚厚的报告。

报告的题目很长——"2022—2023年度在韩中国人民志愿军烈士遗骸DNA对比总结报告"。

报告时间为2023年4月。

中国人民志愿军,这个庄严的名词,宣示了这份报告的分量。

同以往的报告相比,这份报告还多了一个落款单位：国家烈士遗骸DNA鉴定实验室。退役军人事务部成立"国家烈士遗骸DNA鉴定实验室",旨在对无名烈士进行DNA身份鉴定,助力英雄回家,让更多的烈士回到祖国和亲人的怀抱。这份2023年4月结项的报告,正是109个遗骸样本的DNA比对结果。报告写道：

1. 采集第八批109个棺椁内的烈士遗骸样本及疑似亲属样本,采用本单位自主研制的骨骼/牙齿DNA磁珠提取试剂盒提取烈士遗骸样本DNA,采用全血DNA提取试剂提取疑似亲属EDTA抗凝静脉血样本DNA。

2. 对提取的遗骸样本和疑似亲属样本DNA进行定性、定量质控分析和遗传标记检测。烈士遗骸DNA检测的遗传标记主要分为三类：STR、SNP和线粒体DNA（mtDNA）高变区。对应的检测方法为：

（1）基于毛细管电泳技术,采用AGCUY43CS荧光检测试剂盒或SureID®Y40扩增荧光检测试剂盒,检测40个Y

染色体基因座；

（2）基于Sanger测序，检测mtDNA高变区I（16024-16365）和高变区II（73-340）；

（3）基于法医高通量测序系统检测59个STR（包括27个aSTR、24个Y-STR、7个X-STR和性别基因座Amelogenin）和94个SNP。

（4）采用本单位自主研制的KinPlexAMMS亲缘分析试剂盒，多重PCR扩增2136个iiSNP。采用国内华大智造高通量测序仪MGISEQ-2000进行测序分析，得到分型结果，计算似然率，进行亲缘关系分析。

亲属DNA样本的遗传标记主要根据亲属类型和比对策略进行选择。完成烈士和亲属DNA检测后，将结果分别录入烈士DNA数据库和亲属DNA数据库。

3. 数据库内进行遗传标记的比对分析，根据比对结果撰写 DNA认亲比对技术报告，得到"支持"、"排除"和"无法给出倾向性意见"的结论。

这些对于外行来说如同天书一样的报告，显示的便是此次志愿军烈士遗骸DNA对比鉴定的结果。

支持来自10个棺椁内的遗骸样本所属个体与对应的疑似亲属存在生物学亲缘关系。

在这次鉴定比对中，实验室自主研发的KinPlexAMMS亲缘分析试剂发挥了重要作用，在10位烈士遗骸身份鉴定中，鉴定效力显著优于进口试剂，为三级内复杂亲缘关系鉴定提供了可靠技术支撑。

这次鉴定中，依靠美国进口的ForenSeq DNA Signature Prep

Kit高通量测序试剂，仅能为3位烈士遗骸身份鉴定提供足够证据（似然率不低于100），其余7位无法确认。依靠KinPlexAMMS试剂盒，可为10位烈士确认身份。

按照此次鉴定，又有10位中国人民志愿军烈士身份得以确认，他们分别是：

——陈汉官（棺椁号614）：综合Y染色体、常染色体DNA分型结果，支持614棺椁内编号为10614遗骸样本所属个体与陈长春存在生物学亲缘关系。详见比对报告，报告编号20230415614。

——索维亮（棺椁号637）：综合Y染色体、线粒体DNA、常染色体DNA分型结果，支持637棺椁内编号为20637遗骸样本所属个体与索长兵、索长领、索为平存在生物学亲缘关系。详见比对报告。报告编号20230415637。

——李延学（棺椁号644）：综合Y染色体、线粒体DNA、常染色体DNA分型结果，支持644棺椁内编号为20644遗骸样本所属个体与李玉华、李延贵存在生物学亲缘关系。详见比对报告，报告编号20230415644。

——白存任（棺椁号649）：综合Y染色体、常染色体DNA分型结果，支持649棺椁内编号为20649遗骸样本所属个体与白庆龙、白金钢、白光辉存在生物学亲缘关系。详见比对报告，报告编号20230415649。

——李仁松（棺椁号650）：综合Y染色体、线粒体DNA、常染色体DNA分型结果，支持650棺椁内编号为20650遗骸样本所属个体与李仁清、李虎、李志鹏存在生物学亲缘关系。详见比对报告，报告编号20230415650。

——王希颜（棺椁号654）：综合Y染色体、常染色体DNA分型结果，支持654棺椁内编号为10654遗骸样本所属个体与王成泉存在生物学亲缘关系。详见比对报告，报告编号20230415654。

——邱能庆（棺椁号655）：综合Y染色体、常染色体DNA分型结果，支持655棺椁内编号为10655遗骸样本所属个体与邱成茂、邱成桂、邱金海存在生物学亲缘关系。详见比对报告，报告编号20230415655。

——韦恒兰（棺椁号708）：综合Y染色体、线粒体DNA、常染色体DNA分型结果，支持708棺椁内编号为20708遗骸样本所属个体与韦恒昌存在生物学亲缘关系。详见比对报告，报告编号20230415708。

——林成旺（棺椁号729）：综合Y染色体、常染色体DNA分型结果，支持729棺椁内编号为20729遗骸样本所属个体与林德礼存在生物学亲缘关系。详见比对报告，报告编号20230415729。

——史万忠（棺椁号757）：综合Y染色体、常染色体DNA分型结果，支持757棺椁内编号为20757遗骸样本所属个体与史荣升、史荣学、史荣强、史俊标存在生物学亲缘关系。详见比对报告，报告编号20230415757。

陈汉官、索维亮、李延学、白存任、李仁松、王希颜、邱能庆、韦恒兰、林成旺、史万忠，让我们向你们致敬！

盛世如你所愿，我们等你归来。

第二十章

驰　骋

一

这是一份烈士档案。档案上这样写着：

　　许玉忠，1921年出生于河北省青县赵官村（注：新中国成立后赵官村划归沧县）。1948年加入中国人民解放军，后随部队入朝参加抗美援朝战争，任中国人民志愿第六十军一八一师五四三团副班长，1951年壮烈牺牲。

这是一份认亲鉴定。鉴定证书上这样写着：

　　综合以上Y染色体、线粒体、常染色体DNA分型结果，支持506棺椁内编号为10506遗骸样本所属个体与许同海、许同桥、赵春海、赵春河存在生物学亲缘关系。在排除外源干扰的前提下，综合辅助资料，支持506号棺樽遗骸属于许玉忠烈士。

这份烈士档案、这份认亲鉴定，同属于一个人——许玉忠。

2016年，第三批在韩中国人民志愿军烈士遗骸回国。

还记得那面镶着一个姑娘照片的小圆镜吗？与这个小圆镜一同出现的，是一枚小小的印章，印章上刻着：许玉忠印。

许玉忠，这究竟是个怎么样的战士？他一定是一个铁血柔情、剑胆琴心的侠客。他生前没有留下一张照片，却把心爱的姑娘的照片贴身带在身上。他喜欢美，每次照镜子，他爱的人就在镜子的对面对着他笑，他心里该有多骄傲。他曾经也有血有肉，他曾经也对美好生活是那么渴望、那么热爱。如果他能活着回来，他同这个姑娘将会度过多么浪漫、多么幸福的一生。

正是许玉忠留下的这枚印章，成了寻亲的关键线索。

印章的主人许玉忠，是河北沧州青县人，出生于1921年，中国人民志愿军第六十军一八一师五四三团副班长，1951年5月壮烈牺牲，年仅30岁。

52岁的寻亲志愿者白文岐，至今仍清楚记得同许玉忠后人许同海联系成功的日期——2018年3月11日，他拨通了许同海的电话，许同海听说消息后连连高喊："三伯，三伯回来了！"他在电话里很激动，连声说，"谢谢，谢谢。"

许玉忠参军时，他的家乡是青县，新中国成立后划归了沧县，许玉忠烈士的家乡是沧县赵官村。

正是根据沧县的线索，白文岐终于找到了许同海。

在许同海家，寻亲团队了解到，许玉忠父母一直享受烈士家属待遇，他们核实了许同海和邻里所讲述的出生、入伍、立功、转战

第二十章 驰骋

朝鲜、牺牲等细节和事迹，此后报退役军人事务部核查，终于确认许同海与许玉忠烈士的亲属关系。

如果许玉忠今天还活着，已经是百余岁的老人了。许玉忠是家里的第三个孩子，同辈兄弟姐妹一共7个。1948年，年仅27岁的许玉忠，参军离开家乡，之后就再没回家。如今，已没人能说清楚，许玉忠牺牲的消息是什么时候传回家里的。许同海只知道很多年后，许玉忠的父母被政府确认烈士家属身份。

2021年，当我来到河北沧州，走进许玉忠后人的家时，我顿时有种时空恍惚之感。许同海就像一个中国大地上每一个印在我们心底里那个朴实的农民一样，朴实、憨厚。许玉忠离开家乡已久，他的后辈对他的容貌已经印象模糊，他在战场上英勇杀敌的故事却是他们耳熟能详的，而且为之骄傲的。1991年，许家重修家谱，虽然许玉忠没有子嗣，也不知长眠何处，许同海和长辈们叮嘱孩子们一定要把三伯的家谱续上。

许玉忠的侄子许同海从没有想到有朝一日还能见到三伯，许玉忠牺牲时他还没有出生，"许玉忠"这三个字却是许家多年来的骄傲，他那句"来世再见吧"激励着多少子子孙孙坚韧地成长。

一张解放战争时期的立功喜报，是许玉忠留给家里的唯一念想，一直由许同海珍藏。这份1949年11月邮寄回来的立功报喜书，边角处虽已有些残缺，但上面的墨迹依然清晰。

立功报喜

青沧县七区讷反村：

许玉中同志　　月　　日

在秦岭战役，英勇追敌，不怕困难，完成任务，三等功功绩，特向贵府报功表示庆贺。

中国人民解放军第十八兵团第六十一军第一八一师
师　长　王诚汉
副师长　黎　光
政　委　张春森
副政委　谷纪芳
副主任　梁景杰

一九四九年十一月廿九日

喜报中的许玉中就是许玉忠。

一八一师的前身就是中原突围中大名鼎鼎的皮旅，这个旅向东突围吸引国民党军主力，谁也想不到的是突围后的皮旅兵力却并未受损。之后，皮旅先后转战华东、华北，全军整编后为第六十一军一八一师，入朝前调归六十军指挥。

1951年5月，许玉忠所在的中国人民志愿军第六十军一八一师正在三八线南北地区，进行第五次战役。此次战役，中朝军队连续发起多次大规模攻势作战，迫使敌军转入战略防御。许玉忠就牺牲在这次战役中。

这一年，许玉忠刚及而立之年。他跟战友们说了句"来世再见吧"，就冲向了敌人的阵地。随着机枪声响起，许玉忠永远地倒在了血泊里。

这一年，他入伍满3年。

许玉忠的大哥许玉井曾在解放战争胜利后，去看望过当兵的三弟，还曾劝他回家，但许玉忠说什么都不同意，后来跟随部队参加了抗美援朝。

战场，是许玉忠的阵地。

然而，遗憾的是，许玉忠何时、何地牺牲，对于他的亲人来说，都是个谜。多少年，"许玉忠"三个字，就是烈士英名墙上的一个抽象的名字，一个简单的符号。

2014年，第一批在韩中国人民志愿军烈士遗骸回国，许家上上下下一度都很激动，可是对许玉忠能否回来根本没敢抱任何指望，"志愿军冲锋时一片一片倒下，牺牲了那么多人，哪能那么巧，三伯的遗骨就能找到并运回家呢？"

2014年回国的437位烈士遗骸里，没有许玉忠。

2015年回国的68位烈士遗骸里，还是没有许玉忠。

2016年，第三批烈士遗骸回国，有没有许玉忠呢？

事实上，2016年，许玉忠和第三批在韩中国人民志愿军烈士遗骸一起回到祖国，他的遗骸就安眠在506号棺椁，安葬在沈阳抗美援朝烈士陵园。

然而，那个时候，谁都不知道这些烈士的身份。

2019年，许同海和家人到沈阳抗美援朝烈士陵园参加认亲仪式。仪式上，退役军人事务部向烈士亲属颁发了亲缘鉴定证书。鉴定证书上这样写着：经DNA比对分析，许玉忠与许同海存在生物学亲缘关系。

1951年牺牲的烈士许玉忠，原来只是烈士英名墙上的一个名字。正是在这个认亲仪式上，在英名墙"许玉忠"名字前，许家人将从老家带来的一抔黄土、一把小枣、一捧花生、六个苹果，恭恭敬敬地放在"许玉忠"名字下，许同海面对英名墙说："当年三伯是吃着老家的枣子、花生和苹果参了军，现在回来了，再尝尝老家的东西、摸摸老家的土，也可以安息了！"

2023年清明节前夕，沧州市退役军人事务局将许玉忠烈士的名字刻在了沧州市烈士陵园的英名墙上。燕赵大地，从此又多了一段英雄传奇。

二

这是陈曾吉的烈士档案：

陈曾吉，1930年5月出生，吉林延吉人。1950年在朝鲜战场牺牲。2014年3月，首批在韩志愿军烈士遗骸归国，陈曾吉就在其中。2019年9月29日，退役军人事务部举行认亲仪式，陈曾吉烈士与亲人终于"相见"。

2014年3月，第一批载有437位在韩中国人民志愿军烈士遗骸的飞机缓缓降落沈阳桃仙国际机场。

定居在郑州的陈虎山从新闻上听说了烈士归国的消息，心里就像一块石头"扑通"落进了水里，泛起了波澜。陈曾吉、陈虎山既是兄弟，也是战友。1947年，年仅17岁的陈曾吉离开家乡参军入伍。他作战勇敢，屡获战功。陈曾吉参加过解放战争很多重大的战役，随着部队一直打到了海南岛。1950年，陈虎山追随着兄长陈曾吉的脚步，踏上了朝鲜战场。说起来，陈家是英雄之家，全家共有7人参加了抗美援朝战争，除了陈曾吉，他们的名字是陈虎山、陈风益、陈风天、陈奎东、陈银山、陈风万。但只有两个人活着回来了，其中一个便是陈虎山。

1949年，陈家收到陈曾吉从前线寄回来的最后一封信。此后，家里人就与他失去了联系，再也没有他的任何消息。这封信里，有一张军装照，那是陈曾吉在部队合影中特意抠出自己的部分，捎回了家中。这张照片，是陈曾吉留在家里的唯一一张照片。

1983年，一纸烈士证明，让陈家得知陈曾吉牺牲的消息：

烈士牺牲证明书

陈曾吉同志在抗美援朝战争中壮烈牺牲，经批准为革命烈士，特发此证，以资褒扬。

中华人民共和国民政部

一九八三年四月十五日

事实上，陈曾吉烈士的遗骸2014年回国后就入殓在编号"022"的棺椁中，但由于信息不全，遗骸的身份一时间难以辨认。

得知陈曾吉牺牲后的一段时间里，入伍参军、找回兄长的遗骸，成了陈家余下三兄弟最大的心愿。

然而，多年的寻找未果，陈虎山一度陷于绝望。

2014年，得知志愿军烈士遗骸回国，陈虎山又燃起了希望。

然而，陈虎山不敢想，这么多年寻觅无果，他怕万一希望落空，只会徒增伤感。

直至2019年清明节前夕，退役军人事务部才从连续六批归国的数百位烈士遗骸、上千件烈士遗物中，找出24枚刻有个人名字的印章，并发动社会力量为魂归故里的烈士们寻亲。

陈曾吉的印章就在其中。随着印章一同出现的，还有这样一条烈士线索：

陈曾吉，男，吉林延吉人，1930年5月出生，1950年牺牲，生前部队不详。

希望的火苗一下子燃了起来。在陈美善和父亲还没有看到这则信息的时候，一通来自吉林老家的电话，传来了大伯陈曾吉的遗骸已经回国的消息。

为了更准确地确认烈士的身份，当年8月，在郑州市金水区退役军人事务局的陪同下，陈虎山父女在郑州做了DNA信息采集。

没多久，比对分析的结果就出来了，确认022号棺椁里的遗骸和他们存在生物学亲缘关系，毫无疑问，就是烈士陈曾吉。

我走进位于吉林省延边朝鲜族自治州图们市马牌村的陈家，正是在一个充满着喜悦的盛夏。这是一个普通朴素的朝鲜族家庭，院子里种满了瓜果蔬菜，青绿的茄子、黄瓜、西红柿挂在架子上。进门便是整屋子大的土炕。传统的朝鲜族民居，通常是推拉门，拉开门就脱鞋，脱完鞋就上炕，这同朝鲜族多分布于东北地区有关，气候寒冷，这样的布局是为了散热和保暖。

一位老阿迈盘着腿坐在土炕上，她就是陈曾吉二弟陈寿山的妻子金春今。见到客人，老阿迈拘谨地起身问好。我学着大家的样子，盘着腿席地而坐，土炕暖暖的，还有着中午烧饭的余温。墙壁上，挂满了一大家人的合照，老阿迈指着照片给我介绍：这是儿子，这是儿媳，这是孙子，这是孙女。一家人团团围坐，喜气洋洋。在一墙花团锦簇的照片中，一张黑白老照片十分显眼：身着军装的英俊青年昂首挺胸，双手端着冲锋枪。老阿迈说，照片上的这位英俊青年就是她的大伯哥——陈曾吉。这张照片，是陈曾吉牺牲后，政府工作人员带来的，同时带来的，还有烈士证。那是1983年，政府还在村里开了追悼会。

在村里人的印象中，陈曾吉从小就很仁义，处处让着比他小的伙伴们。他长得英俊，是村里数一数二的好青年。当年陈家孩子多，家里很穷，衣食不周。1947年，时年17岁的陈曾吉响应政府号召，主动报名参军。金春今嫁到陈家后曾两次在村里见到过回家探亲的陈曾吉。

1949年，家里收到陈曾吉从前线寄回来的最后一封信。此后，就再也没有他的一丁点儿消息。也是在这一年，陈曾吉的父亲因病去世。1958年，陈曾吉的母亲带着一家人从长安镇磨盘村举家迁至月晴镇的马牌村，住在二儿子家里。1997年，婆婆在去世前将这张照片托付给二儿子夫妇保管，并留下遗嘱：如果老大的遗骸有下落了，就由老二家的大儿子操办此事；等她百年后，将她送到延吉火化，这样的话，她就可以守候在家乡看到儿子从他乡归来。

当年，陈曾吉的父母和几个兄弟都不知道他在哪里、什么时候能回来。最后，陈家的老五、陈曾吉的五叔，同样作为志愿军战士参加抗美援朝战争的陈风万，在负伤回国疗养时捎回了侄儿遇难的消息。当时，陈曾吉是侦察排的班长，在一次侦察中深入敌占区遭遇埋伏，同去侦察的人都牺牲了。跟着后续部队前进的陈风万，在死人堆里看到陈曾吉。为至亲报仇雪恨的强大信念，让陈风万在战场上英勇无比，他成为陈家"七勇士"中另一位幸存者。也是他，带回了关于陈曾吉的最后一点战斗记忆。

陈风万掩埋陈曾吉的时候，墓地里除了尸骨和军装，还有一枚刻着"陈曾吉"三个字的印章，为了证明陈曾吉的身份，陈风万将这枚印章与他的遗体埋在了一起。正是这枚证明身份的印章，跨越了70年的时空，出现在世人面前，让陈家人，找到了他们失散已久的亲人。

得知陈曾吉烈士遗骸归国，还能当面"认亲"，陈虎山激动不已，他不顾耄耋之年的衰弱，一定要亲自将他的兄长、他的战友接回家。

2019年9月29日，陈美善陪着父亲陈虎山来到沈阳抗美援朝烈士陵园，与其他5位烈士的遗属，在社会各界代表的共同见证下参加了认亲仪式。在密密麻麻的烈士英名墙上，陈美善和父亲终于找到了陈曾吉的名字。

也是在烈士英名墙上，陈虎山偶然发现，有多个陈姓烈士的名字和陈曾吉刻在了一起。经过核对，他发现，和陈曾吉一起奔赴抗美援朝战场，并肩作战牺牲在朝鲜的，还有另外4位陈姓家人。

在延吉，陈列着3800份延边籍烈士档案。翻阅这些档案的人都会惊奇地发现，像陈曾吉家一样，全家齐上阵的情况比比皆是，他们既是亲人，又是袍泽，同生共死、保家卫国。

相别七十载，陈曾吉、陈虎山兄弟二人终于有机会以这种方式"再见"。身着中国人民志愿军军装的陈虎山挺起胸膛，向着英名墙立正敬礼，将一束花摆在墙下。

除了鲜花，陈虎山还特意带了一个绸缎包裹，里面包的是那张陈曾吉留给家人的唯一相片。

在兄长面前，穿上那件珍藏多年、70年没有上身的志愿军军装，那一刻，泪水在陈虎山的眼眶里打转。他缓缓地举起手，敬了个标准的军礼。

正是无数像陈曾吉一样的志愿军战士，抛头颅、洒热血，换来祖国的安定与和平。

志愿军老兵陈虎山在烈士英名墙前抚摸哥哥陈曾吉的名字。（杨青 摄）

而在距此数百公里外的吉林省延边的老屋里，一张照片一直挂在墙上，70多年来一尘不染。那张镶着木框的黑白照片上，一个面容俊朗的青年，双手紧握钢枪，眼神坚定，英姿飒爽。

那是中国人民志愿军战士陈曾吉。那一年，他刚满17岁。

革命者，正青春。

三

这是方洪有的烈士档案：

> 方洪有，出生于1922年4月，安徽省马鞍山市当涂县人，1949年5月参加革命，中国人民志愿军第十二军三十四师一〇一团警卫连战士，1951年牺牲在朝鲜战场，年仅29岁。

随遗骸回国的还有方洪有烈士的随身印章一枚。印章名字为"方鸿有"，与档案资料记载名字"方洪有"略有出入，这应该和当时文字录入时"音同字不同"有关。

方洪有1922年4月出生于安徽省马鞍山市当涂县，自幼父母双亡，只有一个哥哥方洪启。兄弟俩相依为命，靠讨百家饭和卖苦力长大。1949年4月，当涂县解放，兄弟俩迎来了真正的"春天"。一个月后，方洪有毅然决定参军入伍，方洪启大力支持。可是兄弟俩没有想到，方洪有这一走，就再也没有回来。

知道方洪有最爱喝河蚌汤，那一天，方洪启下厨给他做了一碗，可是弟弟没来得及喝，就起身走了，方洪启对着已经凉透了的汤，流泪了。

方洪启一直记挂着这个远行的弟弟。家里原来还有一张照片、一幅画像，这是一家人对方洪有唯一的记忆。方洪启是理发师，家里人来人往，村里很多人都见过方洪有这张照片，帅气的年轻人戴着军帽，帽上的五角星格外醒目。然而，年日久远，这唯一的照片和画像由于各种原因，没有保存下来，方洪有的形象也只能留在村里人的记忆中。

身着单薄军装的志愿军战士，手握钢枪，神情肃穆，俯卧在冰雪堆砌成的军事工事旁。资料显示，1949年5月参军后，方洪有作为中国人民解放军第十二军步兵第一〇一团警卫连的一名战士，随部队参加了渡江战役和解放大西南的战役。1951年3月，随部队入朝作战。两个月后的5月20日，方洪有牺牲，此时他所属的中国人民志愿军第三兵团十二军三十四师正在进行抗美援朝的第五次战役第二阶段作战。

方洪有生前所在的部队，经历了志愿军在朝鲜期间最惨烈的上甘岭战役和长津湖地区作战，战斗中大批的战士阵亡，方洪有和战友们长眠于战斗过的地方，从此与祖国故乡隔海相望。

方洪有牺牲，还有一段不为人知的故事。

方洪有和一〇一团政委臧克力是同一天牺牲的，战史研究者事后推测，他们很可能牺牲在同一地点。

抗美援朝纪念馆网站上的一篇文章讲述了臧克力牺牲的经过：

> 1951年5月19日下午，三十四师接到协同第二十七军攻歼丰岩里之敌的命令。由于时间紧迫，为了让部队按时赶到指定地区，在没有炮兵支援的情况下，师长尤太忠命

令一〇〇团和一〇一团先后出发。两个团开始取道麻田洞、下松峙开进，但遇到敌人顽强抵抗，随即改变路线，绕道新村。

团政委臧克力和团长张超商量，先由臧克力带队尾随一〇〇团前进，张超赶到前面了解情况。在他回到团里，还未来得及传达任务，却得到一个噩耗：政委臧克力牺牲了！

副政委左三星哭着给张超讲了臧克力牺牲的经过。原来，臧克力见天快亮了，团长张超还没有回来，就去一〇〇团找张超。臧克力带着警卫员赶往先头营，没想到一去很久没有音信，左三星不顾病痛独自到前面去找。当他走到前沿突击排阵地时，一眼就看到臧克力倒在不远处一条小河的左边，警卫员倒在右边，鲜血染红了河水，显然他们是被一发炮弹击中的。当时敌人正在猛烈炮击，左三星叫来保卫股长，让他将臧克力的遗体就地掩埋，并做好标记。

一〇一团撤出战斗后，留下小分队准备将臧克力遗体挖出带回，结果敌人发起反扑，小分队仅一人幸存。鉴于臧克力牺牲地点和方洪有印章发现地点一致，方洪有很可能是小分队成员之一，在抢救臧克力遗体过程中牺牲。这一点，方洪有烈士遗物中出现的多双胶鞋可以作为佐证。

1951年，方洪启听闻弟弟牺牲在抗美援朝战场就地埋葬的消息，十分悲痛，于是在祖坟边为弟弟建了个衣冠冢。每逢春节、清明、冬至，方洪启都会带着全家人祭奠弟弟。在方洪启的心里，找到弟弟的尸骨，让弟弟落叶归根，是他最大的心愿。

在方洪启心目中，弟弟总有一天会回家的。

然而，在有生之年，方洪启没能完成心愿。1992年，他带着遗憾与世长辞。临终前，方洪启交代子女们，一定要打听到叔叔的下落，一旦得知叔叔的消息，不惜任何代价，要去看看叔叔。他反复叮嘱儿子方直文，有朝一日叔叔遗骸回家，一定要到坟前告诉他一声。

方直文从没见过这位烈士叔叔。1951年方洪有牺牲的时候，他还没出生。然而，小时候他经常听到父亲讲叔叔的故事，叔叔是抗美援朝的英雄，在一次战斗中光荣牺牲，叔叔是全家的骄傲。

2019年8月29日，退役军人事务部和江苏省退役军人事务厅的紧急通知，要求对方洪有烈士在南京的3位亲属进行静脉血采集，并将采集样本送至北京进行专业分析。在南京市市级机关医院河西门诊部的协助下，第二天就成功组织了方洪有烈士在南京的3位亲属朱慧、方娟、方强的DNA信息采集工作。很快北京传来好消息，成功确认了三个人与烈士的亲属关系。

与此同时，方直文也在安徽成功完成了DNA比对。

一个月后——9月29日下午，在沈阳抗美援朝烈士陵园，退役军人事务部为6位找到亲人的在韩中国人民志愿军烈士举行认亲仪式，让英雄和家人团聚。方洪有烈士正在名单之中，方直文、朱慧、方强作为烈士亲属参加了仪式。

这枚刻着"方鸿有"的印章静静地躺在抗美援朝纪念馆陈列室里。它无言地讲述着当年战斗的激烈。正是方洪有和无数战友们以年轻的生命，在炮火连天的战场上照亮了胜利的图景。

73091部队英名墙上，也刻上了方洪有的名字，时隔68年，他又重新回到了自己的部队。

祖国从未忘记，烈士从未走远。

四

这是侯永信烈士档案：

侯永信，1920年出生于辽宁省辽阳县柳河子镇上柳河子村。1950年，侯永信参军入伍，参加了抗美援朝战争，1951年4月壮烈牺牲，年仅31岁。

2014年，首批在韩志愿军烈士遗骸归国，侯永信就在其中。2019年，经过DNA比对等技术确认了侯永信的身份。同年，在"寻找英雄"的活动中，侯永信仍生活在上柳河子村的后人与他"相认"。

2019年清明节前夕，辽宁省灯塔市柳河子镇上柳河子村的一个墓园里，在家人苦苦守望了68个春秋之后，"烈士侯永信之墓"7个沉重的大字终于镌刻在了一块无字墓碑上。

2022年一个秋雨的午后，我从沈阳出发，踏上了赶赴灯塔的道路。丹阜高速车不多，漫天的雨雾之中，辽沈大地诗意盎然。从梧桐大街，至秋盛西路，最后经由苏黑线，到达辽阳灯塔市上柳河子村卫生院，此时，雨渐停，云雾散，阳光洒向东北深秋金黄大地，一路上公路两侧都是未收割的高高的苞米地，每棵或许残败，但是放眼望去漫山遍野的庄稼地，却有不可名状的庄严与朴实。它们整齐地伫立，恰如侯永信烈士的亲人们一样，70年来在这片土地上静静眺望、默默守候。

村子里雨后的小路泥泞、蜿蜒，侯甫元老人的家就在这小路的尽头。侯甫元的父亲侯永海在家中排行老二，侯永信排行老五，是家里的小儿子，侯甫元称侯永信"五叔叔"。

1950年，辽阳县柳河子镇上柳河子村，30岁的青年侯永信悄悄报名参军入伍，编入第三十九军入朝作战，抗美援朝，保家卫国。从此，侯家少了一个儿子，国家多了一名战士。

侯永信悄悄参军，父亲母亲、几位兄长都特别惦记他。战争无情，九死一生，他们不知道等待这个小儿子的将是什么。然而他们懂得，国家需要战士，侯家义无反顾。侯永信的哥哥侯永礼当时担任村干部。1951年，前线需要大车队运送物资，侯永礼二话没说，带着10个小伙子和10辆大马车就去了朝鲜。侯永礼在朝鲜一边冒着枪林弹雨给部队运送补给，一边四处打听弟弟侯永信的下落。然而，这如同大海捞针，执行了一年多运输任务，侯永礼也没有侯永信的一丁点儿消息。

1952年，父亲辗转委托当地驻村工作组黄姓和张姓的两位老同志帮忙向上面打听儿子的下落，没过多久，两位老同志给了老父亲一个悲痛的结果，儿子侯永信确已牺牲在朝鲜战场，并交给了他一张烈士通知书，一家人的殷切期盼，最终化作一滴失去亲人的泪水，掉落在一纸烈士通知书上，一晕开，就是67年。

侯永信自抵达朝鲜给家里捎来口信，两年多杳无音信。直到1952年，侯家收到一张烈士通知书。侯永礼还记得拿到通知书时全家的悲痛，父母尤其痛不欲生。他安慰父母说，永信抗美援朝牺牲在朝鲜，这是全家的光荣。

得知侯永信牺牲在朝鲜战场的消息后，他的父母带着他的几个哥哥在村子墓园里为他垒起一处衣冠冢，立起一块无字墓碑。从此，每年清明节，侯家人都会去祭扫，在墓前教育子孙后代："老侯家有为国捐躯的烈士，这是我们家永远的光荣。"侯家的第二代、第三代都没有见过侯永信，但"志愿军烈士"的骄傲和荣光一直在这个东北农家延续。那些年，消息闭塞、条件艰苦的一家人做梦也不会想到，牺牲在异国他乡的亲人，有朝一日还能"回家"。

2019年，正在本溪歪头山打工的侯辅吉，突然接到外甥打来的电话："大舅，有个烈士叫侯永信，是不是我老姥爷？网上正在寻找烈士的亲人呢！"侯辅吉是侯永礼的儿子，也是侯家五兄弟中的长子。

2019年，退役军人事务部联合媒体发起了"寻找英雄"活动。在这些烈士遗物中，有关部门以24枚刻有个人名字的印章为线索，通过查找档案，发动社会力量，寻找烈士的亲人。

侯永信的名字，位列其中。

听到"侯永信"这个魂牵梦绕了近70年的名字，侯辅吉立即联系了退役军人事务部。有关部门通过对侯家提供的家谱、烈属证的查证，对上柳河子村党组织时任老书记李宏毅的走访，最终经过对侯家第二辈6个侄儿、侄女的DNA采样确认，"侯永信"就是1950年从辽阳柳河子镇上柳河子村出发，抗美援朝、保家卫国的那个青年。

在上柳河子村，见过侯永信的人，目前仍健在的只剩下刘国锋、关锡良几位老人了。快90岁的关锡良说：永信小时候就仗义、直爽，从小就能看出是当兵的料。永信为国牺牲，是我们村的英雄，我们为这样的老乡感到光荣。

听闻侯永信"回家"的信息时，1950年担任上柳河子村书记的李宏毅已经年逾 80 岁，他当时正生着病，在床上一边打着点滴，一边向退役军人事务部的工作人员回忆侯永信参军的过程——即将走入人生的终点，李宏毅听到儿时伙伴"回家"的消息，不由得老泪纵横。

中国人民志愿军有 19.7 万余名英雄儿女牺牲在朝鲜战场，侯永信是十几万烈士中的一位，但祖国和他的家乡一直没有忘记英雄。

在异国他乡牺牲近 70 年后，英雄终于回家，侯永信的后人终于和英雄认亲。侯永信的遗骸回国后，侯家几十口人已数次来到沈阳抗美援朝烈士陵园祭奠。

烈士陵园陈列馆里，还有随侯永信遗骸回国的遗物——一双腐烂的胶鞋、一只锈迹斑斑的铁碗、一截 10 厘米长的皮带、3 个子弹壳。

这跨越了 70 年岁月的文物，静静地躺在玻璃展柜里。暖白色的光从高高的屋顶照射下来，让这些物品有了温暖的轮廓，让它们仿佛有了巨大的灵性，静静地诉说着那个时代的胜利与荣光。

凝视着这些斑驳的遗物，我总是不由得想起侯甫元老人家那种满白菜和大葱的小院。当年，年轻的侯永信也是这样坐在小院子里同乡里乡亲聊天吧？侯甫元用当地特产的鸡心果招待客人，这小小的、甜甜的、红红的果子，也是侯永信孩童时代最喜爱的牙祭吧！侯甫元老两口特别爱干净，院前院后收拾得一尘不染，自己家的三亩地租了出去，他们有更多的闲暇来回忆过去。侯甫元摊开已经被翻得几近破落的家谱，反复诉说着那遥远的和并不遥远的往事。

灿烂的夕阳中，我一时间有些恍惚，我看见了年轻的侯永信，他挎着钢枪，正坚定地走过来，越走越近……

五

这是冉绪碧的烈士档案：

冉绪碧，男，重庆奉节人，1949年入伍，中国人民志愿军第二十军六十师一八〇团战士，1951年4月22日在抗美援朝战场上光荣牺牲，时年23岁。2014年3月28日，首批437位在韩志愿军烈士遗骸归国，冉绪碧就在其中。当年10月，冉绪碧烈士遗骸安葬在沈阳抗美援朝烈士陵园。

志愿军烈士留下的遗物中，以印章、水壶、钢盔、胶鞋这四类物品最多。然而，冉绪碧烈士的遗物却与其他人不同：除一枚印章、一双胶鞋、一只水壶、半只搪瓷碗和一支破损的钢笔外，还有他从军前使用过的一把木质算盘、一盏桐油灯和一个木质书箱。

这些透着书卷气息的遗物，不禁让人心生疑惑，是什么让这位书生弃笔从戎，拼杀疆场，最终捐躯他乡？

冉绪碧，1928年出生于湖北省利川市柏杨坝镇龙兴村。冉家有4个孩子，冉绪碧排行老三。他从小就展现出了非凡的学习能力。为支持他读书，在那个节衣缩食的年代，父亲冉启基只能让哥哥妹妹辍学，全身心供应冉绪碧读到了五年级，并为其购置了学算术用的算盘。

1949年9月，冉绪碧加入中国人民解放军，弱冠之年的冉绪碧正是从大山深处山坳里的这间老屋出发，参军入伍。1951年4月22日，第五次战役打响。冉绪碧在战役打响当天牺牲。那一年，冉绪碧才刚满23岁。

可是，冉启基不清楚儿子自当兵之后究竟经历了什么；他不知道，投笔从戎的儿子牺牲于哪一次战斗，何时埋骨他乡；他更没想到，儿子再也没能回来点上油灯，摊开书卷。

很长时间以后，直到"革命牺牲军人家属光荣纪念证"送到家时，冉启基才得知，儿子参加了抗美援朝，扛起了保家卫国的重任，把年轻的生命留在了朝鲜战场。

根据中国人民志愿军第二十军在朝鲜战场上的作战经过，我们大概可以了解冉绪碧烈士本人参加抗美援朝战争期间的经历。中国人民志愿军第二十军六十师一八〇团的战士冉绪碧在朝作战有近6个月时间。他曾参加过长津湖地区作战、富盛里战斗。

2014年10月，冉绪碧烈士遗骸归葬沈阳抗美援朝烈士陵园。2019年，相关部门开始为冉绪碧等烈士寻亲。

两只鞋底、一个水壶、一个铁碗、两个纽扣、一支钢笔……它们同一方刻有"冉绪碧"的印章一道，证明着这个年轻英雄的身份和经历。2019年，通过发动社会力量，征集遗物线索，进行DNA检测等方式，寻亲轨迹逐渐清晰：冉绪碧，男，重庆奉节人，1949年入伍。

寻找冉绪碧亲人的过程却十分艰难。根据档案记载，冉绪碧系四川奉节县人（现为重庆市奉节县）。奉节县退役军人事务局的工作人员查询发现，在奉节县档案室确有关于冉绪碧烈士的记录：为奉节县六区平原村人。但循着这条线索寻找冉绪碧亲人的消息时，却一无所获。

2019年4月1日，奉节县退役军人事务局接到热心市民电话，表示冉绪碧亲人现在湖北省利川市柏杨坝镇龙兴村，这里也正是行政区划调整之后的奉节县六区平原村。

然而，据记载，当年有900多名利川青年参加抗美援朝战争，牺牲近半数，他们血洒异国疆场的英雄事迹被珍藏在利川市档案馆。然而由于行政区划调整的原因，冉绪碧的相关资料并不完整。

于是奉节县退役军人事务局的工作人员专程赶赴龙兴村，并在龙兴村找到了冉绪碧的侄子冉方章等人。这一年，沈阳抗美援朝烈士陵园成立"寻根小组"，王春婕与同事们再次奔赴2300余公里外的重庆征集烈士遗物。

功夫不负有心人。王春婕与同事们几经寻找，终于在重庆市奉节县档案馆，发现了冉绪碧烈士的"革命牺牲军人家属光荣纪念证"存根。存根记录了冉绪碧烈士的基本情况以及遗族负责人的名字。在这张存根上写着：

> 冉绪碧烈士于1951年4月22日在朝鲜牺牲，时年23岁，生前系中国人民志愿军第二十军六十师一八〇团战士。

在籍贯处，写着"四川省奉节县六区平原村"，遗族负责人为冉启基。

由于行政区划调整，存根上的"四川省奉节县六区平原村"，现为湖北省利川市柏杨坝镇龙兴村。冉绪碧的亲属仍居住在这里。冉绪碧一家有4兄妹，他排行老三，大哥、二哥均已过世。父亲去世前，将3件冉绪碧的旧物交给孙子冉方章保管：书箱是冉绪碧上学时候使用的，书箱两侧有个卡子，可以穿过一根绳子斜挎在身上，现在卡子还在，但绳子已经没有了。还有学习时使用的算盘和照明的油灯……几十年来，冉方章将它们当作珍宝一样留在身边，时常擦拭，油灯上的玻璃罩都没有丝毫破损。

面对王春婕期待的眼神，冉方章纵有万般不舍，还是决定将视如珍宝的3件物品，捐赠给沈阳抗美援朝烈士陵园——烈士陵园是幺爸冉绪碧烈士安息的地方，这些物品应该放在离他最近的地方。

如今，这3件遗物安放在陵园烈士纪念馆的展柜内，让后人看到这位战场英雄晨学夜读的另一面。在那个物资匮乏的年代，在鲜有人能读得起书的年代，冉绪碧作为家中幼子，身上寄托了父母更多的希望。然而，纵是如此，在祖国需要的时刻，他毅然放下书本，拿起钢枪，直至战斗到生命的最后一刻。

2019年9月，冉方章来到沈阳抗美援朝烈士陵园。他静静地站在烈士英名墙前，手指轻拂"冉绪碧"的名字。这是他第一次与未曾谋面的叔叔如此之近。

2300多公里的"探亲路"艰辛不易：先从位于山坳的家中翻山越岭半小时到村委会，接着坐车走盘山公路到柏杨坝镇，再换乘大巴车行驶约两个小时到利川，换乘火车前往武汉，最终才能乘飞机抵达沈阳……然而，再苦再累都值得，冉家后人想亲眼看看冉绪碧，跟他说说话，讲讲家乡现在的样子。

而今，认亲已经过去4年，冉方章依旧沉浸在与叔叔"团聚"的喜悦中。在每年的3月28日，叔叔冉绪碧回到祖国的日子，冉方章都会特意在自家的屋顶上挂起一面五星红旗，这是对亲人的思念，对英雄的铭记，也是对祖国的感激。

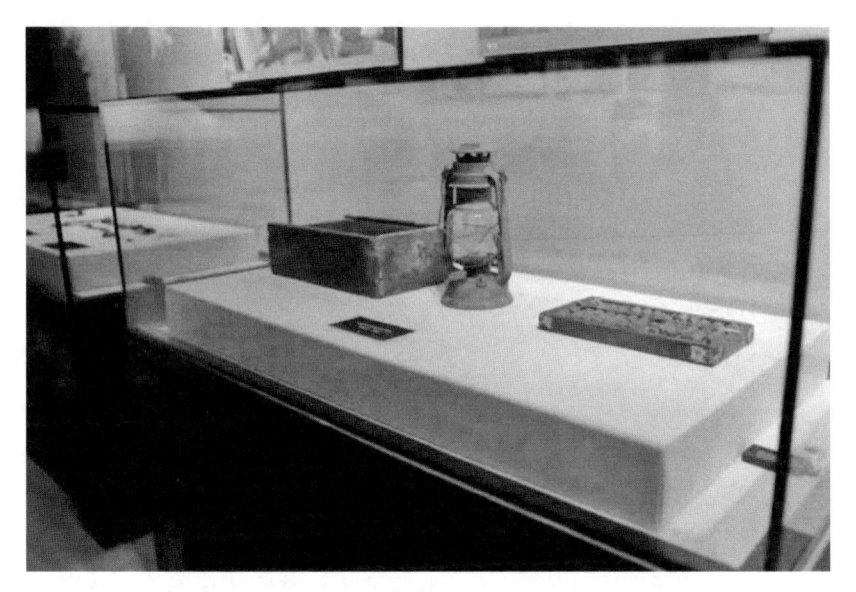

冉绪碧烈士的三件遗物：书箱、铜油灯和算盘。

六

这是林水实的烈士档案：

福建省漳浦县涂楼村人，中国人民志愿军第二十三军七十三师二一八团六连战士。1949年4月参军入伍，抗美援朝战争期间随部编入中国人民志愿军赴朝作战，1953年6月7日在前线战斗中牺牲。

"林水实。"

"到！"

每天晚上8点半，距离林水实的家乡涂楼村3000多公里外的军营里，依然会响起"林水实"的名字。繁星下，全连官兵整齐列队，齐声喊"到"，气势如虹。

这里是第七十八集团军某合成旅合成三营支援保障连。抗美援朝战争中，林水实所在的中国人民志愿军第二十三军七十三师二一八团六连正是其前身。

寻找英雄战友"归队"，是连队官兵一直以来的心愿。几年时间里，连队指导员刘超翻遍了部队旅史，又多处探访，还原了连队的足迹。

六连参加过解放战争和抗美援朝战争，是全团承担突击任务的连队之一，战斗特点就是不怕牺牲，无所畏惧。对于刘超来说，连队虽然有记载翔实的连史，但是由于连队几经改编，花名册早已残缺，他们只能从寻回的烈士名单中一点点寻找。林水实，就是从烈士名单中找到的战友——

　　林水实，1928年出生于福建省漳浦县涂楼村。涂楼村位于闽南的山海之间，当年，"三山六海一分田"的自然条件，让这里成了个穷地方，而林水实家的日子就更为艰难。

　　我从厦门赶赴漳浦是在一个冬日，汽车沿着中国南海美丽的海岸线一路奔驰。北方已经是白雪茫茫，可是这里还是一片翠绿。高速路上，车连成了线，线又连成了片。涂楼村位于梁山支脉金岗山南麓，面向漳江，背靠梁山，南临东山湾，隔海与东山相望。在这里，林是大姓，当地人说，林姓的祖先在明朝初年辗转来此前来开基立业。因为有一座土质的"承孝楼"而得名为"土楼"，后来楼坍废，而土楼传至今天成为涂楼。

　　涂楼村的林家老屋古旧斑驳，却有一种巍然气象。阴暗的老屋里，一侧是泛黄的青色长椅，一侧是棕黑色的老式电视柜，脚下的木地板早已斑驳，辨不出原本的颜色。这里的一切似乎都在老去，唯一不变的，是中间悬挂着的那张青年画像。

　　眉清目秀，方方正正的脸上透出一丝青涩和懵懂。这是年轻时的林水实。生活的磨炼让林水实早早懂事，家人的事迹也深深影响着他。当年，这里曾经是中国工农红军闽南独立第三团的活动区域，林水实的亲舅舅因为支援红军而牺牲。

　　1949年4月，21岁的林水实告别家人参军入伍，后又随军赴朝作战。自此家人便再也没了他的消息。21岁参军入伍，25岁牺牲在朝鲜战场，长眠异国他乡，这是林水实短暂而又英勇的一生。

　　抗美援朝战争结束，林家收到了一张字条和一个塑料袋。字条上写着："林水法先生：寄来你的弟弟水实烈士的日记本、相片等遗物……"塑料袋里一本三等功证书和一张烈士证明——林水实再也回不来了。

林水实的母亲听到儿子去世的消息一下子昏了过去。从此之后，人们总是在山坡的荔枝林中见到一位老人，她总是在同一棵荔枝树下，一坐就是一整天。这就是林水实的母亲。这棵树是林家依照传统，在林水实出生时种下的。它比周围的荔枝树更高大一些，因为每次到了应该修剪的时候，老人从来舍不得让这棵树挨上一斧一锯。树犹如此，人何以堪，年复一年，林家人再也没有等到林水实的任何消息。

林水实，1949年4月参军入伍，1951年5月入团，是第七十三师二一八团六连的一名班长。在这本三等功证书上，详细记录着林水实的功绩："打得勇猛，指挥灵活，数次反扑，指挥全班歼敌百余名。"革命烈士证明书上，则记载了林水实的最后一场战斗："一九五三年六月七日，在朝鲜江原道铁原郡作战中牺牲。"此时，距离朝鲜停战协定落笔签字仅剩一个多月。林水实倒在了战争结束的前夕，他的生命永远定格在25岁。

在韩方的挖掘报告里，林水实烈士的遗骸是在"箭头高地"上发现的。这里被志愿军称为281.2高地，它位于铁原平原西北，扼守着交通要道，战略位置十分重要。1953年六七月间，志愿军第二十三军在这里的战斗是1953年夏季反击战役的一部分。

林家后代以林水实为荣。在他们的故事里，朝鲜江原道铁原郡的那场战斗中，林水实身上绑着炸弹，在战友们的掩护下，爬到敌军坦克下引爆了炸弹。

林水实家只有一个哥哥林水法。林水法育有两个儿子五个女儿，林水实参军直至牺牲，都没有结婚。按照福建当地的习俗，林水法将二儿子林美金过继给林水实。之后，林美金育有三子，分别是林艺煜、林艺辉和林树新。

当时的林艺辉，喜欢站在老屋的那个英俊青年的画像下，幻想这位素未谋面的叔公，在战火硝烟中义无反顾的身影。如果故事是真的，舍生忘死的那一刻，您害怕吗？您疼吗？

随着林水法、林美金相继离世，老屋渐渐寂寥下来。但那张青年画像始终挂在客厅的墙上。这是林水实留给家人的唯一一张画像。逢年过节，林艺辉兄弟总会在画像前插上几炷香寄托哀思。

从林家老屋走出，耀眼的阳光晃得我睁不开眼睛，路边有一棵大树，遮天蔽日，村里人说这是桂圆树。这株桂圆整个树干已经被掏空了，仅靠一张薄薄的树皮支撑着，用扭曲的姿态顽强生长，树冠部分却依然枝繁叶茂，郁郁苍苍，新翠与老绿交相辉映，已经过了开枝散叶的季节，可是老树，虽饱经摧残却依然瓜瓞延绵，这是大地的传奇。

2020年，第七批志愿军烈士遗骸回国。在这批烈士遗物中，工作人员发现了三枚印章，分别是马世贤、林水实、丁祖喜。

9月26日，一通电话打破了林家的平静。网上寻亲的烈士中，一枚刻有"林水实"字样的印章，成为寻找烈士家属的关键。随后，经有关部门核实及DNA比对，最终确认，那个回国的烈士"林水实"就是林艺辉的叔公。

当年，21岁的林水实离开家乡时，4月的荔枝花开得正盛。其中一棵矮小的，是他父亲在世时种下的。如今，那个离家参军的青年再回故土，父亲栽下的荔枝树已有10米多高，好似一位饱经沧桑的长者，望儿早归。

2021年，带着故乡独有的荔香，林水实的侄孙林艺辉、林艺煜兄弟俩，从2600多公里外的福建省漳浦县赶来，站在刻有"林水实"姓名的英名墙前。一声闽南话的"叔公，我们来看你了"，或许是这位年轻战士最想听到的乡音。

2020年9月，林水实家人寻亲成功后，六连连长刘超从网络上偶然得知林水实的部队番号，非常惊喜，他方知道二一八团六连，就是曾经的合成旅合成三营支援保障连，林水实就是六连的老战友、老前辈。从黑龙江省哈尔滨市到福建省漳浦县，南北跨越3000多公里，辗转飞机、火车、汽车多种交通工具，站在林家老屋里，林水实的战友和林水实的家人的双手紧紧握在一起。

林水实以另一种方式回到了家乡——

2023年清明节前夕，漳州英雄烈士事迹展完成了布展。参观者可以在这里了解林水实这位成长于山海之间的闽南青年，也了解他尽管曲折，却格外动人的回家之路。

2023年清明节前夕，漳州的林氏宗亲为林水实烈士举行纪念仪式，他的事迹将被写进族谱，成为林氏子孙的楷模。

一时今夕会，万里故乡情。

令人欣慰的是，在林水实烈士寻亲成功后，漳州市退役军人事务局加强了为烈士寻亲的工作，不到3年时间，已经为281位英雄和烈士确认了身份，找到了家人。

七

这是吴雄奎的烈士档案：

吴雄奎，男，福建闽侯县青口镇宏三村人，中国人民志愿军第二十三军七十三师二一八团三营七连战士，

1953年7月6日牺牲。2020年，吴雄奎烈士遗骸回国。2021年，通过DNA信息比对，吴雄奎烈士与家人"相见"。

一张泛黄的两寸照片。

精心塑封的照片上，吴雄奎笔直地站着，军容整齐，军姿威武。他青涩的脸上真诚灿烂，瘦小的身子穿着宽大的军装，宽大的腰带将军装扎束整齐。他的身后，是画在布景上的高楼大厦，以及迎风招展的五星红旗。

这是吴雄奎留给吴家的唯一遗物，带着他的憧憬和体温，也是留在吴家人脑海里的那个永远青春的少年。

照片的背后写着：

兄奎赠

公元1952年5月15日

红星照相馆

这张照片是吴雄奎牺牲后家人才收到，也许是他从战场上邮寄回来的。一张青春洋溢的照片，除了背面简单的几行字再没有任何信息——吴雄奎是哪年过江的，是怎么牺牲的，没人能说得清。只有照片上寥寥几行字，记录着即将奔赴战场的青年的匆匆行程，以及他对家乡、对亲人的浓浓眷恋。

福建省闽侯县青口镇宏三村，是吴雄奎出生的地方。吴家父母早亡，只有两个兄弟，吴雄奎是大哥，还有一个比他小7岁的弟弟吴奎俤。吴雄奎参军入伍那时候，吴奎俤记得自己哭得厉害。吴奎俤从小与哥哥相依为命。平日里生活上靠吴雄奎打零工、种地过活。哥哥当兵走的时候，吴奎俤还是个孩子，哥哥一走，他觉得天都要塌了，他希望哥哥不要离开。

1951年6月15日，村子里为参军入伍的年轻人举行了欢送大会，这些年轻人中，就有吴雄奎。那一年，吴雄奎刚满20岁。胸前的大红花映红了青年们的面庞，也映红了吴雄奎的脸庞。鞭炮响彻天地。那时，他们还不知道自己即将踏上的战场在哪里，只知道，要为保卫新中国和人民而战。

5天后，新兵营的战士们要开拔了。村里的那棵橄榄树也已经挂满了果实。这是吴雄奎和吴奎俤最喜欢的零食。离开的那一天，兄弟俩约定：弟弟要学会泡制橄榄酒，等哥哥归来时一起品尝。

可是，吴雄奎走后，却一直杳无音信。

有一年，同村的吴兴水带来了吴雄奎的消息。在过鸭绿江的时候，他和吴雄奎分到了不同的队伍，从此再未见面。有一次吴兴水受伤，在医院遇到一位战友，战友告诉他，吴雄奎已经不在世了。

1953年夏季反击战役中，吴雄奎所在二一八团的任务就是对281.2高地守敌展开反击。战斗中，吴雄奎肩负侦察任务，趁敌人炮火间隙，当他穿越高地前的一片开阔地时，被敌人的照明弹发现，他不幸中弹牺牲。

此后，一份革命军人烈士证明的到来，证实了吴兴水的话。吴奎俤知道，这辈子再也见不到哥哥了。

这份革命军人烈士证明上面写着：1951年参加革命工作，志愿军七十三师二一八团三营七连战士，1953年7月，在抗美援朝战争中牺牲……烈士证明上不多的语词，记录着吴雄奎短暂而壮烈的一生。

它，成了吴雄奎留给家人的所有念想。

沈阳抗美援朝烈士陵园烈士纪念馆内，零零散散的遗物从另一个侧面勾勒出战场上英勇就义的吴雄奎：1枚印章、6枚纽扣、1个手电筒、1支钢笔、1个水壶……

吴雄奎还带了钢笔，是准备给家里写信的吗？那个手电筒是不是巡视用的？哥哥可是个侦察兵；水壶上有个洞，不知道是不是子弹打的，是不是就是这颗子弹要了哥哥的命……吴奎俤、吴玉成父子俩相对饮泣，这些遗物看着让人心疼。

小时候，吴玉成一直以为自己是孤儿。

吴玉成是吴奎俤的亲生儿子，可他小时候就叫吴奎俤做叔叔，跟叔叔婶婶一起生活。他一直以为自己是孤儿，没有爸爸妈妈。成年后，吴玉成才慢慢发觉，从小叫到大的"叔叔""婶婶"，就是自己的亲生父母，而那个未曾谋面、只在一张泛黄的两寸照片上见过的"父亲"，则是自己的伯父——吴雄奎。

福建闽侯有个不成文的风俗，没有结婚就过世的亲人，他的亲属会把自己的子女过继过去作为后嗣。吴玉成就是过继给伯父吴雄奎，成为他的儿子。从小到大，他都以这位伯父或者父亲为骄傲，因为他是个牺牲在战场上的英雄。

每一年吴雄奎离家参军的日子，吴奎俤总会在哥哥离开时走过的那条路上徘徊。一条老路走了70年，岁月流逝，物是人非，老人心底的那份期盼却越来越强烈，何时才能让哥哥落叶归根？

让无名者有名，让英雄回到亲人的怀抱。通过印章寻迹、DNA比对，历经千辛万苦，在茫茫人海中完成一次又一次穿越时空、跨越千里的"双向奔赴"。

吴奎俤期待的一天终于来了！

2020年9月，第七批117位在韩中国人民志愿军烈士遗骸回国。

一枚刻有"吴雄奎"的印章，让吴雄奎的身份浮出水面。

吴雄奎的棺椁编号是621。烈士遗物中就包括这枚刻有"吴雄奎"3个字的印章。那些年，一些志愿军战士都有自己的印章。那个年代识字的战士不多，他们与家人通信时大多请人代笔，最后盖上自己的印章。他们没有想到，多年以后，这些印章成了辨析他们身份的重要信物。

工作组将为吴雄奎烈士寻亲的目标锁定在福建省闽侯县青口镇。

然而，寻找的路何其艰难。福建省闽侯县青口镇有近40个村子10多万人。加之吴姓是当地大姓，人口不在少数。随着筛查的进行，工作人员在茫茫人海中逐步接近了目标：

吴兴水　与吴雄奎同期入伍的战友

吴奎俤　吴雄奎烈士的弟弟

亲人保存的烈士证书和照片、战友的回忆，一点点还原了70多年前闽侯青年告别家乡、踏上征程的那一幕。

2021年7月的一天，吴玉成接到了村里的电话，通知说退役军人事务部门的工作人员要到家里来。第二天，真的来人了，对方说伯父遗骸可能找到了，需要DNA比对进一步验证，家里人第一反应是不敢相信。快70年了，怎么可能？

第二天，吴奎俤和吴玉成一起到县里抽了血。几天后，他们得知：DNA比对成功，吴雄奎终于"找到"了亲人！

2022年清明节，沈阳抗美援朝烈士陵园烈士纪念馆内，吴玉成将手中的老照片扣在玻璃展陈窗上，认真比对着印章上的字迹。就是它，和照片背面的印章一模一样！毫无疑问，这是伯父的遗墨。

每年7月6日，吴雄奎牺牲的日子，吴家都不忘在家中祭拜。除夕、端午、中秋……这些特殊的日子，吴家的四角方桌上总会留出一个位置，桌上摆放着一个食碟、一副碗筷，摆上一杯自酿的橄榄酒。志愿军烈士的付出太苦了，就像家乡的橄榄，他们咬下了我们共和国最难啃、最苦涩的第一口，留给我们的都是后来的甘甜与回味。

光阴似箭，岁月轮转，吴家三代人始终有一个心愿：吴雄奎能落叶归根。

他回来了，家才算团圆。

亲人们祭奠的，是吴雄奎，以及同吴雄奎一样的好儿郎——

1951年，闽侯县有2030位青年参加了中国人民志愿军。

抗美援朝战役中，有221位指战员牺牲在朝鲜战场，在没有找到他们的名字之前，他们都叫作：

"吴雄奎。"

八

这是展志忠的烈士档案：

展志忠，男，1920年生，河南省驻马店市新蔡县人。1948年2月参军。1953年牺牲在朝鲜江原道铁原郡，时任志愿军第二十三军第七十三师二一八团副班长。2020年随第七批在韩志愿军烈士遗骸回国。2021年，经DNA比对，成功找到展志忠烈士的后人。

在已经确认身份的 10 位归国志愿军烈士中，展志忠是唯一有直系后代的烈士。

2020 年 9 月，第七批在韩中国人民志愿军烈士遗骸运回祖国。在回国烈士遗骸遗物中，"展志忠"是可识别的印章之一。退役军人事务部工作人员对照印章，通过查找史料和档案记录等，查找烈士后人，于 2021 年 7 月组织展超明和展超玉参与 DNA 信息采集和鉴定比对，最终确定了展志忠的身份，以及他们同展志忠的亲缘关系。

展志忠，1953 年 7 月牺牲于朝鲜江原道铁原郡。展志忠奔赴朝鲜战场时，他和妻子已经育有两个儿子：展超明、展超玉。

父亲离家的时候，兄弟俩还是懵懂的孩童。他走后，给家里寄来一封信，要妻子"好好照顾家，照顾好两个孩子"。这是他离家后的第一封书信，也是他唯一一封信。

而今，70 多年过去，展超明、展超玉已是头发花白的耄耋老人，他们一直生活在英雄的故乡，为的是父亲归来会找到回家的路。兄弟俩对父亲最深刻的记忆是在 1954 年，父亲的烈士证被送到了家里。随着烈士证一起到来的，还有一张展志忠的照片。母亲捧着照片和烈士证哭得死去活来。

1953 年 7 月 27 日，朝鲜停战协定在板门店签字。根据档案记载，展志忠烈士牺牲的时间也在 1953 年 7 月 27 日。

据《中国人民解放军全史》第六卷记载，1953 年 6 月 24 日起，展志忠所在的中国人民志愿军第二十三军在石岘洞北山、281.2 高地西及西北高地展开作战，直到 1953 年 7 月 27 日朝鲜停战协定签署。

也就是说，在朝鲜战争停战协定签署，并于当日 22 时生效前夕，他献出了宝贵的生命。

展志忠烈士在朝鲜战场牺牲后，妻子没有再婚，独自一人拉扯两个孩子长大，在那些艰难的日子里，她咬着牙挺过一个又一个难关。每年展志忠的生日、祭日，妻子都会将展志忠的证书和照片拿出来晒一晒，再小心翼翼地收藏起来。

从收到烈士证明那时起，找到丈夫让他入土为安，就成了妻子一生的牵挂。然而，直到2005年她告别人世，这个愿望还未能实现。她明白，丈夫远在异国他乡，随着时间的流逝，寻回的希望越来越渺茫。

她和家人没想到的是，他们的心愿居然真有实现的一天。2021年夏天，展超明、展超玉两位老人接受DNA比对，最终确定了他们与展志忠烈士的亲缘关系。

2021年9月2日，在沈阳举行了第八批在韩中国人民志愿军烈士遗骸迎回仪式，9月3日举行了遗骸安葬仪式，烈士展志忠的孙子展保成和曾孙展启祥站在参加仪式的人群中，默默流下眼泪，他们终于盼到了这一天。

为了这趟行程，展保成和展启祥提前两天就从家里出发了。先是从家里搭1小时的车到新蔡县城，随后又坐了4小时的长途汽车赶到郑州，第二天早上，展保成不到5点就起床，赶最早一班飞往沈阳的航班。

展志忠的两个儿子没能来到现场，但特意安排展保成、展启祥带了一些家乡的黄土。他们将这来自1500多公里以外的黄土放在烈士英名墙前，他们找到展志忠的名字，用手指一遍一遍地擦着上面的尘土，拿出从河南老家带来的烧饼、糕点，又掏出烧鸡和水果，连同一朵黄色菊花，按照老家的风俗一一摆好。

现在，展家四代人终于团聚。展超明打心眼里开心：展家人丁兴旺，展超明有了重孙子。家里现在有五六十口人，有4名党员，还有大学生。

2023年，在新蔡县退役军人事务局的推动下，展志忠烈士老宅前的道路被修整一新，这条长约8公里的水泥路被命名为"志忠路"。

岁月磨灭不了亲情，山海阻隔不断归程。又是一年清明时，山河已无恙，英魂归故乡。

这幸福，终于如你所愿。

九

这是梁佰有的烈士档案：

> 梁佰有，男，出生日期不详，籍贯为甘肃省武威市金塔乡李家巷村，生前系中国人民志愿军第六十四军一九〇师五七〇团战士，1951年4月25日牺牲于朝鲜半岛的京畿道坡州郡安平面斗铺里。2020年9月随第七批在韩志愿军烈士遗骸归国。

2021年7月的一天，家在甘肃省武威市和平镇新胜村的梁润全接到了一个电话："经信息收集，志愿军烈士梁佰有可能是你们家70多年前出国作战的亲属……"这个电话，如同春雷，在场的人们都十分震惊。

梁佰有烈士的家乡——甘肃武威，位于河西走廊东端、丝绸之路要冲，自古以来就是东西方经济文化交流的重要驿站和商埠，更是兵家必争之地。2000多年前，霍去病击败匈奴，汉武帝在河西走廊设郡置县，以彰显大汉王朝的武功军威，故名武威郡。

从武威走出来的人，有着一股不服输、不怕死的拼命劲头，这也正是梁佰有一身血性的由来。

然而，为梁佰有烈士寻找亲人的过程，并不轻松。

1938年签署的一份民间分家契约，立字据的人名叫梁佰有。

作为在抗美援朝第五次战役中牺牲的志愿军烈士，2020年，梁佰有烈士的遗骸被接回祖国，这份契约是他留在梁家仅有的物品。

梁佰有的寻亲之路格外艰难曲折。在接到梁佰有烈士寻亲的任务之前，寻亲小组手里掌握的，仅仅是"梁佰有"一个名字，甚至连这个名字，也经历了数不清的曲折过程。

以往，核对烈士身份信息至少要有两个方面的条件，一是都要通过烈士遗骸身边的印章等遗物初步确定烈士身份信息，二是通过烈士出生地家属和地域信息最终确定烈士身份信息。可是，梁佰有烈士遗骸身边，没有发现任何遗物；梁佰有烈士的可能出生地也没有任何信息，他几乎没有留下任何资料和信息。

因为老辈人先后离去，家住甘肃省武威市新胜村的梁德保一家，对祖上的事，非常陌生。他只是隐隐约约地知道，梁家祖上有位爷爷辈的长辈十多岁参军入伍，后来参加抗美援朝，但是时间久远，家族里的年轻人都不知道他叫什么——这些模糊的信息，就是梁德保对梁佰有烈士的全部印象。烈士，这个无比光荣的称号，对于梁德保一家，更是十分陌生。梁德保的父亲在世时，曾经念叨，家里曾有一位英雄，希望有机会找到他。然而，梁德保知道，寻找亲人的难度实在太大了，直到梁德保的父亲去世，这个愿望也没能实现，可以说是毫无头绪。

2020年9月，第七批117位在韩中国人民志愿军烈士遗骸启程归国——那时，谁都没有想到，这其中会有梁佰有烈士的遗骸。当时，在烈士遗物中，除了清理出9枚印章以外，其他遗物均无法明确指向烈士的身份。在此情形下，要确定这些烈士的姓名和身份，难度可想而知。

李桂广和他的同事们知道的信息只有发掘地，还要查找相关史料和档案记录，根据烈士牺牲时间、作战地点、遗骸发掘位置等有限的信息去搜寻，找到这一支部队牺牲的人员，然后整个梳理出一个名单。

此时，甘肃省退役军人事务厅也携手当地媒体，借助全社会的力量，为归国的志愿军烈士遗骸寻找亲属。

在对大量军史资料和档案进行仔细梳理之后，一份涉及全国20多个省份400多位烈士的名单被整理出来，其中一位就是甘肃籍的梁佰有烈士。

只有找到名单上这些烈士的家人，进行DNA比对，才能最终确认烈士的身份。于是，有关烈士的信息被分发至全国各地进行查找。由此，为梁佰有烈士寻亲的接力棒，就从北京传递到了千里之外的甘肃。

姓名梁佰有，籍贯甘肃省武威县金塔（乡）李家佛陀庄子，中国人民志愿军第六十四军一九〇师五七〇团的战士，1951年4月25（日）牺牲在了朝鲜（半岛）京畿道。

然而，李桂广和同事们当时掌握的，只有这一点点信息。

2020年10月发起寻亲活动以来，经过查找发现，绝大多数烈士的原始籍贯乡镇一级行政区划已经发生变化。

寻亲小组根据梁佰有烈士原始籍贯到武威县金塔乡李家巷村进行寻找，没有任何消息。此时，有网友提供信息，金塔乡李家巷村可能是当年的金塔乡李家佛陀庄子，可是，寻亲小组的搜寻结果是，没有李家巷村，更没有李家佛陀庄子。

为梁佰有烈士寻亲，一度陷入停滞。

2021年，事情迎来了转机。甘肃省退役军人事务厅接到一位市民来电。电话提供了一个重要的线索，家中有位长辈参加抗美援朝后没有回来，但是长辈的名字等重要信息一概不知。

原来，1965年之后，金塔乡的一部分村子划归和平镇，其中就有李家佛陀庄子划归和平镇后改名为新胜村。

此后，工作人员对梁德福和梁德保两个人进行了DNA采样，经过严格的比对，最终确认，他们与第七批回国的117位志愿军烈士中的一位存在亲缘关系，这名烈士就是他们的亲人：梁佰有。

寻亲小组上门核实的时候，梁佰有的亲人都十分意外。听说国家已将梁佰有烈士遗骸运回祖国安葬，大家更是十分激动和欣喜。时光车轮滚滚驶过，谁都没有想到，烈士与亲人今天却能"相见"。

2021年9月，梁德保带着儿子从甘肃省武威市新胜村启程，到沈阳抗美援朝烈士陵园参加认亲仪式。2000多公里的距离，跨越了70余年的漫长时空。从新胜村到沈阳市，梁德保父子需要乘坐两个小时的汽车，再搭乘3个多小时的飞机，才能抵达。这对一辈子也没出过远门的梁德保来说，无疑是个漫长的旅程，一路上他更体会了当年叔公跨过鸭绿江出国作战的艰辛。

出发时，梁德保父子随身行李中，特意带了一些家乡特产的五谷杂粮，最重要的是——一抔来自家乡新胜村的泥土。

在沈阳抗美援朝烈士陵园，来自甘肃武威的一抔泥土摆在了刻着"梁佰有"3个字的烈士英名墙前。此时此刻，梁家人激动、思念、自豪的情感变成梁润全的一句话："太爷爷，我们来看您了，有了这家乡的土，您终于算落叶归根了！"

从沈阳回到甘肃，梁润全来到老家的坟前，祭奠已故的爷爷："爷爷，您生前一直念叨的亲人找到了，他是抗美援朝的英雄，他叫梁佰有，我们替您去看他了！"

第二十一章

远　望

一

　　找到亲人的，毕竟还只是少数。更多的，是亲人坟茔的翘首以盼，是亲人永无相见的望眼欲穿。

　　悲歌可以当泣，远望可以当归。他们，用陪伴来表达自己对战友的守望，用飞鸿表达自己对远行亲人的思念。

　　——比如，在抗美援朝纪念馆矢志不渝编写展陈大纲的志愿军老兵谢长平。

　　——比如，每年都要穿着整洁的军装赶去机场迎接战友的志愿军老兵李维波。

　　——比如，在烈士陵园数十年如一日为战友义务守陵的志愿军老兵曹秀湖。

　　2021年9月3日，曹秀湖生病了。他不能赶去参加第八批在韩中国人民志愿军烈士遗骸安葬仪式，便在病房里收看仪式转播实况。当运送遗骸的军机在沈阳降落时，曹秀湖面对着电视屏幕，再一次泪流满面，再一次情不自禁地举起手，向回家的战友们敬以军礼。

2021年9月28日，91岁的志愿军老兵曹秀湖在沈阳安详辞世。

70余年的岁月里，曹秀湖没有一天忘记自己的战友，他用日复一日无声的守候，等待着他们归来。

——比如，每年都赶赴抗美援朝烈士陵园祭扫兄长陈曾吉的陈寿山。

2020年7月1日，陈寿山又一次赶到陵园祭扫兄长。此时的陈寿山已然罹患癌症，是想见兄长最后一面的愿望，支撑着他年迈又病重的躯体。此次回家两个多月后，陈寿山就去世了。临终前，他说，能在有生之年看到兄长的遗骸回国，他的心愿已了。

或许是陈家四兄弟踊跃参军保家卫国留下的红色基因使然，陈家后代也不甘落后，20世纪80年代，陈寿山的两个儿子和三弟陈虎山的两儿一女，相继传承了父辈们的红色基因，光荣地成为中国人民解放军。这也就是说，陈家两代人中，共有8人参军入伍。

——比如，一直为志愿军烈士回家进行生物信息探索的郑施。

郑施和她团队的生物学家们，怀着尊重每一位烈士的精神，夜以继日地工作，最终解决了烈士遗骸DNA提取的这一关键难题，并建立了数据库，为烈士身份鉴定和亲属认亲奠定了基础。团队突破了陈旧遗骸DNA提取成功率低、抑制剂高等核心技术瓶颈，突破了从陈旧遗骸中提取严重降解微量DNA、复杂亲缘关系身份鉴定等国际难题，首次建立了具有3种遗传标记类型的志愿军烈士遗骸和亲属DNA数据库，为认亲比对提供了可靠的技术和数据支撑。截至目前，DNA鉴定团队已累计完成前九批已归国志愿军烈士遗骸的DNA分析。

——比如，一次次无果却一次次前行的寻找。

2020年8月27日，根据征集工作需要，王春婕和同事又一次出发，前往西安、成都、上海……

每次出发，她都不知道在到达最后一个目的地后，还有没有另一个目的地。常常是，因为一个很小的线索，她的终点又变成了她的起点，更经常的情况是，因为时空阻隔，因为物是人非，她的起点一次次变成了她的终点。

在西安，王春婕和同事拜访了志愿军烈士康致中的儿子康明。70多岁的康明一直有个愿望，就是有生之年能到朝鲜为安葬在那里的父亲祭扫，但由于种种原因未能成行。2020年是中国人民志愿军抗美援朝出国作战70周年，康明专门制作了怀念父亲的纪念章，在纪念章背后刻下父亲的事迹，以表达对父亲深深的思念。后来，他将这枚纪念章捐给了沈阳抗美援朝烈士陵园。

王春婕和同事还拜访了志愿军老兵牛经堂，当年他和战友在朝鲜战场安葬了康致中等烈士。牛经堂和妻子都是志愿军老兵，两位老人一见到沈阳抗美援朝烈士陵园来的同志，非常激动，迫不及待地给他们展示自己荣获的奖章以及在战场上用过的水缸儿。牛经堂说："每名志愿军都有一个这样的水缸儿，如今它就是我们家的传家宝。"

多么朴实的话语，多么纯净的人生！王春婕的内心仿佛被什么东西击中了，泪水湿润了她的眼眶，对于自己从事的工作，她有了更深的认知。

哀思绵绵，英魂不朽。一个个烈士的名字，就犹如一根根红丝线，一头牵着祖国，一头连着家人。

2008年开始的"期待重逢·寻找烈士亲人"活动持续了多年，

先后帮助53位烈士找到亲人。

在陵园工作了这么多年，王春婕见过太多的分别，期待见到更多的"重逢"。为了做好这份工作，她曾无数次翻阅史料，一次次学习，一次次讲解，一次次被震撼，一次次被感动。每当她面对墓碑，总能感受到一种力量推动着她，要为烈士做些什么。让无名者有名，让有名者永生。

——比如，那些还在寻找主人的印章，那些还在呼唤远方的亲人。

2022年9月15日，第九批在韩中国人民志愿军烈士遗骸装殓仪式在韩国仁川举行，88名志愿军烈士的遗骸以及837件遗物踏上了回家的路。

这些遗物中，一枚印章清晰可辨，印章上刻着：陈淑彬。

这个名字，让王春婕和同事们的心为之收紧了。这个陈淑彬，他到底是谁？他有什么样的故事？找到"陈淑彬"如同大海捞针。

看到"陈淑彬"这个名字，山东省莒县退役军人事务局局长赵国山却没闲着。莒县是沂蒙革命老区，赵国山和同事们为烈士找家花费了很多精力，他们首先将每个印章上的名字在《全国烈士英名录》上查一遍，最后锁定这个叫陈淑彬的战士只有一位，他的老家就在山东省莒县陈家河水村。

得知这个消息，住在陈家河水村的陈家人非常肯定，陈淑彬就是陈家几代人一直在寻找的亲人。

在陈淑彬侄子陈常宗家中，珍藏着一张革命军人家属证，上面写着"陈淑彬、陈淑标志愿参加人民解放军，为人民解放事业服务，其家属享受军属待遇"。因为证件掉色破损，陈淑彬、陈淑标的具体入伍时间、所在部队和职务都无法看清了。陈淑彬大哥的儿子陈常胜保存着陈淑标的烈士证，上面清楚写明：陈淑彪（标）参加革命的时间是1947年1月，所在部队是七十三师三十八团三连。莒县烈士名录上显示，淑彬、淑标生前部队都是志愿军第二十五军七十三师三十八团。

这似乎与烈士证的信息吻合，但是有人提出质疑。

"七十三师很明确，就是只有二一七、二一八、二一九团，没有这个三十八团。"杜艳丽是第二十五军七十三师二一九团老战士杜鸿元的女儿，受父亲影响，她对这支部队特别熟悉。她告诉记者："之所以会出现三十八团，是因为烈士证上是大写的'二一八'，把那个'二一'连起来就成了'三'。"

据山东军史馆顾问、军史专家曹永孚介绍，七十三师是1952年9月归属第二十三军入朝作战的，但烈士名录上显示，陈淑彬在1951年就牺牲了，印章为什么在抗美援朝战场被发现，而在陈常宗珍藏着的陈淑彬革命牺牲军人家属光荣纪念证上却又是1958年呢？

专家分析，陈淑标带着哥哥的印章牺牲在朝鲜战场的可能性不大。只能从烈士印章发掘出处推断，陈淑彬烈士与七十三师二一八团在铁原郡作战时牺牲的其他烈士牺牲时间应该大体一致，也就是在1953年6月至7月。

在远离祖国的同一个战壕，兄弟二人一路扶持前进，弟弟陈淑标还加入了中国共产党，荣立四等功一次。哥哥陈淑彬却没有更多的信息，只有这一枚刻有名字的印章。陈家世代做木匠，陈常允的爷爷的木工活在莒县很有名气，陈常允是陈淑彬四弟的小儿子，从事木工行业30多年，他在看到那枚印章后，认为这就是陈淑彬自己刻的。

战争总是无情又残酷。1953年，莒县老家收到了陈淑标的烈士证，1958年，又收到了陈淑彬的烈士证。几十年来，亲人们一直在寻找陈淑彬牺牲掩埋的地方。这枚印章的发现，了却了一家人的心愿。

目前，有关部门已采集烈士7位侄子的血液样本，通过DNA比对来最终确认烈士的遗骸和身份。

或许，在已经回到祖国的烈士遗骸中，就有一位是陈淑标。只是，他的身份，还有待时间和技术检验。

这些故事，是中国人民志愿军烈士的回响，是那些英勇牺牲的志愿军战士的故事。通过DNA的奇迹，他们的家人终于找到了他们，回家了。这是一段感人的旅程，充满了寻亲、回忆、尊敬和纪念。这些烈士的牺牲和奉献永远铭刻在历史中，也在亲人们的心中留下了深刻的烙印。他们将永远被铭记，他们的故事将永远被传承，他们的回响将永远响彻中国大地。这是对英雄的致敬，也是对家人的思念，是一段永恒的故事，一段回响在人心的传奇。

"待我回家"，是他们出征时的殷殷期盼；

"代我回家"，是他们牺牲时的无尽遗憾；

"带我回家"，是祖国和人民永远不会忘记的承诺。

出征之日，百废待兴；今日归来，盛世如你所愿。

二

2021年初春，烈士杜耀亭之子杜兴友将一封写给父亲的信发给了王春婕，请沈阳抗美援朝烈士陵园将信放在刻有父亲名字的烈士英名墙前。信上写着：

爸爸，我日夜思念的爸爸：

在抗美援朝战争即将停战的前几个小时您不幸壮烈牺牲。那时我8岁。我从此悲痛一生，难过一生。妈妈更是悲痛欲绝。也正因此我仿佛一夜长大，儿时平日您慈祥和蔼的教诲浮现在我脑海中，要做一个爱党、爱国、爱人民、爱军队、爱和平的有用之人。您的革命精神和遗志是我一生奋斗的指南和动力。

爸爸，您是被美帝国主义的飞机轰炸牺牲的，当时的我立志长大参军当飞行员给您报仇，做一个革命烈士的好后代。3个弟弟也同我一样，分别在60年代参军入伍，成为人民解放军的一员，因为这是您战斗过的人民军队。正如妈妈在世时常对人们说："这4个孩子都给他们牺牲的爸爸争气了，不愧是杜耀亭的儿子，孩子们陆海空都全了。"但我心里明白除了我们个人的努力之外，我们党、国家和军队对我们兄弟无微不至的关怀和教育是我们成才的根本保证，我打心底里感恩我们伟大的中国共产党，感恩我们的人民军队和祖国。

爸爸，我60年代初被选飞保送到军校成为一名飞行员并在军队战斗一生，直至退休。3个弟弟（建民、援朝、建国）从部队转业后在各自岗位奋斗不止，努力工作到退休。并教育我们的子女（爸爸您的孙子女和重孙子女）要继承您的革命遗志，让红色基因代代相传。做爱国、廉洁、奉公、敬业的后辈，为中国共产党的初心奋斗不止。

爸爸，埋在心里的话很多，我们距离您的希望还差得很远，我们会继续在以习近平同志为核心的党中央领导下为中华民族的伟大复兴贡献毕生。

爸爸，您安息吧！您现在仍长眠在您当年战斗的朝鲜，您的子孙后代日夜盼您回家，盼望这一天早日到来！

您的儿子兴友泪书

2021年3月13日

这一年的清明节，王援朝也将一封跨越时空的信发给王春婕，委托沈阳抗美援朝烈士陵园将这封信放在烈士英名墙前。这封信这样写道：

爸爸，你离开妈妈和我的时候我才2岁半，今年我已经满70周岁了。67年了，爸爸，我一直想你，可你和杜耀亭爸爸一直长眠在朝鲜的三八线上，种种原因我们都无法前往你们安息的地方去祭奠你们，爸爸，我想你啊！你和你的战友们在"那边"咋样呢？睡得好吗？

党中央和国家政府于2014年在沈阳抗美援朝烈士陵园修建了志愿军烈士英名墙，将你俩和所有志愿军烈士的姓名铭刻在上面，以纪念你们的不朽精神，也供我们后代在此祭奠英烈的机会。

去年陵园新建的志愿军烈士纪念馆于今年对外开放了，你的遗物和杜爸爸的遗物都陈列于抗美援朝纪念馆。

又是一年清明了，我们请陵园的同志代我们祭奠你们，过几天我和建国再来陵园祭拜你们。

我有很多很多话想对你诉说，可此时此刻又不知从哪儿说起。唠唠家常吧，妈妈在她87岁那年去世了，在你牺牲后的49年里她无时不把你思念，49年间她以善良、勤劳、隐忍的独特人格魅力获得了同事、邻居周围的人们的尊敬。我长大成人后对妈妈也很孝顺，妈妈也为有我这样一个儿子而感到很欣慰！她认为我没有给你丢脸。是的，爸爸，儿子自信地告诉你，儿子一直以你为荣，以你为自豪。我从你身上继承的唯一"财产"就是你的"精神"，对党、对祖国、对人民的忠诚和热爱！我的确没什么大出息，但我欣慰的是我没有做任何玷污你和所有英烈名誉、让人戳脊梁骨的事，努力成为一个清白、善良、正直、上进的人。

爸爸，安息吧！

你和妈妈在"天堂"相见了吗？

你的爱儿援朝
2021年清明

在沈阳抗美援朝烈士陵园，除了上面两封永远无法抵达的信之外，还有一篇写给父亲的文章：

永远的思念
——写给敬爱的父亲

敬爱的父亲，我是您最小的儿子。在我刚刚1岁的时候，您就永远地离开了我们，牺牲在抗美援朝的战场上。虽然在我的记忆中无法找寻到您的身影，感受不到您的音容笑貌，但在我的血管里却流淌着您的血脉。您的基因在我内心所形成的一种无形的影响力一直伴随着我度过69年漫漫人生。虽然我看不到您的身影，但我始终能感受到您的存在。在我遇到艰难时，我能感受到您的鼓励；在我遭到挫折时，我能感受到您的支持；当我感到困惑时，我能感受到您给我的启迪；当我一步步走向成熟和取得进步时，我能感受到您的欣慰和赞许。虽然我们天各一方，却心心相印，息息相通。作为您的儿子，我将永远和您在一起！

您的儿子杜建国敬上

2021年3月12日

第一封信中，杜兴友在给父亲杜耀亭的信中提到了三个弟弟建民、援朝、建国，其中"援朝"便是第二封信中的王援朝，其中"建国"便是《永远的思念》的作者杜建国。

兴友、建民、援朝、建国，从4个孩子的名字，不难看出，当年，父母双亲对他们怀着怎样的期待，对我们的国家怀着怎样的热爱和责任。

三

杜兴友在信中说："在抗美援朝战争即将停战的前几个小时您不幸壮烈牺牲。那时我8岁。"王援朝在信中说："爸爸，你离开妈妈和我的时候我才2岁半，今年我已经满70周岁了。"杜建国在文章中写道："敬爱的父亲，我是您最小的儿子。在我刚刚1岁的时候，您就永远地离开了我们，牺牲在抗美援朝的战场上。"

杜兴友对父亲说："爸爸，您安息吧！您现在仍长眠在您当年战斗的朝鲜，您的子孙后代日夜盼您回家，盼望这一天早日到来！"王援朝也对父亲告白："种种原因我们都无法前往你们安息的地方去祭奠你们，爸爸，我想你啊！"杜建国感激父亲在无形中对他的巨大影响："虽然我看不到您的身影，但我始终能感受到您的存在。在我遇到艰难时，我能感受到您的鼓励；在我遭到挫折时，我能感受到您的支持；当我感到困惑时，我能感到您给我的启迪；当我一步步走向成熟和取得进步时，我能感受到您的欣慰和赞许。虽然我们天各一方，却心心相印，息息相通。作为您的儿子，我将永远和您在一起！"

杜兴友、王援朝、杜建国，三个人都是烈士杜耀亭之子。他们提到的"父亲"，却不仅仅是杜耀亭。

说起来，这是一个长长的、忧伤的故事。

杜耀亭，1937年参军，他同王波、王福寿都是第一军七师二十一团的袍泽兄弟。在往日的战火中，杜耀亭同王波、王福寿两位战友，结下深厚感情。新中国成立后，他们还一起在青海、甘肃等地生活过。杜耀亭和王波同住甘肃省高台县，那时杜耀亭已经有了两个儿子，王波在战争中负伤，多年无所出，杜耀亭便同妻子吕瑞清商量，将刚出生的第三个儿子杜援朝过继给了王波夫妇抚养，杜援朝从此变成了王援朝。王援朝说至今不知道"援朝"这个名字，究竟是生父杜耀亭还是养父王波所取，但是他明白，这个名字表明了两个老战友的心意——抗美援朝，保家卫国！

生父母虽然把王援朝过继给养父母，但一直对王援朝十分关心。养母没有母乳，生父从津贴中挤出钱买了只奶羊，养母天天挤奶给王援朝喝。每到周末，生父也会把王援朝接回杜家，之后再送回去。王援朝在双倍的爱里迎来了两周岁生日。同月，王波牺牲后，杜耀亭告诉王波的养母黄彦亭："不要难过，王波是为了保家卫国牺牲的，我们应该为他感到光荣和骄傲。以后你和援朝的生活我们家全管了，负责到底，援朝是我们两家共同的孩子。"

那是1952年底，这三位老战友作为志愿军，一同开赴朝鲜战场。杜耀亭担任志愿军第一军七师后勤处处长，负责战士们的后勤保障工作；王波是七师后勤卫生科股长，负责医疗救治等工作；王福寿在七师坦克团，永远都冲在最前线。

1953年7月27日上午10点，朝鲜停战协定签字，双方约定于12小时后的晚上10点生效。而南北之间的炮击，一直持续到当天晚上9点59分。晚上10点，双方阵地都安静了下来。又过10分钟后，阵地都沸腾了起来，志愿军老战士回忆，很多战士欢呼雀跃，拥抱在一起。

庆祝的人群中，没有杜耀亭的身影，也没有王波的身影。停战协定生效前的傍晚，七师后勤指挥所遭美军泄愤般倾泻的炸弹袭击，杜耀亭当场牺牲在轰炸中。一个月前的6月26日，美空军出动40余架飞机密集轰炸了三八线附近的老秃山，当时十九团正在老秃山召开作战会议，包括王波在内的共114名连以上干部牺牲。

王援朝的生父和养父，都倒在了胜利前夕。他们的遗体，埋在三八线上的军事缓冲区。

回国后，王波的战友王福寿找到了王波的妻子黄彦亭。王福寿同她长谈了一整天，再后来，王福寿便向组织申请与独自抚养王援朝的黄彦亭结婚。

那一年，王福寿32岁，黄彦亭40岁。他们的婚礼在青海西宁留守处举行，这场特殊的婚礼，让4岁的王援朝刻骨铭心。王援朝泪流满面，继父用后半辈子的生命来抚养战友的遗孤，他觉得这辈子欠继父的太多了。

1973年，王援朝从部队复员回家，想要一辆自行车。计划经济时期，自行车很难入手。一天，王援朝无意间听见父母在交谈，继父王福寿对母亲说："咱们做事，要对得起死去的人，也要对得起活着的人！这自行车再难也要买。"

这句话，直到很多年以后，王援朝才明白了其中的深意。

1979年夏天，王援朝的妻子怀孕了，父母高兴坏了，王福寿神秘地告诉王援朝，他们要去西安。王援朝问父母去西安做什么，继父只欣慰地盯着他笑。

王援朝送父母上火车时，王福寿给王援朝买了一根冰棍，一边看着他吃一边笑："3天后，我们就回来。"

但世事难料，3天后父母没有回家，王援朝却接到了王福寿在西安病危的消息。他火速赶到西安，在医院看见了躺在病床上的继父。他身上插满管子，已经说不出话来。原来，王福寿在西安突发阑尾炎，因急性感染引发了败血症。

病床旁，陪伴着一位陌生的阿姨，她看王援朝的眼神满是怜爱。王福寿弥留之际，用尽最后的力气把王援朝的手和那位阿姨的手拉着叠在一起，告诉他："这就是你的亲生母亲。"之后，带着微笑走了。

直到这一刻，悲痛不已的王援朝方才明白，明白了他和这位陌生的阿姨之间那千丝万缕的联系，明白了一切——他的亲生父亲叫杜耀亭，亲生母亲叫吕瑞清。也是继父离开后，王援朝才知道继父神秘地去西安，是为了探望他的亲生母亲吕瑞清，亲口告诉她，她的儿子援朝即将成为父亲的好消息。1958年，继父回国后直到过世，一直与吕瑞清保持联系，悄悄告诉他们王援朝上学、参军、工作和生活的情况。王援朝也终于明白了，继父那句"要对得起死去的人，也要对得起活着的人"，是战士对战友一辈子的郑重承诺。

杜耀亭爸爸、王波爸爸、王福寿爸爸，这就是王援朝的三位父亲。对于他来说，杜耀亭爸爸是最陌生的，是最让他感动与痛彻的；王福寿爸爸是最熟悉的，是呵护他成长的父亲，他平时话很少，但对他说得最多的，就是"做人做事要像小葱拌豆腐一样，一清二白"，这句话他始终铭记在心。继父去世后，王援朝整理继父遗物，发现他的红色的立功证，上面的功绩摘要写着"战斗中不顾自己的一切完成任务""战斗中英勇顽强"，这些字字句句，以及他生活的点点滴滴，每次看到这些，王援朝都会无比心疼，心疼这位沉默寡言又无私担当的父亲。

他同王波爸爸一起生活的日子十分短暂，王波爸爸的立功证书、日记和信件等，王援朝都已捐赠给沈阳抗美援朝烈士纪念馆，他只保留屈指可数的几张照片，这是他思念父亲的念想。

王援朝对王波爸爸更多记忆来源于母亲黄彦亭，母亲告诉他，1952年底，在抗美援朝、保家卫国的感召下，30岁的王波告别妻子黄彦亭，以及尚在襁褓中的儿子王援朝，同战友们从甘肃张掖出发，奔赴朝鲜战场。担任志愿军七师后勤卫生科股长的他，负责着前线伤员的救治和照料。自幼时，母亲就反复给他读父亲的一封信：

听说援朝头上碰坏了，不知现在好了吗？同时听说他调皮得厉害，还骂你，希望你好好教育他，诱导他学好，使他上进，但不要强制或吓唬他。想我吗？我可想你呀。自到朝鲜后几次梦见你，你梦见我吗？这是免不了的。不过为了朝鲜人民的幸福，祖国的安全，咱们也只有在梦中暂时会见一下，等将来过更安定快乐的日子。

这是1953年5月26日，已经入朝作战半年的志愿军军医王波写给妻子黄彦亭的一封家书。信中提到的"援朝"正是王援朝，当时的他只有两岁多。信发出仅仅一个月后，王波便不幸牺牲，这封家书也成了他的绝笔。

未曾料到，王波爸爸"在梦中见"这句话，竟然一语成谶。

四

2018年4月3日上午，开往朝鲜新义州的火车车厢里，中国人民志愿军烈属扫墓团一行正在接受朝方入境检查。

安检人员在行李箱中发现一个红布包裹着的物件，立即示意持有者杜粮存打开。杜粮存小心翼翼揭开红布，里面包裹着的是他大伯杜月朝的遗像。安检人员愣住了，他凝视着照片里穿着志愿军军装的年轻人，用汉语说道："好，好！谢谢，谢谢！"

同时，在另一节车厢里，列车员对着胸前挂着和平纪念章的王援朝，庄重地敬了个礼。

2018年4月5日，清明，朝鲜，中朝友谊塔。

参加中国驻朝鲜大使馆举行的公祭。每年，中朝都会组织祭扫活动，每年，王援朝都会赶来参加。庄重肃穆的公祭现场朝鲜人民军军乐团早已整齐就位，朝鲜礼兵在友谊塔四周持枪护卫。

在肃穆的人群中，有一个人显得尤为醒目，他肃立着，双手各端着一幅志愿军烈士的遗像。这个人，就是王援朝。遗像上的两个人，一位是他的养父王波，另一位是他的亲生父亲杜耀亭。杜耀亭这个名字，在中朝友谊塔志愿军团以上干部烈士名录中。

有人说王援朝很不幸，孩提时代失去了亲生父亲和养父，青年时期失去了继父。可王援朝认为，他能够拥有三位这样伟大的父亲，又是幸运的。这三位父亲是战争年代的生死战友，他们之间是同志加兄弟的情谊。他是他们的儿子，是在这样的亲情中成长起来的。他感恩生父杜耀亭善良仗义，给了他生命和红色基因；感恩养父王波侠骨柔情，给了一位父亲所能给的所有的父爱；感恩继父王福寿以他那宽广的胸怀，给了他温暖的家，给了他安全的港湾，给了他大山一样深重的大爱和没有血缘而胜似血缘的亲情。

王援朝的生父和养父在青春芳华岁月，保家卫国，最后都牺牲、埋葬在异邦，王援朝却至今没能给两位父亲扫墓。第一批中国人民志愿军烈士遗骸回国的消息，让王援朝再度燃起希望。此后每一年烈士遗骸回国，王援朝都会赶到，他都在找在盼，期盼着有一天也能去迎接父亲的遗骸回国，或者去一趟父亲埋葬的地方，在他们的墓碑前叫一声"爸爸"，告诉他们他生活在四川，我们的祖国，如他们想象的一样强大、安定、美好。

然而，回国的烈士遗骸里，总也没有他的父亲们的名字。他不气馁，看见那庄重的仪式、肃穆的队伍，他觉得，那也是他的亲人们回家了。

他很想在两位父亲的墓碑前，磕一个长头，告诉他们，电视、报纸、书本和网络上都说，三位父亲是最可爱的人。他还要告诉他们，他们的儿子这一辈子，行大道，做大事，举大义，敢保证从没做过一件让别人戳脊梁的事,没有给他的英雄父母们丢脸。他时时记着继父王福寿说过的话,要对得起死去的人,也要对得起活着的人。

　　王援朝还想告诉全世界——

　　他永远感激、永远铭记三位伟大的父亲。

第二十二章

归　来

一

如今，每位成功认亲的烈士亲属家中，都珍藏着一本DNA鉴定意见书，一页是烈士信息，一页是鉴定证书。他们的鉴定意见这样写着：

> 经DNA比对分析，支持_____棺椁内编号为_____遗骸样本所属个体与_____、_____、_____、_____存在生物学亲缘关系。
>
> 在排除外源干扰的前提下，综合辅助资料，支持_____号棺椁遗骸属于_____烈士。

这是怎样的一份鉴定书啊！为了这张薄薄的纸页，我们的志愿军烈士和他们的亲人，流干了泪水，望穿了双眼。

今天，让我们向你们致敬！你们把年轻的生命交给了祖国，让

2020年9月28日，沈阳抗美援朝烈士陵园 礼兵护送烈士棺椁礼步行进至地宫。（陶冉 摄）

我们把你们的名字重新交还给你们！让子子孙孙都记住你们，让你们每一位的牺牲都永垂不朽，每一个名字都风华正茂，将你们的生命融入祖国的江河日月，将你们的名字深深镌刻在共和国的宏大历史中。

二

偌大的沈阳桃仙国际机场，一派寂静。

淅淅沥沥的雨声让这里越发空寂。

2022年的9月16日，第九批在韩中国人民志愿军烈士遗骸今天回家。

雨丝如千万条银线从天上飘下来，落在屋檐上，汇聚成一道又一道珠帘。滂沱大雨中，88位武警战士整齐列队，伫立等候。雨水顺着他们的帽檐流到他们的脸上，从他们的脸上流到他们的嘴角，又顺着他们的嘴角流过他们的脖颈，流进他们早已湿透的衣领、早已湿透的军装里。他们纹丝不动，巍然挺立，等待运送烈士棺椁的运-20专机降落。

时近巳时，雨意越发浓重，雨点捶打着大地。

"咚！"

"咚！"

"咚！"

这声音，仿佛大地的心跳。

运送烈士棺椁的运-20专机从韩国仁川国际机场起飞，穿越云层，穿越时光，穿越记忆，向着关东大地而来，中国空军歼-20空军战斗机护航，这是中国首次派歼-20护送运-20迎接烈士们回家。

这短短的两个小时，牵动了无数中国人的心。

徐延君是这架运-20专机的机长。听着飞机螺旋桨的轰鸣声渐渐加大，徐延君拿起话筒，机舱里响起他沉着冷静的声音："20041机组全体成员，飞机马上起飞，我们准备接英烈回家，英雄浩气，山河永存，祖国和人民期盼我们。"

这是01号专机，也是中国第一架接装的飞机，01代表第一，也代表至高无上，这是中国空军用最高的礼仪向中国人民志愿军忠烈们表达敬意。

此次韩方共向中方移交88位在韩中国人民志愿军烈士遗骸，以及837件遗物。飞机渐渐近了，近了，更近了……一个模糊的黑点渐渐变成三个清晰的轮廓——两架伴飞护航的歼-20战机，一左一右护佑着运-20专机。三架飞机仿若三只北归的大雁，张开宽大的翅膀，在中国北方的上空急切地飞旋、低回，寻找家的方向。

天空垂泪，大地伤悲。

雨越来越大，雨点噼里啪啦地落在地上，溅起飞扬的雨花。雨啊，你下吧！70多年的血和泪，都化成绵绵不绝的雨；70多年的思念和呼唤，都化成滔滔不绝的雨。雨啊，你下吧！这是祖国发自肺腑的思念，这是亲人洒泪成雨的呼唤。回家，回家，回家！这——何尝不是烈士的遗愿！

三架飞机越来越近，它们在低空盘旋，一圈，两圈，三圈……巨大的声浪如同战士的怒吼，如同烈士的欢呼。当年，你慷慨而去；今天，你欢欣而归。这盛世，如你所愿，你认认真真地看，仔仔细细、欢欢喜喜地看啊，你看吧！

临近正午时分，三架飞机拉开距离，运-20专机稳稳地滑落在沈阳桃仙国际机场的跑道上，歼-20战斗机拉烟通场。

刹那间，两道水雾从两台发射机里奔涌而出，长龙一般射向跑道上空。水龙在飞机头顶的高空交汇，形成一道巨大的穹顶天门，水雾飘散在穹顶天门四周，折射出七彩霓虹。"过水门"——这是航空界迎接亲朋的最高礼节。阔别故土70余载，英雄啊，今天让我们用最隆重的方式，给予你们最高礼遇，迎接你们归来！

电波将烈士回家的消息传递到全中国、全世界："2022年9月16日上午11时许，载运着第九批88位在韩中国人民志愿军烈士遗骸及837件遗物的空军专机降落在沈阳桃仙国际机场，英雄们回到祖国怀抱。退役军人事务部、中央宣传部、中央对外联络部、外交部、财政部、中央军委政治工作部等国家军地有关部门，辽宁省委、省政府，沈阳市委、市政府及各界人士在沈阳桃仙国际机场以最高礼遇迎接志愿军英烈回家。"

70多年前，中国人民志愿军跨过鸭绿江浴血奋战、保家卫国，19万多名英雄儿女长眠异国他乡。而今，他们回家了！

小心翼翼地捧着这张纸，我的心猛烈地跳动着。这张薄薄的纸，在我手中，仿佛重若千钧。我在心中默诵着那些熟悉得不能再熟悉的文字，每一个字都让我椎心泣血、感慨万端。

第九批在韩中国人民志愿军烈士遗骸安葬仪式祭文

（2022年9月17日）

维公元二〇二二年九月十七日，中华军民谨致祭于志愿军烈士灵前：

岁在庚寅，东邻有阋墙之危，强虏生染指之念。兵戈骤兴，生灵涂炭。祸延我土，国事惟艰。于是虎旅启行，猛志雄边。绵绵翼翼，度越关山。援友邦，保桑梓，拯黎庶于水火，扶道义之将倾。

斯役也，领袖运筹，三军用命。凌厉千里，势若雷霆。鹰扬云山，设伏长津。奔袭三所，血沃汉江。出奇兵于高阳，阻勍敌于铁原。筑铁壁于上甘，歼穷寇于金城。壮士守义，不恤赤焰焚体；虎贲奋威，何惧寒霜断肌。三载收功，天地再清。慷慨殒身，厥为英雄。

一朝去国，长辞不返。风凄日瞢，山水伤情。遵仪具奠，安忠骨于故里；扶辁引绋，依同袍之冢茔。春秋代序，骨肉衔悲。登高临远，招我英灵。

魂兮归来，毋滞异乡。陵园信美，松菊清芳。德泽弥耀，清音琅琅。遗功所葆，福履绵长。

魂兮归来，观我国光。我民既富，我土斯强。民族复兴，华夏恒昌。大道惟新，协和万邦。

魂兮归来，嘉名孔彰。魂兮归来，万古流芳。

中国人民志愿军烈士永垂不朽！

这是退役军人事务部党组书记、部长裴金佳于第九批在韩中国人民志愿军烈士遗骸安葬仪式上宣读的悼念词。

2018年2月，中共中央作出关于深化党和国家机构改革的决定。3月，根据第十三届全国人民代表大会第一次会议批准的国务院机构改革方案，退役军人事务部成立。

随着境外烈士纪念设施保护管理工作的不断发展，领导小组自成立以来先后增补国家卫生健康委、文化和旅游部、中央党史和文献研究院、国家文物局等部门为成员单位，同年4月，退役军人事务部成立，时任民政部优抚安置局副局长的李桂广，调任新组建的退役军人事务部。2019年4月，李桂广出任褒扬纪念司（国际合作司）司长。

2021年3月，吸收中央对外联络部为境外烈士纪念设施保护管理小组成员，并担任副组长单位，中央宣传部、交通运输部、商务部等11个部门为成员单位，办公室设在退役军人事务部褒扬纪念司（国际合作司），具体负责各项日常事务。

转眼间，5年过去了，李桂广手里的工作千头万绪。让飘零海外的英烈遗骸回家，却是他千头万绪的日常工作中十分重要的一个，让中国人民志愿军烈士遗骸早日归国，更是他日思夜想的事情。

我们站在空旷的机场，等候将要到来的飞机，无数的日夜、无数的瞬间浮上心头，泪水流出来，模糊了我的双眼。

——来了，来了！

——看，来了！

——来了！

周围的人们纷纷高喊，声音颤抖，无数的心事藏在这翘首以盼里。

飞机终于近了。三架巨大的飞机停靠时搅起的巨大气流让草木为之震颤，它们低垂着头，虔诚地等待即将到来的客人，不——他们是这片土地最热血最钟情的卫士，是这片土地最热血最长情的主人。我轻轻抚摸着手里那张轻盈的白纸，默念着上面的祭文：

魂兮归来，嘉名孔彰。魂兮归来，万古流芳。

深重的雨意里，熟悉的中华人民共和国国歌旋律铿锵响起，在场的人们肃然伫立，随着音乐大声唱起来：

起来！

不愿做奴隶的人们！

把我们的血肉，

筑成我们新的长城！

中华民族到了

最危险的时候，

每个人被迫着

发出最后的吼声！

起来！

起来！

起来！

我们万众一心，

冒着敌人的炮火

前进！

冒着敌人的炮火

前进！

前进！

前进！进！

礼炮声响起，庄严，肃穆。2021年，中国政府提高志愿军烈士安葬仪式规制，将鸣枪礼由9响改为12响。

飞机舱门打开，礼兵护送88位志愿军烈士遗骸的棺椁走下飞机，烈士遗骸的棺椁上，覆盖着鲜艳的五星红旗。到场迎接的解放军官兵军容威严、持枪伫立，多名志愿军老战士、烈士亲属冒雨参加迎回仪式，他们眼含热泪，与现场全体人员一起向烈士遗骸三鞠躬。

88位礼兵将棺椁放在特意准备好的桌前小心擦拭，将五星红旗整理好重新覆盖其上。伴随着《思念曲》的小号声，礼兵怀抱烈士棺椁列队站定，像当初烈士们整队出发时一样。现场的少先队员胸前的红领巾，随风在烈士们的前方飞舞，用力欢迎着先烈们的归来。接受现场迎接人员三鞠躬后，礼兵怀抱棺椁，依次登上崭新的军用卡车。

烈士英魂，归去来兮！

70多年前跨过鸭绿江，一腔热血洒满疆场，一抔黄土掩埋英灵，而今，你、你，还有你们，终于回来了！

一声汽笛划过长空，激越，高亢。

25辆摩托车组成的骑警队伍启动，12辆军用卡车紧随其后。宽阔的大街由南向北，贯通了整个城市。

30多公里的路程，起点，是沈阳桃仙国际机场，尽头，是沈阳抗美援朝烈士陵园。这里，安葬着黄继光、邱少云等123位特级、一级战斗英雄，以及韩方移交的中国人民志愿军烈士遗骸。

时光像闪电一样从我眼前飞驰而过，往事点点滴滴都在心头——

从2014年至2022年，中国先后9批迎回913位在韩中国人民志愿军烈士遗骸，让他们可以安眠在祖国的怀抱。

2014年3月28日，第一批437位在韩中国人民志愿军烈士遗骸，由专机护送，降落在沈阳桃仙国际机场，首批在韩志愿军烈士遗骸回归国土。

2015年3月20日，第二批68位在韩中国人民志愿军烈士遗骸，在专机的护送下，缓缓降落在沈阳桃仙国际机场，回归国土。

2016年3月31日，第三批36位在韩中国人民志愿军烈士遗骸、遗物在韩国仁川国际机场举行交接仪式后，由专机护送归国。

2017年3月22日，第四批28位在韩中国人民志愿军烈士遗骸及相关遗物在韩国仁川国际机场举行交接仪式后，由专机护送归国。

2018年3月28日，第五批20位在韩中国人民志愿军烈士遗骸在中国人民解放军礼兵的护送下，登上空军专机，正式归国。

2019年4月3日，第六批10位在韩中国人民志愿军烈士遗骸在韩国仁川国际机场正式举行遗骸交接仪式后，由中国空军专机接运，回到祖国和人民的怀抱。

2020年9月27日，第七批117位在韩中国人民志愿军烈士遗骸，在专机的护送下，降落在沈阳桃仙国际机场，正式回归国土。

2021年9月2日，第八批109位在韩中国人民志愿军烈士遗骸及1226件相关遗物，在专机的护送下，降落在沈阳桃仙国际机场，回归祖国。

2022年9月16日，第九批88位在韩中国人民志愿军烈士遗骸及相关遗物，在专机的护送下，降落在沈阳桃仙国际机场，回到祖国和人民的怀抱。

2020年至2022年，恰逢中国人民志愿军抗美援朝出国作战70周年、中国共产党成立100周年、中国共产党第二十次全国代表大会召开，为更好地褒扬烈士，中韩两国有关部门克服疫情影响，在韩志愿军烈士遗骸交接迎回工作调整至"9·30"烈士纪念日前夕举行。

72年——72年了！

我紧紧握住手里的一纸祭文，好像害怕这张纸突然飞走。望着遥远的远方，双眼噙满泪水，刚毅的脸上是忍耐不住的激动。英雄啊！多少年多少个日子过去了，我们一时一刻未曾忘记过你们，祖国和人民一时一刻未曾忘记过你们。对于一个在新时代奋力奔跑的国家和民族而言，英雄，你的名字无人知晓，你的功勋永世长存。你们，永远是中华民族精神图谱上的闪亮坐标，是中国历史长河里的不灭灯塔。英雄，我们的英雄！你们虽已远去，但你们的精神长存！

噫吁嚱！安忠骨于故里，依同袍之冢茔。

魂兮归来，今返故乡！

三

岁月不居，时节如流。

1953—2023年，70年弹指而过。

70年前，当鸭绿江南三千里江山的硝烟还未消散时，中国人民就开始以最庄严隆重的方式迎接烈士回家。

1953年2月24日，中国人民志愿军战斗英雄黄继光、孙占元、邱少云3位烈士的遗体运抵沈阳，沈阳人民以最高的礼仪迎灵、公祭、守灵、送灵、安葬。

其实，从中国人民志愿军跨过鸭绿江的那一刻起，中国人民就为抗美援朝战争奉献了所能奉献的一切。

沈阳人民永远不会忘记：

黄继光、孙占元、邱少云3位烈士的灵柩，静静地停放在和平区二纬路与三纬路之间的空场上。这里，今天变成了人潮如流的八一公园的一部分。时光倥偬而逝，往昔并未远行，沈阳年纪大些的人走过这里，都会想起当年的场景：沈阳市人民政府成立了治丧委员会，举行规模宏大、庄严隆重的公祭活动。

1953年3月3日至5日，公祭大会历时两天半，参加公祭的共计145个单位27000余人。6日，由东北军区及沈阳市党、政、军负责同志焦若愚等亲自执绋，他们身后是蜿蜒一公里、抬着数百个花圈的送葬队伍。灵柩由灵堂出发，以乐队、花圈队、挽联队、仪仗队前导，经和平大街、五纬路、市府大路、市府广场、惠工广场……直到烈士陵园。数十万市民冒着寒风，肃立在大街两旁，迎候、目送烈士英灵。

很多沈阳人都还记得，当年送葬队伍步行一个多小时，方才抵达抗美援朝烈士陵园。他们都还记得当年的场景——13时整，3位烈士的灵柩同时落葬，墓地被安排在陵园东边第一排，由东至西3位烈士的排序为：黄继光、孙占元、邱少云（墓地番号十组一、二、三号）。中国人民懂得，这一刻，落葬的不仅仅是3位烈士，还有千千万万为国捐躯的志愿军烈士。

70年往矣，当年雄浑悲壮的哀乐似乎仍在悲鸣。

当年的场景，清晰地保留在烈士陵园灵柩入园登记表上。

今天，我们重拾沈阳这座城市的这段集体记忆，就是对70年前伟大胜利的铭记，对73年前慷慨出兵的纪念。

四

这是肖然屹立于共和国历史中的一段记忆——四孔残桥矗立在夏日的鸭绿江中，残破不堪。

那个炎热的夏日，我放下手中的《抗美援朝战争史》，来这里寻找历史中的故地。桥从西岸起势，匍匐而上，一路向东延伸，到了河中心戛然而止。桥身已被炸断，一半悬在河面上，另一半沉寂在河水里。断裂的残面像是巨人折断的手臂，无力地裸露着巨大的伤口。钢筋从水泥里挣扎出来，散向四周。

桥墩伫立着，钢梁上弹孔累累，诉说着峥嵘往事。溯江而上，木桥、石桥、铁桥、钢筋混凝土桥、浮桥、圬工桥、跨河桥……各式各样的桥却多如这般，在河流上留下半截残存的躯体。

夏日炎热的太阳炙烤着大地，河水清澈见底，自东北向西南汩汩流淌。据说这条河自长白山南麓发源，上游有鸭江和绿江两条支流汇入，合而为一，故称为鸭绿江。

这里是丹东，曾经叫作安东。

丹东，与朝鲜的新义州隔江相望。中国与朝鲜有着1400多公里长的边境线，丹东是距离朝鲜最近的中国陆地。

1950年10月19日，中国人民志愿军战士肩负着祖国和人民的重托，从这里出发，雄赳赳、气昂昂，跨过鸭绿江。

志愿军将士过江的桥，已在多年前被炮火损毁。而今，残破的桥是鸭绿江上一道抹不掉的历史伤疤，更是中国人民的历史创痛，召唤着我们今天的触摸与寻找。

伫立在桥边，我遥想着当年的场景。年轻的志愿军战士，他们就是从我今天站立的这块土地出发，向着苍茫的夜色行进。没有歌声，没有鲜花，一切都在暗夜中进行。他们不知道前面迎接他们的是什么——或许是生存，或许是毁灭，或许是威震疆场，或许是埋骨异邦。但是，志愿军将士勇往直前，毫不退缩。心里只有一条：保和平、卫祖国、保家乡！他们出发的时候，大多是20岁左右的年纪，稚嫩的脸庞上纯真未泯，却早已写满了坚忍与坚定，是什么让他们无惧黑暗、毫不退缩？是什么让他们心怀梦想、勇往直前？

站在残桥边，仿佛站在时间的门槛上，我只望见了两个字：永逝。

晚霞，拖着万道金光，将眼前的一切收藏进她温暖的怀中。所有的故事都已终结，所有的脸孔都已凝固，所有的往事都已流逝，万物在这里展露过它们应有的容颜，然后，被历史的书页重重覆盖。

五

抗美援朝烈士陵园。

我沿着地宫纪念广场主题雕塑缓缓地走着，向烈士英名墙上的每一位烈士致敬。

一个个英雄的名字，是一张张青春的面庞。我念诵着他们的名字，心中不禁感叹，这些奋不顾身、为国牺牲的英雄，是什么铸就了他们的碧血丹心、一腔赤诚？

这些，是多么活生生的名字啊——丁正星、丁永德、丁岳松、丁乾宝、刁万祥、万方元、万世贵、万远帮、于世坤、于玉怀、于光前、于志祥……这些战士，从家乡出发的时候正是青葱年华，他们的父母曾经给予了他们怎样的期待？正星，像明亮的星星一样正在升起；永德，永远葆有人生的美德；岳松，这是高高山岳上的一棵青松，挺拔，坚韧；乾宝，智仁勇俱备，意志坚固，千折不挠，终将成就伟大的事业；万祥，生命里有着满满的吉祥如意；方元，没有规矩，不成方圆，这代表道德的楷模；世贵，世世代代都有着荣华富贵；远邦，"声传海内威远邦，称霸穆桓齐楚庄"，这是怎样的祝福啊；世坤，这个世界，这个乾坤，会有多少奇迹和感动；玉怀，"发兰音以清唱，操玉怀而喻予"，这美好的情怀背后应该是个书香人家；光前，吾辈功业胜前人，这又是怎样的期许；志祥，既有伟大志向又有好运吉祥，这应该是祖祖辈辈的期待吧。可是，现在，他们的生命停止在他们的青春时刻，永远停留在这一刻。

他们的名字镌刻在英名墙上，他们的生命却留在遥远的异乡。

他们离家还是少年之身，归来已是报国之躯。

他们伫立在苍凉的墓碑之下，面向西北的祖国，墓碑上镌刻着"无名"。

他们的生命停止在那一刻。不，他们的生命没有停止，他们活在你的心里、我的心里、我们的心里。李桂广这样说过，王春婕这样说过，很多人都这样说过。是的，我的心里，每一个人的心里，共和国的心里。今天，他们的名字镌刻在烈士英名墙，昭示着共和国军人的伟大壮举和不朽忠魂。

牺牲在抗美援朝战场上的烈士，包括战争期间牺牲和失踪的志愿军官兵、支前民兵民工、支前工作人员，以及停战后至志愿军回国前帮助朝鲜生产建设牺牲和因伤复发牺牲的人员。这些烈士，也包括牺牲在三八线以南的志愿军官兵。

阔别数十年的英雄终回祖国怀抱，这条回家的路何其漫长！置身英名墙前，我不禁感慨，这些奋不顾身为国牺牲的英雄，是什么让他们战无不胜、攻无不克？是什么造就了他们成为我们"最可爱的人"？

以国之名，让"无名"变为有名，这是对年轻的他们至高的礼敬，是对为争取民族独立、国家富强、人民幸福而牺牲的英烈的深情礼赞，更是对中华民族精神根脉的守护与延续。

让我们永远记住——

他们的名字，以及他们为共和国的繁荣强大作出的伟大牺牲。

六

向死而生，从来不是一个哲学命题。

它是一种命运的仪式，一道灵魂的拷问。

1949年，中华人民共和国宣告成立。

为纪念为中国的民族独立和人民的自由幸福而抛洒热血、勇敢牺牲的烈士，一座巍峨的人民英雄纪念碑在中国北京的中心——天安门广场拔地而起。就在新中国开国大典前夜，毛泽东主席以一个诗人的气魄、一个革命者的悲壮，为纪念碑起草了碑文：

> 人民英雄永垂不朽！
>
> 三年以来，在人民解放战争和人民革命中牺牲的人民英雄们永垂不朽！
>
> 三十年以来，在人民解放战争和人民革命中牺牲的人民英雄们永垂不朽！
>
> 由此上溯到一千八百四十年，从那时起，为了反对内外敌人，争取民族独立和人民自由幸福，在历次斗争中牺牲的人民英雄们永垂不朽！

三年以来，三十年以来，由此上溯到一千八百四十年，以至中华民族五千年漫长岁月，为中国的民族独立和人民的自由幸福而抛洒热血、勇敢牺牲的精神，血脉相连，赓续不绝——

什么是英雄气概？什么是家国情怀？是屈原的"路漫漫其修远兮，吾将上下而求索"、曹植的"捐躯赴国难，视死忽如归"、戴叔伦的"愿得此身长报国，何须生入玉门关"，是陆游的"位卑未敢忘忧国，事定犹须待阖棺"、文天祥的"人生自古谁无死，留取丹心照汗青"，更是吉鸿昌的"恨不抗日死，留作今日羞。国破尚如此，我何惜此头"、佟麟阁的"浩气长风，唤起大众，卫我中华一脉同"、郁达夫的"拔剑光寒倭寇胆，拨云手指天心月"……岁月峥嵘，时光改变了山河的面貌，可不变的，是这耿耿丹心、铮铮铁骨。

一寸河山一寸血，一抔黄土一抔魂。

中国人民志愿军的英雄们，不管他们姓甚名谁，不管他们有名无名——

苍天为证，让我们永远怀念他们！

中华民族的人民英雄，不管他们姓甚名谁，不管他们有名无名——

苍天为证，让我们永远铭记他们，永远缅怀他们！

1953年7月27日，谈判双方——朝中代表团、"联合国军"代表团，经过多轮谈判，终于签署了《关于朝鲜军事停战的协定》及其附件。中国人民两年零九个月的抗美援朝战争，至此胜利结束。

然而，中国也为此付出了巨大的代价。在这场战争中，战斗伤亡36万余人，牺牲197653人。这些烈士，有抗美援朝战争期间牺牲和失踪的志愿军官兵，也有支前民兵民工、支前工作人员。

197653——

我们怎能忘记，这个数字所代表着的年轻的他们。

壬寅年夏日的炎热早已呼啸而去。

我犹记得那最后一缕斜阳，穿越云翳和树梢，穿越山林和旷野，穿越楼宇和街市，呼啸而来，打在我的脸上，也打在我的心上。

是的，伟大的事件自有它伟大的魔性。

当你认为它早已经沉睡于时间的冰山之下时，它其实已经在水底缓缓升起，带着它独有的轮廓和骨骼、独有的血肉和肌理；当你认为它早已被时间和世界忘记之时，它已经从深沉的谷底被唤醒，轻轻地抖落身上的尘埃，像个娇俏的新生儿一样，脱去胎衣，剪掉脐带，轻轻地开始轻轻的呼吸，万物在它的吐纳之间——于是，一切开始焕发出迷人的光彩。

让我们回过头去，凭吊那流血的年代。

我伫立在烈士英名墙前，仿佛站在时间的门槛上，望见了两个字——

永恒。

烈士英名墙

抗美援朝烈士英名墙,现确认抗美援朝烈士197653位,重名未重复刻录,烈士英名墙实际镌刻174407个烈士英名。

附录一

在韩中国人民志愿军烈士遗骸回国信息

2014年3月28日,第一批437位在韩中国人民志愿军烈士遗骸回国。

2015年3月20日,第二批68位在韩中国人民志愿军烈士遗骸回国。

2016年3月31日,第三批36位在韩中国人民志愿军烈士遗骸回国。

2017年3月22日,第四批28位在韩中国人民志愿军烈士遗骸回国。

2018年3月28日,第五批20位在韩中国人民志愿军烈士遗骸回国。

2019年4月3日,第六批10位在韩中国人民志愿军烈士遗骸回国。

2020年9月27日,第七批117位在韩中国人民志愿军烈士遗骸回国。

2021年9月2日，第八批109位在韩中国人民志愿军烈士遗骸回国。

2022年9月16日，第九批88位在韩中国人民志愿军烈士遗骸回国。

2023年11月23日，第十批25位在韩中国人民志愿军烈士遗骸回国。

截至2023年，中国共迎回938位在韩中国人民志愿军烈士遗骸，9000余件烈士遗物。

附录二

在韩中国人民志愿军烈士遗骸安葬仪式祭文

第一批在韩中国人民志愿军烈士遗骸安葬仪式祭文

（2014年10月29日）

维公元二〇一四年十月二十九日，年序甲午，月序甲戌，日序癸酉。民政部、外交部、总政治部、辽宁省委省政府、沈阳军区、沈阳市委市政府、驻沈解放军和武警部队，抗美援朝烈士家属、老战士及社会各界群众代表，怀赤诚之心，表敬仰之情，在沈阳抗美援朝烈士陵园，具鲜花雅乐，敬呈心香，安葬我在韩志愿军烈士忠骨。

追忆当年，强虏猖狂；虎贲将士，出征远方。抗美援朝，保家卫国；义无反顾，浴血沙场。枪林弹雨，难撼雄躯；烈焰严寒，意志如钢。克敌制胜，扬我国威；血凝友谊，书我华章。英烈功勋，日月同辉；英名不朽，万古颂扬。

甲子岁月，祖国不忘；民族记忆，源远流长。英烈精神，血脉相传；英雄赞歌，代代传唱。接续奋进，励精图治；改革开放，国运盛昌。忠魂回归，牵挂心肠；中韩共识，面向前方。国礼迎回，隆重安葬；魂归故里，举国敬仰。

归来的英灵，铮铮忠骨；安葬的先烈，赫赫英魂。让我们永远铭记烈士英名，秉承烈士遗志，弘扬烈士精神，脚踏实地、顽强拼搏、攻坚克难，为全面建成小康社会、实现中华民族伟大复兴的中国梦而努力奋斗，用祖国更加美好的明天告慰先烈。

中国人民志愿军烈士永垂不朽！

第二批在韩中国人民志愿军烈士遗骸安葬仪式祭文

（2015年3月20日）

同志们：

今天，我们在沈阳抗美援朝烈士陵园隆重安葬第二批迎回的68位在韩中国人民志愿军烈士，缅怀为国捐躯志愿军烈士的功绩。在此，我们向英勇牺牲的志愿军烈士表示最深切的怀念，向所有志愿军烈士家属和志愿军老战士、老同志致以最诚挚的问候和崇高的敬意！

迁回在韩志愿军烈士遗骸，始终牵动着全国亿万各族人民最深厚的民族情感。2013年6月以来，在中韩两国领导人高度重视和共同推动下，根据中央统一安排部署，民政部会同外交部、总政治部等相关部门和辽宁省，积极稳妥推进在韩志愿军烈士遗骸迁回安葬工作，2014年3月28日，国家隆重举行了首批437位在韩志愿军烈士迎接回国仪式，10月29日，庄严举行安葬仪式。根据中韩双方就在韩志愿军烈士遗骸交接达成的共识，经与韩方磋商确定，第二批在韩志愿军烈士遗骸于昨天在韩国仁川国际机场顺利交接，由我专机在战机护航下运送回到祖国的怀抱。今天，我们在沈阳抗美援朝烈士陵园安葬烈士遗骸，告慰烈士英灵。

60多年前，英勇的中国人民志愿军将士高举保卫和平、反抗侵略的正义旗帜，雄赳赳、气昂昂，跨过鸭绿江，抗美援朝，保家卫国。他们以昂扬的士气克敌制胜，以顽强的意志殊死搏斗，创造出一幕幕惊天地、泣鬼神的战争奇迹，谱写出一曲曲可歌可泣、气吞山河的壮丽篇章，赢得了抗美援朝战争的伟大胜利。为此，无数志愿军烈士献出了宝贵的生命，他们为了祖国和民族尊严奋不顾身的爱国主义精神，英勇顽强、舍生忘死的革命英雄主义精神，为了人类和平正义事业而奋斗的国际主义精神等将与日月同辉，他们的英名将永垂史册！

为国牺牲的志愿军烈士虽然离开我们60多年了，但"最可爱的人"的英雄形象永远留在人们的心中，祖国和人民永远铭记和怀念他们。他们锻造出的伟大的抗美援朝精神，永远是中国人民的宝贵财富，永远是中国人民团结奋进、战胜困难、勇往直前的力量源泉。我们将用烈士事迹激励斗志，用烈士精神凝聚力量，更加紧密地团结在以习近平同志为总书记的党中央周围，为全面建成小康社会、实现中华民族伟大复兴的中国梦而努力奋斗！

中国人民志愿军烈士永垂不朽！

第三批在韩中国人民志愿军烈士遗骸安葬仪式祭文

(2016年4月1日)

同志们:

今天,我们在沈阳抗美援朝烈士陵园举行隆重仪式,安葬第三批接回祖国的36位在韩中国人民志愿军烈士,缅怀英烈,珍爱和平。首先,我们向伟大的志愿军英烈们表示最深切的怀念,向所有志愿军老战士、老同志以及志愿军烈属、军属们致以最崇高的敬意!

60多年前,英勇的中国人民志愿军将士,肩负民族的期望,高举保卫和平的正义旗帜,历经艰难、百折不挠、浴血奋战,谱写了气壮山河的英雄赞歌,书写了彪炳史册的历史篇章,赢得了抗美援朝战争的伟大胜利,捍卫了祖国安全与尊严,赢得了国际社会的敬重,维护了世界和平与正义。战争不仅奏响了一曲曲可歌可泣的凯歌,而且锻造了以爱国主义为核心,以革命英雄主义、革命乐观主义、革命忠诚精神、国际主义精神为主要内容的伟大的抗美援朝精神,这是中国人民的宝贵财富,激励着中国人民团结奋进、勇往直前。

英雄浩气,山河永在;烈士忠魂,民族永记。战争的硝烟虽然已经散去,但是热爱和平的中国人民始终铭记创造了战争奇迹,将热血洒于疆场、将生命献于和平、将精神镌于历史的志愿军先烈。在韩志愿军烈士遗骸交接工作,始终牵动着全国各族人民最深厚的民族情感。今天,我们在此举行安葬仪式,迎接烈士忠魂回到祖国的怀抱，告慰烈士英灵。他们的英雄壮举气壮山河、撼天动地，他们的英名与日月同辉、与江河共存。他们与千千万万英勇牺牲的烈士一样，是民族的骄傲，是我们永远的怀念，是国家永远的记忆。

我们在此举行仪式，追忆历史，缅怀英烈，不是为了咀嚼苦难，而是要警示世人、珍视和平。和平是每个善良人的夙愿，和平像阳光一样温暖，像雨露一样滋润。有了阳光雨露，万物才能茁壮成长；有了和平发展，人类才能实现自己的梦想。历史告诉我们，和平是需要争取的，和平更是需要维护的。让我们更加紧密地团结在以习近平同志为总书记的党中央周围，用英烈的浩然正气凝聚力量，激励斗志，为全面建成小康社会、实现中华民族伟大复兴的中国梦而努力奋斗！

中国人民志愿军烈士万古长青！永垂不朽！

第四批在韩中国人民志愿军烈士遗骸安葬仪式祭文

（2017年3月23日）

同志们：

今天，我们在沈阳抗美援朝烈士陵园举行隆重仪式，安葬第四批迎回祖国的28位在韩中国人民志愿军烈士，铭记历史，缅怀英烈。首先，向伟大的志愿军英烈们表示最深切的怀念，向所有志愿军老战士、老同志以及志愿军烈属、军属们致以最崇高的敬意！

中华民族五千年英风浩荡、正气长存。在60多年前侵略者强加给中国人民的那场战争中，英勇的中国人民志愿军将士，肩负民族期望，高举和平旗帜，凝聚正义力量，在清川江、在长津湖畔、在汉江两岸、在上甘岭之巅，同朝鲜人民和军队一道，百折不挠、浴血奋战，赢得了抗美援朝战争的伟大胜利，捍卫了祖国安全与尊严，赢得了国际社会的普遍尊重，维护了世界和平与正义。抗美援朝战争胜利的凯歌，是在敌我力量悬殊条件下，英勇善战的志愿军先烈用火热鲜血谱写而成的英雄赞歌。他们斗志高昂、舍生忘死、前赴后继、敢于胜利，铸造了惊天地、泣鬼神的战争奇迹，书写了彪炳史册的历史篇章，锻造了以爱国主义为核心，以革命英雄主义、革命乐观主义、革命忠诚精神、国际主义精神为主要内容的伟大的抗美援朝精神。这始终是中国人民的宝贵财富，激励着中国人民团结奋进、勇往直前。

中华儿女慎终追远、敬仰先贤。战争硝烟虽已散去，但是中国人民始终铭记热血抛洒于疆场、生命奉献于正义、精神镌刻于历史的志愿军先烈。在韩志愿军烈士遗骸交接安葬工作，始终牵动着全国各族人民最深厚的民族情感。

今天，我们在此隆重集会，举行仪式，安葬遗骨，告慰英灵。英雄壮举气壮山河，先烈英名日月同辉，烈士精神代代相传。英烈们是国家的脊梁、民族的骄傲、后人的楷模，我们永远怀念，永世传承。

昭昭前事，惕惕后人。我们在此追忆历史，缅怀英烈，珍爱和平。和平像阳光一样温暖，像雨露一样滋润，是每个中国人的夙愿。今天，我们可以自豪地告慰先烈，在中国特色社会主义建设伟大事业中，我们秉承遗志，奋勇前进，倍加珍视先烈打拼来的和平，坚定捍卫先烈赢得的荣耀。我们将紧密团结在以习近平同志为核心的党中央周围，用英烈浩然正气凝聚力量，激励斗志，为实现中华民族伟大复兴的中国梦而努力奋斗！

中国人民志愿军烈士永垂不朽！

第五批在韩中国人民志愿军烈士遗骸安葬仪式祭文

(2018年3月29日)

同志们：

今天，我们在这里举行隆重仪式，安葬接回祖国的20位中国人民志愿军烈士，缅怀为国捐躯的英烈。

首先，向伟大的志愿军烈士表示最深切的怀念，向所有志愿军老战士、老同志以及志愿军烈属、军属致以最崇高的敬意！

英雄伟绩，彪炳史册；贞风亮节，正气长存。60多年前，英勇的中国人民志愿军将士，肩负民族的期望，高举保卫和平、反抗侵略的正义旗帜，历经艰难、百折不挠、浴血奋战，最终赢得了抗美援朝战争的伟大胜利，捍卫了祖国安全与尊严，维护了世界和平与正义。他们用鲜血和生命锻造出伟大的抗美援朝精神，这就是：祖国和人民利益高于一切，为了祖国和民族的尊严而奋不顾身的爱国主义精神；英勇顽强、舍生忘死的革命英雄主义精神；不畏艰难困苦，始终保持昂扬士气的革命乐观主义精神；为完成祖国和人民赋予的使命，慷慨奉献自己一切的革命忠诚精神，以及为了人类和平与正义事业而奋斗的国际主义精神。这种精神永远是中华民族的宝贵财富。

英雄长眠，历史定格；烈士忠魂，民族永记。战争的硝烟已经散去，但热爱和平的中国人民始终铭记创造了以弱胜强战争奇迹，将热血洒于疆场、将生命献于和平、将精神镌于历史的志愿军烈士。他们的英雄壮举气壮山河、感天动地，他们的英名与日月同辉、与山河共存。在韩志愿军烈士遗骸迎回工作，始终牵动着全国各族人民最深厚的民族情感。今天，又有20位烈士的忠魂回到了祖国的怀抱，我们怀念他们，并永远将他们铭刻在心。

英雄遗志，赓续传承；不忘初心，砥砺前行。今天的中国，全国各族人民正在中国共产党的坚强领导下，共同谱写伟大祖国发展的时代新篇章。我们要把伟大的抗美援朝精神发扬光大，用志愿军烈士的浩然正气凝聚力量，激励斗志，为坚持和发展中国特色社会主义事业提供强大精神动力。让我们更加紧密地团结在以习近平同志为核心的党中央周围，深入贯彻落实习近平新时代中国特色社会主义思想和党的十九大精神，顽强拼搏，锐意进取，攻坚克难，为决胜全面建成小康社会，夺取新时代中国特色社会主义伟大胜利，实现中华民族伟大复兴的中国梦而不懈奋斗！

中国人民志愿军烈士永垂不朽！

第六批在韩中国人民志愿军烈士遗骸安葬仪式祭文

（2019年4月4日）

同志们：

今天我们在沈阳抗美援朝烈士陵园举行隆重仪式，怀赤诚之心，表敬仰之情，安葬第六批迎回祖国的10位在韩中国人民志愿军烈士，铭记历史、缅怀英烈。首先，向伟大的志愿军英烈们表示最深切的怀念，向所有志愿军老战士、老同志以及志愿军烈属、军属们致以最崇高的敬意！

60多年前，英勇的中国人民志愿军将士，肩负民族期望，高举保卫和平的正义旗帜，出征远方，历尽艰难，百折不挠，枪林弹雨，难撼雄躯，谱写了气壮山河的英雄战歌。英勇的志愿军将士，赢得了抗美援朝的伟大胜利，捍卫了祖国安全与尊严，克敌制胜，扬我国威；英勇的志愿军将士，为国家赢得了国际社会的普遍敬重，维护了世界和平与正义，血凝友谊，书我华章。英勇的志愿军将士，英名不朽，万古流芳。

慎终追远，民德归厚；烈士忠魂，民族永记。热爱和平的中国人民始终铭记将热血洒于疆场，将生命献身于和平的志愿军先烈们。英烈精神，血脉相传；英雄赞歌，代代传唱。在韩志愿军烈士遗骸交接工作，始终牵动着全国各族人民最深厚的民族情感。今天，我们在此举行安葬仪式，迎接烈士忠魂回到祖国怀抱。英烈归来，铮铮忠骨；安葬先烈，赫赫英魂。他们的英名与日月同辉、与江河共存，他们的英雄精神永远是中华民族的宝贵财富。

山河已无恙，英雄可归家。英雄遗志，赓续传承。2019年是新中国成立70周年的年份，是继往开来，从胜利走向更大胜利的伟大之年，今天的中国，全国各族人民正在中国共产党的坚强领导下，共同谱写伟大祖国发展的时代新篇章，我们要把伟大的抗美援朝精神发扬光大，用志愿军烈士的浩然正气凝聚力量，激励斗志，为坚持和发展中国特色社会主义事业提供强大精神动力。让我们更加紧密地团结在以习近平同志为核心的党中央周围，深入贯彻落实习近平新时代中国特色社会主义思想和党的十九大精神，脚踏实地、顽强拼搏、锐意进取、攻坚克难，为决胜全面建成小康社会，夺取新时代中国特色社会主义伟大胜利，实现中华民族伟大复兴的中国梦而不懈努力，用祖国更好的明天告慰先烈英灵。

中国人民志愿军烈士永垂不朽！

第七批在韩中国人民志愿军烈士遗骸安葬仪式祭文

（2020年9月28日）

维公元二〇二〇年九月二十八日，退役军人事务部、中央宣传部、中央对外联络部、外交部、财政部、中央军委政治工作部、中央军委国际合作办公室、辽宁省委省政府和沈阳市委市政府等军地部门，怀崇敬之心、表缅怀之情，在沈阳抗美援朝烈士陵园，隆重举行在韩中国人民志愿军烈士遗骸安葬仪式，安葬抗美援朝英烈忠骨。

忆七十年前，十六列强虏寇，鼓吻奋爪，鸷狠狼戾。

西风烈，中华儿女不惧强敌，甘洒热血，豪气冲天，舜士起剑，抗美援朝，策马定寰。一战云山，拒敌于清川；二战介川，进军三八线；三战汉城，敌寇丧胆；四战横城，强虏溃散；五战双江，迫强敌屈服和谈；将军星绕，壮士月弯，冲枪林弹雨，斗烈焰严寒。赞，意志如钢，雄躯难撼；书，中华传承，和平再现。英烈功勋，彪炳史册；中华同颂，万古诗篇。

庚子岁月，迎忠骨，归国土，民记忆，国难忘。鸣天地之声，唱雄歌礼赞：归来兮，铮铮忠骨；归来兮，赫赫英魂！

今日中国，党旗红，国运昌，民心聚，山河壮。承先烈遗志，整吾辈行囊，接续百年宏愿，复兴伟大梦想。惟愿英灵安息、浩气长存。

中国人民志愿军烈士永垂不朽！

第八批在韩中国人民志愿军烈士遗骸安葬仪式祭文

（2021年9月2日）

维辛丑年丙申月甲寅日，中华军民谨致祭于志愿军烈士灵前：

夫闻守在四夷，先贤之训。去故鼎新，于初有衅。壮士怀德，寄身锋刃。魄毅鬼雄，金石为震。

忆昔遥涉大川，开国用命。勍敌若云，深雪没胫。长津苦寒，上甘危岭。仁师何惧，奇勋卓炳。

卫乾元之来复，向兵革之方坚。既登车而不顾，唯取义而忘旋。扫积威于四世，振民志于百年。痛灵路之超远，留异域以长眠。

日居月诸，野旷天清。骨肉望绝，国人思盈。唯离恨以不息，孰山海之可平？岂忠魂之入梦，洵来者之寓情。扶轮车以偕返，眺归楦以相迎。安故境于桑梓，依同袍之坟茔。

魂兮归来，布奠倾觞。适民之愿，观国之光。我民则富，我国则强。明明赫赫，立于东方。济济多士，作孚万邦。英灵所视，既乐且康。英灵所葆，福祚绵长。魂兮归来，以返故乡。魂兮归来，维莫永伤！

中国人民志愿军烈士永垂不朽！

第九批在韩中国人民志愿军烈士遗骸安葬仪式祭文

（2022年9月17日）

维公元二〇二二年九月十七日，中华军民谨致祭于志愿军烈士灵前：

岁在庚寅，东邻有阋墙之危，强虏生染指之念。兵戈骤兴，生灵涂炭。祸延我土，国事惟艰。于是虎旅启行，猛志雄边。绵绵翼翼，度越关山。援友邦，保桑梓，拯黎庶于水火，扶道义之将倾。

斯役也，领袖运筹，三军用命。凌厉千里，势若雷霆。鹰扬云山，设伏长津。奔袭三所，血沃汉江。出奇兵于高阳，阻勍敌于铁原。筑铁壁于上甘，歼穷寇于金城。壮士守义，不恤赤焰焚体；虎贲奋威，何惧寒霜断肌。三载收功，天地再清。慷慨殒身，厥为英雄。

一朝去国，长辞不返。风凄日曛，山水伤情。遵仪具奠，安忠骨于故里；扶轾引绋，依同袍之冢茔。春秋代序，骨肉衔悲。登高临远，招我英灵。

魂兮归来，毋滞异乡。陵园信美，松菊清芳。德泽弥耀，清音琅琅。遗功所葆，福履绵长。

魂兮归来，观我国光。我民既富，我土斯强。民族复兴，华夏恒昌。大道惟新，协和万邦。

魂兮归来，嘉名孔彰。魂兮归来，万古流芳。

中国人民志愿军烈士永垂不朽！

第十批在韩中国人民志愿军烈士遗骸安葬仪式祭文

（2023年11月24日）

维公元二〇二三年十一月二十四日，中华军民谨以鲜花雅乐，致祭于志愿军烈士之灵曰：

忆昔庚寅，实惟多事。我邦肇建，外敌虎视。东邻衅起，强虏加兵。凶祸西延，殃及我城。战火纷飞，室庐为茔。黎民何罪，公道谁评？

于是举国震怒，义愤填膺。桓桓将士，请命遐征。冲锋陷阵，奋不顾身。杀贼抚民，义动乾坤。首战两水，激斗云山。鏖兵长津，围歼清川。反击横城，坚守上甘。勇慑万夫，毅忍烈焰。血染丹帜，身屹冰原。肤功叠奏，寰宇再安。

呜呼将士，闻道知方。有勇有谋，国之栋梁。成仁取义，殒身他乡。生为人杰，死化国殇。川流呜咽，日月无光。绵绵此恨，岁岁怀伤。自古有死，或重泰山。令闻浩气，永昭云天！

领袖夙愿，忠骨还乡。崇德报功，国有典常。礼宣神州，睦修邻邦。鲲鹏迎护，松菊翠芳。魂兮归来，嘉名孔彰。亲属获慰，同胞称扬。踔厉奋发，承志而翔。

魂兮归来，宣昭国光。英灵护佑，福祉绵长。百业俱旺，万家乐康。我民既富，我土方强。济济多士，协和万邦。中华复兴，大道恒昌！

中国人民志愿军烈士永垂不朽！

参考文献

［1］习近平.在纪念中国人民志愿军抗美援朝出国作战70周年大会上的讲话［M］.北京：人民出版社，2020.

［2］中共中央关于党的百年奋斗重大成就和历史经验的决议［M］.北京：人民出版社，2021.

［3］习近平.论中国共产党历史［M］.北京：中央文献出版社，2021.

［4］中共中央文献研究室.毛泽东文集［M］.北京：人民出版社，1996.

［5］中共中央文献研究室.建国以来毛泽东文稿（第一、二、三册）［M］.北京：中央文献出版社，1987—1989.

［6］毛泽东军事文集［M］.北京：军事科学出版社，中央文献出版社，1993.

［7］周恩来.周恩来军事文选［M］.北京：人民出版社，1997.

［8］逄先知.毛泽东传［M］.北京：中央文献出版社，2003.

［9］中共中央文献研究室.毛泽东年谱（1949—1976）［M］.北京：中央文献出版社，2013.

［10］中共中央党史和文献研究院.中国共产党的一百年［M］.北京：中共党史出版社，2022.

［11］胡乔木.中国共产党的三十年［M］.北京：人民出版社，2008.

［12］中共中央党史研究室，胡绳主编.中国共产党的七十年［M］.北京：中共党史出版社，1991.

［13］军事科学院军事历史研究所.抗美援朝战争史（上、下）［M］.北京：军事科学出版社，2011.

［14］中国人民解放军总政治部组织部.中国人民志愿军英模功臣烈士英名录［M］.北京：长征出版社，2011.

［15］中央军委政治工作部.中国人民志愿军烈士英名录（第1-12卷）［M］.北京：解放军出版社，2020.

［16］彭德怀.彭德怀自述［M］.北京：人民出版社，1981.

［17］杨得志.杨得志回忆录［M］.北京：解放军出版社，2011.

［18］洪学智.抗美援朝战争回忆［M］.北京：解放军文艺出版社，1990.

［19］金冲及.二十世纪中国史纲［M］.北京：社会科学文献出版社，2009.

［20］中国人民解放军总政治部组织部.中国人民志愿军团以上干部烈士英名录［M］.北京：长征出版社，2011.

［21］王焰.彭德怀年谱［M］.北京：人民出版社，1998.

［22］齐德学.巨人的较量：抗美援朝高层决策［M］.沈阳：辽宁人民出版社，2017.

［23］齐德学.你不了解的抗美援朝战争［M］.沈阳：辽宁人民出版社，2017.

［24］梁二平.败在海上：中国古代海战图解读［M］.北京：生活·读书·新知三联书店，2016.

［25］梁二平.谁在地球的另一边：从古代海图看世界［M］.北京：生活·读书·新知三联书店，2017.

［26］王树增.朝鲜战争［M］.北京：人民文学出版社，2009.

［27］卢骅.辽宁抗美援朝运动史［M］.沈阳：辽宁教育出版社，2022.

[28] 鲁顺民. 送84位烈士回家［M］. 沈阳：辽宁人民出版社，2007.

[29] 江拥辉. 三十八军在朝鲜［M］. 沈阳：辽宁人民出版社，2018.

[30] 吴信泉. 三十九军在朝鲜［M］. 沈阳：辽宁人民出版社，2018.

[31] 李英，王树和，陈彻，李维赛. 四十军在朝鲜［M］. 沈阳：辽宁人民出版社，2018.

[32] 李海文. 中共党史拐点中的人物与事件［M］. 北京：中国青年出版社，2014.

[33] 戴茂林，赵晓光. 高岗传［M］. 西安：陕西人民出版社，2011.

[34] 沈志华. 毛泽东、斯大林与朝鲜战争［M］. 广州：广东人民出版社，2013.

[35] 沈志华. 毛泽东、斯大林与朝鲜战争：珍藏本［M］. 广州：广东人民出版社，2013.

[36] ［美］约瑟夫·古尔登. 朝鲜战争：未曾透露的真相［M］. 北京：北京联合出版公司，2014.

[37] ［美］亨利·基辛格. 大外交［M］. 顾淑馨，林添贵，译. 海口：海南出版社，1998.

[38] ［美］马修·邦克·李奇微. 李奇微回忆录：北纬三十八度线［M］. 北京：新华出版社，2013.

[39] ［美］大卫·哈伯斯塔姆. 最寒冷的冬天：美国人眼中的朝鲜战争［M］. 王相宁，刘寅龙，译. 北京：台海出版社，2017.

[40] ［韩］白善烨. 最寒冷的冬天Ⅱ：一位韩国上将亲历的朝鲜战争［M］. 金勇，译. 重庆：重庆出版社，2013.

[41] 朝鲜人民军最高司令官及中国人民志愿军司令员一方与联合国军总司令另一方关于朝鲜军事停战的协定［N］. 人民日报，1953-07-28.

[42] 彭德怀. 关于中国人民志愿军抗美援朝工作的报告［N］. 人民日报，1953-09-14.

[43] 杨勇. 中国人民志愿军八年来抗美援朝工作报告［N］. 人民日报，

1958-10-31.

[44] 陈辉. 浩气长存：18万余志愿军烈士寻踪 [J]. 党史博览，2012（8）.

[45]《人民日报》、新华社、《解放军报》、《辽宁日报》、《沈阳日报》，全国各级省市县报刊相关报道。

后　记

写完《回家——在韩中国人民志愿军烈士遗骸归国纪实》的最后一个字，在电脑上敲下最后一个句号，我不禁伏身在写字桌上，放声大哭。这是2023年里最热的一天，窗外，阳光明媚，暑气蒸腾，而我的心，像被掏空了一般，如封印深井之中，无比寒凉，无比疼痛。

墙上，悬挂着中国地图、抗美援朝五次战役图，每一个三角标记下面，都发生过一场激烈的战役，埋葬着无名的志愿军尸骨。中国的国土疆域像一只雄鸡，东北是头，新疆是尾。地图上，雄鸡昂首而立，辽东半岛就是雄鸡之喙。据说在30亿年前，辽东半岛像世界其他淹伏地区一样，淹伏在海洋下面。随着地壳运动演化，多次发生海底火山喷发，形成一些火山沉积岩系，堆积形成岛屿。而今，沧海桑田，物换星移，这里海岸曲折，港湾众多，成为海上交通和海洋渔业的重要枢纽，洋溢着丰富和圆满，象征着开放和繁荣。

三年来的采访和写作让我肝肠寸断。我怕下笔太重，惊扰了烈士的英魂，又怕下笔太轻，描摹不出他们惊天动地的往昔。三年来，我经历了太多的事情，这个世界也是一样。怎能忘记——我陪伴在朋友身边，却无力安慰，她的父母在短短一个星期之内双双离世，在她巨大的伤痛面前，我的语言如此苍白。怎能忘记——我身边的同事和朋友那些温暖我的鼓励和帮助。怎能忘记——那些我们期盼黎明的漫漫长夜，那些我们守望他们归来的十里长街。怎能忘记——死神，一次又一次降临在我们身边，而我们一次又一次将他逼退。2023年春节刚过，我在夜班惊闻敬爱的博士导师仙逝；进入6月，我的至亲在我和妹妹的怀抱中撒手西去。他们于我，是挚爱的亲人，是我生活中重要的组成，甚至就是我的生命。他们的远行，让我真切地感受到了志愿军烈士亲属那永生难忘的锥心之痛。在那巨大的死神面前，我一次次地懂得自己的渺小和无助。

孰谓公死，凛凛犹生。三年来，书中的这些人、这些事，与我长相厮守，在各种寒凉与荒谬中，温暖着我，警醒着我，永远不要远离内心的和煦良善。他们与它们，已经成了我生活中的一部分，他们和它们，是我血脉相连的遥远亲人，是我永生难忘的深情回眸。感谢那些长眠地下的英灵，他们提醒我从渺小和无助中走出，提醒我打起精神于悲恸中振作起来，提醒我永远不要放下手中的笔和心中的坚执。书桌上，是厚厚的档案。书房里，关于中国人民志愿军和抗美援朝的书籍，从地板摞到了天花板，每一本书里，都夹着五颜六色的标签，每一个标签，都代表着一个曾经鲜活的生命、一段令人动容的往事，随手打开，就是一个年轻生命短暂的一生。可是，纵使这些如山海般的历史，又怎能装得下他们的伟大。

穿透七十年的时空，让英雄的故事从岁月的暗影里浮出，让烈士的遗骸安然回家，在新时代，终于变成了现实。

在韩中国人民志愿军烈士遗骸回国，无疑是一个浩大的工程。我从来没有想过，我能够一头扎进去，并在这里沉浸三年多。

2020年秋日里的一天，或许是更晚些时，刘铁丹来北京。她找到我，对我说，她是辽宁出版集团的编辑，约我写一部关于在韩中国人民志愿军烈士遗骸回国的纪实文学作品。

铁丹梳着利落的短发，英姿飒爽，个子不高，说话像连珠炮一样："辽宁是抗美援朝出征地，又是志愿军烈士忠骨安葬地，我作为一名辽宁人，作为一名志愿军后代，有责任将这件事做好。"毫无疑问，铁丹是一个很容易让人心生信任、更容易让人心生感动的人，我毫不犹豫答应了。

然而，开始投入写作我才知道，这真的是一个无比浩大的工程。

中国人民志愿军烈士遗骸回国的故事写作之难，难在浩瀚的历史、浩瀚的材料、浩瀚的人物。而面对着这些浩瀚，无疑是一次艰难的重返、艰辛的寻找。

不知道多少次，我一次次走进退役军人事务部的资料室，仅仅是为了确认一份文件中的一个信息。不知道多少次，夜半时分，一派寂静，天地似乎都融化在黑暗里，而我在一卷又一卷的名录中搜寻，只为找到一个名字。

在这本书的采访过程中，总是有一个青春的脸庞在我眼前闪现，有一个熟悉的旋律在我耳边回荡：为什么战旗美如画，英雄的鲜血染红了它。为什么大地春常在，英雄的生命开鲜花……

刘铁丹的大伯就是这样一位英雄。

他叫刘汉皋，1931年7月出生于湖北黄梅。两个月后的9月18日，日本侵略者悍然发动九一八事变，抗日战争爆发。这似乎是

后记

一个信号,刘汉枭的一生充满着苦难和波折、压迫和抗争。铁丹从小就听大伯说,他的故乡湖北黄梅是黄梅戏的诞生地,可他小时候感觉不到什么家乡美,记忆里只有颠沛流离,只有无边的苦难。如果历史的天空是有颜色的,他说,那么他的童年注定是灰色的,没有阳光,更没有希望。在这样阴霾的天空下长大,刘汉枭从小就立志要改变这不公平的一切。

刘汉枭的父亲刘益烈,也是一位军人。刘益烈出生于湖北黄梅镇魏凉刘家垸,1925年考入黄埔军校第四期政治科大队第三队,同年加入国民党。史料记载,黄埔军校四期入学时间历时半年,从1925年7月至1926年1月,分7批入校,1926年9月毕业,加上潮州分校同时毕业的两期学生,共2654人。刘益烈考入黄埔军校之前就在北京读过书,有文化基础,所以入校后被分配到政治科,就读于第三大队。

刘益烈在黄埔时期,将名字改为刘志寰,意寓"志在寰宇"。刘志寰始终铭记着黄埔四期学员誓词:"不爱钱,不偷生。统一意志,亲爱精诚。遵守遗嘱,立定脚跟。为主义奋斗,为主义而牺牲。继承先烈生命,发扬黄埔精神。以达国民革命之目的,以求世界革命之完成。"矢志奋斗,毫不懈怠。

1926年,刘益烈从黄埔军校毕业,此后供职于国民革命军。他跟随部队南征北战,一家人跟着他过着颠沛流离的生活,每天都在战战兢兢中度过。刘汉枭小时候的记忆只有4个字:时局混乱。他的小学是断断续续读的,这个学校读两年,那个学校上两年,还曾经有很长的时间没有学上,在家随母亲自学。

1948年,担任国民革命军第三十一集团军总司令部上校政治督察员的刘志寰接触了共产党,开始参加革命,做共产党地下联络工作，带队起义，为湖北黄梅的和平解放作出过不小的贡献。在父亲的影响下，刘汉皋十几岁便投身革命，这让他看到了新的世界。

1949年8月，18岁的刘汉皋作为军医学员在中南军区汉口军政大学入伍。1950年6月，刘汉皋进入中国人民解放军第三十八军医干大队继续学习。

深秋的朝鲜半岛异常寒冷，鸭绿江上的水早就冻结成厚实的冰路，1950年10月，刘汉皋作为军医学员，随中国人民志愿军第三十八军第一一三师进入朝鲜，参加抗美援朝战争。奔驰的军用卡车上歌声嘹亮，战士们对未来都怀着无限的憧憬，刚满19岁的刘汉皋内心无比激动，能加入中国人民志愿军是组织对他的信任，是他的荣耀。经历过解放战争的洗礼，年纪轻轻的刘汉皋也算是老兵了。他跟父亲说："怕死就不参军，自古英雄不是生来就有的，而是自己选择的。我要当一个英雄，打败这个世界上最强大、最疯狂、最野蛮的敌人，保卫我的国家！"

尽管已经做了充分的准备，然而，踏入朝鲜的土地，刘汉皋还是被眼前的景象震惊了——到处是被美军飞机轰炸留下的残垣断壁，到处都是破破烂烂的村庄。当地村民生活困苦不堪，没有粮食，也没有御寒的冬衣。志愿军的生活同样艰苦，粮食不够，冬衣不足，战士们住在山洞里，一把炒面一口雪。但纵使生活异常艰苦，战士们依然士气高昂。

初到朝鲜，首先感受到的便是寒冷天气的残酷。行军渴了想喝水时，却发现军用水壶里的水早已变成了冰块，怎么倒也倒不出，只得靠吃路边的冻雪来解渴。最后，还是负责生活的司务长想出一个办法：先是将毛巾浸入冷却的白开水，待其冻成冰块后再取出挂在身上，渴了就在毛巾上扯下一小块含在嘴里，刘汉皋和战友们苦中作乐，将此戏称为"吃冰棒"。

那是1950年的冬天，零下40℃的天气，白皑皑的雪地里，战士们身上的弹孔，在严寒中迅速被冻住，又被温热的鲜血融化，最后流出血水。一名外科军医一天最多要为战士们切掉300根脚趾，这就是抗美援朝战争中的真实故事。在战地医院，因炸伤、枪伤、冻伤造成截肢是最为常见的，因为医生必须以保证伤员性命为先。许多小战士不到20岁，截肢再疼也不哭喊，经常一夜手术做完，手术室外堆积许多被截下的断臂残肢。看着这些，刘汉皋泪如雨下。

战场上，子弹呼啸如雷。担架将一个又一个伤员抬进狭窄的"手术室"，刘汉皋震惊不已，看着被炸得伤痕累累的战友，看着那些被炸断的胳膊、腿，翻起的皮肤，裸露的内脏，他内心充满着浓浓的"爱"，更升起一股股"恨"。这些战士实在太年轻了，那些稚气的脸庞上充满了求生的欲望，更充满了必胜的信念。"能救一个是一个，救一个就是一条命啊！"他对自己说。有一次，一个被打伤了大动脉的小战士躺在他的怀里，知道自己坚持不了多久了，喘息着对他说："医生哥哥，我快不行了，你要战斗到底，你一定要打败美帝国主义！"当时的场景深深刻在刘汉皋的心底，这句嘱托让他铭记了60多年。

多少战友洒血异邦，刘汉皋回国以后很多年，每每在电视里听到枪炮声，都会不由自主地握紧拳头，以为自己还同战友们一起在战场上冲杀。

可是，他知道，很多战友已经不在人世了。

刘汉皋参加战地救治，每天都看着战友战斗在生死线上，自己也时刻面临危险，多的时候一天收治伤员70多名。很多时候，当他们冲上去时，战士都已经牺牲，没有救治的机会了，他们没有时间掩埋牺牲的战友，只能尽力去救那些还有生还希望的战友。能抢救出伤员，还是幸运的，说明我们的战士没有全部牺牲。等一场战斗结束了，我们战胜了，刘汉皋和战友们才有机会打扫战场，掩埋战友遗体。多数时候，刘汉皋和战友们会找附近有标志性一点的位置掩埋，以便后来寻找，但是想想朝鲜战场牺牲那么多人，也只能忠骨留在异乡了，回国基本是不可能的。

当时每一场战斗都有伤员从前线阵地上被送到医疗所，其中绝大多数都是伤势严重、生命垂危的重伤员。刘汉皋跟着其他医护人员一起日夜不停地救治伤员，换药、包扎、清创、缝合，甚至还帮助护士给重伤员喂饭、擦身……战地医生是不分内科外科的，什么都得会做。

军医学员们入朝前都参加过严格的军医技能培训。为了面对更多复杂的战况和残酷的战争，保护医疗队员自己在战场救护过程中的生命安全，当时的军医培训内容非常多且严格，涵盖了战地救护、包扎止血、消毒灭菌等方方面面，特别是针对实际情况，加强了烧伤、冻伤的处理以及各种火器伤、贯穿伤的处理等。除了医疗专业知识和技能的学习外，医护人员还必须接受严格的军事和体能训练。

刘汉皋印象很深的是1952年美国人惨无人道地实施了细菌战。美国的飞机低空飞行，扔下的不是炸弹，前线士兵走近一看才知道是苍蝇、蚂蚁各种昆虫，冬天本来是没有昆虫的，美国人扔下的都是带病毒的昆虫，欺负志愿军物质条件差，也不懂防疫。前线很多士兵和百姓染病，当年周恩来总理曾经痛斥美国的不人道行径。1952年，志愿军卫生人员都接受了包括细菌战、化学战、核战争的防护和急救内容的紧急培训。所有的医护人员如饥似渴地学习和训练，大家心中只有一个信念：竭尽所能守护志愿军战士的生命。

铁丹小时候常常听大伯讲朝鲜战场的故事，但是那个时候年纪太小，大伯讲的很多她都听不太懂。年纪渐长，她读到了很多关于抗美援朝的书籍，渐渐懂得了大伯和他那些出生入死捍卫和平的志愿军战友的伟大。她说，今天说起大伯的故事好像很轻松，可是只有家里人知道他为了捍卫祖国的利益，在战场上如何与敌人以命相搏。大伯虽然很幸运地活着回来了，但战争创伤的后遗症伴随着大伯一生。大伯结过两次婚，却一直都没有自己的孩子。大伯很坚强，也很乐观，可是他年纪渐长、踽踽独行的时候，铁丹才真正懂得了他的伤痛和孤苦。

正是怀着"青山处处埋忠骨"的信念，刘汉皋在朝鲜战场上，不怕流血不畏牺牲。铁丹很小的时候，就听大伯讲过在朝鲜与美国士兵打仗的故事：部队的卫生员也是有查哨任务的。有一次，刘汉皋查哨回来，远远望见十多个美军的哨兵。他马上隐蔽，以大树做依托，同战友组织冲锋，准备与敌人殊死一搏。哪知敌人不知我军的情况，不敢贸然进攻，双方相持很久。

后来，大伯对铁丹说，当时根本没有其他想法，不像电视里演的闪过无数念头那样的，只有沉着应战。志愿军前沿哨兵听见动静，赶快返回增援，十几个美军士兵很快就缴枪投降。铁丹至今还记得大伯开怀大笑着说的话："可笑的是，这十几个美军士兵在下跪举枪之前，要先拿出毯子垫在膝盖下面。这样的士兵怎么能打得赢我们英勇的志愿军！"刘汉皋因那次沉着应敌立了一功。

在朝鲜战场两年零九个月的时间里，刘汉皋参加大大小小的战斗难以计数，其中最艰苦、最刻骨铭心的战斗，应该是394.8高地战斗。

1952年秋，入朝参战的中国人民志愿军在全线构筑坑道工事后，阵地得到空前巩固。在此前提下，志愿军发起了秋季战术反击。中国人民志愿军第三十八军（当时归志愿军第三兵团指挥）负责攻击394.8高地（南朝鲜称之为395高地或白马高地）。394.8高地位于朝鲜境内铁原地区西北侧，长约3公里，山顶为树林覆盖，山下是驿谷川，可以监控铁原附近的公路，地理位置十分重要。该高地由南朝鲜军第九师防守，第九师编制人数达2万人，另配属1个步兵团，支援炮兵达6个炮兵营，还有2个坦克连进行直接火力支援，战斗打响后又有1个炮兵营赶来增援。此外，还可以随时得到美国空军第五航空队的空中支援。1952年10月6日黄昏，志愿军第三十八军突击部队在炮火支援下，向铁原地区南朝鲜军第九师两个营兵力守备达一年之久的394.8高地发起进攻。占领阵地后，第三十八军先后共投入4个团兵力，在394.8高地及其附近山岭与南朝鲜军反复争夺9天，后退出阵地。这场战斗结束，志愿军伤亡6700余人。

394.8高地战斗打得难分难解，异常艰辛和壮烈。面对胶着的情形，年轻气盛的战士们咬破手指，写下血书："守纪律不后退，人在阵地在，重伤不叫苦，轻伤不下火线。"殷红的血书字字千钧、触目惊心。

这个发生过394.8高地战役的铁原，也是在韩中国人民志愿军烈士遗骸的主要掩埋之地。

当时的战斗，志愿军伤亡很大，刘汉皋和战友一起冲锋，组织抢救伤员，冲至坡顶，敌人的机关枪扫射，他躲避不及，被一枪打中腹部，他身后的战友还没冲到坡顶，被子弹直接击中头部当场牺牲，就这样眼睁睁看着战友牺牲在身边，他来不及思考，赶紧隐蔽，扯下衣服迅速给自己包扎，还有一些医疗材料他都留给其他伤员。再次冲锋，组织抢救，虽然受伤，但是那一次他们还救下了六七个轻伤员。他虽然是伤员，但是还有另一个任务是救治轻伤员。

战争残酷无情，枪弹不长眼睛，战友间互帮互助的深厚情谊却令人难以忘怀。刘汉皋在战斗中负了伤，营长找他谈话，说他可以回后方休养。但是刘汉皋坚决不同意，他坚持留在前线，战斗到最后一刻。还没等伤完全养好，他就又回到部队，参加救护伤员行动。

铁丹说，每每提到朝鲜战场，大伯都会无比自豪，最让他骄傲的，是他曾经救助过的战友他自己都数不清楚。铁丹小时候，大伯曾问她："你知道当年朝鲜战场上'联合国军'装备精良，为什么最后却被打败了吗？"她摇着小脑袋瓜说："不知道。"大伯告诉她："因为我们国家的军队是人民的军队，我们是为了保家卫国而战，我们如果输了就会国破家亡，所以我们不怕流血牺牲。他们的军队是雇佣军，他们是为了钱打仗，没有我们这份精神意志，所以他们战败了。"

中国人民就是这样伟大，他们勤劳质朴，甘于奉献，勇于牺牲。我们尽管装备不足，但是胜的是气。在刘汉皋赴朝鲜战场前，他的父亲曾不无忧心地对他说："中华民族五千年来藏富于民，今日我们把家底都翻出来了，为的是支援前线。"刘汉皋始终记得父亲说这话时的神情，那种果毅，那种坚强，那种无所畏惧，"这一仗我们只能赢、不能输，如果输了，那中国人就会永远再难翻身。儿子，我们只能胜，败不起啊！"

这是一个父亲、一位军人把儿子送上战场时最后的嘱托，甚至是诀别。

刘汉皋经历过血战43天的上甘岭战役，经历过"一口炒面一口雪"的艰苦生活。天寒地冻，美军后勤保障充足，他们还能在感恩节吃上火鸡大餐。而我们的志愿军战士们一个班只有一两床棉被，吃个土豆都必须用腋窝暖化之后，一层层硬啃。现在的孩子抱怨这个不好吃，那个不爱吃的，刘汉皋就想有机会让他们尝一尝冻土豆的滋味，他们就会非常珍惜今天吃的饭菜。

恶劣的战斗环境导致刘汉皋回国后多次胃部大出血，最后医生只好切除了他的三分之一的胃。显然，他的身体状况不再适合部队紧张的战斗生活了。20世纪60年代，刘汉皋退役到地方工作。刘汉皋是湖北人，他还是选择留在东北工作，依然选择做一名救死扶伤的医生，因为这里离战友最近，医生离生命最近。

刘汉皋的肚子上有一道深深的伤疤，那是战场给他留下的永久纪念，让他永远忘不了在朝鲜的900多个日夜。因为这道伤疤，他这辈子再也不能有儿女，这是终身的遗憾，不过与牺牲的战友相比，这点遗憾也不算什么了，他说："还好有你们（侄儿侄女们），希望你们能把我们刘家革命的家风发扬光大，我也就放心了。"

为了这部书稿，铁丹将祖父和大伯父的档案都翻了出来。她说："作为一个辽宁人，我从小就知道，英雄就在身边。但是，看了大伯的档案才知道，英雄竟然离我这么近。"

铁丹一直保存着两张照片，一张是黑白照片，一张是彩色照片。黑白照片是大伯入朝之前与祖父、叔祖父三人的合影。彩色照片是铁丹同大伯和父亲三人的合影。不管是哪张照片，这都是一眼看去就有血缘关系的三个人。第一张照片上，祖父、叔祖父坐在椅子上，大伯站在他们后方的间隙里，身子向祖父倾斜，右手搭在叔祖父的肩头。这是个青春洋溢的年轻人，眼神清澈，玉树临风。他穿着棉军装，军帽上的红五星似乎放射着光芒。这张照片应该是他开赴朝鲜前拍摄的，这样算来应该是1950年，那时他还不满20岁，正是青春好年华。第二张照片上，大伯坐在椅子上，铁丹和父亲分立在大伯两侧，靠向中间。大伯饱经风霜的脸上是欣慰的笑容，父亲笑得更是无忧无虑。铁丹秀发如墨，披散在肩膀上。她有着同两位长辈一样硬朗的眉眼、坚毅的神情、清瘦的身形。她说，这张照片拍摄于2014年，是她与大伯最后的合影。拍摄这张照片的时候，大伯已经年逾八旬。拍完这张照片的第二年春天，大伯就驾鹤西去了。但是，不论大伯在或不在，不论在湖北黄梅还是在辽宁沈阳，刘汉皋永远都是一个英雄的名字，是刘氏家族的骄傲。铁丹曾跟我讲："讲抗美援朝的故事，大伯似乎永远也讲不完。我深深怀念我的大伯，'铁丹'这个名字就是大伯起的，大伯说：'铁血赴国难，丹心留后人。振兴中华日，万众一心时！'今年老家来人联系，说是续写家谱，询问大伯没有子女怎么办，74岁的父亲流泪说：'铁龙、铁丹都是大伯的孩子，都必须写在大伯名字下……'"

两张照片拍摄的时间相隔60余年，这是新中国发生翻天覆地变化的60余年。六十年来家国，万千心事谁诉？同很多很多志愿军亲属一样，铁丹有两位父亲，一位是亲生父亲，一位是志愿军父亲。两位父亲同样弘毅坚韧，同样无私无畏，为祖国、为和平、为江山、为人民默默地贡献着自己微薄的力量。

在写作这本书的每一天，我都如行军一般，驰骋在那浩瀚的资料里。鲁迅先生曾经说过："中国自古以来，就有埋头苦干的人，有拼命硬干的人，有为民请命的人，有舍身求法的人，他们是中国的脊梁。"志愿军，正是新中国的脊梁。刘铁丹大伯的故事，无数个志愿军战士的故事，感动着我，击打着我的心。

同样击打我心的，还有这激昂的旋律：

为什么战旗美如画，

英雄的鲜血染红了它。

为什么大地春常在，

英雄的生命开鲜花……

我找到，也淘到很多跟抗美援朝有关的材料：书籍、印章、信件、子弹壳、搪瓷缸……这些破旧不堪的老物件让我一次次回到了70多年前的那些时刻。甚至，我还淘到两张旧地图，其中一张是1950年印制的朝鲜半岛地图。很多时候，为了某一篇章的创作，我久久地站在旧地图前，那些名字似乎在我眼前跳跃：温井、云山、宁边、铁原、熙川、楚山、马良山、长津湖、高阳、横城、雪马里、上甘岭、古场洞、金城……我深刻地懂得了魏巍在战场上所见、所思、所感、所写的一切，《谁是最可爱的人》中那些字句猛烈地击打着我："在朝鲜的每一天，我都被一些东西感动着；我的思想感情的潮水，在放纵奔流着；我想把一切东西都告诉给我祖国的朋友们。但我最急于告诉你们的，是我思想感情的一段重要经历，这就是：我越来越深刻地感觉到谁是我们最可爱的人！"

在这本书的写作过程中，我不停地遇到和发现志愿军的故事。我的父母出生于辽沈大地，儿时的我听到的最多的故事就是中国人民志愿军的故事，它们让我刻骨铭心。可是，此后我离开家乡，扎根京城，数十年倥偬而逝。曾经很长一段时间，我同很多人一样，以为抗美援朝是上一辈人的故事，它已经被掩埋在历史深处，离我们很远了。经过这次采访和写作，我特别感动和欣慰的是，我知道了他们没有走远，就在我的身边。他们是我的朋友的乡亲、我的同学的长辈、我的同事的父母叔伯。当你开始关注某件事时，就总会在生活中不停地遇到这件事的资讯，心理学将这种现象称为"曝光效应""视网膜效应"或者"熟悉性原则"。可是我觉得，这些概念对于这个伟大的故事，都太过狭隘。

很多次，我试图对一个朋友说起我正在投入的这个浩大工程，说起我的挥汗如雨，朋友总会给我以一种惊喜："太好了，我的父亲就是志愿军战士！""真巧，我也认识一位志愿军的后代！""是啊，我也知道一个志愿军的故事！"这样那样的志愿军的故事，其实就在我们身边，我们曾经以为他们走远了，其实他们早已经沉淀在我们的基因里，走进了我们的血脉之中。脱下戎装，他们平凡得就像——不，他们就是我们的日常：街边下着象棋的老伯，菜市场里东挑西拣的阿姨，挽着裤脚、面朝黄土的农民……而穿上当年的战袍，他们就是李维波、曹秀湖、李相玉、谢长平……他们就是我们身边的你我他，是我们的家人。正是这样一群平凡而又朴素的战士，完成了新中国的"立国之战"，让狂傲的敌人不敢小觑这个从战乱频仍、一穷二白中起步的东方古国，他们让新生的共和国昂首挺胸，为中国人民赢得了数十年和平发展的时间。他们，是新中国的英雄，更是新时代的榜样。

谨以此书，致敬伟大的志愿军将士，致敬永远年轻的他们！

2023年7月7日

又 记

  在这本书即将付梓之时，第十批在韩中国人民志愿军烈士遗骸回归故土。2014年至今，已有10批共938位在韩中国人民志愿军烈士遗骸回到祖国。

  2023年11月24日，志愿军烈士遗骸安葬仪式在沈阳抗美援朝烈士陵园举行。这天，寒潮陡至，大半个中国"断崖式"降温。沈阳，在强风和暴雪中为远方归来的英雄洗尘。

  北国凛冽的风雪中，迎接遗骸的队伍里一位老兵傲然挺立。老兵身着军装，胸前挂满了勋章——他就是李维波。当载着英烈遗骸的汽车行驶到沈阳抗美援朝烈士陵园门前时，老人挺直腰杆，目视前方，抬起右臂敬了一个标准的军礼。

  可是，这一次，迎接的队伍中已经没有了曹秀湖。

2023年11月24日